宁新路 著

ZHUANSHITIANLANG

转世天狼

人民东方出版传媒

东方出版社

目　录
CONTENTS

序一 一幕人性悲剧的新境思考

——读宁新路长篇小说《转世天狼》

王世尧

　　完成长篇小说《转世天狼》的写作，宁新路也完成了自我角色的剖白与苦涩的精神历程。当他回顾这个既陌生又熟悉的世界，或许悲剧意识让他感到沉重。他入木三分地打造出张鞋娃和那只叫阿黄的狗，至少在拿给我书稿后，在我们交流中，他很像刚从纠缠不清的梦境走出。他写《财政局长》时，可以闭上眼睛，柔韧有余地行走在他熟悉的人物关系与故事线索中，而《转世天狼》，则以长焦置景，纵向叙述一幕光怪陆离的人狗传奇。

　　一年前，作者向我透露将要完成一部关于税务的小说，以他专业的财经知识和宽阔的历史结构感，我毋庸置疑他驾驭长篇文体形式的能力。而我在期待中看到的是与之大相径庭的付梓。读罢意外的《转世天狼》，我蓦然敬佩作者的勇气了，我试图体味他怎样历尽春夏秋冬的艰辛，甘于寂寞地去写这部有悖文化时尚的书，在 IP 小说盛行时代，纯文艺小说的出版发行令人尴尬，文学边缘化的趋势有目共睹。而作者摒弃自我利弊得失，逆潮文化市场，需要多少勇气？

　　我无意拿《财政局长》与《转世天狼》进行文学位置比对，作者从理想主义，转换到批判现实主义，这不仅是对自我文学理念的重铸，也是对生命与人性考问的重铸。前者是当代社会的主旋与正义，后者则避开意识形态化的写作，直面构设一个特定年代的现实人生。这让我不由的想起杰克·伦敦的《荒野的呼唤》，与《转世天狼》中阿黄不同的是这部小说的"主人公"是一条名叫巴克的狗，巴克原是生存状态良好的家犬，在温饱无忧的家庭中耳濡目染，受到了所谓文明社会的教化。小说叙述了巴克被偷卖之后的各种遭遇，从北方的苦寒之地到丛林，面对环境的不断恶变，为了生存下去，它身上的原始兽性日益被唤醒，头脑和身体在险恶现实中逐渐改变，最终在血与生死搏杀中，成为了群狼之首。而名叫阿黄的这只狗，在人们眼里是不近人情的疯狗、恶狗，严重遭遇世人唾弃。而在狗市相中阿黄的张鞋娃，恰恰是柴府的门卫管家，说白了就是富贵人家的"看门狗"。与杰克·伦敦笔下的巴克不同，阿黄几乎是有灵性的，它没有社会属性，却异化于张鞋娃人性中的善良，它能聪慧地揣测主人内心深处的意图，它敢扑向日本军人，敢咬伤赌场打手虎八手下的凶徒，它的善恶之分，其实就是张鞋娃敢于爆发或只能隐忍的内心写照。

关于《转世天狼》的故事情节不赘述了，我们不妨追随作者的意图把书读完。

科塔萨尔是拉美爆炸文学的四大主帅之一，他极力倡导"斗争和革新"，反对文学上的"一切因袭习惯和常规"，在文学创作上要富于探索和创新。他追求开放式小说，在作者与读者间架设桥梁。而《转世天狼》的确是一部具有新视角，新意义的探索性长篇小说。在万书雷同的套路化写作中，叛逆常规，锐精革新，独辟蹊径的拓荒别人不曾开垦的土地，更承担被无限嘲弄的风险，这不仅需要淡定和勇气，更需要一种情怀。作者以选择历史题材涉险，厘定那个久远的特殊年代，精致塑造了张鞋娃和一只狗的传奇。他们挣扎在社会底层，为了活着，成为富人的守院奴。作者以不惜笔墨的生动画卷，道出魑魅世界的血泪情仇，张鞋娃有着善恶并存的人格特征，那只被称为阿黄的看门狗，在作者的笔下同他的主人一样变得命运坎坷，拟人化的描写几乎赋予它社会属性。作者不惜笔墨地刻画狗与主人的复杂生命现状，无论张鞋娃眼中的世界，还是阿黄眼中的世界，似乎有着等同的曲折坎坷，等同的喜怒哀乐。作者的写作摆脱了意识形态的束缚，选择了具有国际化主题的定向，既有所谓"边缘人"的自然主义特质，又有俗世奇人的全部生命意义。

《转世天狼》之所以读后令人印象深刻，因为与柴府有关的人都有着不同程度的悲剧色彩，那是小说既定时代特征，也是作者深层意念的折射。这种悲剧意识，是小说家本应具备的气质元素。换而言之，我读完这部小说，无意为张鞋娃、小莲、柴大老爷、虎八、吕三等人寻找悲剧概念，当然也包括男主人公的忠犬阿黄。杰克·伦敦让良犬巴克复辟了原始的野性，命运多舛的阿黄却在作者的笔下从原始的野性异化出对人的知遇之恩。放下书稿，最终还是引发对这部小说悲剧意识的思考，作者或许在无意识中，完成了小说悲剧人格的建构，小尺度地演绎出西方后现代主义的文化思维，且又相契相合地溶入中国传统悲剧的色调。而无论如何，我相信任何一部小说，都有哲学理念成为核心寓意的支撑，支撑起永恒的主题。恰恰是这种主题的沉重负荷，压抑了读者的呼吸。针对亚里士多德悲剧学说中"悲剧性"概念，伽达默尔指出：只要在现实中存在着悲剧性，悲剧性就根本不是一种特殊的艺术现象。我深信作者在这部小说中体现的悲剧意识，是现实的悟化，是浑然天成的灵觉，并非人为的主题先行。如同这部小说的人物命运，以年寿之长，活灵活现地生存在读者的记忆之中。而让读者不能释怀的，也正是张鞋娃与小莲的爱情悲剧，永远被凝固成无法解脱的悬念。

写于 2019 年 2 月 9 日

王世尧，当代作家、诗人、新韵古诗词倡导者。

序二　奇特的表现，深刻的揭示

——读宁新路长篇小说新著《转世天狼》

石　英

　　《转世天狼》是作家宁新路的长篇小说新著。仅从作品的命名来看，便自然使人觉得新奇而欲知其内容为何。我正是抱着这种想法先睹为快地看完了这部二十多万字的令人耳目一新的小说。从表面上看，这部从书名到内容都概不常见甚至有点荒诞的作品，但如仔细加以品咂，便会感到在表面上很可能是根据一个民间传说所演绎而实质上包含着发人深思的人生世相；其独特的揭示方式仍能够给人以启智的警示。因此，我觉得不妨将这部小说视为一部将民间传说与人生况味相揉合的奇幻小说加以赏读。

　　作品的基本表现手法仍是现实主义小说的叙述方式。全书出场高密度的贯穿性人物是开玉作坊的柴大老爷与他的看门管家张鞋娃；还有一个重要"人物"则是张鞋娃的亲密伙伴——一条叫阿黄的看门狗。从表面上看，柴大老爷与张鞋娃乃至阿黄之间是绝对的主子和奴才的关系，却又不那么简单与单一。那个浑身散发着臭鞋味、活到人生小半截还是光棍一条的张鞋娃，却能在偶然的情况下被柴大老爷收纳和使唤，肯定在他下三赖的表皮之下还有某种"过人之处"。甭说别的，就是那条非同寻常的看家狗阿黄，一般人它都不给好脸色，可唯对张鞋娃却破例的忠顺（可能内心里也服气）。这除了狗与人之间也有某种"惺惺相惜"之外，骨子里也有强烈的磁场能够撞击出火花来。但在最初的一个阶段中，柴大老爷主要还是为了张鞋娃便于驱使，可以随意打骂，乃至当成一件宣泄器具，自觉比较靠得住，所以就连嫖娼时也带着他，以便随时听候差遣。但张鞋娃却能"闲中偷忙"，他也抽空借机找乐。作者的深刻之处就在这里，他在对人物的刻划上，从不那么简单化，浅表化。否则，如果只将柴大老爷和张鞋娃之间处理成黄世仁与穆仁智那样一个暴主一个恶奴的主从关系，那张鞋娃也就不是"天狼转世"了。但他们之间也并非一般的狼狈为奸，而是一种层层相叠、环环相扣、相互扭结、难解难分的离奇而又真实的人物关系模式。在一定意义上说，是作者独具匠心配置与创造。

　　奇幻吗？有一点，却又如见其真；荒诞吗？一切却又触手可感。柴大老爷的发达绝非凭空而来，同样有其深厚的背景和他人难及的优势；这里有百年几代的精于经营，有凶残到家的盘剥手段，更有特定的时代背景，国家不幸邪幸，在柴大老爷和他的玉作坊的背后，有日寇派驻军官，甚至连日寇军官小野"宠幸"的妓女小菊花也优势"借横"；还有柴太太娘家近亲伪政府官员撑腰……这才能使柴大老爷发迹的图谋无不成功。但同样是，作者并没有将作品处理成一般的剥削压迫"模式图"，而仍然是通过张鞋娃、阿黄等典型化特征性的描写，凸显了权势方花样翻新的酷虐。如对玉作者的苦工们无孔不入的榨取、作贱人格的隐身搜身……在这当中，作者绝未忽略了张鞋娃与阿黄犬的"神功"——所有的重要角色在节骨眼上绝不会缺席。

　　善恶兴衰的转化规律在任何创作方法的作品中也不可能截然相反，即使在带有某种荒诞色彩的作品中也不例外。原因很简单，因为它的基本内核仍是现实主义的。尽管小说中的柴大老爷挖空心思，翻云覆雨，"事业"运作与狂浪享受双相并举，似乎有无限精力远涉四方，一为玉业，二为猎色寻欢，除在他的基地有本宅家室之外，在新疆和田，在云南，在太原，在南京，都有"小家"和妻室。但到头来，由于"自窝乱，自窝反"，还有此起彼伏的外忧，这位精明强悍的大老爷，最后由于伤病交加，虽然竭力挣扎，终也未能战胜命运的惩罚而呜呼哀哉，未能逃脱"自作孽，不可活"的结局。他遗下的除了玉行家业，还有无一缺额的几个女人。

但"转世天狼"张鞋娃仍然健在，也许是因为他虽也有诸般劣迹，但灵魂深处仍存有一个纯朴尚善的角落，心目中还有一个念念不忘的女人小莲。这个小莲在作品中虽"戏份"不多，却始终是这堆形形色色的人群中罕有的比较干净的灵性亮色。还有，那条阿黄老狗，尽管瘦弱，还是又回到了张鞋娃身边；结尾有一段文字意味无穷，不可不引："张鞋娃由他的老狗阿黄陪伴，等小莲回来，日子过得平静而快。可等心上人的日子，却是焦心的，等得人和狗，越发凄怆，而他仍然等她（从尼姑庵）回来，虽等待回来的期限无限，但他感觉等得很幸福"。

本书在语言风格和表现手法上与其内容非常谐合。语言文字生动舒放，生活化，个性化，色调浓郁；某些方言上语用得适当贴切。有些虽有些俚语恣肆，但憨直中含机趣。作者显然是追求一种泼辣率真，富有性格化的格调，也是一种不乏探索精神的尝试。在谋篇和结构中，同样是以一种旨在生趣活络而忌呆板滞涩的方式进行组合。在这方面，也有许多值得赞赏的表现。如在交待柴大老爷设置四面八方的"家室"时，有意以回报几乎相同的文字加以点染，读来不觉其重复乏味，反而觉得在调侃中含有讽刺意味；同时也反而省却了许多笔墨，增强了艺术表现的张力。诸如此类，举不胜举。仅举几例亦不难看出：本小说是新路同志的一部颇为用心之作。

石英，著名作家。曾任《人民日报》文艺部副主任、编审，中国散文学会副会长。著有长篇小说《火漫银滩》《血雨》《密码》等70余部，计1000万字。

上篇——狗事

柴府门口换了条看门狗，叫"阿黄"的黑狗，一眼的凶光，一脸的凶相，满身的凶气。它对生人这般，对主人也这般，从没好脸，总是凶脸，让主人既满意又敬畏。柴大老爷夸它是条真正的看门狗，看住了柴府的大小财物不说，且是热河城少有的好狗。

柴府是开玉作坊的，从清朝到民国的上百年间，玉作坊的"柴家玉"，热河有名，四方闻名。玉作坊开在府里，府里财宝无数，玉作坊玉品值钱，靠人看不住，得靠狗看。狗鼻子能"闻"出任何东西，大门口必须有条好狗把门，只有好狗才能"看"住东西，只有好狗才不会让人把财物拿走。所以，新换的看门狗阿黄威严又聪明，让柴府的人一脸的欢喜。

可阿黄却与主人相反，主人对它越是投来好脸，它的脾气就越发地大，凶相也就越发地重。这让人奇怪，狗是亲主人的，一般来说，主人对狗越好，狗对主人便越亲近。可阿黄对主人从来是一脸的凶相、一身的凶气，从不给主人好脸不说，还把主人看作贼一般打量和怀疑。

它对主人一脸的凶相和一身的凶气倒也罢了，最让主人难堪的是，它的眼里没有主人，哪个主人的话也不听。它只认一个人，只听一个人的话，只听把它从狗市买回来的看门管家张鞋娃的话。张鞋娃是它的直接主子，它除了认这个直接主子，它的眼里从来没有其他主子。狗没笑脸，人害怕。这倒让柴家的人对它从喜欢到敬畏，从敬畏到害怕，从害怕到怕惹它发怒，怕惹它发怒便投它以笑脸讨好。

尽管柴府的人都对阿黄给以笑脸，但阿黄从来也没给过柴家任何人笑脸。

"主人的好脸贴到了狗的冷屁股上"，柴府的人很快发觉这看门狗不是个好东西，并这样骂道。首先是性格刚烈的柴大老爷和耿直的柴大奶奶厌恶起这条看门狗来。很快，柴府没有人不讨厌这条狗，柴家的亲戚朋友和来柴家的人无不讨厌这条狗。

柴府的人讨厌这条狗，而柴府只有一个人喜爱这狗，这条狗也只对一个人有好脸色——那便是看门管家张鞋娃。阿黄只喜欢柴家大院的管家，只给管家摇尾巴和露笑脸；柴府只有管家喜欢这条狗。

柴府的人对阿黄的凶相和凶气很窝火，尤其是柴府的老爷太太对这条狗很窝火，时不时地冲这条狗发火：这个狗东西又不是不会笑，也不是不会摇尾巴呀，为什么只见看门管家有笑脸、摇尾巴，见了老爷太太和小姐却凶巴巴的；这狗东西的眼里，柴府的主人只有看门管家，压根也没有他们。柴府的人便骂它狗眼看人低，把主人看得很低，把仆人张鞋娃看得很高，真搞不清楚这个狗东西，这狗脑子里怎么想的！

阿黄只认柴府的看门管家，只给看门管家摇尾巴和露笑脸；或者说，柴府只有看门管家喜欢这条狗，只有管家欣赏这条狗，是有原因的。

阿黄是看门管家张鞋娃从狗市买来的"二手狗"，也就是阿黄不是幼狗，是条成年狗，是条在别人家看过一年门的狗。张鞋娃在狗市一眼看上了这条大狗，这大狗也一眼喜欢上了张鞋娃。张鞋娃记不起在哪里见过这条狗，是在梦里，还是什么地方，反正感觉与这狗既熟悉又亲切。张鞋娃与狗互相喜欢上，仅是彼此瞅了对方一眼，他就对这条狗赞不绝口，狗从他眼神中看到了对它的欣赏，或者喜欢上了他的一种神情，狗就对他轻"汪"两声，摇起了尾巴，抖起了毛。狗与张鞋娃有缘分。缘分这东西，是说不清道不明的神秘感觉。狗与人对上了眼，人与狗有了"感觉"，真是不多见。

张鞋娃看上这条狗，还有一个原因，是它看过门。在张鞋娃看来，看过门的狗，与没看过门的狗，就同做过下人的与没做过下人的不一样，一个有经验，一个没经验。用狗与用人一样，当然要用有经验的好。张鞋娃看上这条狗，还有一个奇怪的原因，就是这条狗有凶相，一脸凶相。张鞋娃喜欢这一脸凶相。在张鞋娃看来，这凶相好，看门狗就得有凶相，凶相绝对是"威慑力"，会让人害怕它，敬畏它，远离它；看门狗，就应当让人看一眼就惧怕，如若一副慈目善脸的，见人摇尾巴，吼一声往后躲，这样的狗能当看门狗吗？

鉴于这条狗的三个缘由，张鞋娃毫不犹豫且以高价买回了这条狗。这条狗因与管家眼神里"对上"了某种说不清的东西，喜欢张鞋娃，摇着尾巴跟着张鞋娃到了柴家。它是条黑狗，张鞋娃想叫它阿黑，可又想大奶奶的弟弟警察局局长李保等人，穿一身黑皮，人们管警察叫阿黑，觉得把狗叫阿黑不妥，便给它起了个名字"阿黄"。

阿黄被粗长的铁链拴在柴家门口看门。因它是张鞋娃买回来的狗，因它与张鞋娃对上了"眼神"，也许它认了管家张鞋娃就是它的亲人，别人喂它食，它不仅不吃，还吼别人。阿黄不吃别人的东西，是怕别人害它？想法只有狗知道。管家张鞋娃只好亲自去喂它，狗就喜欢他喂。张鞋娃喂它，它不仅摇起尾巴且喜笑颜开，还吃得又欢又香，边吃还轻声"汪汪"几声，给管家示好献媚。张鞋娃对下人说，阿黄这狗东西只认他，也算有忠心，以后那就他来喂它吧。从阿黄进柴家门那天起，从吃第一口饭起，就由管家喂了。狗专挑管家喂它，让人奇怪也好笑。奇怪这狗怎么把管家认成了亲人，笑这狗怎么还挑侍候它的人的身份，更笑看门管家每天端着狗食喂狗的下贱样太逗人。

阿黄专吃张鞋娃喂的食，张鞋娃便尽量一餐不误地亲手喂它。这一喂一吃间，每当张鞋娃端着狗食出现在狗的视线中时，狗便像见到喂奶的亲娘，好不欢呼雀跃，且边吃边向张鞋娃摇尾巴和献媚笑，还对他亲吻作揖，这让张鞋娃心里十分受用。这狗作揖的动作很动人：先是两条前腿一个齐溜溜的匍匐，然后坐立，随即两条前腿形成作揖状，大嘴伸出舌头，双眼放光，一脸媚笑。这媚相，简直是给先人行大礼的动作，好不受用，把个张鞋娃乐得又摸狗嘴，又吻狗头。张鞋娃非常喜欢阿黄的作揖，阿黄的作揖就越来越妖媚。这使得张鞋娃喂它一次，就会乐一番；狗吃一次张

鞋娃喂的食，就兴奋一次。天天喂狗，顿顿喂狗，虽麻烦又受累，但张鞋娃乐在了其中，更喜在了其中。

张鞋娃令狗欢喜，狗让张鞋娃兴奋的时候，张鞋娃和狗，狗与张鞋娃，要依恋一会儿，玩耍一会儿。趁狗欢喜的时候，张鞋娃就给狗说这讲那，给它手比嘴说，来门口什么样的人，比如，身穿破衣烂衫的，扑着"咬"，直到"咬"得他远离门口；看上去贼头鬼脑的人，扑着"咬"，直到"咬"得他远离门口；眼神和情形不怀好意的，扑着"咬"，直到"咬"得他远离门口；从来没来过柴家的生人，扑着"咬"，直到"咬"得他不敢走近门口；遇到拿刀拿枪的，扑着"咬"，直到"咬"得他远离门口；花枝招展和妖里妖气的女人，扑着"咬"，直到"咬"得她远离门口；细皮嫩肉的小伙，扑着"咬"，直到"咬"得他远离门口；往柴家大院搬东西的不"咬"，他张鞋娃的亲戚朋友熟人和"相好的"不能"咬"，老人小孩和大老爷的"相好的"不能"咬"，等等。什么模样的人"咬"，什么模样的人不能"咬"，什么模样的人使劲"咬"，什么模样的人适当"咬"，什么模样的人装模作样"咬"，什么模样的人绝对不能"咬"。管家给阿黄细细比画，声色并举，不厌其烦。

阿黄迷恋看门管家张鞋娃，很有耐心听张鞋娃给它的授课，且能听明白、看得懂。当然，张鞋娃也给狗传授看门狗的表情，传授的表情是冷的、恶的、凶的、狠的。阿黄很快学会了张鞋娃冷若冰霜的神态，也学会了张鞋娃走路的姿势，更是丰富了它原有的一脸凶相和一身凶气的表情，这便使阿黄原本就一脸凶相、一身凶气的面相，更为凶恶了。张鞋娃赞赏它的凶恶相，夸它是"正宗的看门狗"，阿黄得到表扬，冲张鞋娃摇了半天尾巴。张鞋娃大赞这条狗是神狗，狗便按张鞋娃的意思行事，那副忠诚于张鞋娃的表情里透出，对他的指令绝不会含糊。

柴府的人对新来的狗就笑，这狗又不是张鞋娃的亲弟，怎么一进柴府就把张鞋娃认成爹了，它真会攀高枝，它不就成了柴家大院二管家了吗?!

狗跟张鞋娃，张鞋娃跟狗，成了神交。张鞋娃见到阿黄就冷脸露笑，好像他在柴府对活着的东西喜悦的，就是这条阿黄。这个大院，没几个人让他比见到阿黄欢喜。张鞋娃在柴府做看门管家，不说权有多大，至少位置重要。看门管家牵扯到一个大院人的安危和形象脸面，应当是主人的心腹，应当把他当作半个主人看，甚至应当把他当作整个的主人看待和对待才对。尤其是像柴府这样有玉作坊的大户人家，在柴大老爷看来，看门管家可比有的无关紧要和吃里扒外的主人重要。柴家掌门人柴大老爷这么看，可这院里的人没人把看门管家当回事，没从心底里看得起过看门管家，甚至于把看门管家看作是条彻头彻尾的看门狗。

柴府的人把看门管家看作是条看门狗，这不怪张鞋娃没人样，怪前面的几任看门管家，把自己的定位和人格，放在了"看门狗"的"格"上，柴府的人压根也没把看门管家定在人的"格"上，而是放在了看门狗的"格"上。这是柴家过去的看门管家的油滑，造成了看门管家和看门狗让人讨厌。这些看门管家有共同的特点，优点是能说会道，能屈能伸，尤其是能把大老爷认成亲爹对待，也能把最厉害的老爷太太"打理"得浑身舒坦，而除了侍候好主要主子，对其他人却爱理不理、一脸厌烦。因而，前面的几任管家，在柴家大多人眼里，没把他们当人看，却看作是十足的"看门狗"。

看门管家成了柴家人眼里十足的"看门狗"，除了他们自身有很多低下的恶习外，似乎与没选用好看门狗大有关系。他们选用的看门狗，对人太会媚俗、太会看人、太会贱笑，没有看门狗那种刚正不阿的硬骨头劲儿，却是看门管家媚俗它媚俗，看门管家笑脸它笑脸，看门管家冷脸它笑脸，结果看门管家的脸，大多变成了狗一样的脸，狗的脸就大体变成了管家的脸，这便扭曲了管家的形象。张鞋娃选看门狗，凡是有媚相的，一概不要。

阿黄有前任看门狗不具备的优点，认人特别牢，它眼里扫过和鼻子闻过的人与物品，过眼过鼻不忘。过目和过闻不忘，哪怕这人大半年后再来，哪怕那物件放了再久，也能记住。前面所有的狗，记不牢人，连常来的客人，甚至大老爷的亲戚也记不住，即使挨了打也记不住。阿黄不偷懒，似乎很少看到它睡觉，白天黑夜几乎头都探望门口。前面所有的狗，好睡觉，睡得死狗一般，常常进出人都不知道，导致进过坏人和闲人，柴家丢过不计其数的东西；偷吃好吃，受贿索贿。前面有的狗，深夜潜入自家伙房和鸡圈，偷吃东西和鸡蛋。陌生人给它扔肉，它照样笑纳并"放行"，甚至朝手里提着好东西的熟人乱"咬"并要吃的，让外人对柴家说出了这样极其恶毒的话，"连柴家的狗都要'雁过拔毛'"；风流成性，勾搭犯奸。

尤其是风流成性，勾搭犯奸的事，让柴家丢大了人。前面有几任公狗，是老看门管家选来的，条条英武雄壮，虽忠于职守，却十分好色，勾搭母狗，犯奸出事。这几条狗有勾搭母狗的本事，即使把它们牢拴在门口，它们也能把母狗勾搭过来，并发生奸事。有一条公狗，与隔壁秦老爷家的母狗发生奸情，惹出了麻烦。要说这公狗日夜被铁链拴着，没机会出去勾搭母狗，可这母狗每次都是趁夜深人静与这公狗相会做爱。它们一定偷了多次情，竟然没被秦家和柴家人发现，真是偷情高手。直到有一次交欢被"锁"住，公狗的"坏东西"从母狗的"地方"拔不出来，痛与急得两条狗嗷出声来，才被柴家的人看到。柴家老爷看了此状，妒火与羞辱交集，怕让柴家更多的太太和小姐看到此景，责令看门管家立刻把两条狗分开，越快越好。

看门管家拿棒子抽，把他家的狗腿打断了也没有分开，再要打恐怕还要打断狗的另一条腿，那还得花钱买狗，老爷还得扣他工钱。拉不开，打不断，它被母狗"锁"死了。看门管家问老爷怎么办，老爷说快快用刀切断。把狗那"东西"切了，会疼死狗的。老爷说这狗东西风流成这样，即便疼死它，它也值了。看门管家就用快刀把狗的那"坏东西"给切断了。被解脱了的母狗夹着公狗的半截"坏东西"撒腿跑了，却痛得公狗倒地直翻滚，血流遍地。

公狗成了"太监"，为风流快活付出了生命的代价，不久便死了。柴家的狗死了，但秦家的狗却挺起了大肚子。秦家的人骂柴家的人，说柴家的狗与主人一样，是流氓，把他家狗的肚子搞大了。这话让柴家老爷听到，把管家骂了个狗血喷头："你选的看门狗，怎么同你一样风流，你就不能选个正经一点的吗?!"

老爷的恶毒谩骂,虽然气得看门管家要吐血,但看门管家无话可说。他的风流老爷知道,柴家大院里的人知道,他风流着呢,每每有相好的深夜来他的屋子,只好睁一只眼,闭一只眼不说。当然柴大老爷比看门管家还要风流,他偷鸡摸狗的事,哪件看门管家不知道!柴大老爷骂他,看门狗勾搭母狗伤风败俗,就是你看门管家带坏的。看门管家就暗骂老爷,真是贼喊捉贼,看门狗和他的风流,还不是跟老爷学的。看门管家明明白白,看门狗的德性,就是主人的德性;主人风流,狗也会学主人的风流。狗能观察到主人身上的一切品德,狗也能学会主人身上的坏品德。人身上好的品德狗一般不是很在意,而是非常在意人身上的坏品德,且模仿起来贼快。狗身藏匪气,人要暗示它,一点就通,一通即灵。所以柴大老爷说看门狗的风流,是从看门管家身上学的风流,看门管家当然是懂的。他和柴家大小老爷的风流,的确影响了看门狗的德性。在看门管家看来,在柴家当看门狗,不学坏也难。狗对人的骚情,感觉最敏感。人身上所有味道,狗能闻到,且闻到又会知道是啥玩意。柴家大院的老爷,有几个是好东西!进门当着看门狗的面,又是亲嘴,又是搂腰,又摸这又摸那,眉来眼去,调情发骚。老爷的男女苟且之事,哪能逃过狗的眼睛,又哪能逃过狗的鼻子。人的这些所作所为,被看门狗看在眼里,也就自然学在了心里。所以,从此看门管家再不要公狗当看门狗,就要母狗。从此看门狗都选母狗。

没想到母狗是非更多。让柴家人比用公狗更闹心的事接着来了,母狗一个又一个被外狗弄大了肚子。拴着的母狗,被野狗弄大了肚子,好像耻辱的污水泼到了柴家老爷太太脸上,要看门管家找到野狗,必须把野狗打死。看门管家是打死了几条野狗,但也没解了老爷太太的气,仍是把他骂得人不人鬼不鬼的。赶走或打死了丢人的母狗,看门究竟是用母狗,还是用公狗,看门管家不敢做主,请老爷太太定。老爷太太们说,不能再用母狗,母狗让人家的狗把他柴家狗的肚子一次次搞大,实在丢死人了;公狗虽有发骚风流的坏毛病,但弄大的毕竟是别人家狗的肚子,是柴家的狗占了便宜，吃亏的是别人家的狗，以后就用公狗看门。

用公狗有用公狗的闹心事，又接连发生勾引母狗的事情。有一条公狗，竟然把柴大奶奶身边的小母狗在黑夜里勾搭过来，多次发生性事，结果导致小母狗怀孕。这小母狗是远房表妹的狗，娇柔甜美，人见人爱，花二十块大洋买的，借到柴府小住些日子，还要还回人家。这亲戚的狗被狗弄大了肚子，要让远房表妹知道了，如何解释？柴家该多丢人。可柴府除了看门公狗，没有别的公狗，也没有别的公狗进入过大院，且柴大奶奶从没把小母狗抱出去过，小母狗的肚子是被哪条狗弄大的呢？柴大奶奶很快搞明白了，原来是门口的看门狗干的。看门狗做出了这样的丑恶勾当，柴大奶奶和柴大老爷很恼火，让管家把这看门狗活活地打死了。远房表妹来接狗回家，看小狗肚子大了，问怎么回事。柴大奶奶不想如实说，怕说了是看门狗弄大的，太丢人，但又不能说是一条高贵的狗给怀上的，这个谎撒不长久，小狗生下来那杂种面目一目了然，那时更丢人。柴大奶奶就对远房表妹如实说了，表妹一听鼻子都气歪了，恼火地说："你家的看门狗咋也这般风流，连这么小的狗都不放过……真恶心，真丢人！"

"你怎么说话呢，什么叫'看门狗咋也这般风流'，你们家就没有风流烂事！你的小母狗要不风流，我家的看门狗是拴着的，你的狗怎么就怀上了?!"柴大奶奶被表妹这番话气得喘不过气来了，冲着表妹发了火。

柴大奶奶的气话，捅到了表妹的痛处，谁都知道，她的男人柴大老爷是个花心大"萝卜"，表妹脸红脖子粗地半天说不出解气的话来，思量一会儿便说："这狗被你家坏狗毁了，那可是二十块大洋买的！"

柴大奶奶不想为此事纠缠下去，也不想为此事伤了与表妹的感情，连忙给表妹拿上二十块大洋，表妹才罢了休。但表妹说："小母狗快生狗崽了，生下的狗定是丑八怪，它也就报废了，我不抱它回去了，不要了。"

"它怀着狗呢，总不能把它赶出去吧。等生完了那孽种再处理它。"柴大奶奶说。

毕竟是自己的爱狗，柴大奶奶的表妹怕它生完孽种狗崽会被打死，本想问后面怎么处置小母狗，但手里二十块大洋让她闭住了嘴。心想，人家付了买小母狗的钱，这小母狗就是人家的了，再关心后面怎么处置小狗，纯属多管闲事。她知道，这小母狗，一定会被柴家打死的，包括它生的狗崽。她想到它的可爱和对她的忠心耿耿，想救它回去，但那沉甸甸的大洋会丢掉。她拿着大洋头也不回地走了，尽管小母狗紧跟她不舍，她把它一脚踢开走了。

看门狗让柴大奶奶和柴大老爷丢人不说，还丢了二十块大洋，窝了一肚子气。看门狗是看门管家买来的，发生狗奸情，看门管家负有直接责任，他们把气撒到了看门管家身上，扣掉了看门管家二十块工钱，这气才算出去了。

看门管家把被扣工钱和挨老爷臭骂的一肚子恶气，都撒在了这条风流狗身上，也将要撒在这条风骚小母狗身上。他把看门的风流狗吊在大树上，把小母狗拴在吊风流狗的大树下，他和下人轮流用钢鞭猛抽。小母狗虽吓得哆嗦，但望着树上的风流狗上蹿下跳。风流狗被抽一鞭，便是大嚎和惨叫，小母狗也随着大嚎和惨叫。看门管家看这小母狗一副对他们仇恨和拼命相救的贱货样，又给他火上浇了油，便使尽力气打风流狗。看门管家和下人有的是力气，肚子里有的是没处出的气，这就把浑身的力气和满肚子的恶气，全撒到了风流狗身上。他们的鞭子落到风流狗身上，风流狗身上便是毛飞皮开血流，更是惨叫声揪人心痛。风流狗的毛血掉到树下，掉到小母狗身上，小母狗很快受不了了，疯狂地撞树，疯狂地撞管家。风流狗被看门管家打得只抽咽，叫不动了，风流的狗鞭也被打得掉出了肚子，也被看门管家刻意抽得皮开肉绽，长长而血淋淋地难看地吊着。风流狗被打成了一条没毛没皮的血狗，小母狗昏死过去了，好像被吓死了，也许为风流狗殉情了，也一动不动了。

看门管家并不把这条打死的风流狗放下树来，也不把死了的小母狗埋掉，他把新买来的看门狗拉到树下，让它看，直到看得它全身发抖，看样子看懂了这狗男女的下场，受到了警示，杀狗才算完事。

看门狗着实给柴家人和看门管家惹了不少事，让柴家人和看门管家生了不少气，闹了不少心。柴大老爷为狗犯愁，看门管家更为狗犯愁，担心买来的下一条狗，又是惹事丢人的"王八蛋"东西。柴大老爷对看门管家说，再犯愁也得再买一条狗看门，必须是条好看门狗；狗总比人要忠诚，用狗比用人简单省钱，狗比人可靠，狗也比人警觉，还是用狗看门。

可买什么样的狗呢？柴大老爷给看门管家交代，至少是不偷吃东西，不风流好色，不偷懒怕事。看门管家张鞋娃就按大老爷的"三不"标准去选买新狗，便选上了阿黄这条狗。阿黄是条公狗，张鞋娃满意得不得了。看来阿黄"不偷吃东西和不偷懒怕事"是没问题，会不会风流好色，刚来看不出来。但张鞋娃的心目中已有底线，即便风流好色做不到，也能容忍，只要它忠心耿耿听他的话，按照他的意思办，有点"色"事，也无所谓。再说了，一条看门狗多寂寞啊，白天黑夜被拴在门口，如果没有点风流冲动，那不把狗憋死了。好在这条公狗，一脸的凶相，一身的凶气，它不会有色欲。有点色欲，张鞋娃也觉得它正常。

看门管家张鞋娃发现阿黄不是条狗，简直是人，是他一个爹妈生的血肉相连的亲兄弟。对他那个忠诚，不是忠诚，那是忠贞，彻骨的忠贞不二。他说什么它听什么，他哪怕喂它馊饭剩菜也吃，别人给它美味佳肴不吃，饿死也不吃；他说什么它居然能听懂什么，他比画什么它居然能看懂什么，他脸上有什么表情它也居然能看出什么。巧了，阿黄的灵性，对上了他的脾性。看门管家看阿黄哪是狗，就是他的化身，便动起了把它训练成自己化身的心思，他想教给它连很多人都难以学会的看人识人认人待人的方法和技巧。张鞋娃窃喜，要是让它学会了这些方法和技巧，不怕柴家大院的有些人小看他张鞋娃，也不怕柴家的人不把他当回事。

柴大老爷从来没有对一条看门狗满意过，骂看门狗"就像看门管家一样讨人厌烦"。那柴家究竟要什么样的看门狗才如意？柴家为何对看门狗这般挑剔？柴大老爷说"起码得看住柴家大院里的东西不被人拿出去"，也就是作坊的珍珠不被人偷走，柴家的财宝不被人盗走。前面多少条狗，即使是狼狗，从来闻不出人身上的珍珠，更闻不出拿出门的哪件东西是柴家的，所以柴大老爷一直不满意，要看门管家去找看得住财宝和大院东西的狗看门。

柴大老爷用狗的起码要求是，要让狗做到什么，狗必须做到什么。过去的看门管家就暗骂老爷，这要求哪是"起码"的要求，是连放个大活人看门都做不到的要求；大院里的东西用过多少个看门人都看不住，怎么要求看门狗看住，真是痴心妄想！老爷为看门狗的不中意，不知骂过看门管家多少次，看门管家为看门狗生了不少气。好了，这个阿黄，想必就是老爷喜欢的那条看门狗。

柴家是做玉器加工生意的，院里几个作坊在加工玉品，自然有佣工和生意人进出，尽管玉作坊门口有人看守，但还是经常丢玉品，柴家对此大伤脑筋。作坊里女工多，偷玉品的人，大都把玉品含到嘴里或藏到身体隐秘的地方，才能不被搜查出来而带出去，而丢失的玉好像都是通过藏在身体隐秘的地方带出去的。也经常怀疑哪个女人有偷，没有十分把握，那隐秘的地方不能搜，即使搜又怎么搜？所以柴家每年丢失的玉，说不清有多少。

柴大老爷恨看门狗没用，狗闻不出出门人身上有没有东西，是摇着尾巴的摆设；骂看门管家无眼，是站在大门口的活死人，眼看着别人往外拿东西。柴大老爷对狗提出了要求，狗鼻子必须闻出该出门和不该出门的东西，狗的鼻子有这个能力，不能让柴家的一根针让人偷走。可柴家的看门狗，即使换成狼狗，就是训导不出"闻"出珍贵东西的能力，丢了不少财物。柴大老爷把这无能的失职，全怪罪在了看门管家身上。因为柴大老爷对看门管家老说这样的话，他是柴家的看门管家狗，看门狗是他的管家；他管不好家，狗看不住门，罪责与狗是连在一起的。

让狗看住这所有的人、所有人的东西和柴家所有的东西，包括柴家大院所有人身上的东西，就是让狗记住柴家的东西，记住哪些东西是谁的，哪些人身上的东西是谁的，尤其是能知道谁的身上藏着作坊的玉器。柴家老爷真是想得天真烂漫，一条普通狗，即使是条聪明的德国狼狗，也不可能一下子记住柴家大院百十号人，更不可能记住所有的大小东西。柴家的东西，成千上万，柴大老爷真把狗当作神看待了。这样训练的结果，竟然没有一条狗做到记住人和物。而所有的看门狗无不烦柴家，你柴家人的脑子真是有毛病，它就吃你柴家点冷饭冷菜，却要让它干连人都干不了的事，做梦！还有，前面用过的不计其数的狗，也有聪明过人的，把有人要偷出去的东西察觉了出来，搞得做贼的人丢人现眼。而这样的狗不是被人毒死，就是被飞来的暗器打伤打残。被毒过打过的狗，自己会悟出为什么被人加害，后来遇事就装聋作哑。所以，所有的看门狗训归训，没一条做到称职，聪明狗更不愿做到，老爷很不理解，也不接受。

柴大老爷把看门狗的责任与看门管家张鞋娃的利益连在一起，要张鞋娃把阿黄训成真正的看门狗。张鞋娃就训导阿黄。同前面所有新来的看门狗一样，阿黄也要经过看门训导。柴大老爷对看门狗的要求，也就是看门狗称不称职的标准，是不能让人把柴家的哪怕一根针偷出去。不能让人把柴家的哪怕一根针偷出去，看门狗怎么"看"？张鞋娃学来了训导神犬的方法，训看门狗。先是拉着狗一个个认老爷太太、少爷小姐、姑爷姑妈、用人外人、玉工家丁等柴家大院的人，接着让认老爷太太、少爷小姐、姑爷姑妈家里摆的、柜子里锁的、暗室里藏的、身上穿和戴的家具、物器、金银财宝、珍珠用品等贵重东西，接着让认所有人身上的饰物，认作坊所有玉坯和加工好的玉品。

柴大老爷对看门管家和看门狗早已失望透顶，却对看门管家张鞋娃和阿黄抱有希望。因为阿黄认人认物特别快且过目过闻不忘，人就没法把东西偷出去；因为阿黄不吃别人喂的东西，别人就没法毒死它，除非把它打死。看门管家张鞋娃已想好，阿黄是不能受到伤害的，要让阿黄成为他的化身、拳头，必须保证阿黄的狗身安全，不然他这个看门管家就当不下去，不然他这个看门管家在柴家大院就如同看门狗一样人见人烦。

那怎么才能让阿黄安然无恙？张鞋娃思来想去，没有别的办法，得给狗配保镖。给狗配保镖，得与狗形影不离。谁给狗当保镖呢？张鞋娃思来想去，让柴家大院的谁给狗当保镖都不可靠，只好由他自己当了。他得搬到大门口，住到门房里，陪狗护狗，让它不能有半点差错，也要让柴家大院的人看看，他管家为了柴家，连狗窝也能住。当然看门管家住的不是狗窝，是门房。大门口是有门房的，门房也可以住人，看门狗的位置大多时候在门房口，只有深夜大门紧锁的时候，下雨下雪的时候，狗才可以回门房过夜。

不管怎么说看门管家也是柴家的重要人物，看门管家住在门房里，与狗同室，是不合适的，但老爷面对不断的东西丢失，倒认为看门管家早应当住在这里。如果那几个看门管家早住在这里，有些狗也不会被人打死和毒死，也就不会丢那么多东西了。所以，在柴家人看来，看门管家与狗同住，实在是太应该了。看门管家虽然明白柴家人早把他当作一条狗，但他与狗住一起的举动，不管怎么说也是为了柴家而有辱自己的举动，希望让老爷有所感动，然而非但没有感动他们，反而老爷说："你要早住到这里，也不至于丢那么多东西"！张鞋娃听了柴大老爷说的这冷血动物般的话，抹了一夜眼泪。

张鞋娃清楚在柴家人眼里的自己，只有受辱和卖命、做狗的份，不然就会像没用的狗一样被赶出柴家。况且，这条狗如若同前面的狗一样是饭桶，柴大老爷定会把他赶出柴家大门的。张鞋娃不愿离开柴家，在柴家即使当"狗"，受尽柴家人的邪气，也比在他鞋铺得到的多，柴家的玉作坊，肥得流油的柴家大院，能得到美玉、能捞到外财，还有意想不到的收获。想到这些好处的利害，受辱挨骂，他也就忍了。张鞋娃提醒自己，他不仅要忍着，还得想着法儿不被踢出柴家。

张鞋娃明白，他的命运，必须押在看门狗阿黄身上，只有阿黄能让他在柴家大院站稳、站高、站在门口人人怕他。他张鞋娃要让阿黄一刻也不闲着，让它变成他的化身。因而，照例，看门管家张鞋娃要同狗做常规的、最严肃的一件事，也是牵扯到柴家人财宝安危的事：张鞋娃带着阿黄认老爷太太、小姐、用人外人、玉工家丁等柴家大院的人，接着让认老爷太太、小姐等柴家人家里摆的、柜子里锁的、暗室里藏的、身上穿和戴的、家具、物器、金银财宝、珍珠用品等贵重东西，接着让认所有人身上的珍珠饰物，认作坊所有玉坯和加工好的玉品。

让狗认这所有的人和所有人的东西，还有柴家所有的东西，包括柴家大院所有人身上的东西，就是让狗记住柴家的东西，记住哪些东西是谁的，哪些人身上的东西是谁的，尤其是能知道谁的身上藏着作坊的玉器，阿黄心领神会看门管家主子的用意和苦衷，看门管家把它引到哪，它就好奇地去看哪，引见谁它就细瞅谁，让闻什么东西它就闻个明白。也有老爷太太、少爷小姐，不让狗看他们私藏的东西的，也不是不让狗看，实际上是不让管家看到。可这阿黄偏偏有意思，凡是有人避开管家单独拉着阿黄看什么，阿黄死活不看，只有张鞋娃在场它才看，有些柴家人只好不让狗看。

不让狗看，狗就不知道谁有些什么贵重东西，丢了怎么办？张鞋娃也毫不客气地对他们说："凡是阿黄没有看过闻过的，丢了别怪阿黄门没看住，谁丢谁捂着！"

柴家的人当然知道这个利害关系，他们怀疑看门管家张鞋娃有贼心贼眼，宁可冒着东西被偷的风险，也不愿狗看的同时让张鞋娃看。

这样一来，柴家的有些贵重东西，阿黄压根也没见过长什么样，那即使有人从阿黄眼前大摇大摆地偷出东西出了门，阿黄也不会知道。这样情形下丢了的东西，虽说怪自己，但柴家的大人不讲理，都会怪罪到看门狗身上，也会由怪罪狗而怪罪到看门管家张鞋娃身上。柴家的大人哪个讲理？丢了东西都怪管家和看门狗，从来如此。张鞋娃和阿黄的冤屈，不是想躲就能躲得了的。但张鞋娃自有他的办法，对于这些提防他的人，讨厌他的人，看不起他的人，有意跟他做对的人，他要让他们吃苦头。

让柴家的人怎么才能吃到苦头？张鞋娃有这灵性如人的阿黄，自然就有了招数。他给阿黄搜罗了一套与他有仇有恨和讨厌之人的照片，拿着这些照片训练阿黄。拿照片如何训练阿黄？他给阿黄"交代"如何在这些人进出门时，轻重不同地给他们"颜色"看，重点对他们"搜"身，把他们当贼一样防着，也当贼一样"搜"着。这样，不怕他们对看门狗不当回事，更不怕他们把他管家不放在眼里。

阿黄与张鞋娃的"神"交，使它能快速领会管家教的眼神、动作，且记性超强地达到了对任何人和任何东西过目过耳过鼻过嘴不忘。张鞋娃仅以几遍少有的功夫，就把柴家大院中他要重点对待的人，给阿黄交代清楚了。阿黄把张鞋娃交代的人记了个清楚，把张鞋娃交代的哪个人怎么对待记了个清楚。阿黄的记得清楚，当然是进出的人中，只要是张鞋娃"交代"过的，阿黄就按照张鞋娃给的"颜色"看，或者"搜"身。"搜"身，当然不是动手动脚地搜，是狗鼻子以闻代搜。

在张鞋娃看来，柴家大院哪些人是让阿黄重视的重点人物，也就是让阿黄对这些人眼睛不能"放过"的人物。张鞋娃给阿黄反复看的几十张照片上的人物，有些是"叮嘱"阿黄，不能对他们客气，并要给他们"颜色"看的人；有些是"叮嘱"阿黄，对他们不给好脸，以冷脸相对的人；有些是"叮嘱"阿黄，对他们睁只眼闭只眼的人；有些是"叮嘱"阿黄，他们即使拿了柴家的什么，即便柴家人拿了别人的什么，对他们闭眼也闭口。

哪些人会是张鞋娃让阿黄给"颜色"看的人，哪些人又是张鞋娃让阿黄闭眼也闭口的人？大老爷是让阿黄闭眼闭口的人，大老爷太太柴大奶奶是给以冷脸相对的人。大老爷在柴家绝对权威，他是柴家大院的掌门人，玉作坊和外面的营生，都是柴大老爷把持着的。这也是柴家老老爷在三个儿子里选定的柴家产业的接班人，他也有能力经营柴家的产业。

柴家老老爷过世后，柴家三老爷和二老爷合起伙来争大老爷的掌门人位置，争到了不把大老爷置于死地不罢休的地步。争到了现在，没争到手，三老爷没了耐心不争了，染上了患得患失、吃喝嫖赌偷的恶习，经常从家里偷值钱的东西换钱去赌和嫖。在柴家大老爷眼里看门管家没个好东西，从来就把看门管家看作一条狗，有时还看作不如一条狗，对张鞋娃也一样。在过去看门管家心目中，在现在的看门管家张鞋娃眼里，柴家大太太也不是好东西，嘴像刀子，又硬又快，恨不得一句话把人捅死，看门管家简直就是她无处撒气时的出气筒。

柴家二老爷和太太表面上老实巴交，对张鞋娃从来都是尽量客气也不为难，在张鞋娃眼里他们是贪财鬼却是好人。三老爷从不把张鞋娃当人看，甚至动不动还扇张鞋娃耳光，张鞋娃做梦都想让他倒霉。三老爷虽喝醉了和赌输了常拿张鞋娃出气，但他会打了巴掌给张鞋娃甜"枣"吃，张鞋娃既恨他，又喜欢他。而唯独三太太对张鞋娃好，私下里好；只有张鞋娃对三太太好。至于那三个柴家小姐有好有坏，大小姐对张鞋娃刁蛮，张鞋娃最讨厌大小姐。当然，柴府有讨好张鞋娃的人，玉作坊里有给张鞋娃送小恩小惠的人，进出柴家的生意人也有给张鞋娃送"好处"的，张鞋娃就对他们网开一面。当然，柴府更多的人讨厌张鞋娃。他们骂张鞋娃，恨张鞋娃，张鞋娃对这些人不会忘记。只要是张鞋娃讨厌憎恨的人，他就让阿黄来收拾他们。

　　阿黄听张鞋娃的，死心塌地听张鞋娃的，张鞋娃做看门管家的感觉好极了，他对他在柴家的未来，不由得窃笑不已。而张鞋娃的窃笑，随着阿黄的变化，很快没有了。阿黄的变化，是它对张鞋娃的态度变了，过去事事听张鞋娃的话，后来却时常不听张鞋娃的话，这让张鞋娃很窝火，让柴家人很奇怪。

下篇｜狗故事

受训的阿黄，绝顶聪明的阿黄，太会察言观色的阿黄，一脸凶相和一身凶气的阿黄，对看门管家张鞋娃心领神会和赤胆忠心的阿黄，它明白张鞋娃对它的企望，它也明白张鞋娃对它的命运意味着什么，它明白柴府任何一个人都没有张鞋娃重要，它明白它与看门管家张鞋娃一荣俱荣一亡俱亡的利害关系，它要以死的勇气做条看门管家张鞋娃的好走狗。阿黄对张鞋娃有了这样的命运相系和以死报恩的念头，它的看门任务和针对对象便非常清楚了。

　　这样，阿黄就与柴家大院以前所有看门狗大不相同，看上去它是一条狗，但它的思维和眼光、情感已变成了人。变成的不是柴府的谁，而是变成了管家的化身。因而，柴家大门口，阿黄与人，人与阿黄，发生了从来没有发生过的事情。

一　不寻常的来客与夜晚

　　看门狗阿黄，与所有的看门狗不同，对门口的事情，明察秋毫不说，且认真到丝毫不放过。不放过，难免会惹出让柴家人不高兴的事。首先是惹怒了大老爷。有一天点灯时分，春花楼的小菊花到柴府找大老爷。小菊花是妓女，夜晚进柴府，并不是她自己随便而来，那是柴大老爷约定她来过夜的。柴大老爷的太太柴大奶奶出了远门，短时回不来，柴大老爷便约小菊花来取乐。柴大老爷不约小菊花，小菊花哪知道大老爷太太不在府上。张鞋娃这样想小菊花的来因。

　　张鞋娃最怕柴大老爷约什么女人来柴府，来柴府的女人一旦让柴大奶奶知道，他张鞋娃脱不了干系。柴大奶奶最容不下柴大老爷有风流韵事，一旦被她"闻"到"味道"，那会把柴府闹翻天。要说，柴大老爷这样有钱有势的老爷，娶小和玩个女人，在热河不是什么事，可柴大奶奶是县太爷的千金小姐，柴大奶奶又有一身武功，柴大老爷虽有钱，在她眼里还是低她一等，她哪里容得下他的男人有这等事情。可柴大老爷偏有这个毛病，也是个男人为大的主，背地里并不把身为县太爷千金小姐的柴大奶奶当回事，该干什么，照干什么。有一次，柴大老爷趁她走亲戚，约了个相好的过夜，被柴大奶奶堵在了屋子里。柴大奶奶把大老爷那个相好的打个半死不说，也把柴家闹了个天翻地覆，还抽了张鞋娃嘴巴，问他放"婊子"进柴府的罪，她吼道："十拿九稳是你这个龟孙子张罗并拦住看门狗让这婊子进来的，没有你张罗，她怎么会睡到老爷的床上?!"

　　张鞋娃只有挨打的份，没有辩解的胆。甚至把他打急了，打得实在忍不住了，话到舌头根，又咽了回去。他不敢辩解，哪怕是一句轻微的辩解，大老爷的巴掌就会重重地扇到他脸上。

事实上，确实是张鞋娃给大老爷的相好拦的看门狗，可这是大老爷交代让拦的呀，不拦行吗！那天小菊花进柴府，大老爷可没给他交代，他就没拦狗，狗就不让小菊花进。

"是大老爷让我来的。"小菊花对管家嚷着说。

"快滚，大老爷没说有你这么个卖货来府上！"张鞋娃没好气地说。

"你不让我进，小心大老爷打断你的狗腿！"小菊花蛮横地嚷道。

张鞋娃最厌恶有人骂他是狗。居然这个骚货把他看作是狗，还要打断他的"狗"腿，一气之下，他把阿黄脖子上的铁链解开了，示意阿黄去吓唬她。阿黄没吓唬她，却来了真的，扑到小菊花腿上就是一口。

阿黄扑向小菊花的瞬间，张鞋娃吓晕了，眼前涌现的是小菊花那细皮嫩肉的腿上，就地皮开肉绽血流，人也被吓昏过去了。当他恢复神志，看见小菊花确实躺在地上，阿黄仍做出咬的样子，而小菊花的腿上并没有被咬伤的地方，身上也完好无损。原来这狗东西只是做出狠咬她的姿势，并没真咬她；原来这狗东西真是他肚子里的"蛔虫"，在他说让咬她的同时，又随即闪现把她咬伤，大老爷的枪饶不了他的害怕情形。阿黄欲咬她却没有咬她，阿黄真是救了他。张鞋娃感激阿黄没真咬这骚货，要是真咬伤了，他和阿黄的小命八成不保了。

张鞋娃赶紧扶起小菊花，给她说上好话。说，希望小菊花大人不计小人过，原谅他的一时冲动，千万不要把这事儿告诉柴大老爷，他张鞋娃以后绝对不敢慢待她小菊花姑奶奶了。

被张鞋娃扶起来并给笑脸赔不是的小菊花，根本不买张鞋娃的账，朝张鞋娃左右开弓，来了两个响亮嘴巴。阿黄见这女人打它主人，扑上来真咬，吼叫声响彻了柴家大院。好在张鞋娃疾步阻拦，阿黄的利齿只是撕破了小菊花的裙子边角，没伤着皮肉。

挨了小菊花大巴掌的张鞋娃，正不知道怎么收场好，大老爷却出现在了门口，手里提着的枪，指到了张鞋娃的脑袋瓜子上。张鞋娃被大老爷突如其来的出现和举到头上的手枪，吓得瘫在了地上。阿黄见他主人被人枪顶着头有危险，顷刻朝大老爷扑了过来。阿黄的愤怒，简直把张鞋娃吓得惊叫起来，他拼命扑向阿黄，及时抱住了狗腿，才避免了阿黄为救他而恶咬柴大老爷的可怕结果。

张鞋娃虽拦住了狗，大老爷虽有惊无险，但狗扑咬他的现实已经存在，让他无法容忍，朝狗就是一枪。庆幸枪的保险没打开，空打一枪。柴大老爷正要打开枪的保险时，小菊花把大老爷的枪按住了，并对大老爷柔情地说："大老爷，今天是个好日子，何必跟一条狗过不去呢。快把枪收起来，我们到屋子里去吧，你忘了让我干什么来了？"

小菊花的举动和这几句柔情的话，阻止了大老爷打开枪的保险，阿黄便免遭了一劫。柴大老爷看到小菊花被撕破了的裙子，问小菊花："你的裙子，是不是这畜生撕咬破的？！"

"这哪是狗咬破的，是我刚才在路上不小心被树枝剐破的。"小菊花说道。

"你个狗东西老实说来，小菊花的裙子是不是这狗东西给撕咬破的？！"大老爷不相信，厉声问张鞋娃道。

"小菊花说的千真万确，阿黄没有撕她的裙子，阿黄没有……"小菊花给张鞋娃使个眼色，张鞋娃便用铁嘴铜牙般的口气说道。

"这笔账给你和这狗东西先挂着，如果裙子是这狗东西撕破的，我绝饶不了它！"柴大老爷提着枪指着张鞋娃说。

小菊花怕大老爷再问下去，知道了裙子真是狗撕破的，一气之下枪"走火"会打死看门狗和看门管家，那不仅把她今晚的"好事"打扰掉了，还会因她出了狗和人命案，让柴家大院人人知道，也会让热河城的人知道因她惹出的事，她在人们眼里不就成"扫帚星"了吗？柴大老爷从此不敢再沾她，那谁还会沾她？精明的小菊花赶紧挽着大老爷进去了。张鞋娃听小菊花娇柔地问大老爷："大老爷，您这枪真让人害怕。您哪来的枪呢？"

柴大老爷旁若无人并下流地摸着小菊花的屁股说："老爷的哪个枪不让你害怕？！"

小菊花发骚地说："老爷的两条枪都厉害，我都害怕！"

……

张鞋娃瞅着这勾肩搭背边走边耍流氓的狗男女眼里冒火。是真冒火，也是刚才小菊花两记大嘴巴打得他眼冒的金星。阿黄也随管家瞅着这勾肩搭背和边走边耍流氓的狗男女眼里冒火。这冒火，是被小菊花打它主人气的火，更是大老爷用枪指着它和它主人被气的火。张鞋娃看到小菊花背身的腰和屁股，尤其是小菊花那扭动的屁股蛋，顿时心跳不已，两只眼睛钩直了不说，他脸上火烧火燎的疼痛居然变成了麻酥酥的舒坦感觉。他想象一会儿大老爷那猪头般的臭嘴会亲着小菊花那如玉的小脸，那肥猪般的腰和大树墩般的屁股会压在小菊花那娇小柔嫩的身上，简直就是一泡狗屎压在了鲜花上。

"呸！你凭什么呀，不就是凭有钱吗！我有朝一日有钱，我玩的枪和玩的女人会比你档次高！"张鞋娃朝两个狗男女狠狠地暗自骂道。

再看阿黄，它看主子管家眼盯着小菊花的屁股一脸的色相，小菊花那妖艳的裙子和柔美的屁股，柴大老爷与小菊花调情的声音和动作刺激着它，也让压在它心头的怒火和惊吓顿时消失了，它的狗舌头伸了出来，口水也流了出来，居然硬邦邦的狗鞭也掉了下来。

张鞋娃看阿黄也被这对狗男女弄难受了，便心疼起阿黄来。今晚他得发泄一下，也得让阿黄发泄一下。作为一条有灵性的看门狗，阿黄不贪吃，不偷吃，不在门口勾引母狗，浑身都是优点，既然它是他兄弟，应当让它满足正常的欲望。张鞋娃想，就从今晚开始，让它享受狗的快乐。

对了，柴大老爷哪来的枪呢？大老爷的枪怎么来的，柴家大院连小孩都知道，县里头面人物都知道，大老爷的枪是日本株式会社麻咸太郎送给他的。麻咸太郎与大老爷做生意，大老爷给他供精美的玉品，麻咸太郎给大老爷供上好的烟土，两人成了狼狈为奸的朋友，麻咸太郎就给大老爷送了枪。大老爷出门提在包里，回家放在身边，睡觉压在枕下，因他有枪还有日本人朋友，还有他蛮横霸道，除了大太太从不怕他，别人见他畏惧三分，柴家人见他便躲。所以柴大老爷只要柴大奶奶远离府上，便旁若无人地把婊子叫到府上纵乐，谁也不敢多嘴。

柴大老爷不抽鸦片，但极其好色，逛窑子逛烦了，柴大奶奶出远门时，就找个姑娘陪他取乐过夜。小菊花大多时候陪日本小队长小野，小野对小菊花喜欢得不得了，柴大老爷就有吃不到酸葡萄流口水的渴望，对小菊花垂涎欲滴。近来趁小野小离几天，柴大老爷便把小菊花约了过来，尝鲜解馋。

小菊花脱衣服时，柴大老爷又看到了那撕破了的裙子，处于对小菊花的上床前的讨好冲动，柴大老爷接着逼问小菊花，让她实话实说，这裙子是怎么破的。小菊花说："我告诉你，但你不能马上找他们算账，也不能因为我，你找管家算账。我不想让管家知道，是因为惹了我而倒的霉。"

柴大老爷答应了小菊花的要求，小菊花就对大老爷说是看门管家支使看门狗咬撕的。大老爷又把枪提起来，假装要去门口。小菊花急忙拦住大老爷："你不是答应不马上算他账的吗?!"

柴大老爷连忙讨好地说："那我听你的，过段时间，我找个其他茬儿，收拾那两个狗东西。"

柴大老爷的怜香惜玉，让小菊花眼涌泪花的同时，像一团棉花软得沾在大老爷的身上了。

……

完事，柴大老爷应当给小菊花嫖钱和陪睡钱。这钱，通常是女的应事前趁热火劲要，小菊花没好张口，柴大老爷也没主动给。小菊花想完事了当即要，可他打起了小呼噜。小菊花着急，如若此时再不拿到手，他一觉醒来，一分不给也是有可能的。小菊花摇醒大老爷说："大老爷把钱给了再睡呀，你不给钱我哪能睡得着！"

柴大老爷火气十足地骂小菊花："你这小婊子，老爷能亏你的钱吗? 明早给你！"

小菊花太了解柴大老爷这样的王八蛋男人了，到了明早，他一脚把她踢下床，逼急了，不要说要钱，连命都会给你要了。小菊花便说："大老爷，连小野君每次'要'我前，都是先给我钱的，而且还给我多多的。您柴大老爷有的是钱，当晚的钱当晚给才是。"

柴大老爷正要接着发火，可一听小菊花提到小野，他的脑子"轰"的一声，吓清醒了。柴大老爷被小野的名字吓坏了，他竟然忘了小菊花是小野的女人。这要让小野知道他柴某人睡了他的女人，准得吃枪子。柴大老爷想到这，急忙下地给小菊花拿钱，而且给了她好几倍的钱。不仅给了好几倍的钱，又多给了小菊花几十块大洋，说，请小菊花小姐赶紧回去吧。

小菊花知道她提小野让柴大老爷吓软了"蛋"，可观的大洋也就不推，收下了。小菊花说那就听大老爷的，不陪大老爷过夜了。小菊花正要走，柴大老爷却突然做出要跪在小菊花前面的样子："小菊花姑奶奶，我对你有情有意，真心喜欢，我俩睡觉的事，你可千万不要给小野说呀，不然我就完了！"

小菊花扶起柴大老爷说："柴大老爷您想多了，我俩的事，只有你知我知。只要您柴大老爷时常惦记着我，把我哄高兴了，我是不会告诉小野君的。"

柴大老爷听了小菊花的话，感激涕零地紧抱小菊花，小菊花把他一把推开了。柴大老爷心里没底，但听懂了这个贪财婊子话的意思，便又给了小菊花两根金条和一把珠宝。两根"黄鱼"金灿灿的让小菊花脸绽成了菊花，小菊花亲了大老爷一口，把金条装进硕大的真丝手包，抱着很沉的金银要走。柴大老爷急忙差人告诉门口的张鞋娃，要张鞋娃把小菊花亲自送到春花楼，不得有半点差池。

小菊花刚才一提小野，把柴大老爷的心提到了嗓子眼上。柴大老爷嗓子堵了个疙瘩，越想疙瘩越大：玩了个小婊子，破了这么多财。这么多钱，就是玩几十个"小菊花"也够了。这小婊子刚才话里有话，还得不停地给这小婊子钱哄她高兴来堵嘴，不然她哪天不高兴说给了小野，他不倒霉才见鬼呢。

柴大老爷越想这事越后悔害怕，恨自己太糊涂，尝"鲜"尝到了丢命的地方，便狠狠抽了自个两个嘴巴，骂道："玩了个臭婊子，破了大钱财，还担上了惊怕，我就是个十足的大笨蛋！"

想到自己的贪色失财，想到以后不敢"沾"这婊子还得给钱哄着她，只要她是小野的女人就得怕她，大老爷的嗓子堵得喘不上气来。但他转而又想，小野难道会一直喜欢她吗？总有把她当烂鞋扔掉的时候，到时把她一枪给崩了，就再没忧患了。想到这里，柴大老爷又感到玩这小骚货，虽破财又担惊受怕，倒是"味道"与众不同，挺解"馋"的，让他寻找到了一丝冒险也值得的感觉。

柴大老爷差使的人陪小菊花刚到柴家大门口，狗便扑上来咬小菊花，把小菊花手里的包撕到了地上，包里的大洋、金条和珠宝撒了一地。

张鞋娃从门房闻声出来，看小菊花的包在地上，还有那么多大洋，还有金条和珍珠，眼都直了：这婊子哪来的这么多钱，还有金条，还有珠宝？是偷的，还是大老爷给的？柴大老爷不就"干"了她一下，又没陪过夜，怎么给了她这么多钱财？阿黄也盯着地上的包和钱财，大有不让她动的架势，怀疑这些钱财是小菊花偷的，定是偷的。

柴大老爷是个小气怪异的人，常常玩了女人不给钱。这钱财，阿黄好像"认定"是柴家的东西，张鞋娃得拿它去问柴大老爷。

张鞋娃把钱财装在落地的小包里，小菊花伸手抢，但包被阿黄抢在了嘴里。大老爷的差人看情况不对，赶忙对张鞋娃说，大老爷叮嘱要让他张鞋娃亲自送小菊花回春花楼，不得有半点差池。张鞋娃打消了拿着钱财去问大老爷的念头，他拍拍阿黄的脑袋，把手包还给小菊花。阿黄明白管家让放行的指令，不再追咬手包。望着张鞋娃陪它厌恶的这个女人上了黄包车，消失在了夜色里，它朝张鞋娃"汪汪"两声，张鞋娃知道是阿黄生气了并提醒他快点回来。

张鞋娃便朝阿黄说："我很快会回来。"

阿黄又"汪"了一声，算是应声。张鞋娃与阿黄，不仅彼此很懂，还很亲。

张鞋娃送小菊花走后，差人给大老爷回话，把看门狗撕咬小菊花手包到地上的经过，给柴大老爷说了一遍。柴大老爷听了火冒三丈，提起枪要下楼，被差人拦住了，劝柴大老爷："这么晚了，大老爷您去收拾狗，惊动了柴家大院不说，把狗打死了，明天没狗看门，一时又找不上合适的狗来接班，门口就乱了。再说，那小菊花与您的事，柴家不就全知道了不说，丢了东西那可就划不来了！"

"你的话不是没道理，但我哪能咽下这条狗的气！"柴大老爷说道。

"看门狗又没错，您何必生狗的气呢。"差人说。

柴大老爷只好作罢。

送小菊花回春花楼的路上，心里直为小菊花手包里一大包钱和珠宝在疑惑的张鞋娃，想问小菊花"柴大老爷怎么给了你这么多钱和珠宝"，话到嘴边，看这女人对他一脸的怒意，想那大老爷的凶狠样，便把话咽到肚子里。张鞋娃由此断定，这个婊子，尽讨小野、县长、局长、柴大老爷等这样的头面人物欢喜，一定赚了不少钱，难道她的身子真销魂？想到这，张鞋娃把手摸到了小菊花的腿上。小菊花把张鞋娃的手抛开，狠狠地瞪了他一眼。

到了春花楼，张鞋娃对小菊花说，想不想挣钱。小菊花明白张鞋娃是什么意思，对张鞋娃狠呆呆地说，挣谁的钱都情愿，但就是不挣"看门狗"的钱。张鞋娃强忍着火气说，挣谁的钱不是挣，他张鞋娃的钱难道不是钱？只要待候好他，他会加倍给她钱。小菊花理也不理张鞋娃，扔下他上楼了。张鞋娃朝小菊花"呸"一口，是极其憎恨的一口唾沫，他恨不得用这口唾沫把她射死。

小菊花对他张鞋娃的这般憎恨，还有厌恶，让张鞋娃心涌耻辱感。小菊花压根没把他当人看，压根看不上他，即使给她加倍的钱她都不让干，是记恨那门口的事，还是嫌他丑？在张鞋娃看来，窑姐只认钱，哪能记人的仇，定是嫌他丑。他张鞋娃不丑啊，他张鞋娃总比那长个驴脸的柴大老爷好看吧？纳闷半天，张鞋娃转过神来，她是看不起他张鞋娃，她一定是把他看成一条狗，一条地道的下贱的看门狗了。不把他看成狗，她怎么会用那样轻蔑的眼神看他，她怎么会用狠毒的巴掌打他，她怎么会用恶毒的言语骂他？她把他看成了一条狗，看成了下贱的看门狗，这个小婊子！转而，张鞋娃便宽慰自己，让她先威风，他是迟早要尝到这小婊子的"鲜"的，迟早要把这小婊子弄死在他手里不可。

恨意涌心的张鞋娃，躲在黄包车里看小菊花抱着那么多大洋、金条和珠宝去了哪里。

小菊花是上楼了，但并没进自己的房间，也没去其他地方，只是瞅了瞅楼下和门口。也许是瞅老鸨不在，看张鞋娃走了，她急忙下楼出了春花楼，上了辆黄包车。

张鞋娃让黄包车夫紧跟着小菊花的车。小菊花让黄包车穿西城、走东城，终于停在了一座教堂门口，她抱着手包进了教堂。

教堂的门没有关严实，张鞋娃可从门缝看到小菊花把沉重的手包交给了神父。神父是美国人，长得人高马大且英俊风流。神父吻了小菊花，把她带到了后面的房子。不一会儿，神父与小菊花从后面的房子里出来了，小菊花拎着的包已空，显然她把包里的大洋、金条和珠宝，全给了神父。

"好呀，这个小婊子，还私下养着条洋'狗'。这么多钱，一下子就给了这条大洋'狗'，可见平时赚的钱，也都给了他。"张鞋娃吃惊地暗骂道。

她跟神父是什么关系，难道是情人关系？张鞋娃好奇地推想。若是情人关系，那应当是神父给她大洋和金条才对，怎么是她给他呢？这让他想不明白。张鞋娃只能让这个好奇挂着，他叮嘱自己要找机会把这事弄个清楚，看这小婊子到底在搞什么名堂。

张鞋娃回到门房，阿黄眼里的两行泪在灯光下闪光。它看到张鞋娃，像看到自己亲爹一样，扑在张鞋娃怀里，眼泪流得更多了。这一天的大门口，发生的别的事不提，光这柴大老爷和小菊花的事，就让他够窝火，让阿黄很委屈。他这个看门管家差点丢了命，他的阿黄也差点丢了命。

压抑的张鞋娃想，他和委屈的阿黄得"释放"一下，不然他还没疯掉，阿黄就会疯掉了。

张鞋娃把大门锁了，开了个小门，带着阿黄去了个地方。那是老马家的狗馆。老马家开的狗馆，当然也有马馆、驴馆、羊馆，是动物交配馆。馆里有漂亮的公狗，也有漂亮的母狗，除了交配，也是狗妓院，是满足有钱人家狗欲和配狗意愿的。张鞋娃把阿黄拉到狗馆的母狗馆，母狗馆尽是毛色不同的漂亮风骚狗，张鞋娃把阿黄放进去，让它选喜欢的母狗。

阿黄进了狗馆，兴奋得要疯了，舔了这个，又亲那个，哪个都喜欢，很快与一条大花母狗好上了。狂欢完了，又与一条大黄母狗打闹上了，不一会儿又与一条叫"白雪公主"的好上了。阿黄一连打闹了三条狗，终于消耗过度，瘫在墙角睡着了。

阿黄狂欢得潇洒狂妄，把张鞋娃看得早忍不住了，还没等阿黄狂欢完，便逛窑子去了。狗馆旁边有个叫销魂楼的妓院，张鞋娃要了妓院头牌姑娘夜来香和野百合……玩了个快活。

逛完妓院，张鞋娃去接阿黄。阿黄狂欢过度，仍如一堆软泥躺在墙角。管家给阿黄付了三条狗的狂欢费，把它拉起来，阿黄亲热而感激地舔舔管家的手，懒洋洋地跟着懒洋洋的管家回去了。

张鞋娃和阿黄逛完回来，柴家门口的一天才终于算结束了。

二　做人做鬼一念生

张鞋娃逛窑子的事，很快传到了柴府。有人说，柴大老爷又多了个"窑伴"。柴大老爷听到，恨不得把张鞋娃剁了。但柴家其他人对张鞋娃逛窑子不以为然。在他们看来，看门管家张鞋娃嫖娼，与柴大老爷嫖娼不一样，张鞋娃没老婆，柴大老爷有老婆。照理说，张鞋娃嫖娼，不应遭到大老爷的厌恶和痛恨，也不应遭到柴家人的厌恶和痛恨，可柴大老爷对此非常厌恶和痛恨；照理说，柴大老爷嫖娼和玩女人，应遭到柴家人的厌恶和痛恨，可除了柴大奶奶厌恶和痛恨柴大老爷这个恶习外，柴家大院没人厌恶和痛恨柴大老爷的这个恶习。

没老婆的管家嫖娼不应该，有老婆的大老爷嫖娼却很正常，为什么会有这样的不同？在柴家人眼里，这取决于他们两个人的身份。柴家大少爷出身的柴大老爷，从小就嫖娼和玩女人，一直就玩到了现在，且热河大多大户人家的大老爷、小老爷和当官的都喜好嫖娼。他们有权有钱，喜欢玩这个。有权有钱的人不玩这个，还有什么可玩的？在热河人看来，老爷不嫖娼和不玩女人，会被怀疑身体有毛病。所以，柴大老爷就应当嫖娼和玩女人。他柴大老爷要是不嫖娼和不玩女人，就不像大老爷，也就如公鸡不打鸣一样奇怪。而在柴大老爷看来，他嫖娼和玩女人，就同一日三餐吃肉喝酒一样再正常不过了，可他却厌恶和痛恨管家做这样的事。

柴大老爷厌恶看门管家张鞋娃做这样的事，与张鞋娃出身的下贱和卑微有关。张鞋娃是鞋匠的儿子，是街头鞋铺的鞋匠，满屋子的破鞋，一屋子的臭气，满身的臭鞋味，人见人嫌。可遇到了柴大老爷，张鞋娃的命运从此便改变了。

柴大老爷看张鞋娃讨不到老婆，孤家寡人，但眼尖手巧，能说会道，又一身的鬼精，便问他，愿不愿意来柴家干份差事。张鞋娃对柴大老爷说，很愿意。柴大老爷问，怕不怕丢了鞋匠的手艺。这话问得张鞋娃半天不知道怎么回答。张鞋娃做梦都想离开这鞋铺，但又怕丢了鞋匠的手艺，造成半途而废而彻底废了自己。因为张鞋娃父亲离世前交代过他，这乱世啥也别干，就做鞋匠保险。张鞋娃父亲让他从小跟着补鞋，他父亲把修补鞋看作安家立业的神圣手艺，希望张鞋娃把不出门就能挣钱养活人的修鞋手艺学到手，做个好鞋匠，使穿鞋的人都离不开他，可以轻轻松松和安安稳稳养活个人，便给他起了"张鞋娃"这名字。

可惜张鞋娃对修鞋做鞋厌烦透了，不仅没学到他父亲的那几下子，补修鞋不是粗心大意，就是偷工减料，更不要说做鞋了，做出的鞋客人穿上三天就开线，气得他父亲吐血。他父亲死了，他又没讨到老婆，鞋铺就由他经营，生意从此惨淡不堪，维持不了多久，竟然连自己也养活不了。柴家大老爷这个时候叫他到柴家干差，无疑给张鞋娃的饿嘴扔来了块肉饼，且是天天都有的大馅肉饼，张鞋娃怎么会不欢喜！

张鞋娃把他父亲的交代抛到脑后，赶紧回答柴大老爷话："鞋匠的手艺算个啥手艺，丢了不可惜。我去，我去。感恩大老爷看得上我，即使让我做柴家门口的一条狗，我也愿意！"

柴大老爷虽看上张鞋娃有点"长处"，可压根也没把他当人看，压根是为选条狗而看上他的，所以对张鞋娃说："鞋娃我给你说实话，我柴家不缺当差的人，缺的是对我忠诚得像一条狗的人。你能有'即使让我做柴家门口的一条狗我也愿意'的想法，说明你聪明，也是我柴家用你的前提。你在柴家是什么角色，说清楚了，就是忠诚老实的狗的角色……我柴家就需要你这样的人……"

张鞋娃听了柴大老爷的这番借他的话而说的话，后背冒起凉气：这个柴大老爷正如平常人传说的，是个心狠手辣的人，拿他的话说，把他张鞋娃定"格"到了狗的地位上。张鞋娃很生气，他进柴家前虽是个鞋匠娃，但没人不把他当人看。进了柴家却不他当人看，而当狗看，柴大老爷真不是个东西。

张鞋娃后悔把自己比作狗来讨好柴大老爷。他后背发凉得有些后怕，后怕得有点不想去柴家了。于是，张鞋娃对柴家大老爷说，容他想几天再给柴大老爷回话，告诉柴大老爷他是去还是不去。柴大老爷当然看了出来张鞋娃为何欢喜之后又犹豫，张鞋娃的"不舒服"表情从哪里来，这都在张鞋娃脸上挂着呢。

"你不愿来也没关系，我只是看你不是开鞋店的'料'，说不定哪天会没饭吃了，就想帮你一下；我柴家不缺人，我只是随便说说，不想干算我没说，接着开你的鞋店！"柴家大老爷对张鞋娃说道。

"柴大老爷您不要在意，我去，我去。还是我那句话'即使让我做柴家门口的一条狗，我也愿意'，我去定了。请大老爷定个时间，您说让我哪天去，我就哪天去！"张鞋娃看柴家大老爷不悦，想想自己在这又脏又恶心的店铺里要生活一辈子，即使在财大气粗的柴家做条狗也比成天抱着破鞋强，又赶紧低三下四地说道。

柴家大老爷却正眼也不看说着下贱吧唧话的张鞋娃，他故意瞅着一堆破鞋，等张鞋娃说完话，抬腿跨出了店铺。无语，却以凶狠的眼神瞅了张鞋娃一眼，眼里放出凶光，身上抖擞着凶气。这凶光和凶气，着实又让张鞋娃后背冒了凉气，继而又冒到了头顶，又让张鞋娃的心掉到了深渊里：这个柴大老爷像条大豺狼，他张鞋娃心里想啥，他怎么就一眼看到了底；太狠毒了，这要是在他手下当差，那连条狗都会不如。

张鞋娃犹豫再三，实在是把自己折磨再三，想到去柴家当差衣食无忧，也能挣到银子，日后还能娶到女人，好不喜悦。他在鞋店成天抱着臭鞋，女人除了来店里补鞋，没人理睬他，村里的"柴禾妞"丑花都不愿让他靠近，说他满身臭鞋味，连春花楼的婊子也嫌他身上有臭鞋味。想到去柴家的这些好处，张鞋娃便把柴大老爷的恶气和凶气放在了后面，第二天，他关了店铺，去柴家当差去了。

柴家大老爷让张鞋娃做看门管家，这让张鞋娃做梦也没有想到。看门管家，只是看门管门的人，虽然并不是管家，但叫起来是个不小的头衔。张鞋娃受宠若惊地问柴大老爷："我也就配做一条看门狗，您老人家让我做看门管家，我真不知道怎么感恩您才好！"

"你当看门管家，也是柴家一条狗，与看门狗没啥不同，只是比门口的狗要更操劳一些罢了。"柴大老爷对张鞋娃冷冷地说。

"我就是柴家一条狗，是大老爷的一条狗，您指到哪，我一定跑到哪。"张鞋娃知道了他在柴大老爷眼里是条狗的角色，是把他纯粹看作一条狗的，便把他自己的尊严彻底放到了与狗一样的地位，不再在意，就顺着柴家大老爷说自己就是条看门狗，让柴大老爷高兴。张鞋娃明白，让柴大老爷高兴，他张鞋娃吃不了亏。

"做条讨我喜欢的狗，也算你的造化！"柴家大老爷接着张鞋娃的话茬说道。

"是，是，是，大老爷，我一定做您喜欢的一条好狗。"张鞋娃连忙说。

"你这张鞋娃名字太臭，叫着丢我柴家的颜面，以后不叫你张鞋娃了，就叫你看门管家吧。"张鞋娃的话和低下的态度，使柴大老爷那张长而宽的驴脸，露出了一丝笑意。他对张鞋娃有点笑意地说。

"大老爷说得对，说得对，叫看门管家好，叫看门管家亲！"张鞋娃连忙迎合大老爷的话表态。

从此，张鞋娃的名字，在柴家再没人叫了，在大院叫他"管家"，在外面叫他"柴管家"。连他自己也渐渐被人叫得似乎姓"管"和姓"柴"了。

……

张鞋娃与柴大老爷的几个对话"回合"下来，尤其是他从柴大老爷对他满眼的凶气和满身的杀气里看出，他在柴家必须是一条夹着尾巴的狗，做一条忠心耿耿且夹着尾巴的狗，是他唯一的立足之本，否则就会像一条狗一样随时被赶出门外。做柴家的狗与被赶出柴家，这利害关系他早已算得很清楚。张鞋娃的心虽刀刺般难忍，但他还是把自己拉到了狗的"定位"上，再不敢来回"拉锯"，省得让自己闹心，惹柴大老爷恼怒。

张鞋娃进柴家，从柴大老爷眼里和话里，实实在在感觉到他把自己不当人看，是看作看门狗的。张鞋娃力图用自己的卖力和效忠来改变柴大老爷对他的鄙视，可他不管如何努力都无济于事。这让张鞋娃非常窝火，怒火在心里不停地翻腾：他张鞋娃好赖是个堂堂的男人，进了柴家，怎么就变成一条狗了？

痛苦了许久，思来想去，张鞋娃感到再折腾做人做狗这个问题，就是折磨自己。张鞋娃断定他无法改变柴大老爷的看法，他只能改变自己。改变自己，就是要适应被当狗看。要想在柴家待下去，要混碗好饭吃，做狗就做狗！

张鞋娃想通了要好好做狗，可他想到柴老爷的那张恶脸，本有死心塌地做狗的想法，又觉得太委屈了自己，便宜了柴大老爷，便有了一个念头：做狗不甘心，他还要做鬼。

产生了要做狗并做鬼的念头，是因为有天晚上，张鞋娃陪大老爷逛春花楼，那是张鞋娃到柴家第一次陪大老爷逛春花楼。

柴大老爷叫张鞋娃陪逛春花楼，并不是让他一起逛春花楼，意在让他陪到楼门口，就不让他进去了，让他春花楼外等着，或者说等他嫖完结账后，再陪他回家，因而嘱咐他："你陪我是逛窑子的，但不是也让你来逛窑子的，是让你陪我逛，我逛完你结账；你记住了，你在柴家做事，两件事你不能干，一个是逛窑子，一个是赌博。你要胆敢做这两件事，小心打断你的狗腿！"

张鞋娃收住刚还望着窑姐魂不守舍的表情，赶忙对柴大老爷说："记住了，记住了，大老爷您逛、您逛，我等您喊我。"

柴大老爷被窑姐拥上了楼，张鞋娃扒拉开了拥他的窑姐，惹得窑姐骂他"不是男人"。窑姐骂得张鞋娃火往上蹿，加上他看着又摸又亲窑姐的淫荡的柴大老爷，自己却要在楼外风疾又下雪的寒夜里等他出来，一股想杀人，想扑上去杀了柴大老爷的火往上蹿。

楼上灯火暖人不说，还传来窑姐和嫖客纵乐的欢笑声，这让在楼外寒风里等候的张鞋娃心里实在窝火。正好一窑姐要拉张鞋娃进去，张鞋娃想柴大老爷也不至于"三下五除二"就完"事"了吧，那还不玩到半夜？窑姐的香气和妖媚，早已让张鞋娃把大老爷的嘱咐抛在了脑后，身上的骨头也被窑姐的妖气弄酥了。顺着窑姐的拥抱，张鞋娃钻进了春意阑珊的包间，钻进了令他魂消魄飞的被窝……

张鞋娃正在行事，却听到大老爷豺狼虎豹般的怒吼。张鞋娃听到大老爷的厉声喊叫，吓得浑身颤抖，赶忙中止行乐，触电似的下床穿衣。窑姐莫名其妙，问他"是不是家里死人了，刚有'感觉'还没完事，就下床了"，张鞋娃说，这事比家里死了人还重要，他得赶紧走，不然他的老爷会打死他的。窑姐说，你完"事"不完"事"，不管她事，得把钱如数付了再走。张鞋娃恳求窑姐说，他只是刚进去，要钱也只能算半次的，不能收一次的；要不先欠着，明天再玩，一次付清。窑姐凶狠地说，她不管他完"事"不完"事"，只要进去出来，就是一次，就得按一次付钱，不然她就叫人了。张鞋娃还想求窑姐时，柴大老爷粗大的叫声已经到包间门口了。看来柴大老爷知道了他在这里嫖娼，找到包间来了。吓得不知道如何是好的看门管家张鞋娃，只好把钱给了窑姐，窑姐才放他出门。出门正好撞上柴大老爷，柴大老爷二话不说，朝他就是一个大嘴巴。打完，又踢他一脚，吼他："给我结账去！"

张鞋娃赶紧去结账，可摸口袋，口袋里一文没有，是刚才一急之下把口袋里的钱，都掏给了他嫖的窑姐。他赶忙找他的窑姐要多给的钱，可窑姐说一分也没多给她。气得他要给窑姐下跪，窑姐屁股一扭走了。大老爷问他账结了没有，张鞋娃说钱没了。嫖钱让张鞋娃花光了，嫖钱付不了，大老爷哪能饶了管家，大老爷趁酒劲，又朝张鞋娃扇大嘴巴子加上猛脚踢上，打得张鞋娃七窍流血。

眼看柴大老爷要把柴家看门管家打死了，张鞋娃的窑姐拼命抱住了柴大老爷的腿，朝柴大老爷大嚷："柴大老爷您要把人往死里打呀，不就是几个钱吗，不管怎么说，柴管家的命也比这几个钱值吧？为了这么几个钱，您犯不着把人打死吧！"

窑姐抱住柴大老爷的腿，又替张鞋娃鸣冤，好像给柴大老爷的火上浇了油，不仅打了窑姐嘴巴，还如咬红了眼的狼，扑着打张鞋娃。张鞋娃的窑姐豁出命来抱着发疯的柴大老爷的腿就是不放，柴大老爷打不到张鞋娃，就打窑姐。窑姐把一个钱袋子扔给张鞋娃，朝张鞋娃喊道："你去给柴大老爷结账！"

张鞋娃拾起钱袋子，撒腿去结账。钱袋子里的钱绰绰有余，感动得张鞋娃顿时无地自容。张鞋娃结账回来，窑姐躺在地上，她被柴大老爷打得动弹不了了，柴大老爷已不见人了。张鞋娃把窑姐抱到包间的床上，嘴不知说什么好，手不知道干什么好，接下来不知道怎么办好。

"这点伤，没大事。"窑姐说。

"妹子你真是个天下少有的大好人，我鞋娃不知道怎么感谢你才好……明天我会把你垫的钱如数送来。大妹子，你告诉我你的大名？"张鞋娃把剩余钱的袋子双手递给窑姐说道。

"见死不救是王八蛋。你是我的客人，你没钱不能走人，你有难我会帮你，一码是一码。我也不是活菩萨，我的钱是血汗钱，你要良心没让狗吃掉，明早就把钱给我一个子不少地送过来。对了，我叫萍萍，张萍萍，艺名'春花'。"窑姐说。

"春花姑娘你是我的大恩人，我明早如数把欠你的钱送来；我要送不来，我就是狗娘养的！"张鞋娃给春花姑娘鞠着躬说。

"我要的是钱，你可不能当狗娘养的！"春花说。

"你就是刀子嘴、豆腐心，世上少有的好女人。放心吧，亏不了你一分钱！"张鞋娃对春花说。

张鞋娃从春花楼出来，不见柴大老爷踪影，门口揽客的小姐说，柴大老爷要辆车回去了。

张鞋娃舍不得花钱要车，虽然腿被打瘸了，但只好两条腿走回去。地上下了很厚的雪，加上心里七上八下，加上瘸腿难耐，没走几步，摔了好几个跟头，等走到柴家大院，摔成雪人了。

"我要不要去见大老爷？"进了柴家大门的张鞋娃问自己。张鞋娃想大老爷火气十足，见面一气之下再被打一顿不上算，不见为善，况且夜已深，也许他已睡了，还是不见他吧。

张鞋娃回了自己的小屋。他的小屋在院里马棚隔壁，来柴家几天，与马粪味和马叫声为伴，更觉得柴大老爷根本没把他当人看，把他当成了一条狗，当成了条连狗都不如的狗，让他住这么差的屋子，打他往死里打，好在把他逼成了一条狗，也逼上了从此要做鬼的路。

张鞋娃刚到小屋门口，有人在等着他，是柴大老爷的下人。柴大老爷的下人对张鞋娃说："大老爷让我叫你到他那去一趟。"

张鞋娃做梦也想不到柴家大老爷让下人在门口堵他，还要让他马上去见他。张鞋娃顿时吓得浑身发抖，只好跟着下人去见柴大老爷。

柴大老爷在太师椅上躺着抽大烟，显然在等看门管家张鞋娃回来。张鞋娃不知道，柴大老爷还会打他吗？脚跨进柴大老爷的门槛，受伤的腿更痛了，倒在了地上。柴大老爷知道张鞋娃伤得不轻，也吓得有点魂不附体，想说什么，但又没说什么，拿了十块银元放在桌子上，说："把银元拿去，明早赶紧把欠婊子的钱还给人家。不然让人知道我柴家的人嫖娼不给钱，那是丢我柴家脸面的事！"

张鞋娃千恩万谢地拿了银元，立马要走。可柴大老爷说："慢着，你回答我，今天你该挨打吗？"

"该打，该打！我跟老爷一起嫖娼，是我的错。我今后再也不敢违背老爷的话了。"张鞋娃赶忙说。

"知道错，也算你长了记性，打算没白挨。我对你还有话说，明天再说。"柴大老爷说。

张鞋娃急忙给柴大老爷鞠躬，战战兢兢地下去了。

张鞋娃到柴家第二天，经历了这样的事情，实是他的不幸遭遇，心痛和身痛得他一夜没睡着。没睡着，他想了一个问题，也是一个令他万分恼火的问题：我嫖娼，我是单身，你大老爷有老婆，你嫖娼算什么；我嫖娼应当是情有可原，你大老爷嫖娼，实是猪狗不如……我没老婆，我不嫖娼，我上哪发泄去？除非把你不"用"的老婆让我"用"，不然你要把我憋死不成！看来在这柴家干不下去了，得尽快捞点钱，另做打算。

张鞋娃越想伤处越痛，该起床的时候过了，却痛得动弹不得。这时，有人敲他门，他以为是柴大老爷，赶紧下炕开门，原来是个年轻女人，女人后面是柴大老爷。

"知道你伤得不轻，我让小莲伺候你几天。"柴大老爷说。

"感恩大老爷，感恩大老爷。我就是个贱骨头，打不坏的；我能料理自己，不用小莲，不用小莲！"张鞋娃急忙回绝大老爷说。

"我说什么，你就按我意思办，哪来的那么多废话！"柴大老爷顿时对管家拉长了脸说。

张鞋娃看柴大老爷发火了，不敢说什么。柴大老爷转身走了，小莲扶他上炕，张鞋娃就让她扶上炕。柴大老爷给他的幸福来得太快、太猛、太霸道，张鞋娃一时反应不来，有点激动，但更多的不是激动，却是意外的害怕。

柴大老爷打他一起嫖娼，却给他送来个女人，他安的什么心？张鞋娃面对突然出现在身边的女人，如同面对柴大老爷一样，紧张得顿时装睡一丝不动。

小莲给张鞋娃端来吃的，给管家喂粥，把粥吹一口喂一下，张鞋娃没有享受过这般温暖，小莲这是第一个女人对他体贴喂饭，喂进嘴里的每勺饭，流进胃肠，像一股热流，使他浑身发烫。

小莲的温存归温存，喂到肚里的饭暖心归暖心，但张鞋娃转念一想柴大老爷让小莲伺候他的用意，感到那饭变了味道。想到这个问题，张鞋娃一个寒战，对小莲的温存，更加怀疑起来：柴大老爷让小莲来侍候他，一定有别的用意。想到这一层，张鞋娃对小莲害怕起来。张鞋娃不让小莲喂他饭，小莲不肯；喂完饭，小莲要给张鞋娃伤处擦药水，张鞋娃死活不肯，但小莲不理他的茬，往脸和手上青肿处擦了药，又把他的上衣脱了，身上青一块紫一块，又给他擦上药水，接着给他下面擦。下面，也就是屁股和腿上，张鞋娃感觉腰断了，腿也被打瘸了，多想擦上药，可他把小莲推开了。小莲不敢动他的裤带，但脸已涨得通红。僵持好一会，小莲把张鞋娃的裤子挽起，在两条小腿的伤处擦上了药，并问张鞋娃，没擦到的地方怎么办？张鞋娃说，不擦了。小莲生气地说，都到这个份上了，还怕羞。张鞋娃坚决不让擦，她把药水扔给管家，转身出去了。药虽没擦到伤处，但小莲的温存和脸红，使他对她和柴大老爷的怀疑，打消了一半，对小莲有了好感。

小莲天天过来伺候张鞋娃，也天天给他擦药，擦得伤口越来越见好，擦得浑身越来越舒坦。几天后，张鞋娃让小莲给他的腰和青肿的屁股擦了药……后来，张鞋娃实在难以抑制小莲温存给他的烧心，他摸了小莲的手和腰，他拉小莲拉到了怀里。再后来，张鞋娃实在抵挡不住来自小莲温存激起的冲动，他把小莲抱在了炕上……小莲虽让他抱了，但没让他"得逞"，而张鞋娃却对小莲的温存，有了些喜欢和渴望。

小莲的温存，让张鞋娃对柴大老爷的仇恨，减弱了许多。虽对柴大老爷减弱了恨意，但张鞋娃想，柴大老爷没这么心善，柴家大院没这那么简单，他在柴家当狗做鬼的主意，绝不会因他喜爱上小莲而改变。

三　纯情女遇上复杂男

　　小莲年龄不算大，比张鞋娃小五岁，虽已三十岁，白净的圆脸如绸面般细嫩，一双乌黑的大眼睛闪亮而有神，高翘的乳房和丰硕的屁股，一对长辫子甩在一前一后，虽现肥美腰却不显粗，保持着姑娘的身材，而又满身的少妇韵味。

　　小莲是柴家有特殊身世的人，是柴大奶奶的远房亲戚。小莲从小没了爹妈，三岁来到柴家，十岁做了柴家玉作坊的小工，一直干到了现在。小莲十六岁时由大老爷和大奶奶做主，嫁给了当时的柴家管家郭二。小莲与郭二生活了十三年，也不知是郭二后来没了生育能力，还是小莲后来不怀不孕，几年前怀孕流产过一个孩子，后来自从郭二的"下身"挨了柴大老爷一脚后，小莲就一直没有怀上过孩子。

　　郭二说柴大老爷把他的"下身"踢坏了，柴大老爷对小莲说是郭二在外面风流弄坏的。郭二本来就是个"采花贼"，往日里胡吃乱嫖的，柴大老爷虽踢伤了他的"下身"，事实上自打伤后不是早泄，就是阳痿，可她宁愿相信柴大老爷说的是"风流坏的"，也不怨柴大老爷的那一脚，那一脚就是郭二乱嫖时，被柴大老爷发现踢伤的。

　　柴大老爷毕竟是她小莲的姑父，毕竟是为了她教训的郭二，郭二每当恨柴大老爷那一脚时，小莲就说"活该，那是你在外面风流的下场"，气得郭二那"下身"越来越不行，小两口就经常打架，柴大老爷就经常"收拾"郭二。郭二在柴家本身就是个"受气包"，加上小莲讨厌他，又成了柴大老爷眼里的"臭狗屎"，对郭二还不如对待一条狗，就像对待新来的看门管家张鞋娃一样，动不动就是拳头和脚，常常打得郭二好几天爬不起来。一年前，郭二死了，是与柴大老爷出外时死的，死在了异乡，被柴大老爷就地埋了。柴大老爷说是被蒙面抢劫人打死的，也有人说是被柴大老爷一气之下打死的。

早上出门时还与小莲闹了别扭的郭二，从此回不来了，小莲大病不起。虽然小莲讨厌郭二，但郭二毕竟是她十多年的丈夫，"一日夫妻百日恩"，小莲还是留恋郭二的。小莲直奔柴大老爷屋子，向柴大老爷要人，柴大老爷训斥她说："你这个没良心的东西，平日里他欺负你，又在外面胡赌乱嫖，我替你教训他，你还口口声声骂他早死了好，他真死了你却要死的样子，竟然问我要人，好像人是我打死的?!"

"我俩平日里吵架归吵架，可他是我的男人，他对我不好是我们的事，我骂他死，也不是要他死，可他死在别人手里，谁打死的他，谁就给他偿命!"小莲一把鼻涕一把泪地嚷道。

"反了你这个贱货，竟然怀疑到我老爷这儿来了，你不想活了?!"柴大老爷打了小莲一个嘴巴，接着说："看来你要到警察局去报案吗? 你去报案试试看，警察局是听你的还是听我的……要去你赶紧去，你走出这个门，就别回来!"

小莲坚信她丈夫郭二是被柴大老爷打死的。可柴大老爷的一巴掌，把小莲打害怕了，还有他那凶气腾腾的话，更把小莲吓害怕了。警察局局长李保是柴大奶奶的亲弟，柴大老爷的枪还是日本人给的，惹了大老爷的人，不是被人黑枪打死，就是被警察局抓去坐牢。大老爷要弄死个小莲，如同踩死个虫子那么容易。想到这利害危险，小莲吓得赶紧给大老爷下跪。柴大老爷说声"你要不是我侄女试试"，扔下下跪的小莲，出门了。

毕竟是自己丈夫，毕竟夫妻一场，小莲想怎么也要见丈夫的尸体一眼，给他睡口上好的棺材，给他送送魂，不然她心里不安。她不敢给柴大老爷提这要求，她找跟随大老爷和她丈夫一起外出的下人问情况，她的郭二是怎么死的。下人紧张得扭头就跑，边跑边嚷："这事别找我，我没看着!"

从此下人一旦面遇小莲，就躲着走，实在面遇就低头走过。小莲从下人和大老爷的表情、言语里，确信了她的怀疑是对的，郭二是被大老爷打死的。柴家大院还有人知道郭二是怎么死的，但没人敢告诉她真相。

自从郭二死后，小莲几乎每晚都梦到郭二。梦到郭二对他的好，给她买烤鸭吃，给她捎糖人啃，给她从北京王府井买衣裳，也给她钱花。她尽想郭二的好，她想她再也找不上比郭二对他好的男人了，尽管郭二对她不忠，但对她还是疼的。她想给他坟头上炷香，她请求了大老爷的准许，她给郭二坟头上炷香，柴大老爷让下人带她去上香。上香，认下了坟，小莲就给裹着一床破裤子埋了的郭二，悄悄买了口上好的红松木棺材，重新葬了。葬了郭二，小莲心里轻松了一点，但从此恨上了大老爷，她诅咒他早点死，死得越快越好。

小莲虽恨柴大老爷，而柴大老爷却疼爱着小莲。郭二是柴大老爷一手包办的丈夫，平时"收拾"他也是为了让他对小莲忠诚相爱，把他打死也许是柴大老爷早有的动机。小莲记得大老爷曾对她说过"尽早给你重找个男人"，如今她想起大老爷这话，想来郭二的死，与她有关系。要不是她揪住他嫖赌恶习不放，大老爷也不会把他的"下身"打坏。不会把"下身"打坏，他们就会有个孩子，也许会有好几个。有孩子，郭二就会"收心"，就会一心在她和孩子身上好好过日子。这样的日子，是她小莲企盼的好日子。可自从郭二的"下身"被大老爷踢伤，这好日子成了泡影，她的家也成了泡影。小莲越发觉得，家成泡影与她有关，郭二的死也与她有关，她这一辈子算完了。

郭二死后，柴大老爷不停地给小莲介绍对象，即使有人看上了她，小莲就是不嫁。这不，柴大老爷选没老婆的张鞋娃做看门管家。除了柴大老爷看上张鞋娃适合做管家，还有一点，是小莲嫁给张鞋娃再合适不过。所以，柴大老爷对管家的要求必须做到两点不能越界：嫖和赌。郭二在这两个事情上，打死也不改。因而柴大老爷绝对容不下郭二的恶习，同样也容不下新看门管家张鞋娃的这恶习。尽管张鞋娃嫖娼挨了柴大老爷暴打，想不出是这个缘由，但他很快会知道缘由。

张鞋娃的伤，在小莲的精心照料下，好得很快。张鞋娃的伤处尽管全好了，虽不需要人照料了，但小莲却放不下他，每天还会来看他。张鞋娃不仅好得很快，且还被小莲伺候得壮实了一大截。更为明显的是，一身黑皮的张鞋娃，被她照料成了一身白肉，人也胖了点，气色也亮堂多了。小莲每天出入管家的屋子，手脚就不知道累，不停地为张鞋娃洗衣服和收拾屋子，把张鞋娃料理得干净利落。张鞋娃吃着小莲给他煮的饭菜，享受着小莲给他擦伤处的惬意和舒服，瞅着小莲笑意里透着羞涩的丽脸，闻着小莲浑身散发着的少妇的体香，摸碰着小莲的嫩手和身体，心里早已荡漾着让她做他媳妇的涟漪。可他也就是仅此而已；却不敢有过分的动作。因他好几次冲动时，被小莲不温不火地拒绝而降了"火"。小莲虽然拒绝他，但他看得出，小莲对他不讨厌；他虽屡遭拒绝，但他对小莲不反感，反而产生了依恋。但这份好感和依恋，反复被柴大老爷的凶气涂抹得看不清楚。他感觉柴大老爷，不单纯是让小莲来伺候他，一定又是同前面死了的管家郭二一样，是想给小莲找男人，要他既给他柴家当看门管家，又要给柴大老爷做侄女婿，让他彻底成为一心在柴家的狗，变成柴家的人。柴大老爷可说用心多么良苦。

　　张鞋娃正琢磨这个事儿，柴大老爷让人把小莲从他屋子里叫去了。

　　柴大老爷问小莲："我看你对张鞋娃很上心，不讨厌他，喜欢上他了吧？"

　　小莲不言语。大老爷接着说："让你去伺候他，你应当明白我的用意，你得有个合适的人嫁了呀。给你物色了外面的一个又一个，大多你看不上，那我就选了张鞋娃来做看门管家，也是给你选个女婿。张鞋娃怎么样，你给我照实说说。"

　　"鞋娃怎么样，我也说不准，虽他有郭二那样风流的坏毛病，如果他不再犯，我不讨厌他。"小莲在大老爷一再催问下，如是说。

　　"那就算不讨厌，不讨厌就是喜欢，"柴大老爷说，"风流毛病男人都有，何况他没老婆，有了你，他不就会改了吗！这人不笨，调教好了是把好手。你如果情愿，就让管家做你的女婿吧。"

小莲想到鞋娃对她的冲动，觉得这个男人有激情，也聪明，她对他渐渐在喜欢。此时面对大老爷让他做她女婿的话，她不知说什么好，羞得低下了头。

柴大老爷看小莲羞意涌脸，知道她喜欢上他了，便说："我再调教调教这'东西'，再观察观察他，如果他没大的毛病，就给你们办婚礼。"

"谢谢姑父大老爷，让您费心了，小莲当牛做马也要报答您对我的恩。"小莲喜欢鞋娃，有点掩饰不住自己的表情，对大老爷说。

"选择个好女婿不容易，你可得把他的心抓住啊！"柴大老爷说。

……

小莲从大老爷屋子回来，一脸的羞涩和笑意。张鞋娃从小莲的笑意里已知道柴大老爷对她说什么事了。

小莲以为大老爷要找张鞋娃问有关于她与他的什么事，张鞋娃从她姑父屋里出来，啥也没说，就说明没向张鞋娃提起她。没向张鞋娃提起她，说明姑父还要观察他，姑父和姑妈看不上张鞋娃，也是极有可能的。如果他们二老看不上他，那该怎么办？小莲有点非张鞋娃不嫁的忧虑了。

小莲的表情和柴大老爷的用心，让张鞋娃随之添了很重的心事。

张鞋娃想，不做柴家的女婿，看来在柴家难以待下去。那么，变成柴家的女婿，变成忠心于柴家的狗，对他张鞋娃来说好吗？张鞋娃从柴家大老爷的自私和恶性，从柴家大多数人的自私和贪婪中，对这个事情有了这样的看法：他变成柴家的走狗，变成柴家的女婿，是给一条狗套了个铁链子，被柴大老爷拴在了手里，要他做狗没余地。做这样的狗，对柴家大有好处，对他却没好处，不仅没一点好处，反而有大的坏处——他张鞋娃还会是看门管家，在他们眼里是条狗还是狗，他只能被大老爷使唤着，被柴家人利用着，被小莲管着，且还不能有二心，不能有花心，不能慢着，不能有私心，难以离开柴家，难以另立门户，那他永远会是柴家的管家和一条柴家的"狗"，终不会有出头之日；如果不做柴家的女婿，他张鞋娃虽是柴家一条"狗"，但却是条拴不住的"狗"，要想什么就想什么，想做什么也能做什么，要得到什么就能谋到什么，想在外面玩什么就能玩什么，想在外面买房子娶老婆都不是难事，想做人就做人，想做鬼就做鬼，心安理得不说，还会手脚自由。

张鞋娃想透了这些问题，也就想透了柴大老爷，也想透了小莲对他那善良温柔用意里的很单纯的思谋，也想明白了他与柴大老爷、与柴家人的关系：他张鞋娃既要做狗，也要做鬼。

张鞋娃想透了他与小莲、与柴大老爷的关系，也想透了柴家大院的人和事，有了不娶小莲，不做柴家女婿，只做狗和鬼的打算。但小莲的另一个身份，却让张鞋娃不知道怎么办好了，这便是小莲不单纯是单身待嫁的女人，还是柴家玉器库房的管家，管着柴家玉器房毛坯玉和成品玉的库房进出。当然门上有两把锁，她与柴大老爷各一把钥匙，缺一把钥匙打不开门。这些玉器，哪件也是值钱的宝贝，哪件也会换来大把的金银。虽然库房的钥匙，大老爷也在掌控，但柴大老爷对小莲很信任，他凡外出，就把另一把钥匙给小莲，库房钥匙就由小莲一人拿着，谁也不许碰。

郭二活着的时候，郭二做上小莲丈夫的时期，趁小莲深夜睡熟时，拿上她压在枕头下的库房钥匙，多次入玉器库房偷过玉器，用它来赌和嫖，被小莲知道，与郭二没少闹，也被柴大老爷发现，没少挨打。玉器库房，是财宝重地，守着财宝库不发财的才是笨蛋；娶了小莲，与小莲合起来发财，那能不发财吗？郭二就是个蠢货，守着管财婆还去偷，把小莲哄好了不用偷，一起拿，不发大财才怪呢！小莲的玉器库房管家身份，使张鞋娃心涌波涛，让张鞋娃又一时推翻了他不娶小莲的决意。

四　斜眼"看"出个斜人

　　柴家的事，都得从柴大老爷说起，尤其是看门管家张鞋娃和看门狗，对柴家太重要了，对柴家的玉作坊和柴家不丢东西太重要了，这让柴大老爷为看门管家和狗伤透了脑筋。怎么能让看门管家张鞋娃忠心耿耿地为柴家管家聚财，怎么能让看门狗阿黄看住大院的东西和防住外面的贼，太难了。前面用过好几个看门管家，不是私心太重、三心二意、挑弄是非，就是吃里扒外。选了郭二，还把他选成了柴家的女婿，成了柴家的人，心却不是柴家的，偷赌嫖恶行不改，让柴大老爷伤心而彻底失望。柴大老爷选张鞋娃，最看中的是他不赌。至于偷不偷，他还不知道。嫖，柴大老爷对张鞋娃小有"活口"，偶尔为之可以原谅。男人嘛，有这个毛病，只要不伤害到他的侄女小莲，也倒没什么。柴大老爷最怕偷，如果张鞋娃没有偷的毛病，那他就省心了。柴大老爷感觉，穷坑里出来的光棍张鞋娃，十有八九会见财起意。

　　再就是看门狗，选个能看住柴家大院东西的狗，一直让柴大老爷非常头痛。前面说过，柴大老爷对看门狗从来没有满意过。没有满意过的原因，是看不住柴家的东西。有人偷上玉作坊的玉器和柴家宝贝大摇大摆出门，狗居然给笑脸、摇尾巴。

　　阿黄当然也会"抓"住偷了作坊的玉器和大院宝贝出门的人，哪怕是老爷太太小姐和柴家的亲戚，它都"六亲"不认，它不把偷在身上的东西让其拿出来不罢休。对于这样认人认物的认真与准确法，柴大老爷有喜有怒。他为它抓住了他憎恶之人的偷物而喜悦，而对它抓住他喜欢之人的偷物却又生气。让他越来越生气的是，他的太太，还有他的外面的几个相好，还有柴家上下几十号人，无不告看门狗给他们故意找事，要让他把这可恨的看门狗打死。他也觉得这狗太机灵，太厉害，太刁钻，太恶毒，对它越发反感。这些，还不是让柴大老爷相当反感和讨厌它的主要缘由。反感和讨厌它的主要缘由，是阿黄从不给他摇尾巴和给笑脸，见到他从来也是一脸的凶相和一身的凶气，也把他看作令它怀疑的贼。柴大老爷每当进出门口，一看见阿黄，一想起阿黄，一听到阿黄的叫声，甚至别人一提阿黄的狗名，他就压抑，他就生气，他就想骂狗，他就骂看门管家张鞋娃不是个东西，他就想把这有眼无珠的狗东西打死。前面的看门狗，没一个像这狗凶相和冷脸的，至少见到他大老爷总是一脸的敬畏和一脸的讨好。想到这些，柴大老爷有了要找机会打死这条狗东西的念头。

最让柴大老爷心思牵挂的当然是玉作坊。柴家玉作坊，是清末由柴大官人的柴家老老爷创办的玉业，后来成了热河城最大的玉作坊。这个柴家大院，也是祖辈留下来的院子，柴家单一条巷子通到大街，幽静而神秘。高大的木雕门楼两侧是两尊高大的汉白玉石狮子，门房在大门口左侧，右侧是会客室，依次是相连的八个雕梁画栋的四合院，即下人住的新玉园、祠堂所在的天玉园、二老爷和三老爷住的白玉园、大老爷住的一家一院长金玉园、三个小姐和小莲住的紫玉园、放车马和杂物的青玉园、藏库为绿玉园、玉作坊为最里面的红玉园和翠玉园。一院套一院，六院为整体，热河不多见。

这个大院的掌门人，是柴大老爷。柴大大老爷死时，本来想把掌管玉器和管理柴家的大权传给他的三儿子柴三大老爷，可在一夜之间变了，却传给了他大儿子柴大老爷。柴大老爷和他的弟弟二老爷、三老爷从小跟他父亲加工玉器和做玉器生意，玉熟路熟人熟，玉器作坊虽比他父亲交给他时小了很多，但规模仍是热河城最大的。加工的玉器以和田玉、缅甸翡翠为主，销往京城、南京、上海各地。经过多年的打拼，柴家玉作坊的玉器，以"柴家玉器"为品牌，已在市场上享有盛誉。柴家玉器作坊也名扬四海，二十多个玉器师傅，每天加工上百件玉器，柴家财路也渐渐四通八达。

在柴大老爷和柴家人眼里，玉器就是真金白银，哪怕是丢一件不起眼的玉品，那也是不少的真金白银。尤其是名贵的玉和翡翠品，大多越精巧越值钱，而越是精小的玉品，越容易被人偷走。偷走的方法常常很绝，会把精小的玉品含到口里、塞进肛门、阴道，藏到很难搜到的地方。尽管每天对下班离开作坊的人做全身搜查，但谁能搜到隐秘地方呢？所以有些精美的玉品，就被用隐秘藏匿的方式偷出去了。柴大老爷偶有觉察，但无可奈何。搜得很严格，但总不能搜人家的肛门和阴道。靠人防偷，几乎不大可能堵住丢玉，柴大老爷便要看门狗解决这个问题。

柴大老爷年轻时玩狗，尤其知道狗鼻子的厉害，那是闻味不忘，闻味不误，任何东西和人，只要是让狗闻过，狗是能牢记住它和他的气味的，包括金银玉器。所以，大门口选狗，成了柴大老爷多年来费尽心血的头等大事。鼻子灵敏的警犬狗，用过，但因犯事或也不尽如他意，被他让人打死或卖掉了。他对选狗实在无奈了，这次就把选狗的重任，交给新看门管家张鞋娃。张鞋娃选择的狗是不错，相当不错，但他却非常讨厌它，讨厌到了极点。这狗的不错，是没有前面狗的偷吃东西、勾搭母狗、嫖奸母狗的坏毛病，甚至连偷懒放傻的时候都没有，是条难得的好狗。这样难得的好狗，柴大老爷为何极其讨厌？令柴大老爷讨厌的是，这狗虽是柴家的看门狗，在他看来是管家张鞋娃的化身，它只听张鞋娃的话，只看张鞋娃的眼神。它的眼里没有柴家其他人倒也罢了，它的眼里竟然连他这个柴家大老爷都没有，根本不把他放在眼里。这看门狗，成了谁的狗，不就成看门管家张鞋娃的狗了吗?！这样下去，狗变成看门管家，看门管家也变成了狗，人狗不分你我，那柴家大门口的事，柴家的东西丢与不丢，不就成看门管家说了算吗？那看门管家与看门狗合作起来，柴家不丢东西才怪呢，柴家不被管家操纵才怪！想到这里，柴大老爷浑身冒起了冷汗。天还没亮，这身冷汗让柴大老爷睡不着了。

柴大老爷的一身冷汗，提醒了他：张鞋娃太可怕了，太有心计了。这样有心计的人，用好了成柴家大事，用不好坏柴家大业。他是一块当看门管家的好"料"，要想用他做个好看门管家，要想把他牢牢地拴在柴家大院，成为一条忠实的"狗"，最好的办法，就让他成为柴家的女婿。小莲必须嫁给他，让他必须与小莲成一家人。不然这条"狗"，柴家控制不住。

柴大老爷是个急性子，想到这个事情的利害关系，就穿上衣服叫下人。下人以为有什么急事，原来是让叫看门管家张鞋娃聊家事。下人说，才过三更，老爷如果没有急事，天亮了叫他来也不迟。柴大老爷想也是，三更半夜叫看门管家来倒没什么，叫他来说要把小莲嫁给他的事，实不妥当。柴大老爷无睡意，翻来覆去像烙饼子一样，"烙"到了天亮。天亮了，他觉得一清早叫他说这事也不妥，就又忍到了上午。中午的张鞋娃忙里忙外，叫他来说这事也觉得不妥，又忍到了下午。下午的张鞋娃也是忙里忙外，叫他来说这事也觉得不妥，只好等到晚上。张鞋娃晚上更忙，去北平琉璃厂给柴二老爷送东西。柴二老爷在北平琉璃厂的玉器销售店急需用品，张鞋娃回来到第三天了。第三天回来的张鞋娃，柴三老爷又要让他陪出门几天，柴大老爷借故没让张鞋娃出门，搞得柴三老爷与大老爷大吵一架，才把张鞋娃留下来。他必须把张鞋娃留下来，他必须今天把他与小莲的事，给张鞋娃说了并定下来，否则这事会使他焦虑得一晚又一晚睡不着觉。柴三老爷与柴大老爷素来有仇，一般来说，在这样的事上，柴大老爷会让着柴三老爷，但今天即使柴三老爷大发雷霆地与他吵，柴大老爷宁可让他三弟对他恨上加恨，也没有让张鞋娃陪他去，可见让小莲嫁张鞋娃的事，在柴大老爷心里多急迫和多重大。

柴大老爷好不容易等到下午，早早让人安排了与张鞋娃吃晚饭。在柴大老爷看来，叫张鞋娃吃晚饭，是抬举张鞋娃而让他掉价的事。但为了柴家的大业，为了小莲，他得与张鞋娃吃这顿饭。柴大老爷让人告诉张鞋娃，大老爷在柴家小雅座请他吃饭，张鞋娃猜出了这饭的几分意思。

果然，几杯酒喝下，柴大老爷的脸上变得有点平和，就与张鞋娃聊起来了。聊了很多闲事，也不是闲事，是有关柴家玉作坊、生意、与日本人的关系等等的事，绕了一大圈，才绕到了正题上。

张鞋娃从来没跟老爷这么大的人物坐一起吃过饭，柴大老爷请他吃饭，他有点受宠若惊，手抖不说，清鼻涕都流下来了，掉到了长袍上。柴大老爷看到他恶心的鼻涕，再看他脏又破的蓝长衫，把快到嘴的一块肉放到了盘子里。下人赶紧递上麻纸，张鞋娃擦出一滩鼻涕来，令柴大老爷恶心地往地上吐了口痰。张鞋娃有个毛病，人一紧张，就会鼻塞，并会流清鼻涕。

柴大老爷厌恶管家了，没了闲扯的心情，想问完"正事"，赶紧让这个脏东西滚蛋。

"鞋娃，你多大了？"

"三十五岁了，下个月过了就三十六了。"

"你这么大了，难道就没有遇到相好的吗？"

"有倒是有一个，我穷，娶不起，就放下了。"

张鞋娃没说实话，他压根没相好的，他要用这话，抬高一下自己的身价。柴大老爷知道他在胡扯，一个修破鞋的，据他打听，压根没哪个女人走近他。听张鞋娃撒谎，柴大老爷脸顿时拉长了，也故意给张鞋娃卖关子："既然你有相好的，那我就不操这份闲心了。你吃饱了没有？吃饱了就下去吧！"

张鞋娃知道自己的这点小聪明被柴大老爷看了个底朝天，后悔自己不该耍这个小聪明，便赶紧拉出一副孙子相，殷勤地给柴大老爷添酒。

柴大老爷狠狠瞪了一眼张鞋娃，喝了两杯酒，才勉强张开了嘴，但火气冲天：

"你知道你是谁吗？让你坐到这桌子上，你就忘了自己是谁；我叫你来吃饭，你就有资格吃这饭？你就有资格跟老爷我坐一起吃这饭？你有什么资格跟老爷我同桌吃饭！你就是条狗，你以为你是人啊！我把你当人看，把你弄到我柴家大院做看门管家，还让小莲伺候你好些天，你以为你就成人了？你呀，永远是条下贱的狗……明明你喜欢上了小莲，明明你在外面没有相好的，你竟然说有相好的，你简直就是条不挨打不知道自己是狗的东西！"

张鞋娃最怕柴大老爷发火，他要真火了，能把盘子、碗扔到他头上。

他赶紧给柴大老爷认罪："大老爷别生气、别生气，我错了、我错了，我在外面没有相好的，感恩大老爷操心我与小莲的事。"

柴大老爷一改往常发火并打人的举动，便脸露一丝笑意地问他的正题话。

"知道自己愚蠢，以后别在我面前玩小聪明！我问你话，你老实说，你觉得小莲怎么样啊？"

"小莲人好、俊俏、手很巧。"

"做谁的媳妇，那是打着灯笼也难找的好媳妇吧？"

"那是，那是，小莲这样的媳妇千里难找。"

"来柴府给她提亲的一拨又一拨，她看不上。看不上，也不是看不上，因柴家的库房离不开她，她不能离开柴家，得找个上门女婿。"

张鞋娃知道柴大老爷此时要他说什么，他再不敢跟柴大老爷兜圈子了，再兜怕又惹怒了他。他对柴大老爷说："大老爷要不嫌弃我，小莲如果看得上我，把小莲嫁给我行吗？"

"小莲眼光高着呢。"柴大老爷故意说。

"小莲是柴家的金枝玉叶，我一个臭鞋匠，哪能高攀上她呀，我只是斗胆说说而已。"张鞋娃说。

"既然我选你做了我柴家的看门管家，也想让你成柴家的人。我回头问问小莲，也得问我老婆愿不愿意把小莲嫁你，毕竟她是她的姑妈，这个主还得她姑妈做。她明天回来，让她来拿主意。如果小莲情愿，她姑妈愿意，可以考虑你的请求。"柴大老爷沉默了一会，故意兜圈子说。

张鞋娃知道，什么这个情愿，那个愿意，柴大老爷巴不得把小莲嫁给他张鞋娃呢。张鞋娃赶紧说上感恩戴德的话。

张鞋娃虽然说求柴大老爷把小莲嫁给他，但他的心里真正想法，并不是急于娶小莲，娶不娶小莲，取决于小莲能不能满足他的条件。他对小莲，是要提娶她的条件的。

话到此，张鞋娃看柴大老爷对他说的正事说完，他得赶紧走人，要立马不走人，那还不知会说出什么难听的话来。他给柴大老爷敬杯酒，又来了遍千恩万谢的话，便向柴大老爷告辞说："我去看看大门口，听门口狗在叫，八成是有什么事情。"

"狗就是那德性，有事没事都叫；没让你走呢，你急什么！"柴大老爷没好气地说。

"大老爷说得对，说得对，先把狗叫的事放下，我陪大老爷接着喝，接着喝。"管家急忙堆上笑脸说。

柴大老爷给下人说："去把小莲给我叫来，就说我叫她喝茶呢。"

不一会儿，下人把小莲叫了过来。

小莲看桌旁坐着张鞋娃，明白了是怎么回事，脸腾地红了。

柴大老爷把小莲叫来，也不说"事"，只是喝酒和一个劲闲扯。一壶酒喝完了，他也扯累了，说他累了，让小莲和张鞋娃下去吧。

张鞋娃望小莲，小莲望张鞋娃，张鞋娃想说什么，但小莲已转身走了。张鞋娃暗笑柴大老爷：这个老东西，真是个心眼比马蜂窝还要多的老滑头。

张鞋娃追上小莲，要小莲去他屋子说会儿话，小莲去了张鞋娃的屋子。张鞋娃坐在炕上，小莲坐在地上的凳子上。张鞋娃对小莲说了柴大老爷的想法。

"这取决于你情愿不情愿，又不是我嫁不出去。"

"我这是攀高枝，你能看得上我？"

"这得看你对我怎么样？"

"对你怎么样，你会嫁给我？"

"不胡嫖乱赌，是必须做到的。"

"这你放心，这你放心，我会一心在你身上的。"

"你要规矩做人，我兴许会考虑我俩的事。"

……

小莲的话，是交心话。她有意嫁给他，张鞋娃听得出来。还有，这些天小莲对他的体贴照顾，说明她真看上她了。可小莲哪里知道，张鞋娃对她另有所图。张鞋娃迫切地想问她，他要给她提出个"条件"，看她会怎么想。"条件"简单：结婚后两人联手，"拿"柴家的玉发财。张鞋娃的话到嗓子眼，又觉得这话出口太早，还是过一段时间，与小莲的关系再深一点对她试探着说稳妥些。张鞋娃想好了，到时对她说了这"条件"，看她的反应，有希望顺他的意，就娶她，要是她没有任何商量的余地，结婚的事就先拖着。

　　小莲对张鞋娃，却是满怀深情。话聊到这里，她脸上的笑容更长了，又给管家收拾了一会儿屋子，显得羞涩地离开了。

　　张鞋娃听柴大老爷说明天柴大奶奶要回来，他的头皮顿时发凉了。张鞋娃来柴家这些天，虽没见过柴大奶奶，但却听了柴大奶奶的不少传闻，她是热河县长的女儿、警察局局长的姐姐，嘴快如风，刻薄刁钻，爱财如命、爱憎分明，眼睛揉不进半点沙子。柴家大院的人，包括柴大老爷，没有不怕她的，热河县知道她的人，也都怕她几分。柴大奶奶人还没来，张鞋娃感到寒气已进门了。

五　好狗遇上了坏主人

柴大奶奶是傍晚同柴大小姐一起回来的，随同她的有六七个随从，随后紧跟着三辆装满箱子的马车，浩浩荡荡，人叫马鸣，后面跟着一团尘土。车到大门口，旁若无人，直入大院，可看门狗阿黄不干。阿黄从来没见过柴大奶奶和柴大小姐，从来没见过随后的人和牲口，对车和人狂扑，拦截住了柴大奶奶的马车。前后车的马和骡子，被这横穿而来的虎狼般的猛狗，吓得惊叫起来。受到突然攻击的马，先蹦、后跳、猛转身，马车便前仰后翻，柴大奶奶、柴大小姐和下人，先倒后摔，被摔扔到了车下。柴大奶奶和其他人被摔得"啊呀——""妈呀——""我的天哪——"，顿时叫声连天，哭声连天。后面马车的牲口也惊了，车翻了，人倒了，稀里哗啦的一片。

看门狗阿黄把祸惹大了，但阿黄仍不罢休，大有不把马车赶出柴家大门不罢休的凶猛劲。

在门房床上哼曲的张鞋娃，听到阿黄和门口的大动静，赶紧到门口看个究竟，这人仰马惊、东西摔了一大门口的阵势，着实把他吓得慌了手脚。

看门狗阿黄不认识这帮人，张鞋娃也不认识这帮人。张鞋娃对这闯门的人马生气了，这么多车马进柴家大院，怎么如进自己家门似的，不打个招呼。

是把狗叫住，还是不叫停它咬？张鞋娃不知道怎么办好。而张鞋娃很快断定，狗做得对，这么多马车直撞柴家的大门，狗必须把他们拦住，否则柴家的门，不就成大马路了，谁想进就进。

阿黄看张鞋娃不阻不扰，且眼露对这帮人的恨意，它的胆更大了，咬得更凶猛了。

摔倒缓过神来的柴家大小姐，大叫大嚷："柴家的人都死光了吗，怎么不见柴家人的一个鬼影子?! 哪来的这么个野狗，还不赶紧给我把它打死!"

大小姐恶毒的叫骂惹怒了管家："你口出什么恶话，你瞎了眼了，我不是柴家的人吗?!"

柴大奶奶听这人是柴家的人，知道了这是她出外期间新换的看门管家，谁也没见过谁，那就谁也不认识谁。她看着张鞋娃一肚子火往上蹿：他们一行人的穿戴，一行人的马车，这一行人的架势，即使不认识这是柴家的人，不认识这是柴家的马车，那也是有身价的人，也是有身价人的马车，你个狗眼不识人的东西，竟然让狗这般欺负人，竟然这般恶言恶语骂人。

柴大奶奶捡起个棒子，朝狗打去，打在了狗嘴上，打得狗惨叫的同时嘴直流血。被打急了的狗，疯了似的扑向柴大奶奶，柴大奶奶又是一棒。这一棒，没打到狗上，打到了张鞋娃的腿上。柴大奶奶打伤了狗，再打第二棒时，张鞋娃怕狗再吃亏，替狗拦住了棒子，结果挨了一棒。狗看打了它的主子，这还了得，又疯扑过来。张鞋娃眼看这样下去不得了，她棒子出手这么狠，况且又这么多人，要一起上来，会把他和狗打死，便立马叫住了狗。

张鞋娃问柴大奶奶："你们是什么人，你们怎么打人呢?!"

"狗不认识柴大奶奶和我柴大小姐，难道你也同狗一样，没长人眼吗?!"柴大小姐边说边朝张鞋娃就是一个嘴巴。

张鞋娃一听是这又泼又蛮的母女，是柴大奶奶和柴大小姐，顾不得挨打受辱，急忙去扶柴大奶奶，却被柴大奶奶推了个跟头。张鞋娃怕他和狗再挨打，或者狗再报复她，立马把狗关到了门房，帮下人装好车上的东西，送柴大奶奶和马车进院。

柴大奶奶的腿摔伤了，一瘸一拐的；柴大小姐手撑着腰，好像腰摔伤了；柴家下人有人脸上摔破了皮，有脸上流血的；有匹马的腿受伤了，同柴大奶奶一样，一瘸一拐的……

幸亏柴大老爷出门没回来，不然，他和狗，刚才就死定了。

柴大奶奶朝张鞋娃扔过一句话来："等明天，老娘再找你和狗算账！"

"小人狗眼看人低，我狗眼看人低。不知者不为过，请大奶奶原谅，大奶奶原谅；请大小姐原谅，大小姐原谅……"张鞋娃吓得直赔不是。张鞋娃赔罪的话，一直说到柴大奶奶和柴大小姐进了正房才停下。

这番话，不知能不能消些柴大奶奶和柴大小姐的恼怒，张鞋娃害怕得提心吊胆。

张鞋娃和阿黄都挨了柴大奶奶的打，挨了柴大小姐的恶骂。张鞋娃的脸被打得火烧火燎般痛，阿黄的嘴被打开口子，肉往外翻。

大冬天的，又下起了雪，受伤的阿黄身上打抖，张鞋娃把阿黄叫到了炭火正旺的屋里。这是他和阿黄的家，暖意让阿黄放松了些紧张的神情，管家去摸它的头，它朝管家"汪汪——"两声，这是感恩戴德的叫，随即脸绽笑容，一头扑到了管家的怀里，眼泪如泉涌。张鞋娃亲热地抱住它脑袋，擦它眼泪，擦它伤口，揉它身体，顺它的狗毛。

阿黄的灵性和情商的超凡，使张鞋娃对它越发敬爱有加。张鞋娃对它的爱抚，直暖它心里，它笑脸瞅着张鞋娃仍泪水如注，让张鞋娃心痛心酸委屈涌了上来。阿黄在情感上早已依靠上他了。它只能给它诉"说"，它只有给他才能泪如泉流。这偌大的院里只有他是它的亲人；这偌大的院子，跟他最亲的，也就是阿黄了，也只有阿黄对他最忠诚和最依赖了。看到和感受到与阿黄的此情，张鞋娃也禁不住两行眼泪流了下来，流到了阿黄头上。阿黄赶紧舔管家的眼泪，而管家的眼泪流得更多了，还哭出了伤心的声音。张鞋娃哭了，阿黄却不哭了，就舔管家的手，舔管家的脖子。

阿黄的亲热，把张鞋娃感动得心里暖烘烘的，他紧紧抱住阿黄，阿黄又笑了。柴大奶奶的嘴巴和棒子，倒使管家和阿黄的感情更深了一截。

阿黄受了委屈，怕狗得病，他要带它去"发泄"一下。他带着阿黄去逛窑子，让它开心一番。

张鞋娃等柴家大院人静灯熄了，把大门锁定，带上阿黄去了狗馆玩。

寒风刺骨，狗馆里炉火不旺，冻得狗们"吱吱"直叫。阿黄见了母狗，只是调戏，不动真的。它瞅着他，痛苦的样子。也许是太冷，也许是受伤没了精气神。他看阿黄冲动不起来，一脸的无奈，便拉着阿黄回了。

张鞋娃带着狗刚走，有两个女人，相继来找张鞋娃，一个是小菊花，一个是柴家二小姐。小菊花是送擦伤口药的，二小姐是来送吃的。东西都放在了门口。

柴家大门还没出现过锁门和人狗不在的时候，刚锁门出门却来了人，张鞋娃吓得打了个寒战，想，如问起来如何解释锁门和人狗离门？他转眼找到了借口：遛狗去了。他为这个借口而叫绝。以后带阿黄去妓院，他就以"遛狗"这个借口，谁也无话可说。

张鞋娃刚想好借口，小莲来找他了。随着门开，一股淡雅的香味，扑面而来。阿黄看了看张鞋娃对她的表情，看张鞋娃见她惊喜的样子，阿黄赶紧对小莲摇头又摆尾。小莲看张鞋娃和狗，一脸的惊异。

"奇了怪了，大门紧锁，人与狗不见，你和狗刚才上哪里去了?!"

"我遛狗去了。狗挨了打，得哄一哄它呀，不然它会得病的。"

"这狗比我有福，它受了委屈，有人疼，我心里不畅快，谁管我呀！"

"你是柴家的贵小姐，有的是人疼你。我就是条看门狗，也只能疼看门狗……"

"你这话阴阳怪气的，看来我在你心目中，连这条看门狗都不如！"

小莲掉起了泪珠。

"啊呀，三句话没说完怎么就哭了。别小心眼啊，狗是狗，你是你，你哪能与狗比；你跟狗比，不就把我看成狗了吗？我要做你的男人，你要把我看作狗，我可做不了你男人！"

小莲听了管家的这句话，捂嘴笑了。她指着条桌上的药，对管家说："听姑妈说，她打了你，伤你哪里了，让我看看。"

张鞋娃在地上站着，狗在张鞋娃前面坐着，血糊糊的狗嘴，真被打出了豁唇。小莲连声叫"天哪、天哪"，吓得狗惊惧起来。

小莲上前摸管家的脸，脸上有指头印，可狗拦住不让她靠近。小莲只好站着不敢动，却焦急地问管家："姑妈的手真重，把你的脸都打出手印了。你快擦点药吧。"

"狗伤得重，我没事。"管家说。

"姑妈说，把狗打伤了，伤得不轻，也说把你打重了，她不应该出手那么重。"小莲说，"我听了着急，拿了点药来。狗的嘴伤得真不轻，你给它擦点药消消肿吧。"

小莲又说，柴大奶奶说了心疼张鞋娃的话，张鞋娃听了心里的酸痛直往上涌。张鞋娃谢了小莲，收下了药。便问，那包点心是谁送的。小莲说，是二小姐送给他的。二小姐对张鞋娃说话总是很客气，有份尊重的友好，他张鞋娃要的就是主人把看门管家当人看的脸色。他张鞋娃即使做臭鞋匠时，别人也是把他当人看，到了柴家却被看成了狗，这柴家人难道是人？这便让张鞋娃觉得二小姐与柴家的人不一样，文静雅气，好像不是柴大老爷的女儿，值得他对她好。

张鞋娃感受到小莲真正喜欢上了他，窃喜，但他暗自劝告自己：要沉得住气，他不能马上表现出喜欢上她，他要在柴家拥有不比柴大老爷少的钱财，不然他就永远是柴家人的狗。他要等他对她谈了"发财想法"，再去放开喜欢她；小莲这条"金鱼"，必须钩上，必须一起发柴家的财，否则跟她结婚，死心塌地地做看门狗，他张鞋娃永远还是柴家的狗。

张鞋娃暗对自己说：他张鞋娃这样做，小莲不要怨他，要怨就怨柴大老爷和柴大奶奶，还要怨柴家的人。

小莲还想跟张鞋娃再说一会儿话，却看到门口来了骑马的人，是她姑父，是柴大老爷和他的保镖回来了。张鞋娃赶紧敞开大门，迎大老爷进门，一脸的强装笑颜，献上大老爷要的笑脸——起初呵斥过他：老子进门出门，你当管家的得笑脸迎送。所以，不管是他张鞋娃高兴不高兴、舒服不舒服，见到柴大老爷，他必须喜笑颜开，不然恶骂和嘴巴会丢到他脸上。

尽管张鞋娃对柴大老爷强装笑颜，但阿黄却从不把柴大老爷当大老爷看。阿黄虽然知道柴大老爷是柴家大院的重要人物，但并不把他看作重要人物。它记着他打过管家，也打过它的仇恨，它已成主子的仇人。此时，它站在管家的身边，拉着一脸的凶相，身上抖着一身的凶气，且是一副将扑咬人的架势。好在天黑灯暗，柴大老爷没注意到它，否则，又会惹得大老爷生气。

柴大老爷看小莲这么晚从张鞋娃住的门房里出来，瞅瞅张鞋娃，再瞅瞅小莲，又死瞅张鞋娃几眼，不理管家，只是对小莲说："我们的小莲真是个重情重义的人，这么晚了还来看张鞋娃呢！"

"鞋娃不舒服，我替姑妈给他送点药来。"小莲赶忙说。

柴大老爷也不问张鞋娃哪里不舒服，理也不理他，骑着马进大院了。小莲跟着柴大老爷回去了。张鞋娃赶紧锁上大门，小跑地追赶柴大老爷，他得赶紧去侍候大老爷，尽管他的脸被抽肿，打得他现在仍有些头晕眼花，但他也不能慢待了他。好在柴大老爷不让他跟着，不让他侍候，他才松了口气。

张鞋娃望着柴大老爷和小莲回到了各自暖融融的家，他的心里冷热上涌，而涌上的更多是寒冷。张鞋娃怪小莲，不应当给柴大老爷说他不舒服。在柴大老爷眼里，他张鞋娃的死活，如同这条狗一样，是不会在意的。在张鞋娃看来，柴大老爷要轻易说出关心人的话，他会觉得脏了他的嘴。他憎恨柴大老爷的霸气。

柴大老爷出门的这些日子，张鞋娃听到了柴大老爷的不少传闻。他初听着感觉新鲜，听多了却让他害怕。张鞋娃还没进柴家的时候，就大体知道柴大老爷的奇闻逸事，却没有那么惧怕，可自从进了柴家门，凡是听到柴大老爷的好事坏事，他就产生惧怕感。

六 "花心爷"的变态狗心理

柴大老爷的几大嗜好,哪个嗜好都让张鞋娃有惧怕感。柴大老爷有六大嗜好,玩玉、玩钱、玩女人、玩烟、玩狗、玩枪。最爱的是玩女人、玩狗。嗜好玩狗,与他痴迷女人,有特别关系。

柴大老爷从小跟他"八旗子弟"的父亲柴大大老爷走南闯北收玉、挖玉、做玉生意,他的"六玩",全学他父亲的,只是比他父亲少玩两样,他父亲玩骑马、射箭和玩斗鸡,他只玩枪。而他的风流,比他父亲玩得更高明些。

柴大老爷是个风流鬼坯子,肥壮高个,头大脸长,圆黑的一双大眼,加上猪鬃般的黑眉,加上肥大的鼻子,加上一对硕大的耳朵,加上厚而肥大的嘴巴,加上一口雪白闪亮的牙,加上粗黑的大胡子,加上一头油黑发亮的短长发,这黑熊般的凶狠样子,这公驴般的发情架势,这种狗般的风骚情形,柴大老爷对女人的喜爱,是动物那种发情的喜爱,是为了交配而交配的喜爱。他虽年已五十,应当会"心"有余而"力"不足,但他交配的激情雄风不减。他得意于自己保持的两个"性"趣——从女人身上寻找激情,从狗身上寻找刺激,总有使不完的"劲",总把他喜爱的女人"打理"得爱他且安稳。

柴大老爷每次去新疆和云南订购玉,都会去个把月时间,都是大奶奶催了一遍又一遍才会回来。去太原也是没急事不回,柴大奶奶不催急了不回。柴大奶奶知道他好色好玩,出去玩,回来还玩,气得她成天吃醋又与他打架,但柴大老爷从不收敛,该嫖仍嫖,吵完打完照嫖照玩。尤其是到外地，让大奶奶总恼火的是乐不思蜀，怀疑他有小老婆，但又没有法子证实。他经常出门，但又不能不让他出门，柴家玉作坊和多处玉商行的营生，非他打理不行。凡是他出门，一周后总会连续打电报催他"家有事速回"，催急了，催烦了，他才回。常常，家里真有急事，柴大奶奶的电报雪片似的发过去，也不见大老爷的"动静"。柴大老爷每当离家，柴大奶奶的电报总是不断，也不知哪份是真，哪份是假，反正大都是催他马上回来。柴大老爷对大奶奶的电报烦透了，收到的大多电报，看都不看，一扔了之。当然，怀疑催他回的电报是多数，而也真有急事的电报，他也一扔了之，该玩照玩，从而耽误了好些大事，大奶奶也没少跟他打架。而柴大奶奶生气归生气，与他打架归打架，他出门总是迟迟不归。柴大老爷好女人，热河城里是有名的。

柴大老爷并不是迷恋风景的人，他对风景并不着迷，每到一地，着迷的是玉，与玉一样着迷的是女人。走到哪，"野花"采到哪，是柴大老爷的嗜好，而长住到哪，在哪采"花"安家，又是他的一大偏好。走南闯北走一路采一路，"采"过的"野花"，不计其数，却也采了四"朵"美花，暗自拜堂成亲为妻。

新疆和田有妻，叫秋玉的姑娘，她给他收购上等玉，他给她开了玉器店，给她买了房产和雇了下人侍候，她给他生了一女。尽管他几个月来一次，柴大老爷对秋玉不薄，给钱送物，她对他情意绵绵，心甘情愿，女儿养得如花似玉。秋玉当算是他"二房"，是他十年前来和田采购玉而"采"到的。他瞒着大奶奶，也瞒着秋玉，两头都以为自己是"唯一"，两头都在为他柴家生儿育女和发财治家而辛劳。

云南腾冲有妻，叫紫玉的姑娘，柴大老爷给她开了玉器店，给她买了房产和雇了下人侍候，她给他生了一女。尽管他几个月来一次，柴大老爷对紫玉不薄，给钱送物，她对他情意绵绵，心甘情愿，女儿养得如花似玉。紫玉当算是他"三房"，是他八年前来腾冲开玉器店而"采"到的美花。他瞒着大奶奶，也瞒着紫玉，两头都以为自己是"唯一"，两头都在为他柴家生儿育女和发财治家而辛劳。

西山太原有妻，叫素玉的姑娘，柴大老爷给她开了玉器店，给她买了房产和雇了下人侍候，她也给他生了一女。尽管他几个月来一次，柴大老爷对素玉不薄，给钱送物，她对他情意绵绵，心甘情愿，女儿养得如花似玉。素玉当算是他"四房"，是他七年前来太原开玉器店而"采"到的美花。他瞒着大奶奶，也瞒着素玉，两头都以为自己是"唯一"，两头都在为他柴家生儿育女和发财治家而辛劳。

南京有妻，叫红玉的姑娘，柴大老爷给她开了玉器店，给她买了房产和雇了下人侍候，她给他生了一儿一女。尽管他几个月来一次，柴大老爷对红玉不薄，给钱送物，她对他情意绵绵，心甘情愿，女儿养得如花似玉，儿子养得虎头虎脑。红玉当算是他"五房"，是他十年前"采"到的美花。他瞒着大奶奶，也瞒着红玉，两头都以为自己是"唯一"，两头都在为他柴家生儿育女和发财治家而辛劳。

柴大老爷给四个女人叫的名字，都有"玉"字，时常记不住谁是谁的名字，几次叫混了，惹得有的女人怀疑他还有叫什么"玉"的女人，闹起了别扭。柴大老爷从此就不再叫带"玉"的名字，却直叫"女人"，暗叫"新疆女人"、"云南女人"、"山西女人"和"南京女人"。

柴大老爷外面有四个老婆，每个老婆都给他生了孩子，即使是他有三头六臂能够把五个老婆"打理"得个个安稳，即使他有盖天的本事能够把后面四个老婆的事"捂"得滴水不漏，也总有"闲话"传到柴大奶奶耳朵里。即使没有"闲话"传到柴大奶奶耳朵里，并不是柴大奶奶没有丝毫感觉。柴大奶奶的感觉比任何一个女人都敏锐，凭她的敏锐感觉，她断定柴大老爷家外有家，她也指使亲信打探过不止一次，可打探的结果以"大奶奶的顾虑是多余的"而告终。

柴大奶奶的亲信，为何骗柴大奶奶？柴大奶奶的亲信，可以不怕柴大奶奶，但没有一个不惧怕柴大老爷的，且怕得要死。惧怕柴大老爷，是因为柴大老爷会让他们死，死得不明不白。有几个忠于柴大奶奶的亲信，给柴大奶奶走漏消息，相继死得不明不白。这使柴大奶奶身边的人，或者想讨好柴大奶奶的人，或者被柴大奶奶收买的人，甚至柴大奶奶的亲戚，甚至在警察局当局长的柴大奶奶的弟弟李保，也不敢把柴大老爷在外面找女人的事，在外面采"花"安家的事，告诉柴大奶奶，生怕引火烧身。

连老婆当警察局局长的弟弟也怕柴大老爷？柴大老爷就是个做玉品生意的商人，有几个臭钱，何况热河城里比他有钱的人多了，何况又是沦落而威风不再的八旗子弟，究竟怕他什么？怕他后面日本人的主子。柴大老爷与日本人的交情不浅，连当县太爷的岳父也惧他几分，何况一个警察局局长。柴大老爷"收拾"过几个嘴不"严"的人，手很狠。柴大老爷前任看门管家，小莲的丈夫，略有嘴不严实的毛病，吃了很大亏，也许就死在嘴不严实的毛病上，至于贪财和贪色，柴大老爷不会因这些毛病而对谁下狠手。

柴大老爷与日本人的关系，起因于珠宝。日本人占领热河，一看一群人兽，正上门抢劫财物时，柴大老爷主动献上了家里所有的珠宝，并许诺今后还会给皇军献珠宝的。带队的日本兵长官咸麻太郎的儿子村上，被柴大老爷主动献宝打动而高看一眼，赞赏柴大老爷是热河归顺大日本皇军的明士，加上柴大老爷又给村上送上价值连城的夜明珠和珍宝，便暂没让兵洗劫他家，他与村上从此成了"朋友"。村上喜爱珠宝，柴大老爷时常献上，柴大老爷就跟村上走得越发近了，柴大老爷就在热河人眼里越发红了，热河人就越发惧怕柴大老爷了，柴大老爷在热河从此不怕任何人了。

村上送给柴大老爷一条德国纯种大狼狗，一身乌黑发亮的毛，白天像"黑鬼"，晚上两眼发光像黑恶鬼，日本军犬，人见人怕。村上知道柴大老爷爱狗，爱狗胜过爱人，便把他身边的这条公狼狗，送给了柴大老爷。军犬如兵，是不能送人的，可这狗有令村上讨厌的毛病，好色，常常搅得狗群母狗不安。柴大老爷偏有喜欢赏狗交配的场景，往往会看得入迷且兴奋不已。他喜欢看自家的狗与狗交配，也看到路边有狗交配，他会看完，不看到狗事结束，他即便有急事也不会收眼离开。过去他常带一条公狗出门，也常让公狗强暴看他家大门的母狗，结果让看门的好几条母狗怀孕。自家的狗怀孕，应是家添好事，狗生崽子人欢喜。可在柴大老爷这里，却把它看成丑事，他绝不能让狗公然把狗崽生出来，每回被他的狗强暴怀上崽，定要让管家把狗杀了。

杀狗，要他悄悄地杀，不能让柴大奶奶知道，也不能让柴家大院其他人知道。有一次杀狗，柴大奶奶闻知，结果没有杀成不说，好像那狗的肚子，是柴大老爷强暴大的，与柴大老爷闹得死去活来，管家挨了柴大奶奶的打不说，还要让他把狗"善待"了。怎么"善待"？要他伺候狗把狗崽生了，把狗都善养起来。可柴大老爷不干，逼他悄悄地杀了。他听了柴大老爷的话，把狗悄悄地杀了，可柴大奶奶又把他打了个半死。他为柴大老爷玩狗后杀狗的勾当，险些把命丢了。可每当狗怀孕，柴大老爷都是指着他鼻子要他"悄悄地把狗杀掉"，不准走漏丝毫风声。

要把狗悄悄地杀掉，狗是那么好杀的吗？什么办法才能把它不出声响地杀了？只有一刀捅死和一枪打死。而这两个办法中刀捅狗定出声，枪杀枪出声，柴大老爷说不行。管家仅有的办法，只有吊死。吊死一条狗，是轻而易举能够把它吊死的吗？非常难。杀狗，狗就觉察到要杀他，它会对管家用尽温情、亲情、友爱、哀求的表情，它会对管家用尽怀疑、绝望、憎恨、悲愤的眼神，狗撕心裂肺地嚎叫，撕心裂肺地求饶。看门管家感到这杀狗，等于杀他似的，让他痛不欲生。还有，柴大老爷还要让看门管家把杀了的狗和它肚子里的小崽，慢火炖了，他要吃"母子狗宴"。

在看门管家看来，柴大老爷简直不是人，你的狗把母狗"祸害"了，却又要把受害的狗杀了，这是禽兽也做不出来的事情。一次次杀狗前，管家替狗求饶，希望柴大老爷放了怀孕母狗，或者留着让生了狗崽卖了，留用母狗，一举两得。柴大老爷不肯。柴大老爷不肯给狗放一条生路的理由很简单：一条身怀有孕的狗，放出去让人知道是柴家的狗，有辱柴家形象；看门狗怀孕，有辱柴家门风，有辱柴家形象。看门管家的求饶，左右都不行，他却不敢责怪柴大老爷半句，他知道责怪他哪怕半句，或者有责怪的意思，会挨大嘴巴。看门管家只能忍着，也只好再去买看门狗。

看门管家害怕极了柴大老爷纵他公狗强暴看门母狗的偏好，他再没他法，看门狗便用公狗。看门狗换成公狗，柴大老爷的公狗一进大院就狂躁。狗闹，柴大老爷也烦，知道它为啥狂躁，想母狗呢；柴大老爷烦，被狗的情欲挑逗起了烦，也想女人。难道守着柴大老爷的柴大奶奶不是女人？柴大奶奶也是热河风韵十足的美女，可柴大老爷对柴大奶奶没"兴趣"，柴大老爷对女人的兴趣全在别的女人那里。看门管家把看门狗换成了公狗，哪能改变柴大老爷的喜好，他让看门管家在大院深处的空房，养了母狗，专供他的公狗强暴赏看。他看狗交配，他的下流好色的风流因子，好像会被狗的交配激活。那兴奋，是神情出神入化的投入，手舞足蹈，眉飞色舞，口水涟涟，又喊又叫，好像不是狗在交配，而是他在交配。那副贪色神情，令人好笑且有些丢人。村上投其所好，便把这条色狗送给了柴大老爷。

柴大老爷出去游玩，调解不愉快心情，寻找对女人的激情，就带着村上送他的狗，去玩耍，去强暴母狗，去逛狗馆。它的鞭很长，见到母狗坚挺不倒，柴大老爷佩服而羡慕，便给它叫了个名字"长枪"。

柴大老爷爱狗、玩狗、杀狗、吃狗，张鞋娃想坏了脑子也想不明白，究竟他是爱狗，还是恨狗呢？在张鞋娃看来，他不爱狗，他是喜欢狗；他喜欢狗，但又讨厌狗。他喜欢狗，是因狗会讨他高兴，狗看家护院给柴家守着财，他柴家离不开狗。但他为什么玩狗、厌狗、杀狗、吃狗呢？他变态，内心变态得扭曲且丑陋。由于他对狗有复杂心态，他对看门狗总是不满意，对看门狗总是挑剔指责，对看门狗总是欺负蹂躏。所以，看门狗挨骂挨得多，是非来得多，挨打的时候多，倒霉的时候多，下场没有一个好的。看来柴大老爷和柴大奶奶，还有柴家大院的很多人，对新来的看门狗阿黄已有恨意，阿黄的下场也会很糟糕。

七 杀狗杀出"转世天狼"

"这张鞋娃和狗，是谁让进柴家门的？一个不长'眼'，一个是凶神，我进出院子，看见看门管家和看门狗就心堵！"柴大奶奶在柴家大门口嚷道。

柴大奶奶回来的这几天，每当看到张鞋娃，总是把他浑身上下瞅一遍，眼神里透着怀疑和讨厌。她路过大门口就骂狗，说，这狗见了她一副凶相、满身凶气，看来是记上她的仇了；连狗都记上她的仇了，那看门管家张鞋娃更不用说了，那还不把她恨死了；这张鞋娃和狗，她每天出入都得见，见他和它让她惊惧，他朝她没笑脸，狗朝她没笑脸，她心里就堵得慌。柴大奶奶又说，既然张鞋娃和狗恨透她了，她迟早会死在这看门管家和看门狗上。即便张鞋娃不敢把她杀了，狗也会把她咬死。

柴大奶奶对柴大老爷急赤白脸地说，赶紧把张鞋娃和看门狗赶走，另选个看门管家和另买条狗。柴大老爷却对柴大奶奶说，可以把狗赶走或打死吃狗肉，但张鞋娃不能赶走，这个张鞋娃做看门管家再合适不过了。柴大老爷把看门管家张鞋娃的情况，尤其是小莲看上了张鞋娃，张鞋娃也喜欢上了小莲的事，给柴大奶奶一说，柴大奶奶虽认可了柴大老爷的说法，但她执意要尽快把看门狗赶走，换个见到柴家人会笑，也会摇尾巴的狗来把门。柴大老爷说，他也讨厌这条看门狗；既然都恨这条狗，他会让张鞋娃三天之内，把这看门狗"处理"掉。柴大老爷的安抚话，才使柴大奶奶心里舒坦了些。

柴大老爷叫来张鞋娃，让他三天之内，把看门狗打死，炖了狗肉吃。

张鞋娃料到，柴大奶奶如果讨厌上看门狗阿黄，那阿黄的大难就真的降临了。但张鞋娃打定了主意，阿黄不仅不能杀，还要让它与他一道，在柴家大门口好好待着。张鞋娃思谋好了对付阿黄大难降临的招儿。

张鞋娃对柴大老爷神秘兮兮地说他的招儿。

"大老爷，阿黄既不能杀，也不能让它离开柴家。"

"你扯什么淡，一条看门狗，有什么不能让走，有什么不能杀的?!"

"大老爷您肯定熟知我们热河的马大仙吧?"

"我怎么不熟知马大仙，他是我柴家的常客。说看门狗呢，你提马大仙这王八蛋干啥?!"

"大老爷您先别动气，这马大仙说，我们柴家的狗，是条天狼转世狗，养在谁家，给谁家保平安；养在谁家，给谁家招财进宝；养在谁家，谁家官人升官……"

"你在给我说神话呢，你在给我编顺口溜呢，说得还真神乎其神、句句上口——但你听着，你说的全是放屁!"

"这是马大仙的原话，我没有添加半句。您要是不信，您问马大仙。我要是说了假话，您把我连狗一道打死，那我心甘情愿!"

柴大老爷知道马大仙的"神"功，真要是他认定过的事，或预料过的事，或"鉴定"过的人，没有不准的，也没有人不服。柴大老爷听张鞋娃这么说，啥话也不说了。他知道，马大仙的话不能不信，张鞋娃不敢给他胡编乱造这番话。但柴大老爷纳闷，马大仙怎么会给张鞋娃说这话呢？马大仙是在什么场合给张鞋娃说的这话？马大仙不见钱，是不会说什么的，难道是管家给了他钱？是马大仙见钱眼开按照管家的意思编说了瞎话？柴大老爷更是怀疑，这条看门狗，全不把柴家人放在眼里，它的眼里只有看门管家张鞋娃，张鞋娃似它的爹，张鞋娃似它的娘，狗已变成了张鞋娃，张鞋娃变成了狗神。他要是和它合起来给谁脸色看，要合起伙来谋什么坏事，那可是后患无穷啊。柴大老爷越发感到，这条看门狗，与众不同，但问题很大，决意找马大仙问一下这狗，它要真是一条神犬，那是他想也想不到的，那得对它好点。他让张鞋娃先留着狗，待他弄清楚马大仙的话再说。张鞋娃看柴大老爷将信将疑，心里顿时涌起暗喜。

柴大老爷真去找了马大仙。马大仙一本正经地对柴大老爷说，柴家的看门狗，是天狼转世，是条神犬，柴家可得好点待它。柴大老爷确信马大仙说的是真话，但对怎样"好点待它"，他不明白。马大仙告诉他，它既然是你家买回来看门的，它的使命就是看门，你不让它看门，它就没了灵性，那柴家也不会平静；它与你柴家有缘，是你柴家的福气，它会给你柴家招财进宝、保佑平安，但你没必要把它供起来，也没有必要怕它，让它该看门就看门，给它吃好点，别受罪就行了……

马大仙还给柴大老爷说了件让他更为难以相信的事：看门管家张鞋娃，同柴家的看门狗阿黄，同是天狼转世神人。说，张鞋娃与阿黄，原来是同在天宫的狼兄弟，两狼先后犯戒，狼兄被打入人世投胎鞋匠家，成了鞋匠的儿子，狼弟被打入凡间投胎做了条看门狗。看门管家张鞋娃，不是凡人，是天狼转世之人，能被柴家请来当管家，是柴家几辈子祖先积德修来的福气。他同阿黄到柴家是天意。张鞋娃为柴家打理事情，阿黄为柴家看门护院，真是两神助柴家，柴家就会保持兴旺发达、荣华富贵……

马大仙的话，尤其是说看门管家张鞋娃也是天狼转世，又与看门狗阿黄是前世的天狼兄弟，多像神话，听得柴大老爷的头皮都发麻了。尽管柴大老爷生性多疑，但他走南闯北几十年，天星、天神和神仙转世的人，他遇到过，也相信这事。但他还是纳闷，天狼转世的张鞋娃和天狼转世的看门狗阿黄，怎么偏偏成了他柴家的管家和看门狗，这有点太离奇了，离奇得像是胡编乱造。

柴大老爷虽然怀疑，但思量一番，又感到没有理由怀疑，没有理由不产生敬畏，因他相信转世之说。因为马大仙的话，是代表神仙说的话，谁不信都不行；他的神眼，热河人都信他和敬他。

柴大老爷递给马大仙丰厚的酬金，一大袋大洋，马大仙毫不推辞地收下了。马大仙从来不推辞柴大老爷的酬金。因为他从不推辞，柴大老爷总觉得给他给得少，就一次比一次多。酬金一次比一次多，马大仙却对柴大老爷指点迷事，一次比一次话少。马大仙对柴大老爷的指点迷事一次比一次话少，柴大老爷便对马大仙一次比一次敬畏。这次问询张鞋娃和看门狗的身世，马大仙一本正经得对他毫无表情，使他对马大仙产生了莫名其妙的敬畏感。

柴大老爷虽对马大仙敬畏，但对天狼转世的离奇，怀疑仍在心头游走。他对天狼如何转世，天狼在天上是干什么的，转世以后来凡间干什么，在柴家能待多久，有了极大的好奇，便问马大仙个究竟。马大仙什么也不说，只给他说了一句话"天机不可泄露"，柴大老爷再不敢问了。这便使管家张鞋娃和看门狗，在柴大老爷这里装上了沉重的神秘感。

柴大老爷离开马大仙家，骑在马上感觉浑身无力，连马鞭子都甩不起来了，心里又犯起嘀咕，找马大仙印证张鞋娃的话，说狗是天狼转世，也倒罢了，它那一副凶相、一身凶气，真有点神神道道的样子，真有狼的气质，它越瞅越像狼。柴大老爷想，它真要是天狼转世，那也是好事；问狗的事，却又冒出来个管家张鞋娃也是天狼转世之人。张鞋娃到柴家来的这段时间，虽然聪明能干，但聪明中藏着精明，能干里藏着心机，尤其是与阿黄的人狗相通，尤其是阿黄对他的通心和忠心，让柴大老爷与柴家人忧心。倘若张鞋娃是天狼转世，那岂不是引狼入室，有一天他如算计主人、想"吃"掉主人，那不就是易如反掌的事吗？虽然他不再敢怀疑马大仙的话，但心头被压了块石头，喘不上气来。

柴大老爷回到家，给柴大奶奶说了马大仙的话，柴家的看门狗非同小可，是天狼转世的狗，不仅仅狗是天狼转世，看门管家张鞋娃是看门狗的前世狼兄弟，张鞋娃也是天狼转世的人。柴家可得小心对待看门管家和狗，不可慢待……

"呸！什么天狼转世，纯属放屁的谎话！"柴大奶奶一听，把正在手里的茶碗扔在了方桌上，接着说，"就那个臭鞋匠的儿子，是天狼转世？就那个见人不会摇尾巴的孬狗，是天狼转世？笑掉我牙了……"

"我压根也不相信，哪来这么些巧的事，我柴家找的看门管家是天狼转世，看门管家找的狗又是天狼转世，像说梦话似的。"柴大老爷说，"但又不能不信，马大仙可是热河的大仙，他的眼睛是神眼，他能胡说八道吗？”

"马大仙是神眼，也不能不信他说的，但马大仙对我爸有怨恨。"柴大奶奶说，"你忘了，马大仙的父亲通共，我爸抓了他，死在了监狱，虽不是我爸杀的，但马大仙对我爸怀恨在心。这天狼转世的屁话，会不会是张鞋娃与他串通好了，编造了谎言来吓唬我们？"

"马大仙爸死在监狱的事不假，可马大仙在我面前从没提过这事，他肯定清楚他父亲不是死在你爸手里的，所以柴家请他来说'事'，他从不耽误，看上去他对柴家无怨也无恨。"柴大老爷说，"再说了，他是大仙，做大仙有做大仙的戒守，不妄言。胡说对他的结果，他比谁都明白。要是他记恨你父亲，几年来早流露出来了，早用他的神力报复你家的人和柴家的人了，没必要编造天狼转世的神话来骗柴家。再说了，即便张鞋娃和看门狗阿黄是天狼转世，那又怎么样，他张鞋娃不就是个一般人吗？那看门狗不就是个看门狗吗？他还不是我的管家，它还不是我的看门狗吗？难道他和它会成柴家的主人？什么天狼，什么转世，放心好了，他和它仍是柴家的两条狗，翻不了天！"

"从来没听说过什么天狼转世成人的事。我怎么琢磨那臭鞋匠，怎么觉得他就是个修破鞋的，跟天狼搭不上边。"柴大奶奶说，"听说过天狗，没听说过有天狼，这事蹊跷，不能信马大仙那个狗东西的胡话。把那狗还是弄走，也把管家辞了，免得给柴家带来祸患。"

"万一他和它真是天狼转世呢？万一是老天对我们柴家好呢？"柴大老爷接着柴大奶奶的话茬说，"如果真如马大仙所说，张鞋娃和看门狗是柴家先人修来的福气，是老天降福给柴家，是来帮柴家兴旺发达的呢？如果把他和它赶走了，那不就把财神赶跑了吗？那就损失大了……"

"看门狗不说了，它不管是狗也好，神也罢，那也是条看门狗，成不了人，没有什么可怕的。"柴大奶奶说，"那这个看门管家张鞋娃如果是天狼转世，这就吓人了。狼可是狡猾无常的东西，它一翻脸，会不会伤害柴家的人啊？"

"我们对他好点，他怎么会翻脸呢？"柴大老爷说，"以后我会把他当作柴家的人，不打不骂了，行不？再说了，小莲喜欢上了他，他也想娶小莲，这样一来，他就真正成柴家的人了，他怎能对我们不好？"

柴大奶奶听柴大老爷这么一说，什么话也不说了。不说了，不是被柴大老爷听了马大仙的话吓住了，没有人能吓住柴大奶奶。柴大奶奶可是县太爷的千金，小至热河城，大到天下，啥奇事没听过，啥人没有见过，一个马大仙的话，不至于把柴大奶奶搞晕。她不再言语，她对管家和狗，有了她对付的想法。

柴大老爷疑心重，也重不过柴大奶奶，柴大老爷再厉害，也厉害不过柴大奶奶。因为柴大老爷是"粗"的厉害，柴大奶奶是"细"的厉害。人一细致，想法就会冒出来。

不管是柴大老爷不信又信，不管是柴大奶奶根本不信，而张鞋娃不怕他们信与不信，要紧的是让他们通过神仙嘴里，知道他和阿黄是天狼转世就够了。只要柴家人知道他张鞋娃和阿黄来路不凡，他们将不会把阿黄赶跑，那就不至于把他张鞋娃不当人看。这样一来，他在柴家的"戏"，就会继续"唱"下去。他会"唱"一出好戏出来，那将是柴大老爷欲哭无泪的"大戏"。

让马大仙说他和阿黄是天狼转世，张鞋娃感到自己真是聪明极了。张鞋娃让大仙谎称自己是天狼，他面对柴大老爷和柴大奶奶，一点也不感到缺德，反而有他的理由——是你柴大老爷和柴大奶奶逼的，逼得让他当狗，逼得让他想招。所以，他就想了"天狼转世"的招，通过马大仙的嘴一说，不怕他们不信。

让张鞋娃难以置信的是，这"他和阿黄是天狼转世"的胡编乱造的话，他去求马大仙时，心里根本没底。他是拿着可观数目的大洋去才撬开马大仙嘴的，也是冒着马大仙不帮忙而"出卖"他的巨大担忧而去的，可马大仙听了他的想法，不但没有指责他，更没推辞，居然同意帮他这个忙，居然给他钱一分也不收，这让他想不明白是怎么回事。

经过马大仙一说，张鞋娃居然感到，既然马大仙不收一分钱，不怕冒有损他大仙神名的风险，那一定是马大仙认为他和阿黄，确实是天狼转世。不然的话，爱钱如命的马大仙，怎么会按他说的说呢？张鞋娃有点相信，他和阿黄是天狼转世，他和阿黄前世真是天狼兄弟，不然为何它懂他，他也懂它呢。张鞋娃开始相信自己是天狼转世，更确信阿黄是神狗，是天狼转世。

八　看门 "看" 出杀人差事

　　柴大奶奶出远门期间，柴大老爷在家嫖宿小菊花的事，不知是哪个狗胆包天的人，说到了柴大奶奶的耳朵里。柴大奶奶不是说风就是雨的人，她对柴大老爷是抓不住证据不出声，一向如此。尽管她对柴大老爷是下三烂货深信不疑，也对他嫖女人的恶习不改深信不疑，但柴大奶奶尽可能总把柴大老爷往清白里想，这是因为柴家玉业树大招风，经常有人造柴大老爷的谣而让柴大奶奶不知道哪个谣言是真。这次对有人说他嫖宿小菊花，她仍是将信将疑。

　　柴大奶奶半信半疑，来自她的判断。小菊花虽是春花楼的婊子，但她是日本人小野的情妇，在热河谁人不知。在热河玩哪个婊子都不会有麻烦，谁要是 "动" 了小菊花，那是要掉脑袋的。这传闻，让柴大奶奶又气又怕。怕这老东西真要是 "动" 了小菊花，那不仅是自己找死，还会把柴家送上黄泉路。小野心狠手毒，热河谁人不怕。有道是 "捉奸捉双"，只有问小菊花才是唯一的人，否则他家 "老东西" 打死不会承认。她若要是给小菊花施点 "招数"，问实此事不难。一个婊子，就是跟别人 "睡觉" 的，她哪会在乎跟谁 "睡" 过！可小菊花是日本人的情人，柴大奶奶有多大胆子，也不敢去问小菊花。不仅不敢去问小菊花，还怕上了小菊花，要是得罪了她，怕她给小野说柴大老爷真 "睡" 了他。要是她真给小野这么说了，那他柴家就倒霉了。她必须弄明白这传闻，传闻是造谣还是真事，如真有此事，那得赶紧想保住这 "老东西" 的脑袋、保住柴家人的脑袋的办法。柴大奶奶思来想去，找谁问都无从下手，她只有问看门管家张鞋娃。大老爷进出大院，找大老爷的人进出大院，看门管家张鞋娃不会不知道。

趁柴大老爷下午出门不在家，柴大奶奶把张鞋娃叫到了她屋里。张鞋娃听柴大奶奶叫他，心里直打鼓。

那天柴大奶奶在门口对他和狗大打出手，又狠又重，她是个武功厉害的女人，看来比柴大老爷的厉害不差上下。柴大奶奶凶狠，柴大老爷凶暴，老天是怎么把他们配到了一起，一个比一个火爆！他张鞋娃真是倒了八辈子霉，怎么让他遇到了这么一对疯狗般的夫妻。张鞋娃走到柴大奶奶屋前时，胸口已压了块沉重的石头。他已做好挨打挨骂的准备，任她打任她骂吧，富贵险中求，要在柴家混到富有，混到人上人，挨打挨骂是躲不掉的。有了这样的想法，张鞋娃顿感跨进柴大奶奶屋子的门槛时腿有劲了。

柴大奶奶对张鞋娃依然不理不睬，且不正眼看他，一脸的凶气。张鞋娃的心里又打起鼓来。柴大奶奶好像压根也没听说过他张鞋娃是天狼转世之人，压根也没把他当人瞅。不像柴大老爷那样，自从去马大仙那儿证实了他张鞋娃是天狼转世，阿黄是天狼转世，对他和阿黄明显客气多了。张鞋娃纳闷，难道柴大老爷没告诉柴大奶奶他和阿黄是天狼转世的事？张鞋娃断定柴大老爷告诉她了，也许是她压根就不相信。这个柴大奶奶可不是一般人，县太爷的长女，虽人长得不俊，但尽跑大地方，见过大世面，脑子灵活，他的骗话，骗得了草莽匹夫的柴大老爷，要骗她信，不容易。她不信有什么办法，那就让她尽管打好了，转世天狼也有挨打的时候，不受委屈，成不了大事。

柴大奶奶在喝下午茶，一屋子茶香味，可她满脸挂着怒气和愁云。张鞋娃见这表情，已知柴大奶奶叫他来，没什么好事。可柴大奶奶却让张鞋娃坐在她旁边龙椅上说话。柴大老爷和柴大奶奶，从来也不会让下人在他们屋子里坐着说话。张鞋娃同所有下人一样，从来是站着说话的，所以管家哪敢坐。张鞋娃不敢坐，柴大奶奶瞪他一眼，这眼神像她门口立的棍子一样硬邦邦闪着寒光。张鞋娃不敢再不坐，只好坐下。张鞋娃觉得他不应当对柴大奶奶做得太卑下，自己是转世天狼，理应坐着说话。他大方地坐下，且把背靠在了椅子上。

张鞋娃的坐相，柴大奶奶当然看得清楚，眉皱得更紧了。她知道，看门管家张鞋娃这条家狗，已把自己当作转世天狼了。柴大奶奶对张鞋娃的自大相装作没看见，反而对管家笑脸相送，显得亲切有加。柴大奶奶的笑脸，让管家张鞋娃更加证实了柴大奶奶已知道他是天狼转世，使得他心里吊着的大石头，缓缓地在落地。

柴大奶奶让管家张鞋娃坐下，并没有让下人给他上茶，也不骂，也不打人，更不提那天门口发生的事，却"咣当——"给他扔过来个小口袋。

柴大奶奶轻声慢语地说："你到柴家来做事，便是一家人了，只要你忠心不二，大奶奶不会亏待你……这是我给你的一点见面礼，拿着！"

张鞋娃打开这硬邦邦的口袋，是一根金条，一根崭新闪亮的金条。他长这么大，哪摸过金条！柴大奶奶居然不提那天门口的那档子狗和他冒犯她的事，也不打他，却送他金条，这是什么意思？一根金条是笔多大的财呀，他张鞋娃的命也不值这根金条。这金条是真送他，还是用它要他的命？张鞋娃看柴大奶奶并无笑容的脸，他被这巨财吓得手一哆嗦，金条掉在了桌子上。

柴大奶奶看张鞋娃被金条吓得不知所措，对他笑了，又对他说："给你个'黄鱼'，看把你吓成这个样子。这'黄鱼'不是白给你的，一来要你好好为我做事；二来我要问你件事，你要对我说实话。"

管家明白了柴大奶奶给他金条的用意，他松了一口气，赶紧追问柴大奶奶。

"大奶奶尽管放心，我既然当了柴家的管家，我就要忠心耿耿地对大老爷和大奶奶您，也会做好柴家的大事小事……大奶奶要问我什么事，您尽管问，我不要大奶奶金条，凡是我知道的，我会如实告诉您。"

"金条你还是拿着。你对我大奶奶真诚，我还会奖励你。"

"大奶奶您快说，是什么事儿？"

"你知道小菊花吗，春花楼的那个小娼妇？"

柴大奶奶的问话一出口，张鞋娃打了个寒战。柴大奶奶看张鞋娃听到"小菊花"的名字，脸色都变了，便知道那"老不死的"与小菊花真有勾当。柴大奶奶的脸更难看了。张鞋娃此时叮嘱自己，小菊花来柴家的事，打死他也不能说；他要说了，他就没命了。

柴大奶奶的突然追问，他不知道如何回答，不回答是放不过他的，回答了比不回答的后果更可怕。他反复叮嘱自己，就算柴大奶奶打死他，也不能说这事。

张鞋娃看柴大奶奶的脸难看得吓人，知道她对柴大老爷和小菊花的事，今儿个不问出个所以然，不会放过他。

柴大奶奶两眼瞪着张鞋娃，等他回答问话呢。柴大奶奶的瞪眼，放着凶光，让张鞋娃冷汗淋淋了。好在张鞋娃也是在热河街面上待过的人，在柴大奶奶的咄咄逼人的眼光里，他宁是沉默不语。柴大奶奶接着追问："问你话呢，春花楼的小菊花，来过柴家大院吗?!"

"大奶奶您息怒，打死我也不敢骗您，我……我不认识小菊花这娼妇……真的我不认识，真的没见她来过柴家……"

张鞋娃的回答，把柴大奶奶的鼻子都气歪了。她把手里的一杯茶朝张鞋娃泼了过来，泼了他一脸茶水。好在冬天的茶水不是太烫，不然张鞋娃的脸遭殃事小，那要烫了眼睛，不瞎才怪呢。而柴大奶奶清楚，尽管她有气急了有棍子打人、茶水泼人的习惯，除了狗和畜生之外，对人她是手下留情的。她泼他的茶，是温茶，她从来不会用烫茶泼人。这一杯泼过来的茶，把张鞋娃泼得更清醒了，他又叮嘱自己，无论柴大奶奶如何逼他，他都说"不认识小菊花""没见过小菊花""柴家没来过小菊花"。

柴大奶奶逼问张鞋娃半天的结果，张鞋娃只是这几句话。聪明的柴大奶奶从张鞋娃的言语和满头大汗的神情里，早已知道她问的结果，小菊花肯定与"老不死的"有勾当。不管柴大奶奶如何追问，但张鞋娃就是不说。柴大奶奶不知道对张鞋娃怎么办好，但她断定张鞋娃应当是"打死也不会说"了。

张鞋娃打死也不说的架势，倒让柴大奶奶心里轻松了些。她想，真若张鞋娃否认的小菊花没来过柴家该多好，那不就一切都无事了吗?! 那"老不死的"没危险，那柴家也就平安无事。柴大奶奶转念一想，张鞋娃嘴如铁块，硬而严实，倒是好事；她要是张鞋娃，打死不说是对的，说了

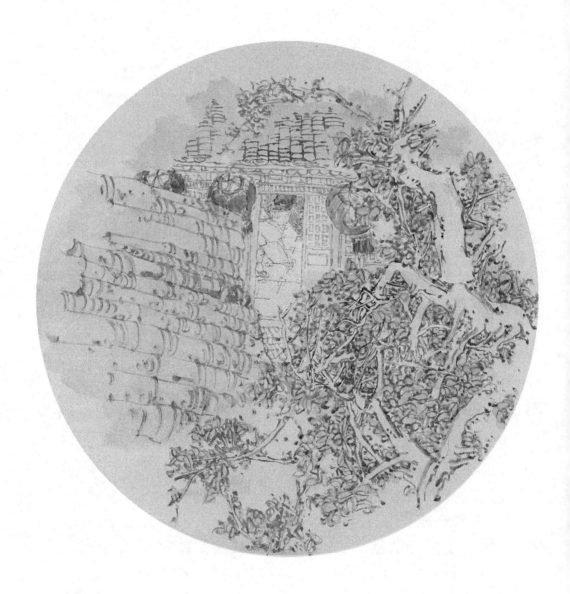

一家之主的隐私和坏事，一个下人会有什么好下场。

　　柴大奶奶想到这层问题，对他有了点理解。她便宽慰他几句，不要再问了，让他拿着金条走吧。张鞋娃巴不得让他走。他不拿金条，赶紧走。柴大奶奶拿着金条，把他叫住了，说要不拿她给他的'黄鱼'，就别走，她还要接着有话问。张鞋娃拗不过大奶奶，也不敢拗她，也不敢拿着天狼转世的不凡身世与柴大奶奶拗着，他想他还得装作仍是柴家的一条狗，他只有服从才无事。柴大奶奶给钱只好接着，不敢再有推辞，生怕柴大奶奶会对他动手。他给她鞠躬，他拿着金条，转身赶快走人出门。

　　张鞋娃走了，但柴大老爷和小菊花的"恶心"事，仍在挠柴大奶奶的心，挠得她生疼。她琢磨，张鞋娃是最直接的知情人，威逼他不说，给重金也不说，他不说不等于没这事，更不等于这事没有传到小野耳朵的可能性。此事不能放，放一天就多一份风险。柴大奶奶陷入了深度苦恼中，她要寻找快刀除患的好办法。

　　也就是张鞋娃刚下楼，还没有回到门房的片刻间，柴大奶奶的脑子里就冒出了恶念——快刀除患的两个办法：让张鞋娃把小菊花悄悄"做"了。张鞋娃"做"了小菊花，他就是杀人犯，大老爷与小菊花的丑事，他永远也不会说出去；他张鞋娃要是不"做"小菊花，那她只好把他们两个都"做"了。小菊花永远消失了，这份害怕也就永远不存在了；况且这个张鞋娃的心思，看来远远不在当个管家的份上，应当另有所图。把自己包装成了什么天狼转世，还把他弄来的看门狗说成了天狼转世，这不是野心是什么？他不是柴家需要的看门管家。柴家用的是狗一样忠诚的看门管家，用的是见了主人摆尾巴的看门狗，要他个天狼转世的狗人干什么；留着这个东西，迟早是柴家的祸害，借此把他除了，柴家宁可另找管家和另买狗，也不能让什么天狼转世的人和狗在柴家装神弄鬼。

　　有了这个快刀除患的办法，柴大奶奶的心是火烧火燎，但她心里又犯难了，张鞋娃会不会去"做"小菊花，他要是死活不愿去"做"小菊花，又有谁能把张鞋娃和小菊花一起去"做"了，并"做"得神不知鬼不觉？她想，也只能由她的警察局局长弟弟派手下去"做"了。

九 实逼无奈去杀人

柴大奶奶是个急性子，做"快刀除患"事之前，她得找小莲问个话。她得知道，她对张鞋娃的态度，是不是如"老不死的"所说，她喜欢上他了。如若真喜欢上了他，那还是尽量留着张鞋娃；如若张鞋娃在她心里可有可无，张鞋娃若不把她当回事，就把他和小菊花一起"做"了。可小莲随柴大老爷等出门送玉品去了，已近深更半夜，还没有回来。柴大奶奶在等，等她回来。柴大奶奶做什么事，能不过夜，就不过夜。这件事情，她是绝对不会过夜的，至少对小莲的终身大事，她不会过夜。

虽夜已深，柴大奶奶差人听到大院马车声，赶紧去叫小莲。柴大老爷没回来，小莲被柴大奶奶差人叫到了屋子。一天不见姑妈，小莲看姑妈像落水的黄瓜，脸上憔悴了一大截，且一脸的焦急和不安。柴大奶奶支走下人，把小莲拉到自己的小屋。柴大奶奶一般与柴大老爷各睡一屋。柴大老爷的屋子古床、古董、古家具，总是大烟味，柴大奶奶不喜欢；柴大奶奶的屋子西洋床、西洋落地纱帘、西洋地毯、西洋酒柜、西洋留声器、清亮红木家具，清爽而雅致，不像练武女人的卧室，倒像是留洋小姐的闺室。

坐了快一天马车的小莲，本来累得眼睛都睁不开、全身要散架了，看姑妈的样子，猜想一定有重要事情说，很紧张。柴大奶奶给她吃法国点心。柴大奶奶说："闺女你紧张个啥呀，姑妈是看你们没回来着急。这一整天没见，怪想的，睡不着又胡思乱想，就把你叫来说两句话。"

"谢谢姑妈惦念小莲。姑妈肯定有事要问我，姑妈您快说。"小莲催柴大奶奶问她话。

"姑妈心里闹腾着你的婚姻大事呢。"柴大奶奶拉着小莲的手亲热地说，"听你姑父说，张鞋娃喜欢你，你也不讨厌张鞋娃，你看他这人怎么样，你喜欢不喜欢他?"

"真是感恩姑父姑母的一片良苦用心，选了张鞋娃做柴家看门管家，也实际是为我着想。"小莲有点喜上眉梢地说，"……也说不上鞋娃好在哪里，反正觉得他挺聪明的……"

"哟，姑妈才离家一月多，他来柴家不长，你就夸上了，你们俩就爱上了、好上了，太快了吧?!"柴大奶奶说，"是不是这臭鞋匠给我宝贝侄女灌迷魂汤了? 我看这臭鞋匠挺有心眼的，你可小心被他骗了。"

"姑妈，您想多了。"小莲说，"姑妈您别老觉得他是臭鞋匠，他挺聪明的，做事也挺利落……"

"侄女你告诉姑妈，你们俩发展到什么程度了?"柴大奶奶有点急了，"你们俩是不是做了那'事'了?!"

"亏你是姑妈，问这样的话!"小莲脸红而害羞地说，"我俩啥事也没有……姑父希望我嫁给他，他也想娶我，我不知道怎么办，我听姑妈的。"

……

小莲困了，小莲不想说话。柴大奶奶让下人送小莲回去休息。

小莲的心思让柴大奶奶听着胸口生疼：小莲的心已在张鞋娃身上，张鞋娃已在她心里占据了位置，小莲喜欢上了张鞋娃，想嫁给这臭鞋匠；小莲嫁人心切，正让光棍张鞋娃瞌睡遇到了"枕头"，不费力就攀上了富家小姐。这穷坑里出来的臭鞋匠张鞋娃，看来巴不得立马把小莲娶到手。他要把小莲娶到手，他这辈子的荣华富贵就算捞到手了。小莲说他聪明，这臭鞋匠何止是聪明，是太精明了。这也怪那"老不死的"，把她俩撮合成了。这撮合成了好事她接受，而最不愿意接受的事是张鞋娃成了什么天狼转世；他选来的看门狗，居然成了转世天狼，这事不是好事。但柴大奶奶又想，事到如今，尽量成全侄女的心思吧。她一天不嫁人，她这个姑妈心里就放着件大事。这让柴大奶奶转念想到，如果张鞋娃的"精明"为柴家所用，为她所用，那是太好不过的事情。于是，柴大奶奶让下人去叫张鞋娃。

柴大奶奶一晚上两次叫张鞋娃，天黑时叫他来说话并给金条，这深更半夜叫他又干什么？张鞋娃想到的是有什么急事。他再想不出别的事来，便少了一份惧怕。

柴大奶奶穿着貂皮大衣，打着哈欠和喷嚏，已劳累得眼睛都要粘在一起了。累成这样，半夜叫人，叫他有什么急事？

柴大奶奶还是让张鞋娃坐下说话。看来不是一句话，张鞋娃只好坐下，瞪大眼睛，听柴大奶奶说什么。可柴大奶奶瞅了张鞋娃一眼又一眼，显然在思索怎么说，半天才说出话来："大奶奶有什么话不好说呢，有事您就对鞋娃直说。"

"刚才小莲回来，我问了她喜欢你不，她说喜欢，还夸了你好多。"

"感恩大老爷、大奶奶不嫌弃。小莲看上鞋娃，是我高攀她了……我会好好待她，我活着是柴家的人，死了是柴家的鬼……"

"好了，鞋娃，料你是个聪明也重情重义的人，小莲没看错，我和你大老爷也没看错；小莲嫁给你，我们就是一家人了，你要是好好听大奶奶的话，大奶奶让我那警察局局长的弟弟出门多关照你，没人敢动你一根指头，你会威风八方，也会让你在柴家享受不尽的荣华富贵……"

"我还是那句话，只要大老爷、大奶奶不嫌弃我鞋娃，我活着是柴家的人，死了是柴家的鬼，心甘情愿做柴家一条忠心不二的狗……"

"那就好，鞋娃，这么晚叫你来，也不是为说你与小莲的嫁娶，还是'老不死的'与小菊花的那件事。你说你不知道这事，我相信你说的是真话。但这事让我睡不着啊，既然有传闻，那不是真事，也会变成了真事。有多少人巴不得柴大老爷倒霉，巴不得我柴家出事呢。小菊花是日本人小野的情妇，热河人谁敢'动'他的情妇！即使'老不死的'没'动'小菊花，那传闻就会杀人。这事能传到我耳朵里，就能传到日本人小野的耳朵里；要传到日本人小野那里……后果我不说你也知道……"

"大奶奶您直说，让我鞋娃做什么？只要我能做到的，就是上刀山、下火海我也去！"

"有鞋娃你这句话，我就给你直说了。刚我说了，不管是那'老不死的'与小菊花有没有那事，也只能当有这码事来对待了，不然就是大后患……"

"大奶奶的意思是，让小菊花闭上口？那好办，那娼妇爱钱，给多点钱，就把她嘴'封'住了。"

"鞋娃你脑子不够用，你以为钱就能封住她的嘴？封住了她的嘴，传闲话人的嘴能封住吗?!"

"那封住了小菊花的嘴，别人爱怎么说就怎么说去，反正小野问小菊花，小菊花不承认不就没事了？"

"小菊花不承认就没事了？你真是蠢猪！小野可不是个'没事'的人，他的枪顶到小菊花脑袋上，小菊花还会守口如瓶？那还不把那'老不死的'传闻说成没有也会有?!"

"难道大奶奶要把小菊花杀了不成?!"

"为了柴家平安无事，根除后患，也只能这样。"

"大奶奶有警察局局长弟弟，有枪有人有刀，杀个小菊花，像杀只鸡那么简单。"

"小菊花是日本人的娼妇，警察局的人谁不怕日本人。我那个弟弟一牵扯到日本人的事，吓得尿裤子，哪敢。"

"大奶奶的意思，是让我去杀了小菊花？"

"鞋娃啊，你不是转世天狼吗，杀个人不就是你说的像杀只鸡那么简单。你只要办好了这件事，不出一个月，我让你跟小莲成婚，我送你房子、送你地，还会给你几十根金条……"

柴大奶奶说完这话，眼睛像两把刀，闪着寒光，盯着他的反应，在等他回答。

张鞋娃毕竟是见过点世面的人，来柴家这段时间，也琢磨出了对付柴大老爷、柴大奶奶和柴家其他人的办法。对于柴大老爷和柴大奶奶的话，他的办法已有，即使他们让他办天大的事，不能立马说办不了，先应承下来，再用变通的办法去办。杀小菊花不是件简单的事，他张鞋娃从来没杀过人，不敢杀人，即使会杀人，也不能杀小菊花，小菊花的心眼不坏。他要杀了小菊花，他张鞋娃的人头也就保不住了。

柴大奶奶的眼里虽闪寒光，让张鞋娃浑身发凉、头冒冷汗，但他没有马上回答柴大奶奶话。他不能马上回答，他感到马上回答她太轻率，会让柴大奶奶有不靠谱的感觉。他装作忧虑和思考好一会儿后，显得决心已下、决心很大地对柴大奶奶说："还是柴大奶奶您想得周全，日本人杀人不眨眼，小菊花一天不消失，柴大老爷就有危险，柴家就有后患。我进了柴家，就是柴家的人，大奶奶要给我这给我那，太见外了；大老爷和大奶奶的安好，就是我的安好，小菊花不死，柴家保不住，我也活不了，我把她'做'了，大奶奶您放心！"

柴大奶奶终于等到了张鞋娃的回答，回答令她喜笑颜开了。她对张鞋娃说："那我的心落下来了。大老爷真没看错你，小莲也真有眼力，我也越发喜欢你了。这事你明天就去办，越快越麻利越好，要不留一点痕迹，也千万不能让大老爷知道！至于你怎么办，你想办法，需要枪、刀、药，大奶奶我给你。"

张鞋娃想，话虽答应了，但小菊花是不能杀的，而柴大奶奶的枪、匕首、毒药，得要，"用"完了就说丢了，要么留着用。于是，张鞋娃说："我想个'做'她干净利落的方式，明天就去办。我需要准备上您说的那些东西。那我明天一早来拿那些东西？"

张鞋娃说完转身就要走，柴大奶奶一把拉住了他，说："明早屋里人进人出，也许那'老不死的'会回来，不方便拿。等着，我这就给你拿。"

柴大奶奶从客厅小门进去，转眼间拿来了三个包好的东西，一把小巧的手枪、一把带鞘的匕首、一瓶药水，定是毒药。柴大奶奶教他如何打枪和打心脏、头的要领，如何用药水下毒，匕首刺哪最准。柴大奶奶讲过，她让张鞋娃演示和重复她讲的方法，张鞋娃演示和重复得准确无误，柴大奶奶夸他："难怪小莲说你精明。说啥能记住啥，教啥立马就会，不愧是天狼转世……"

柴大奶奶的话音刚落，鸡叫了。张鞋娃回到门房歇息，直到天亮没睡着；柴大奶奶一头倒在床上，睡到了太阳高挂。

十　有人让他心硬又心软

张鞋娃睡不着是自然的，这杀人的事，是天大的事，放在谁身上也睡不着。天快亮了，张鞋娃在绞尽脑汁而不停地想办法。他想的不是用什么办法去杀小菊花，他在想用什么办法不杀小菊花，还能够让柴大奶奶心里踏实。他想到了一个招，让小菊花远走，在热河立马消失。在热河消失，总比让人杀了强万倍吧；把小野杀了。鬼子小野早该死。把小野杀了，小菊花就不用死，柴家就彻底无危险了……还有什么办法？总不能把柴大老爷和柴大奶奶杀了吧？他们是杀不得的。杀了他们，他张鞋娃在柴家同看门狗阿黄得完蛋。希望柴大老爷出车祸或被人打死，他死了不就没事了吗？可他怎么会马上死呢？没这么巧。该想的奇思妙想，张鞋娃都想过了，他再想不出什么好办法。

小菊花不能死，他张鞋娃不会让她死的。尽管小菊花穿戴打扮得美艳，长得如花似玉，但在张鞋娃看来，她是个再苦不过的女子。他恨柴大奶奶居然对这么个可怜小女子起了狠心。小菊花不就是个贫贱女子，身子让人糟蹋着，还得替人去死，这不是人干的事。

张鞋娃可怜又同情小菊花，是因小菊花的身世，她让张鞋娃想到了他妹。他有个妹妹，六岁时丢了，据说被人卖到了哪个地方的窑子。他父亲找了她多年，找到了，但人回不来……想到柴大奶奶要他杀小菊花的急切，张鞋娃就心慌；小菊花是不能杀的，张鞋娃思谋出的最佳方案，是把小野杀了。日本人迟早会从热河滚蛋的，热河人没有不恨日本人的，只要不留痕迹地把小野杀了，既解了柴家的祸患，也保全了小菊花，又为热河人除了害。即使杀小野失了手，他张鞋娃死在了日本人手里，那也是抗日英雄，留下了好名声，死也值得。

想到了这一点，张鞋娃心里轻松了很多，也有了点对死的庄严感。怎么杀小野？张鞋娃想了多种场合，譬如小野在街上、饭店、舞厅、某个场合都可以把他杀掉，但不能杀在春花楼小菊花的地方。用什么东西杀他呢？枪打不好，举枪手抖，毒药最好。可谁能走近小野呢，谁能把毒药放在他喝的茶和饭里呢？除了小菊花，谁也没办法。小菊花是不会为柴家而给小野下毒的，况且她没这个胆。下毒的办法，是个死办法，用不上。他张鞋娃最擅长的是匕首和剪子。多年修补鞋，刀和剪子在手里无比听话，让他飞什么地方，没多大偏差。他决定，用飞刀和飞剪杀小野。

张鞋娃打定了主意，极度困乏便袭涌上来，他刚昏睡过去，有人拳击大门，一拳比一拳猛。张鞋娃从梦中惊醒，赶紧去开门，阿黄紧跟着扑了出去，原来是柴大老爷在敲门，实际是砸门。这是柴大老爷深夜回来一贯的恶习动作，敲门变砸门，用他熊掌般大而有力的拳头砸门，那种对门有气有恨、要把门砸破的拳头透着凶狠。这砸门声，让张鞋娃不是惊心，就是胆寒。张鞋娃清楚，这是柴大老爷对他和看门狗阿黄的反感情绪。

"谁啊，把门砸破了！"张鞋娃猜是柴大老爷，故意扯着嗓门问。

"我，开门！"果然是柴大老爷。

张鞋娃打开门，阿黄"嗖——"地横在了门口。阿黄当然已闻到门外砸门的人是柴大老爷，刚才只是望着门两眼放怒光。要是外人，阿黄不会发怒咬吼。柴大老爷一副疲乏相，像是被什么吸走了精气神，一脸的怒气。

"大老爷好，刚睡得死，没听着，您息怒！"柴大老爷进门，张鞋娃赶紧送上强装的笑脸和适合下人说的话。

"我一到大门口，看到这紧锁的门和你与狗的那样子，就气往上面冒！"柴大老爷高声粗嗓子地冲张鞋娃又扔过来一句。

阿黄一眼的凶光、一身的凶气，横在大门口，有不让柴大老爷进门并一副欲扑将咬的架势。

"哎哟，你这狗东西，横在前面，是拦住我不让进门吗？你可真是天狼转世的狗，真是狗胆包天，你这该死的狗东西！"柴大老爷抬脚要踢阿黄，张鞋娃上前拦柴大老爷，柴大老爷的猛脚，结实地踢到了管家的肚子上。

阿黄毫不迟疑地扑向柴大老爷，没咬，一头撞了过去，把柴大老爷撞了个仰面朝天。疼得柴大老爷"哎哟"直叫，也吓得柴大老爷紧喊："你，快把狗拦住，别把我咬了！"

张鞋娃哪里料到阿黄的这下子。他喝住阿黄，赶紧把柴大老爷拉了起来。柴大老爷虽被狗撞了个屁股啃地面朝天，但昔日的威风和脾气好像被狗撞掉了。他被张鞋娃拉起来，不但不敢再对他和狗发怒，反而笑着骂道："这个狗东西，还真义气，替它主子出气，有种！"

"大老爷息怒，大老爷息怒！它就是看门狗，是个畜生，您大人不计畜生过，不要生气！"张鞋娃急忙赔不是。

"老子今儿个算是真开眼了，这狗东西，还有你这狗东西，可真是前世亲兄弟，它撞得我胸口和屁股揪心疼。好在这狗东西没有嘴咬主人，算它有良心！我不敢惹你大管家了，也惹不起这狗东西了。你们都是天狼，我怕你们，我怕你们……"柴大老爷捂着胸、勾着腰说。

不知阿黄撞伤了柴大老爷什么地方，他像只倒霉的黑狗熊，在张鞋娃的搀扶下，一瘸一拐地进了大院。

张鞋娃把柴大老爷搀扶到玉阁楼门口，柴大老爷把张鞋娃推开并说"滚"，自己进屋了。张鞋娃没走多远，就听柴大奶奶狮子般的吼叫声和柴大老爷的发火的大骂声，还有厮打的声音。昨晚柴大老爷夜不归宿，加上他与小菊花有染惹出的传闻，让柴大奶奶的火，忍不住了。

柴大老爷没有理由在外夜宿，柴大奶奶断定他又是被哪个妖精灌醉拉到了床上，醉生梦死地销魂了一晚，并想起他与小菊花的那恶心勾当，恨不得一刀捅死他。

柴大奶奶刚在睡梦中惊醒，是被大门口柴大老爷的打门和叫骂声吵醒的，还是被张鞋娃杀小菊花的事惊醒的，她弄不清楚。正好门口有动静，她想去看是怎么回事。她实际不是想知道门口有什么事，门口的吵闹她从来不管，她在惦记杀小菊花的事。她要找张鞋娃问杀小菊花的事准备得如何，这事让她一晚上都提着心，放不下。杀小菊花的事得干利索，不然她天天会睡不着觉。

柴大奶奶刚要出屋，大老爷进屋了。柴大奶奶看他蓬头垢面且一脸的困乏，是被妖精抽空了精气神的倒霉相，料他一夜风流、纵欲过度伤了身，气不打一处来。她问他一夜不归，干什么去了，柴大老爷说，在朋友家喝醉了。柴大奶奶问，是在哪个朋友家喝醉过的夜，柴大老爷骂她"你扯什么淡，问三问四干什么"，柴大奶奶顿时火往上蹿，手便失控，朝他便是左右开弓的大嘴巴子。柴大老爷本来一夜疲劳，加上刚在大门口被看门狗撞倒伤痛难忍，难有反抗回击之力。柴大奶奶练武之手的劲儿使在打嘴巴上，那抽劲迅猛而刚烈，几个来回的大嘴巴，就把柴大老爷抽倒在地了。

柴大奶奶也算打柴大老爷打的是时候，要不是柴大老爷筋疲力尽又被狗撞出伤痛，柴大奶奶尽管身怀武艺、身手有劲，但绝对不是柴大老爷的对手，粗壮而武功在身，柴大奶奶的连环嘴巴掌，是打不到柴大老爷脸上的。

今早的柴大老爷真是不走运，挨了狗的撞，又挨了老婆的打嘴巴，这气，够他喝一壶的。可张鞋娃纳闷，阿黄急了都用嘴咬，从不用头撞人，可为什么对柴大老爷不用嘴咬，而用头撞呢？阿黄太聪明了。他不愧是天狼转世，通人性、懂道理——对主人来真的，但不下狠手，却保护了它的主子，也教训了人；如果一口咬下去，柴大老爷皮开肉绽，它和他的下场是什么——死定了。它知道这个道理。阿黄不是条狗，简直就是个聪明伶俐的人。

柴大奶奶打够了柴大老爷，柴大老爷无力还手，像摊泥倒在了地上。柴大老爷明知昨夜的风流，其实不是去妓院，而是去了一相好的家。年轻的小女人床上缠绵话又多，搞得大老爷一夜困乏且没睡够。自己的短处自己清楚，所以柴大奶奶抽他，他只能装孙子。打归打，出气归出气，柴大奶奶扶起柴大老爷上床，看柴大老爷的手腕在流血，问他怎么回事，柴大老爷说是刚才看门狗把他撞倒摔破了皮。柴大奶奶不解，问他看门狗怎么会撞倒他呢，柴大老爷说了过程。柴大奶奶听了不但不心疼他，反而笑骂他"活该"，还大加赞扬看门狗不愧是天狼转世，不仅会咬人，还会撞人；狗不咬你，算是看在你是它主人的份上了，你要不是主人，这狗就不会用头撞你了，那一口咬下去，恐怕你那手腕就不是破了点皮这么简单了。

柴大奶奶最后扔给柴大老爷几句话："你个老不死的，给老娘听着，你外面做的风流事，迟早会把你送到阎王爷那里去。你要是想多活几天，还是当心着点，风流鬼迟早会要你的命。还有，那个看门管家张鞋娃，是你选来当看门管家又想让他做小莲的女婿，你对他好点不行吗？况且人家是转世天狼，你这样对待他，就不怕有报应！再说了，这张鞋娃比你脑子好用，不是一般人，你可别看走眼了；那个看门狗与众不同，不管是不是天狼转世，不是一般狗，你可得对它当心点！"

……

柴大奶奶又打柴大老爷的嘴巴声和骂腔大而高，张鞋娃听了个清楚。柴大奶奶那"啪——啪——"的嘴巴，打在柴大老爷脸上听来是那个结实有力，也好像打在了他张鞋娃脸上，他的脸上也有了生疼感。那大嘴巴子，虽吓得他直打抖，但他心里那个解气呀。这嘴巴怎么打得那么有劲，像打在肉厚的屁股上似的，扎实响亮。

在张鞋娃看来，柴大老爷真该挨打。这柴大老爷什么也不差，就差有人打他。他真不是个东西，外面朝别人找茬，进门气势汹汹，总是跟阿黄和他过不去。知道他张鞋娃和阿黄是天狼转世，还这么蛮横，还不把他当人看，想骂就骂，抬脚就踢，出手很狠，真不知道他本就这样狠，还是故意这样狠。好在那飞脚没踢到他"要害"地方，好在阿黄撞倒教训了他，不然，他的拳头再要抡过来，那他张鞋娃的什么地方就得出血了。管家张鞋娃暗自感激柴大奶奶，他希望她好好"收拾"这个"老东西"，经常"收拾"这老东西，让他知道自己错在哪里。不然，阿黄撞他的事，还不知他会怎样不饶过它和他呢。而张鞋娃替阿黄在害怕。阿黄的这一头，撞得实在迅猛，这"老东西"，吃了阿黄的大亏，能放过阿黄吗？看来绝对不会。他哪里吃过别人的亏，何况是一条狗的亏，阿黄凶多吉少。有什么好办法保住阿黄呢？张鞋娃又替阿黄愁上了。

挨了打又挨了骂的柴大老爷睡了，没睡的柴大老爷从来没在柴大奶奶跟前束手似的被打。柴大奶奶凡是朝他动手，要么是他喝得大醉，要么是受伤，在他动不了的时候，她会把大巴掌打过去，有时会打得柴大老爷几天下不了床。不管怎么说，今天的柴大奶奶想打他，狠狠地打了他，打得他如烂泥一样躺在地上，她感到真解气，但又觉得不解气。她想到他与小菊花的勾当惹的祸患，她觉得没打够，那大嘴巴子还应当再狠点，打废这"老不死的"算了，让他再去风流！

柴大奶奶打到这、想到这，心里有了少有的痛快和舒畅。她让下人叫张鞋娃马上过来。

张鞋娃在等柴大奶奶叫他。柴大奶奶清早起来，一定会催他杀小菊花的事。他已想好了对柴大奶奶怎么说话。柴大奶奶打发走下人，让张鞋娃给她悄声地说。张鞋娃说完，柴大奶奶说，他想得细致周到，快快去办，办了回来重赏。张鞋娃拿上杀人的"东西"，去了春花楼。

十一　坏主子的急事要反着办

张鞋娃去春花楼找小菊花，正是上午，春花楼的"生意"早已开始了。姑娘们拥着嫖客，嫖客搂着姑娘们，上楼的上楼，入房的入房，淫荡的欢笑声让嫖客们欲火烧身。嫖客们好像放下了升官发财、老父老母生病等大事，一大早不干正事而来干他们这最要紧的事，这急不可耐的嫖事，无不显得匆忙而急迫。

小菊花在她的"菊花"房里弹着琵琶、唱着小曲，是那忧伤的《塞上曲》，好像心随曲魂醉。这曲在热河流行，也在北平的楼阁常听到。这是姑娘们的"心曲"，也是苦命姑娘们的心曲，独自弹曲的姑娘大都是泪随曲流。

张鞋娃被曲的伤感味和小菊花的忧伤相，勾起了对失散妹妹的心酸，越发觉得小菊花虽人面桃花，苦水在心里，他得保护她，不能伤害她。

张鞋娃推门进来。在张鞋娃看来，进春花楼姑娘们的屋子，根本不需要敲门，没有必要敲门，只要门开着，直接进，有进自己女人屋子的那种感觉，也有进下等人屋子的那种心态，对待小菊花也一样。小菊花看柴家看门管家进来，居然不敲门推门而进，瞪他一眼，脸显怒气，继续弹她的琵琶曲，但曲声的陶醉味已失。小菊花弹完了曲，恼怒地对张鞋娃说："滚出去！"

"你是怪我没敲门，还是你不接客？你的屋就是接客屋，对客人说话怎么这么恨！"张鞋娃说。

"滚出去，你也配我小菊花侍候？！"小菊花愤怒地站起来，要赶张鞋娃出去。

"我知道你是小野的女人，即使我对你有色心，我哪敢来'找'你！"张鞋娃摸了摸背包里的枪说，"小菊花你听着，我今天找你，是念你那次在柴家门口护了我的一点恩，不然我管你呢……我来找你，是关系到你的活与死的大事……你最好对我客气点！"

"别吓人，就你，能关系到我的什么生死大事?! 那你有话快说，有屁就放，我不想见到你，也不想让你在这多待一分钟！"小菊花的怒气减缓了许多。

"我找你全是为你好，没有半点坏心。如有半点坏心，我发誓不得好死！"张鞋娃说。

"你知道我是小野的人就好，你要是对我有歪心，小心扒了你皮。有话快说！"小菊花指着张鞋娃的鼻子说。

"小菊花你不用对我这么厉害，也不用不信任我，我是关系到你的生死，才来找你。这里人来人往，说话不方便，我们去个僻静地方好不好?!"张鞋娃真诚地对小菊花说。

"我哪儿都不去，就在这里说，没人听得到！"小菊花很坚决。

"在这里说，我不说。这可是牵扯到你和我小命的事，隔墙有耳，万一让谁听到了，我就没命了。"张鞋娃也很坚决。

小菊花看张鞋娃不像是在跟她胡说八道，犹豫了一会儿，问张鞋娃去什么地方说话好，张鞋娃让小菊花选个她喜欢去和她放心的地方。小菊花说去避暑山庄，现在就去，边逛边说。张鞋娃说，就去避暑山庄。小菊花要了两辆车，让张鞋娃在前面走，她跟在他后面到了避暑山庄。小菊花看没人跟着张鞋娃，便放心地跟张鞋娃进了山庄。

小菊花哪有心思逛，何况与柴家的看门"狗"在这大冬天寒风里一起漫步，她觉得很不是滋味。张鞋娃也是这样的感觉。他是来杀小菊花的，也是来救她的，虽然他对这个窑子里的女人心有同情，有点好感，但要同她逛在美若仙境的园子里，他怕污了他张鞋娃的"干净"名声。正好，两人都不想走，也不想坐，一阵寒风裹着冰雪扬过来，小菊花狐狸皮围脖里钻进了雪，她烦了。张鞋娃单薄的棉袄和光着的头，冷得不想走了。他们就站在山庄门里几棵大树下说事。

"小菊花，你把人约到这冰天雪地的山庄，冻得人嘴都张不开，怎么说事?!"

"那去哪里说，去馆子? 去馆子冻不到你嘴，可你怕人多，就在这说吧。快说，说完走人!"

"你听了不要说我在吓你。有人要杀了你。"

"你狗嘴里吐狗屎，我一个靠身子吃饭的人，不欠人的情，不欠别人的钱，谁会跟我有深仇大恨?!"

"真是有人要杀你，你还是尽快离开热河去躲避一下，免得遭殃。"

"你是不是想诈骗我的钱? 你要诈钱，直说，我只有身体，钱一分没有!"

"小菊花，你别刁蛮，你也别误解我。我哪是为了钱来找你，实在是有人要杀你。我觉得你是个不坏的女人，才来告诉你。"

"狗嘴里吐不出象牙。那你快说，谁要杀我?!"

"我不可能告诉你是谁要杀你。反正有人要杀你，信不信由你!"

"你是不是在闭着眼睛说瞎话呀? 你知道我是小野喜欢的女人，在热河，我小菊花没人怕，但没人不怕小野，谁敢对我有害心，他不想活了!"

"小菊花你听着，没人不知道你是小野的女人，但正因为你是小野的女人，才有人杀你!"

"谁杀我，快说! 是共产党? 是国民党? 是日本人? 还是地痞流氓?!"

"谁要杀你，我不能说，为什么杀你，我可以告诉你。但你要相信我，有人要我杀你。我要骗你，我是狗娘养的。"

"那你快说，为什么有人要杀我?!"

"就因为你是小野的女人。"

"怎么讲?"

"有人与你睡了'觉'，怕小野知道。小野知道了，他的命就没了。"

"是你们柴大老爷?"

"我家柴大老爷有没有杀你的想法，我不知道，也许他疼爱着你呢，还想着你呢。"

"那是谁呢？你快说，告诉我，赏你大洋，我说话算数。"

"不能说。说了我会没命的。"

"你不说也会没命的。"

"你会告诉小野把我杀了？那你就不是人！"

"我要告诉了小野，你死定了。"

"你让小野把我杀了，有人会把你也杀了，有人不会放过你的！"

"你个柴家的一条狗，居然有这样的狡猾和心机，我小菊花真是开眼了，你说怎么办?！"

"听着，小菊花，不能告诉小野你与别人的任何事，即使是小野问你与柴大老爷有'那回事'没有，你都要说'绝对没有'，就说传闻都是造谣……这样保全了柴大老爷，也就保全了你……"

"你不说谁要杀我，我也知道是谁了，我得感谢你……你对我小菊花不错，我记住了。但我暂时不用离开热河，因小野回了日本。他从日本回来还要去南京，得一两个月……"

……

张鞋娃听小野短期回不来，窃喜：可以用小野短期不回来搪塞柴大奶奶要杀小菊花的事；小野回来回不来还不好说，也许就不回来了，杀小菊花的行动，可以暂时放下……

张鞋娃当即与小菊花分手，回柴府。柴大奶奶在等他回来，等他杀小菊花的消息。

在见柴大奶奶之前，张鞋娃又想，是不是小菊花为了摆脱他，或者另有诡计，在骗他。小野究竟在热河，还是回了日本，他得证实。如果小菊花是在骗他，没有把小菊花杀掉，反过来她会让小野把他和柴大老爷杀掉，那他的小命绝对活不到明天；要是小菊花骗了他，他立马得把小菊花杀掉，不能迟缓。想到这，张鞋娃的头都大了，腿都软了，怪自己太幼稚，怎么能听信小菊花的话呢？他急忙去找吉野料理店的远房亲戚小桔姑娘打听小野的情况。

小野经常出入吉野料理店，这是热河最正宗的日本料理，小野只要在热河，每周都会来几次。张鞋娃从小桔那里打听到的情况是，小野有一月多没来过店。这让张鞋娃证实了小菊花的话，靠谱，可以回去给柴大奶奶交差了。再说了，柴大奶奶的弟弟是警察局局长，即使小菊花说的和他打听的小野的消息不准确，她弟弟定会知道小野的行踪，他会马上知道小菊花是不是在骗他。如果是小菊花说了谎话，赶在小野回来前把她杀掉不迟。

柴大奶奶在门房等张鞋娃回来。门房除了看门狗阿黄，别人不会进来，隔墙有耳，杀人人命关天，柴大奶奶在她屋子里实在等得难受，干脆到门房来等。门房门厅很冷，柴大奶奶要进张鞋娃的屋子，看门狗阿黄让她进门房，但不让她进张鞋娃的屋子。柴大奶奶不敢跟狗较劲，只好在门庭挨冻等。看门狗虽不让她进张鞋娃的屋子，虽让她挨着冻，但狗却陪着她在门口一起挨着冻，且对门口有疑的人和事从不放过，却让她对这看门狗既恨又畏，也有点感动。

柴大奶奶冻得实在忍受不了的时候，张鞋娃回来了。张鞋娃没有杀人后的恐慌，居然情绪不错，柴大奶奶慌了，忙问："办利索了吗?!"

张鞋娃把小野回了日本的事，说成了个死结："小野被调回日本，不回来了。他不回来了，柴大老爷不管与小菊花有没有那档子事，都是瞎扯淡，我们还理睬她干什么，也不用理小菊花了。"

"是小菊花告诉你的，小野不回来了？她分明在骗你！"柴大奶奶哪会相信张鞋娃的话。

"我从小野几乎隔天都会去的吉野料理店当服务生的亲戚嘴里证实了小菊花没骗我。要不，您给您警察局的局长弟弟打个电话，问一下小野的情况，他总不会不告诉您实话吧。"张鞋娃对将要发火的柴大奶奶说。

"我让你去杀人，你人没有杀了，却拿小野不回来了耍滑头，你真有心计！我问问，看小野如果真不回来了，杀不杀小菊花，再说！"柴大奶奶说。

"如果小野不回热河，那杀小菊花干什么？杀人又不是宰只鸡那么简单，能不杀人，还是别杀人的好。"张鞋娃说。

"你懂你娘的屁，谁想杀人？！小菊花与那'老不死的'事，万一让小野哪天知道，我们柴家全会没有命的，你也会没了命的！"柴大奶奶说。

"那杀不杀小菊花，我听柴大奶奶您的！"张鞋娃说。

"你在这等我，我去找他一下。不过一个时辰，我会回来。"柴大奶奶说完，即刻出大门要了辆车走了。去了什么地方？一定是到警察局找他弟弟去了。

一个多时辰，柴大奶奶才回来。她对张鞋娃说一句"你该干什么去干什么，没事了"的话，不再理张鞋娃，回她屋了。柴大奶奶怪怪的，很怪。张鞋娃纳闷，柴家大院到警察局过条街就到，她怎么用了这么长时间？是不是她亲自去杀小菊花了？或者让她弟派人杀小菊花去了？

张鞋娃的心里顿时七上八下。他猜测柴大奶奶对小菊花会不会做了什么。小菊花可是他张鞋娃日后的一张"牌"，是与柴大老爷和柴大奶奶结下怨的一张"牌"，她活着，总有用得着的时候。他赶紧去了春花楼找小菊花，小菊花不在她屋子，也不在春花楼，问姑娘们，都说不知道。张鞋娃料想，小菊花出事了，被柴大奶奶或者她弟弟派人杀了。张鞋娃等了好几个时辰，也没见小菊花回来，寒风抛雪，冻得他快成了冰棍。他刚要离开春花楼，却看到小菊花回来了，他跟到了她屋里。小菊花问他，怎么又来找她。张鞋娃劝她赶紧躲避到外地去，以免有人下黑手。小菊花听了张鞋娃的分析，觉得有道理，她说她马上想办法离开这里，等小野回来她再回来。

小菊花因是小野的女人，小野曾用枪指着春花楼老鸨的头说过，小菊花可以住在你春花楼，但她不是你春花楼的姑娘了，要是谁胆敢跟她过不去，胆敢让别的男人沾了她，小心脑袋。老鸨吓得连连答应。这使得平日里小菊花在春花楼进出很自由，即使她离开春花楼去什么地方，老鸨也不敢阻拦。小野回国，她没了保护人，小菊花心里日日恐慌。张鞋娃说有人杀她，她明白这是有人怕小野的缘故。她感到张鞋娃撒不出这谎来，她彻底相信了张鞋娃，她感激张鞋娃救她，夸张鞋娃是大好人，说日后定要相报。小菊花去了天津的姑妈家，一路上念想着张鞋娃的好，也想着以后报答他的方式。而小菊花哪里知道，张鞋娃虽同情她小菊花，但张鞋娃在同情的后面，有他的大"想法"。

柴大奶奶做梦也没有想到，张鞋娃没有杀小菊花反而出卖了她和柴大老爷。小菊花已经离开了热河，小菊花已经视她和柴大老爷为仇敌了。小菊花对张鞋娃发誓，只要她小菊花不死，不会放过柴大奶奶和柴大老爷。而柴大奶奶却截然相反，她去警察局找她弟弟李保问小野的情况，正让张鞋娃胡扯中了，李保说，小野回国，也许不来了。

"外面有传闻，说是你那'老不死'的姐夫，与春花楼小菊花有勾当，纯属坏人造谣；那个小野好色霸道，杀人如麻，要是他听了谣言，还不把你姐夫杀了。这是有人要借小野的手，把你姐夫打死，也把柴家搞垮……"柴大奶奶问李保怎么办。

"传闻也未必是谣言，要是传到小野耳朵里就成了真的。但小野也许真不回来了，这谣言不就没用了吗？姐姐如果有担心，我派个手下，把小菊花'做'了不就行了。'做'了她，像揉死个蚂蚁那么简单。"李保对柴大奶奶说。

"杀人，毕竟不是上策，不到万不得已，还是不杀人为好……小野真的不来热河了？你的消息确切吗？"柴大奶奶仍很纠结。

"姐啊，日本人的事，谁能说得准呢？他说是不回来了，如果要回来了呢？依我看，不管他回来不回来，还是把小菊花'做'了算了。"李保说。

"小野回来，你会最先知道。等小野真的回来了再杀她也来得及，免得白杀一个人。"柴大奶奶发起了善心，也不全是善心，是为她和李保在考虑，杀人会走漏风声。

"那好吧，听姐姐的。"李保说。

柴大奶奶离开警察局，李保便想他姐姐说的这事，他姐夫风流成性，与小菊花肯定有"事"，如果小野知道，不但他姐夫必死，那他姐姐和柴家人，都活不成。小野自己说不回热河了，真如他说的不回热河了？小野很鬼，真猜不出他说的是真是假。小野真不回来便罢，如果回来，那些与他姐夫有仇而造谣的人，是不会放过借小野的手杀了他姐夫的这绝佳机会的。况且这也不是造谣，小野如威逼小菊花，小菊花会如实招来，那就坏了和晚了。李保想到这里，感到这事情虽小，而一旦让小野知道，小野是把尊严看作命一样重的男人，他会把它认为是羞辱他的大事，他是会杀人的。李保决定杀掉小菊花，以免给他姐带来后患。

晚上，李保派他的心腹吕三，去杀小菊花。吕三去春花楼杀小菊花，人走屋空，问老鸨，回答说是小野叫她去日本了，中午走的。吕三回到警察局告诉李保，小菊花被小野叫去了日本。李保根本不信小野会叫一个妓女去日本。日本多的是美女，小野怎么会被小菊花迷住的？绝对不可能。是小菊花在撒谎，她一定听到了什么风声，逃到了外地。李保让吕三马上带人在车站和出城路口找人。吕三带人找到了深夜，也没有看到小菊花的影子。李保断定小菊花逃走了，他的头顿时大了，让吕三又带更多人深夜去了更多的地方找小菊花。李保心急火燎，干脆守在局里等着找到小菊花的消息。小菊花失踪，被李保大局长看成了她姐姐生死攸关的大事，让手下挖地三尺也要找到她。

挨了看门狗撞和柴大奶奶大嘴巴子的柴大老爷，一直睡到了深夜饿醒起来要吃饭，两个下人端上饭菜到客厅伺候。他只知道他这一天受了有生以来最少有的奇耻大辱，但他不知道他风流惹成了祸，不知道她老婆——柴大奶奶对他和这事又恨又急，不知道他的看门管家张鞋娃已经在小菊花那里出卖了他，不知道小菊花已经把他和他老婆——柴大奶奶当作了仇人，不知道小菊花已经逃离了热河，不知道小菊花逃离得越远他的危险就越大，更不知道警察局在整个下午和晚上查找小菊花而无消息。他疼痛的胸和脸，在恨管家张鞋娃和它的狗，在恨打他大嘴巴的狠心老婆，他窝火地扔饭碗、拍桌子、骂下人。柴大奶奶把自个屋门关得紧紧的，不理他。

柴大奶奶实际是太累了，她没精神理睬他。柴大老爷尤其恨看门狗，恨得难以忍耐了。他把枪拿出来，把子弹上了膛，要立马去把狗打死，但看表已经深夜，把枪放下了。他想，打死它，没必要浪费子弹，还是吊死看着过瘾。明天，他要让张鞋娃把它吊死，他要看它吊死的那个痛快。

柴大老爷拿东西撒气、骂人，两个下人姑娘虽被吓得躲到了墙角，但他拿出枪，把子弹上了膛，看来要杀人了，可把两个姑娘吓得不知怎么办好。一个小姑娘是柴大奶奶的贴身下人，赶紧去找柴大奶奶。柴大奶奶听了赶紧到客厅，见大老爷吃饱了、喝足了，扔了一地东西，把枪放在了桌子上，满脸的怒气，以为要杀她，吓得心提到嗓子眼上。她问他要干什么，柴大老爷说，他要去杀狗，要把狗杀掉。原来这"老不死的"拿出枪来要去杀狗，柴大奶奶的心放了下来。柴大奶奶把枪收起来，放到柴大老爷屋子的柜子里，把柴大老爷扶到了他屋子，给他手腕的伤处擦药了，热毛巾擦了脸，脱了他外衣，穿上睡衣，把他拥到了床上。她温存地搂着他，好几年没搂他了，她恨他东抱一个女人，西抱一个女人，她嫌他从头到脚都脏，她也不愿抱他。而柴大老爷自从家外有了一家又一家，从来没想过上柴大奶奶的床和抱柴大奶奶，他早已把她当成了"摆设"，也当成了亲兄妹，早已没了女人或妻子的概念。虽然她抱他，他已没了心热和激动，但仍有一丝温情让他感动。他觉得对不起她，自己在外面一个又一个女人，瞒着她一个又一个家，还在她面前装得很正经，还在她面前耀武扬威，自己真不是个东西……

柴大奶奶抚摸他的脸，他们感情依恋时，她喜欢抱着他摸他的脸，她的手给他的是巨大安慰。好多年她没有摸他的脸了，此时摸着他的脸，摸出了他对她愧疚的泪水，她陪他度过了风雨交加的人生岁月，使柴家的事业在艰难中走到了今天的兴旺。这兴旺里有大半是她的艰辛努力。刚从他父亲——柴大老爷接手柴家玉产业时，也是他与她刚完婚的时候，玉生意濒临绝境，是她带上几个娘子军，走南闯北、风里雨里做市场，也仰仗他县太爷的岳父大人关照，才使柴家的玉产业维持了下来，也从此很顺，他也很顺，在外面找了一个又一个女人，成了一个又一个家。瞒着发妻在外面跟一个接一个的女人入洞房，起初他愧疚过，甚至时常不安，想到大奶奶的好来也流过眼泪，但渐渐地愧疚从心里远去，眼里渐渐对大奶奶有了凶光。到后来，柴大老爷财大气也粗了，玩女人越发成了高手，不再有愧疚的时候，更没有流泪的时候。他也奇怪，她摸他脸的时候，他竟然流出了眼泪。也许是他想起了母亲常摸他脸和他与她相爱时，她习惯摸他的脸。脸上的抚摸，是他情感的泉门，她的抚摸，让她想到了他故去的母亲和她相爱的远去。他知道，这泪水虽是真的，可它的成分太复杂和承载的内容太沉重，沉重得有点难以面对柴大奶奶对他的真心相依和相守。泪水刚流，他对柴大奶奶的怨恨，全退了。柴大奶奶擦着他眼泪，自己的泪水却掉在了柴大老爷的脸上，柴大老爷的心里更沉重了。

柴大奶奶要跟他聊会儿事，有好多事要聊，他外面有些事情，他外面的传闻太多，那些外面的事她不想聊，传闻更不想聊，只要不触及柴家的安危，她不想问，也不想想。在她看来，这个看门狗，这个管家张鞋娃，是眼下关乎管好柴家财物和人命安危的关口最大的事情。她只想跟他聊看门狗，聊张鞋娃。

"打重你了，脸还疼吗？"

"打得好，老婆，打得我虽疼，我该打！"

"手腕疼得厉害不厉害？"

"手腕只蹭破点皮，不太疼。"

"那看门狗头撞主人，不咬主人，不愧是天狼转世的狗，就是与平常狗不一般。"

"它是狗屁转世天狼，张鞋娃也不是什么天狼转世，纯属编造出来的狗屁谎话！"

"张鞋娃与看门狗是转世天狼，是你说的，也是你找马大仙印证过的，我本来不相信，被你说相信了。狗把你'打'了，你却说他是编的胡话，你让我信谁的话？张鞋娃和那条狗是不是天狼转世，这可不能来回乱说，是真是假，你我的眼睛还看不出来？"

"不是狗把我'打'了，我就说那狗不是天狼转世。城里的马大仙是说张鞋娃和那条狗是转世天狼，但棒槌山有刘大仙那天跟我说，张鞋娃和那条狗，是什么天狼转世，是马大仙在胡说八道！"

"你到底是相信马大仙，还相信刘大仙？他们俩是冤家。我看他们都不是什么好东西，但我宁可信其是，也不信其不是，因为我看到这张鞋娃和那狗，不那么简单……"

"这狗是有点灵性，与过去所有的看门狗都不一样，就算它是转世天狼，那个修破鞋的张鞋娃，我怎么看不出来他比谁聪明。"

……

柴大奶奶与柴大老爷讨论几个来回，柴大老爷就是要把狗杀了。他的理由是，这狗有点太凶和太神，好像与张鞋娃是前世兄弟，它的眼里只有张鞋娃，没有任何人。这样下去，人狗一体，柴家的大门，柴家的财物，不就被张鞋娃控制了？太可怕了。柴大老爷不认可柴大奶奶的看法，骂她蠢。柴大奶奶不服，仍坚持她的看法，但柴大奶奶困了，也烦了，告诉柴大老爷，不管张鞋娃和看门狗是不是转世天狼，就照转世天狼看，人不能辞退，狗不能杀……柴大老爷答应柴大奶奶，留着管家用，狗杀不杀再说。

这一晚的柴大老爷和柴大奶奶，除了睡着的几个时辰，其他时间都不平静，他们被管家张鞋娃和看门狗闹得心里翻江倒海般难受，倒没觉得小菊花已成他们最大的潜在危险。而还有一个人在焦急里没睡着觉，是一直在忙碌的警察局局长李保，他在督促他的手下吕三到处查访抓捕小菊花。李保的疑心比柴大老爷还要大，他认为有危险的人，他坚持的信条是"宁可让他永远闭上嘴，也不要给他张嘴的机会"，所以小菊花在李保这里必须死。可搜查了一天一晚上，没查到小菊花的半点踪影。这么长时间没找到小菊花的踪迹，李保断定小菊花是藏到远处去了，小野不回来，她不会出现。李保顿感他姐夫和姐姐已有后患了。

十二　它和他是他的"死穴"

玉作坊工人下班，玉作坊的一个男玉工和六个女玉工，被看门狗阿黄拦在了大门口。阿黄张着利齿的嘴，只往他们身上扑，并且只许他们往门里退，不让跨出大门一步。几十个玉作坊工人出大门，阿黄却偏偏拦住了他们七个，并"汪汪汪"地直咬他们，别人知道是怎么回事，他们自己更知道是怎么回事——他们的身上有玉。他们偷了玉品，藏在了身上，被阿黄闻出来了。阿黄大有不把玉拿出来，不放人走的凶狠。七个人喊天喊地地叫嚷着，骂狗也骂管家，男工拣起砖头要打阿黄，阿黄要真咬他了。张鞋娃把将要咬人的阿黄叫住，抢走了男工手里的砖头，阿黄虽不再咬他，但拦住他不让往大门走半步。这时柴三老爷过来了，手里握着他的西洋文明棍，气冲冲地抡起棍要打狗。狗扑他，狗凶狠的架势，使他不敢往前一步。如果往前半步，阿黄会扑到他身上。他怕了，把举起的文明棍缓缓地放了下来，厉声骂道："哟，连柴家的看门狗也要咬柴家人了，这狗翻了天不行！"

阿黄张着血盆大口，在盯着三老爷的一举一动，也盯着被它拦住的几个人的一举一动。面对凶狗，谁也不敢再动。

柴家三老爷从来没见过看门狗会拦人，从来没见过柴家的看门狗不认柴家的主人。过去也有他和玉作坊工人被看门狗拦住的时候，而只要他朝狗呵斥一声，若不听，抡起文明棍，看门狗就被吓得退缩了，再不敢拦人。可这条狗居然凶得六亲不认，不怕他，让他在玉工面前很丢人，气得脸都青了。他冲过来，举着棍指着张鞋娃呵斥说："赶紧把狗拦住，让他们出门……赶紧放人走!"

偷玉的工人被阿黄拦住不让走,张鞋娃感到这七个偷玉的玉工,跟柴三老爷定有什么关系,不然柴三老爷怎么会在这个时候到大门口并让放人。

柴三老爷让张鞋娃拦狗放人走,张鞋娃不干,并说:"狗把他们七个拦住,一定有拦住他们的道理;狗没有发现问题,它是不会拦谁的。"

柴三老爷骂张鞋娃,又抡起文明棍打张鞋娃,阿黄就张着大口向柴三老爷扑,像要真咬,柴三老爷吓得往后缩。张鞋娃急忙喊住阿黄,阿黄的大嘴才收住撕咬,但柴三老爷的燕尾服前襟却被撕开,险些咬到肉上,吓得柴家三老爷发起抖来。

柴三老爷长得与柴大老爷截然相反,一胖一瘦,戴眼镜的白净长脸瘦得皮包骨,蓝色燕尾服和灰西装下的身子骨,瘦得像薄皮麻秆,一看就是大烟鬼和贪色狼。他这么瘦弱,阿黄根本不把他放在眼里,何况阿黄把身高马大的柴大老爷也不放在眼里,它哪会怕柴家三老爷的那个棍子。它不仅不怕,反而对他更显出一副凶相。对他更显一副凶相,是它主子张鞋娃示意的,要它对柴家这个人凶着点。它就对他和他老婆总是一副凶相。

张鞋娃为什么给阿黄示意要对柴家三老爷和他的老婆"凶"一点?是因为他与大老爷有仇,是因为他是吃喝嫖赌并吃里扒外的败家子。张鞋娃不是出于他对柴大老爷有仇,也不是出于憎恨他的恶习,是因为在张鞋娃看来,柴三老爷今后用得着他,或者说至少能给他带来财宝。

留学法国戏剧表演学校而没有毕业证的柴家三老爷,几年前回来想创办戏剧学校,用他的话说"生不逢时",日本人来了热河,把北平占了,也把大半个中国占了,他的戏剧梦想放弃了,用他的话说"不想给日本狗当戏子",柴家的玉产业老大把持着,他插不进手,也不让他插手,他只好东逛西逛,喝酒听曲,染上了嫖赌恶习。

柴三老爷口袋里没钱时,就偷卖柴家的玉和古董。他的老婆冯美儿,在戏园子里混,水性杨花的美人,花钱如流水,平时把个柴三老爷口袋里的钱掏个精光,却没给他生出个孩子,两人快五十了,都是玩家。柴大老

爷骂他是"败家子"，他视柴大老爷为仇敌。张鞋娃对柴家三老爷的西洋穿戴和金丝眼镜，就像吃了猪油，心里油乎乎的腻得慌，但对他老婆冯美儿的妖艳却另当别论。

冯美儿不像柴三老爷那样不正眼瞧张鞋娃，虽然张鞋娃与阿黄对她冷凶，但她能装，能忍，能对张鞋娃和狗喜笑颜开，还会用她红指甲的手碰他，摸他的脸，这让张鞋娃有种说不上来的快感。张鞋娃认定这冯美儿，对他有好感，他身上升腾起一股热流。张鞋娃有预感，这冯美儿有求于他，这冯美儿与他今后会有些"事情"。张鞋娃感到，柴家三老爷在偷柴家的东西，他的赌嫖，不偷哪来的钱呢。柴家三老爷的德行，让张鞋娃暗喜：也许有朝一日，柴三老爷就是柴家大老爷的"死穴"。

看门狗阿黄自从它的主子张鞋娃把它接到大门口看门，示意它要对柴家三老爷和他老婆"不给好脸"起，阿黄就对他们不给好脸，给他们满身怨气、一脸凶相。三老爷的老婆冯美儿说她"进出大门就腿抖"，狗脸让她心里结了个疙瘩。看门狗的凶相，不单使他老婆心里结了疙瘩，也让三老爷心里结了个疙瘩。柴家三老爷进出门很烦，恨看门狗，讨厌看门管家张鞋娃。

大门口看门狗对人的架势摆着，张鞋娃和狗都惹不起，柴三老爷和被拦住的玉工，不知道怎么办好。柴家三老爷毕竟是柴家的主人，他哪里能咽得下看门狗和看门狗的主人看门管家张鞋娃这口气，也受不了被人、狗欺负得斯文与面子扫地。他让玉工把狗往死里打，把看门管家张鞋娃往死里打，但谁也不敢朝狗动手，更不敢向管家张鞋娃动手。

张鞋娃不愿把事情闹大，也不愿从玉工身上搜出偷的东西。张鞋娃断定，他们身上毫无疑问藏了柴家的玉或是什么贵重东西，阿黄的鼻子不"说"假话，不然阿黄不会死也不让他们出门。

张鞋娃已明白八分，这些偷了东西的玉工，一定是替柴三老爷偷的，不然柴三老爷怎么会为他们这般着急。面对眼前的对抗，张鞋娃只能拿柴大老爷说话了。柴大老爷是柴家三老爷的克星，这事只要柴大老爷知道，柴三老爷和玉工，都不会有好果子吃。于是，张鞋娃对他们说："我张鞋娃和看门狗是为柴家看门的，是柴大老爷给我的职责和权力，狗不让人走，我不能放走任何一个人，除非大老爷说话，这里谁说都不行；要不，让人去叫大老爷，大老爷说让放人出门，我就让狗放人，绝不拦着……"

张鞋娃的话一出口，真把柴三老爷和偷东西的玉工吓住了。柴三老爷给他们使个眼色，他们回了大院。柴三老爷也回去了，对狗和张鞋娃一脸的愤恨。

玉工不一会儿回到大门口，狗再闻他们身上，狗没反应。狗不拦人，他们出门走了。显然，他们是把偷的东西，放回了什么地方，也许是放到了玉作坊，也许是放在了柴家的什么地方。张鞋娃由此看到，阿黄没来柴家前，那些看门狗肯定是个摆设，柴家丢了多少玉、丢了多少宝贝、丢了多少东西？谁能说清楚！由此看出，柴三老爷，还有柴家的一些人，在做败家的事。难怪柴大老爷说，过去没有一条看门狗让他满意，也没有一个看门管家让他满意，没有把柴家的东西看住，不知有多少玉品、古董、宝物和钱财被内外人偷走了。可张鞋娃也担心，他和阿黄出现在大门口，"外流"的东西是看住了，那他张鞋娃和看门狗的命，却风险大了。现在最大的危险已不是柴大老爷和柴大奶奶，也不是柴家大小姐，他们也是轻易能要了他张鞋娃和阿黄命的人，但他们还不是最可怕的要命人，最可怕的是柴三老爷和这些玉工，那些靠偷柴家东西发财的人。对于柴三老爷，张鞋娃有点纳闷儿，柴三老爷靠偷赌生活，那他老婆冯美儿为何不往外面拿柴家值钱的东西？当然她拿出去自个儿的财物，那是阿黄闻认过的，出门阿黄不管。而奇怪的是她竟没拿一件不属于自己的东西出大门，这是为何？看来冯美儿表面上不是个乖女人，也许是个不错的女人。张鞋娃虽然刚做看门管家，已经有了职业病，就是成天眼睛瞅人瞅事，脑子想人谋人。

而张鞋娃看对了冯美儿，也看错了冯美儿。冯美儿在听柴三老爷骂人呢，她也敷衍着跟他一起骂，骂的是张鞋娃和看门狗。也不仅仅是骂，是恨死般地恨，恨看门狗去死，恨张鞋娃这条看门狗必须死。但她心里不怎么恨张鞋娃。她在愤怒与谩骂中，也寻找到了一点宽慰，那就是她认为自己是多么睿智，听说这张鞋娃和那看门狗是天狼转世，尤其是那狗鼻子敏锐到出神入化的地步，谁要出门，谁要带了可疑的东西，不属于自己的财物，就过不了它那鼻子的关，再加上那张鞋娃的生愣，谁想拿出去一件不属自己的财物，没有半点可能，这也倒让他柴三老爷心里平衡。

玉作坊和下人里，有他柴三老爷安插的人，是专门为他偷玉的，也是为他偷财物的，为他偷出去了不少财物。今天赌博欠了钱，她要买衣服需要钱，他就让玉工偷拿了一些玉器，带出去解急需，也是试看能否带出去，结果都被狗拦住了。这狗不愧为天狼转世，太厉害了。柴三老爷庆幸自己聪明，幸亏他自己没带出门而是让玉工带东西先试，结果被那厉害的狗闻出来并拦住了，没有丢了他的人；幸亏也没让她往出带，不然会被那狗发现并拦住，没有丢了她的人。

尽管柴三老爷夸自己聪明，但冯美儿还是嘲笑柴三老爷心高气盛而冒失，不应当不把张鞋娃当回事，今天的事做得愚蠢。不像她，没有把握，绝不做丢人现眼的事。柴三老爷本来为赌输欠债，最迟明早还赌债，不然债主上门搬家里值钱的东西而着急，又在门口被看门狗和管家窝了一肚子火，冯美儿的挖苦，如同在他冒火的胸口浇了油，他的火喷向了冯美儿，骂冯美儿是撒种不出苗的"石人"，冯美儿骂他是披着羊皮的伪君子……骂了半天，好在柴三老爷受过西洋绅士的影响，骂得虽很"东方"般粗俗，但没有对她动手。

骂而不动手，在冯美儿看来，柴家三老爷比起热河大多男人来动不动打人的恶习是优点。正因为他有这个优点，他无论怎么骂她，她都能忍耐，没有离开他。没有离开他，不是她不想离开他，离开他没有嫁到好男人，不如凑合着跟他过。毕竟自己不生孩子，嫁哪个男人也理短，毕竟柴家是热河的有钱人家，离开柴家不会有什么好日子过。尽管他在外面吃喝嫖赌抽"五毒俱全"，但只要他不踢她走，她也认了，也忍了。富家男人有几个好东西，大都在吃喝嫖。但冯美儿也一直在心里嘀咕，她跟柴三老爷结婚好几年，没怀上过孩子，可就在他出国留学的那年，她与戏园子老板好上了，怀上了他的孩子。只能"做"掉。从那次"做"掉后，与戏园子老板有过多少次的"事"，即使没有采取避孕措施，再也没有怀过。是那次做流产做坏了，还是别的什么原因，反正柴三老爷从没给她怀上过。他骂她是"石人"，她说他也许是"石人"。她的骂，激怒了他，他在一气之下，说出了一档风流事：法国一个女孩给他怀过孩子。他说他不是"石男"，她是"石人"。她说，拿这风流事说明你有生育能力，怎么跟她怀不上。他骂她是"石人"。她气他说，要是我跟别人怀过孩子，你信不信。他说，打死他都不信。骂到这地步，说到这地步，冯美儿料想自己已失去生育能力，是跟野男人弄坏身体的，也只能内疚，也只能对他让步。所以在一些事上，她只好让着他。尤其对他勾搭女人和乱嫖，只要她眼睛看不着，她便装糊涂。柴三不"碰"她，她不爱柴三。她渴望爱，也渴望性。她不知道怎么搞的，她看到张鞋娃的第一眼，她觉得在哪里见过，不是在鞋店，也不是在街上，好像是在睡梦中。她有这个感觉的时候，后来她认为是幻觉的时候，她骂自己，竟然对一个修破鞋出身的看门"狗"，有了这样的幻觉，自己真是个下三烂货！无论她如何排斥这样幻觉，但她看张鞋娃身上就发热，还有害羞和心跳的感觉。这幻觉，让她有了害怕和耻辱感。无论柴三如何恨张鞋娃，但她对管家张鞋娃心底里恨不起来。但她在柴三面前，还得装出恨之入骨的样子。

柴三老爷赌博输得很大，即使把他俩的家当全部卖掉，也抵不了债。柴三找柴大提前支他一年的份额钱，柴大没给他支。没支是因为柴三已经支了后两年的份钱，再支就是第三年的了。柴大知道，柴三提前支份钱，是用赌博和抽大烟，况且已经输和抽掉了两年的份额钱。这份额钱是柴家玉产业有他份子的分红，超支花掉了两年的钱，过日子没钱，还得朝他要。他要是支了，等于纵容他吃喝嫖赌抽，是在害他，也是在害柴家。

对于柴三的赌博和抽大烟，柴大骂也骂过无数次，打也打过好多次，而只能加深与他的仇恨，柴三照赌照抽不误。至于嫖，也是花钱的黑洞，但柴大不敢教训他，只要提这个事，柴三就骂柴大是"大嫖"，他是跟当哥的学的，气得柴大从此不敢对他提这个事。柴三要把看门狗弄死，冯美儿不同意。

"千万不要做弄死狗的愚蠢事。"冯美儿警告对柴三说。

"它拦住了我的财路。它在门口一天，我的口袋里就会没钱花，甚至它让我没法活了。它不死，我就活不好。"柴三说。

"别忘了这狗可不是一般狗，那张鞋娃也不是一般人。它和他可是天狼转世的前世兄弟，你杀了狗，张鞋娃会放过你吗?!"冯美儿提醒他。

"你听谁说他和狗是天狼转世？纯属胡扯的谎话!"柴三说。

"这是二小姐给我说的，大奶奶也给我说了，让我们不要惹张鞋娃和看门狗。他和它是天狼转世的前世兄弟，谁惹出麻烦来，谁会吃大亏……再说了，大老爷和大奶奶都反感看门狗，几次都要打死它，虽没打死，但它迟早会被大老爷打死，用不着你动手。"冯美儿说。

"扯淡！哪有什么转世，全是迷信。打死我也不信！再说，什么时候打死它呀，几天不打死，半月不打死，一个月不打死它，我都活不下去。如果半年不打死，一年不打死它，那死的就是我了!"柴三说。

"他和狗是天狼转世，是马大仙认定的。马大仙是通天的人，热河城里没人不信他。连京城的人都请他说事呢。"冯美儿说。

"它要在门口守着，那我只有死路一条!"柴三说。

"那也正好，你就从今往后，不再抽赌玩了，也像二老爷，我俩开个玉器店，也省得成天玩，成天输；成天花钱，欠债难还……"冯美儿不敢深说什么地劝柴三道。

"我堂堂的法国留学生，去当个店铺掌柜，丢死我八辈子祖宗的人了。即使饿死，我也不干店掌柜!"柴三火冒三丈地说。

"那就接着玩你的'五毒俱全'生活，算我白说!"冯美儿扔下柴三，出去了。

……

十三　一群人较量不过一条狗

　　大门口来了三个五大三粗的人，要找柴三，厚长袍的腰间别着东西，是飞刀和匕首，像是赌场的人。张鞋娃顿时紧张起来。柴家在热河，那也是堂堂有名的大户人家，谁人不知道柴家大奶奶的爹是县太爷，谁人不知道柴大奶奶的弟弟是县警察局局长，谁人不知道柴大老爷也是腰里有枪的厉害人，可为什么会有人别着"家伙"上柴府，难道吃了豹子胆？张鞋娃和阿黄把来人拦在了门外。

　　张鞋娃问他们："你们是哪里来的，知道这是柴府吗？找柴家三老爷干什么？"

　　"来的就是柴府，柴府有啥了不起的！哥们是热河皇家赌场的人，找柴三有点事，要么他出来见哥们儿，要么我们进去找他！"最黑最胖的人说。

　　"哟，口气很大呀！你们怎么把我们家老爷叫柴三呢，他是柴三老爷，难道你们不知道？！"张鞋娃对黑胖子说。

　　"知道他是柴三老爷，可在赌场，都叫他柴三！"黑胖子用轻蔑的口气说。

　　"你们知道县太爷、警察局局长是柴家什么人吗？！"张鞋娃说道。

　　"你知道热河省省长、警察厅厅长是我们老板的什么人吗？！你知道汪主席、汪精卫是我们老板的什么人吗？！你知道皇军驻热河宪兵司令跟我们老板是什么关系吗？！"黑胖子盛气凌人地一口气问了三个问题。

　　"你说的都是天大的人物，我这个看门的听不懂。你们不是来找柴三老爷的吗？他有事出远门了，短期回不来。"张鞋娃如实说。

柴三刚刚确实出去了，他告诉张鞋娃，不管什么人来找他，都不能让人进大门，就说他出远门了。看来柴三知道赌场的人今天下午找他要赌债，躲债去了。

阿黄看这些人浑身的凶气，扑上前拦住他们，张开它的血盆大口，拉出欲扑咬的架势，不容许他们往门口迈进一步。

从这几个霸气十足的人的口气看，热河皇家赌场老板的后台，比县太爷大，把个柴家根本不放在眼里是自然的事。而张鞋娃在憎恨这伙"牛逼"人同时，却暗自叫好。叫好柴家在热河也不算什么，柴大老爷和柴大奶奶在热河也不算什么，县太爷和警察局局长也不算什么，在他们头上还有比他们更"牛逼"的人呢，柴家人牛个啥！这些要赌债的人，来得好，"收拾"一下柴三，打一打他的装洋的"牛逼"劲。张鞋娃巴不得他们进去找柴三呢，找不到柴三他们会找柴大，在柴家大院大喊大闹，这样一来，不怕柴三不难受。

张鞋娃给阿黄使了个眼色，阿黄收起欲扑咬人的架势，退到了张鞋娃身后，不再与这几人对立，大有放人进门的样子。它绝没有看错张鞋娃的眼色，张鞋娃给它的眼色，当然是让它友好放人，不管不闻。阿黄的灵性，阿黄对张鞋娃的忠诚，那是没的说。他和它不愧是天狼转世的前世兄弟，绝配。

狗放人了，可这几个人嘴硬腿软，骂了几句柴三后，对张鞋娃说："柴三是喝过洋墨水、很要面子的人，今天给柴三留下面子，不进府上找他了，但你告诉他，欠的赌债再不能拖延，明天如果不还回来，我们就上家搬东西了!"

"他出去得一个月，你们总不能不等他回来就上家搬东西吧?!"张鞋娃说道。

"老子不管他猴年马月回来，明天是最后期限，要是不把欠的赌债还来，就去你们玉作坊搬玉去!"黑胖子说完，带人走了。

柴三深夜才回来，叫门，张鞋娃给开了门，他想问张鞋娃什么，但又没问，夹着他的文明棍，气呼呼地进去了。也许他知道赌场的人来过，也许他认为跟张鞋娃张口说话，是有辱他的事，他欲张的嘴，又闭上了。张鞋娃以为他要问赌场人来家要债的事，可他没问，他就装着什么也不知道。张鞋娃看他那"牛逼"样，心想："即使你问，我也不想说，你能装蒜但愿装到底，看讨债的人让你装蒜吗？你柴三不把我张鞋娃当人看，我张鞋娃会让你柴三活不成人。"

张鞋娃等着赌场的人来时，冯美儿到门房找张鞋娃。她给他送来两根东西和两件衣服，执意让张鞋娃收下。两根东西是鹿鞭，两件衣服是狗皮背心和狗皮帽子。她还摸了他的脸，手上的香气，一身的骚气，让张鞋娃浑身发热。

自打进柴家来，张鞋娃就讨厌冯美儿两口子。看门狗阿黄讨厌这个女人，而且是越来越讨厌这个女人，它从不给她好脸。而阿黄对她的讨厌，此时此刻，又添了一层憎恨。这是因为她只给它管家主子送东西，还摸他的脸，竟然既不送它东西，也不摸它的脸，不亲近它，没把它当看门狗看，加上那肉香味太刺激它，这女人没给它，它很生气。尤其是它从这个女人眼里看到，她压根没把它当狗看，甚至她厌恶它到了极点。这女人太可恶了，它对她顿时添了一肚子的气，它对她顿时添了一肚子的恨。

其实这点事也不至于使它对她产生太多的憎恨，它阿黄的心眼没那么小。让它非常憎恨她的是，鹿鞭的浓烈臊气让它冲动，狗皮东西让它像触电一般惊心肉跳。这个女人多可憎，当着它这条堂堂的狗，当着它的面给他主子送狗皮衣帽，简直是对它的污辱。她是在成心气它，她是个十足的蠢货。它生气的不仅是这个女人，还有管家主子张鞋娃。在它看来，他就是个十足的色狼。这个女人每次摸他的脸，全然不顾它的感受，看那个喜滋滋的样儿，乐得口水都快往下流了；管家主子在女人面前骨头软，尤其是在这个女人面前，人家把他的脸一摸，几乎把魂都让人摸走了，男女都是贱货一个！后来，它的主子张鞋娃示意，让它对她态度好一点，它没有听他的，它认为管家主子犯骚昏了头，这个坏女人摸了一下他的脸，就心软了，实在不应该。尽管它主子对她有了好感，但它打定主意，对她仍是一脸的凶相，一身的凶气。张鞋娃让它对她好点，它没理他的话。张鞋娃训斥它，它便不理他。

第三天一早，赌场的那三个人来了，还是厚袍的腰里别着"家伙"。他们刚到门口，张美儿就到门口了，看来赌场的人是与柴三约好了时间。柴三知道他跟张鞋娃和阿黄有仇，就让冯美儿与张鞋娃和狗交道。阿黄对冯美儿一脸的凶相、一身的凶气。冯美儿只对张鞋娃说"让他们进来吧"，连阿黄看都不看一眼，理都不理，就让那伙人笑脸相迎，就让进去。那伙人既不理张鞋娃，也不理阿黄就进了门。

进门不理睬张鞋娃，张鞋娃也没给阿黄使眼色让放人，阿黄便把他们拦住了。阿黄一脸的凶相，一脸的凶气。赌场的人拔出了"家伙"，要对狗动手。张鞋娃给阿黄使了个眼色，阿黄迟疑了片刻，它凶狠的眼瞅了一下张鞋娃，好像不想听他的示意，但还是不情愿地让开了路。阿黄对冯美儿和这伙人难忍憎恨，没理张鞋娃的示意。

冯美儿和这伙人的"牛逼"劲让阿黄又添新的憎恨：进门你不理狗，狗就要理你。这伙人同冯美儿一个德性，根本不把它看作看门狗，不给看门狗应有的尊重，都不是东西；这该死的冯美儿娘们，这伙该死的杂种，你们以为光给看门管家张鞋娃打了招呼，或者"里面"的人让你进就可以进？你就可以不理睬看门狗而旁若无狗地进入？真是大错特错了。看门狗虽是狗，虽是低人一等的狗，但却是看门狗，却是有职责的狗。再说了，看门管家有他的职责，狗有它的职责，狗的职责看门管家不能代替了，别人如果能代替了狗，要它这个看门狗干什么？别小看看门狗，你们当看门狗试试，你们谁有狗的本领！进出门的人都很自大，自大到把看门狗不当狗，这是所有浅薄之人的无知。要知道，在狗眼里，人不把它看作看门狗，它就不把进出门的人当人看；人不给它好脸，它就不给人好看。有些人连狗都不如。狗与人熟了，狗会给人笑脸和摇尾巴；可人跟狗熟了，不但不给狗笑脸，往往连正眼也不看狗，把狗的忠诚和义气，当作不值钱的东西，甚至把狗不当个东西，随便打骂；有些人不如狗，甚至连做狗的资格也没有；谁要是认为它阿黄不是狗，它一定会让他吃亏，一定会让他记住什么是狗。

面对冯美儿和来人对它的轻蔑，阿黄的自尊似乎受到了极大伤害。看样子，它要扑咬他们，要把他们咬得皮开肉绽，要把他们咬个粉碎……但它就地忍住了。

　　尽管阿黄憎恨冯美儿和这帮来人，但阿黄还是听了张鞋娃的示意，让他们顺利地进门了。

　　不一会儿，赌场的那伙人出来了，黑胖子后面的两个人手里提着个皮箱。进门时空着手，出门却提着死沉的皮箱。皮箱是柴三家提出来的，皮箱里装的是还的赌债。这么沉的两皮箱东西，该是多少财物，该是多少赌债！

　　张鞋娃瞅着两个皮箱吃惊，阿黄看着皮箱警觉起来。皮箱里装的啥？张鞋娃最不愿想的是，装的不是柴三家的金银财宝。阿黄迎上前，闻皮箱里的东西。阿黄一闻，不仅眼睛放起凶光，耳朵竖了起来，连浑身的毛都竖了起来。阿黄朝张鞋娃"汪汪汪"三声，扑到这伙人面前，不让出门。他们把皮箱放下来，掏出腰里的家伙，人脸与狗脸凶与凶相对，僵持了起来。

　　张鞋娃明白阿黄的三叫，是告诉他皮箱里"有问题"。张鞋娃料想皮箱里装的是金银财宝，况且这么多金银财宝不是柴三家的，不然阿黄不会拦人。柴三和冯美儿都不到门口，责任全落在了他张鞋娃头上。这两个箱子，是不是从柴三家拿出来的，皮箱里的东西是从哪里来的，究竟该不该放人走，放走了柴大老爷会不会算他账？张鞋娃一连想了几个问题，拿不准该不该放他们出门。但他又想，不放人出门，他们是冯美儿带进去的人，事情闹大了怎么办？本来柴三早已恨上他了，他再跟冯美儿翻脸，实在不敢。再说了，这伙人手里的"家伙"，对他和狗是会动真格的，杀了狗虽可惜，如果给他一刀，那就倒霉透了。再说了，冯美儿对他"真够意思"，他总不能不给她面子，况且这女人妖精味让他心里暗喜。

　　张鞋娃赶紧示意阿黄，让阿黄放人出门。可阿黄这次没有一点听他话的意思，反而拉出凶咬赌场人的架势。赌场的人被狗激得恼羞成怒，还没等狗扑他们，刀子就朝阿黄飞来。张鞋娃手里的大棒，朝阿黄就是一棒，打倒了阿黄，飞刀擦着阿黄的皮毛飞过了。这一棒打得很重，打得阿黄爬不起来了。赌场人的匕首又朝阿黄刺来，张鞋娃赶紧扑前把阿黄踢到了一旁，拦住了他们。幸好赌场人的刀朝张鞋娃挥来，张鞋娃赶忙下跪道歉，这伙人才收住了手，去提了皮箱走人。

赌场的人刚赶到门口，脚还没迈出大门，没料到奄奄一息的阿黄，一个急翻身，一个纵跃，扑上领头的粗黑胖子，先一口叼扔了他别在腰里的匕首，接着朝他裆部就是一口。黑胖子哪料到这迅猛而来的攻击和凶狠的撕咬，就地一倒捂住裆部满地打起滚来。这也就是几秒钟的工夫，干倒并咬伤了粗黑胖子，随即扑到右面提皮箱的瘦子面前，仍是先叼扔了他别在腰里的飞刀，接着朝他大腿撕咬一口，瘦子惨叫着倒在了地上。这也是几秒钟的工夫，干倒并咬伤了瘦子。随即扑到左面提皮箱的傻大个面前，仍是先叼扔了他别在腰里的长刀，接着朝他的屁股就是一口，傻大个被吓和疼得扔下箱子，捂着屁股往门外疯逃。这也是几秒钟工夫。干这三个人，也就十几秒工夫，张鞋娃反应了过来却难以制止，被咬的人难以反应过来，有人反应过来也来不及还击。阿黄反应太快，出击太猛，快如闪电，猛如虎狼。阿黄太勇敢了，它被那一棒子打伤，身上在流血，可仍这么如狼似虎般勇猛，把张鞋娃吓得尿了裤子，吓得赌场的三个人惊魂失魄，生怕这虎狼之狗再扑咬，皮箱不要了，"家伙"也不要了，捂着伤口转眼跑了。

阿黄把祸闯大了。阿黄理都不理张鞋娃，似乎张鞋娃此时在它眼里根本不存在。它望一眼逃得无踪影的三个人，扔下张鞋娃，扭头钻进了门房。张鞋娃哪见过阿黄这么狠毒过，吓得快魂魄出窍了。

人跑了，狗跑了，就剩张鞋娃和两个皮箱。张鞋娃回过神来，接下来怎么办，皮箱怎么办？当务之急是要把他们扔在门口的皮箱放起来，千万不能让柴大老爷看着。张鞋娃想把皮箱提到门房，可又觉得不能放在门房，放在门房万一说少了什么，那他有嘴说不清。还是把皮箱还给柴三，狗闯了大祸，还不知道怎么收场呢，还不知道柴三怎么收拾他张鞋娃呢。

张鞋娃提起皮箱往大院走，皮箱果然如装满了石头般沉，他用了吃奶的劲，把皮箱送到了柴三家院里。正要叫冯美儿和柴三，身后突然有人大叫："管家，皮箱里提的什么?!"

张鞋娃转身看，吓一大跳，是柴大老爷。柴大老爷带着两个院里的护卫出现在了他身后。

"有人提着皮箱出大门口，狗不让出，狗把提皮箱的人咬跑了，是怎么回事?!"柴大老爷接着问张鞋娃。

"……门口是有点情况，是看门狗犯浑……"看来有人看到了大门口刚才的情况，告诉了柴大老爷。面对柴大老爷的追问，张鞋娃紧张得不知怎么回答。

正好，柴三和冯美儿出来了。看到皮箱和大老爷，神情顿时紧张起来。

"哪是狗犯浑，分明是皮箱里装了不该装的东西，不然狗怎么会连你的话都不听，跟拿东西的人拼命呢?!"柴大老爷说。

张鞋娃无言以对，只是眼瞅着柴三。柴三提了皮箱要回屋，柴大老爷说："把皮箱放下，看看是什么东西。狗拼命不放人走，我也没办法!"

"没什么好看的东西，没有必要看!"柴三恼怒地说。

"老三，哥今儿个不是跟你过不去，柴家的规矩你是知道的，这个家由我来掌管，柴家财物要出去，除了属于自己的我管不着，但要是柴家共有的，我得清楚，我得管!"柴大老爷冲柴三说。

"我今儿个要是不让你看你箱子，你能把我怎么样?!"柴三说。冯美儿拉柴三的衣服，并对柴三悄声说"别犯浑"，柴三便放下了吵架的架势。

"不是你老三的东西我要看，柴家所有人的东西，只要出这个大院，该看的，我必须看；不仅要看，不能拿走的，一根毛都不能拿走!"柴大老爷吼叫道。

话落，柴大老爷给两个下人挥手说"拿走"，两个下人把两个皮箱提走了。

按照柴家的惯例，可疑财物，一律拿到库房察看。不属于自己的财物，归公保存。两皮箱东西本来就是柴家库房里的玉器，这柴三比谁都清楚，打开皮箱一看，一目了然，全部归公。

赌债要被柴大老爷没收了，拿什么还赌债？张鞋娃以为柴三要跟柴大老爷拼命，没想到柴三反而显得很不在乎，瞅着柴大老爷的下人从自己脚边把皮箱提走。柴三是怕自己骨瘦如柴不是柴大老爷的对手，不敢跟他较量，还是想到了什么主意，转身回屋了。冯美儿冲柴大老爷喊"大哥，您多包容啊"，跟着回屋了。

张鞋娃回到门房，柴大老爷对他说："看门狗不见了，大门口既没人，也没狗，丢了东西你可得小心脑袋！"

张鞋娃在门口没找到阿黄，在门房也不见阿黄的影子，在他的屋子却让他大吃一惊，冯美儿送他的两根鹿鞭和狗皮帽子、马夹，被它撕咬成碎片，撕扔了遍地。遍地的撕物上有血，砖地上有血。阿黄伤得很重，但这狗东西却还有力气大发脾气。张鞋娃知道事态严重，接着找。他找遍了门房的角落，找遍了能藏狗的地方，也找遍了大门内外，没找到阿黄，只有血和狗的血脚印。血印，从大门口到长远的胡同外，地上满是鲜红的星点般脚印，看来它的伤口一直在流血。出了胡同是马路，脚印没了。它去了哪里？张鞋娃找遍了一条街，找遍了一条街的人家，快跑断了两条腿，还是没找到。

张鞋娃想不出来它去了什么地方，只好暂时作罢。阿黄为什么离走？它自从来到柴家看破大门，自己从来没出过胡同。可它真是跑了，离开了柴家。

阿黄跑了，大门口无狗看门，人来可把关，财宝拦不住，这是柴家天大的事。张鞋娃赶忙回来给柴大老爷报告。柴大老爷虽然对看门狗阿黄憎恨，但没有新的看门狗来替换，这玉作坊和大院的财物，就会眼睁睁地看着被人偷走。

柴大老爷问张鞋娃，没有看门狗，有什么办法不使财宝让人偷出去？张鞋娃回答说，人没有狗的鼻子，拦不住人偷。柴大老爷让张鞋娃找个忠心于柴家的女工，对出门的所有人，男查男，女查女，只能这样办。柴大老爷限张鞋娃天黑前把看门狗阿黄找回来。张鞋娃说，他不敢保证晚上前找回来，它又无爹无娘、无家无舍，热河城这么大，上哪找去?！柴大老爷说，你不把它找回来，你得找个能看门的狗来替代，不然丢了财物，拿你张鞋娃抵债。张鞋娃想不出来，去哪里才能找到阿黄呢?

十四 "咬"丢三千块大洋不是它的错

也就在看门狗阿黄离家出走不长时间，七个手提前刀、棍、棒的彪形大汉来到柴家大门口，直闯门房和大院，喊着要找看门狗。没找到狗，揪住张鞋娃衣领，要让他把狗交出来。张鞋娃问他们是干什么的，为什么闯进柴家大院，找看门狗干什么？来人说你装啥蒜，看门狗把我赌场的人咬成那样，还问找狗干什么。我们来先杀狗，后讨赌债……狗今天必须死，找不到狗，就得死人。张鞋娃说，你们的人把狗打伤，狗一生气离家出走了。赌场的人不信，张鞋娃让他们看血迹，看狗的血脚印。赌场的人打了张鞋娃一个大嘴巴子，并对张鞋娃说"找不到狗，要你的命"，要张鞋娃这就带他们去找柴三。张鞋娃不去，要他们放下"家伙"再进门。赌场的人不干，抬手就要打张鞋娃，可柴三就来了，来得真及时。大门口动静很大，早已惊动了柴家大院，出来很多人看究竟，柴大老爷和柴大奶奶瞅了一眼，又回去了。柴大奶奶派了一个人骑马出去了，不知是干什么去了。

赌场领头的叫虎八，后面跟着虎背熊腰的六条大汉，是赌场的几个身手迅猛的狂徒，出手凶狠，刀刀见血，柴三见状，吓得"这——这——这——"说不出话来，手已抖上了。

虎八对柴三说："我不打你，我们来找狗算账，狗把我三兄弟咬残和咬伤，要赔钱；要赌债，给了钱，我们不会动你一根毛！"

"这是你写的欠条吧？"虎八掏出张纸，让柴三看，柴三脸"唰"地变得煞白。

"你这欠条是假的。我的欠条在我这里，钱你们的人已经拿走，欠的赌钱我已经与你们两清了！"柴三把欠条掏出给虎八看。

"你的欠条是假的，我手里的才是真欠条。老老实实还钱，把早上的两皮箱钱提来吧！还有，我三兄弟被看门狗咬残废和咬伤得赔人钱，一共三千大洋，拿了钱我们马上走人！"虎八说。

"你手里的才是假欠条。你们玩无赖，我不怕！两皮箱的东西是你们赌场两兄弟从我手中拿走的，丢也是从你们的人手里丢的，与我无关；看门狗咬了你们的人，是柴家的狗咬的，你找柴家掌门人，与我无关！"柴三由惊恐，却变得理直气壮了。原来柴三看到柴家骑马的人带着一群警察进了胡同，朝柴家来了。

警察果然是冲着柴家来的，当然是冲着赌场的人来的，把赌场的人围住了。警察队长吕三认识虎八，对虎八比较客气，但虎八对吕三却不客气，对吕三喊叫起来："哟嗬，这架势是要抓我们呀？来抓看看，看你吕三有几个胆！"

"虎哥别对我急，我也是奉命行事！"吕三对虎八说，并示意让他部下把举着的枪收起来。

"吕三你睁大眼睛看清楚，我们是来要账的，不是来杀人的，要账与你们警察有什么关系？"虎八说。

"你们拿刀、提棒围攻柴府，难道是来要账的吗?！"吕三说。

"柴家狗咬了我赌场的三个人，人都快死了，我们来找狗讨个公道，不可以吗?！"虎八说。

"狗咬人不管，管的是拿凶器围攻柴府的人……柴府是什么地方？是你们随便乱闯的吗？你们胆子不小！"吕三的嗓门越来越大。

"你说什么鸟话！知道柴府是柴家大院，也知道柴大老爷和柴大奶奶是谁，知道才敢闯，不知道还真不敢闯呢！"虎八的嗓门也越来越高，一点也不把柴府和吕三当回事。

吕三火了，但吕三略知赌场老板上面有些关系，而绝不知道关系很深，靠山很大，更不知道赌场老板不把县太爷和警察局局长太当回事，所以虎八这个赌场的看门狗，不把柴府当回事，更不把他吕三当回事。吕三想这是警察局局长姐姐家，这是县太爷"千金"的府，这王八蛋这么嚣张，必须压压他的威风。

吕三令手下警察，把赌场七个人的"家伙"收了，押回警局。

"你敢动老子，让你吕三活不过明天！"虎八急了，刀指着吕三吼叫说。

"我怕你个赌场的看门狗！哪个不缴'家伙'，给我开枪！"吕三对警察们说。

警察都把子弹上了膛，对虎八等瞄准，喊"把'家伙'扔过来，快点！"

眼看就要出事，虎八把刀扔了，也让他的人把"家伙"扔了。吕三让警察们把虎八等人绑了，押回警局。

吕三正要押着虎八等人走，一个骑马的警察突然到了柴家门口，对着吕三的耳朵说了几句什么，吕三赶忙对警察们说："松绑，给他们松绑！"

给虎八和他的人松了绑。吕三对虎八说："对不起，虎八，误会了，误会了！"

刚绑，又松绑，忙道歉，虎八讽刺吕三，是在演戏，是在演"吕三狗胆包天"的戏。虎八对吕三这戏剧化的变化，并不惊奇，他知道警察局那个骑马人是为什么话而来，不是他吕三怕虎八，而是警察局局长李保怕他赌场老板，怕他老板后面的比县长还要大的人物。

受了吕三的戏弄，虎八的弟兄对吕三和警察要动手，虎八拦住了弟兄，带人直进柴府，呵斥张鞋娃，让他立刻把柴三找来。刚才门口快打起来时，柴三溜回了屋子。门口大动静，柴大老爷和柴大奶奶装着没听见，也一直没敢露面。张鞋娃不敢怠慢，赶紧去叫柴三。柴三还没出来，虎八带人已闯入柴三家客厅，柴三和冯美儿被这阵势吓呆了，只待虎八看怎么发落。

"把欠的赌钱和赔我受伤三兄弟的钱共三千块大洋给齐了，我们立马走人。不然，那就搬你家了！"虎八霸气十足地吼叫道。

"虎八，你别欺人太甚！我欠的债一分不少还给了你们，就是那两皮箱钱。那两皮箱的钱是你们三个兄弟从我家拿走的，不能要赖……刚给你说了，钱拿到门口丢了，人让看门狗咬了，与我柴三有毛的关系，狗是柴家的狗，门是柴家的门，狗和门是归柴大管。你威风，你找柴家当家的去要，你来逼我没有道理!"柴三接着虎八的话茬吼叫道。

"柴三你这么说话可是要吃亏的，欠钱是你给了我的兄弟，可钱却没出你柴家的门，人是你柴家的狗咬的，是为了拿钱被咬的，你脱不了干系。再说，这欠的赌债，本应是你还到赌场的，我的兄弟上门替你拿，你应当护送到赌场才算把钱真正还了，钱没到赌场，半路出现岔子，钱丢了或钱少了，都是你的事……你把这事儿给我弄明白了!"虎八一口气说了一堆理由。

"你这是强词夺理、欺人太甚，你虎八不是厉害吗? 你威风去到柴大面前抖去啊，别跟我一介文弱书生过不去!"柴三既愤怒又示软。

"我虎八欺负你了，你柴三又能怎么着! 要么你去把两皮箱钱和三千块兄弟受伤赔偿费拿来，我们走人; 要么我们陪你去找柴大，你把钱要回来!"虎八给了柴三个台阶下。

一旁的冯美儿拉了一把柴三，让他带他们去找柴大。柴三看再没他法，只好带他们去找柴大。柴三叫张鞋娃一起去，让他走前头。张鞋娃说，他不能去。柴三呵斥他，人是你的狗咬的，你的狗不咬人，钱是不会落到柴大手里的，赔偿费应当由你来出，理应你带他们去，不但要去，还要把钱还给人家……让他带路、走前头。

冯美儿给张鞋娃送个笑，让他带他们去，张鞋娃无话可说，更拒绝不了冯美儿的笑，只好带他们去柴大老爷府上。

警察把赌场的人绑了为何又放了，柴大老爷并不惊奇。他曾耳闻赌场老板在省里和京城都有大人物亲戚，赌场是大人物的狂欢场，这赌场不是一般之地。因为赌场是"屠宰场"，柴大老爷从来不去这个地方，也曾用打用骂用断绝兄弟关系的方式，阻止柴三不去赌场，但柴三照去不误。本来柴三在与柴大争当柴家掌门人时结下仇恨，柴大用极端方式阻拦柴三不涉赌场，不仅没堵住，更是加深了兄弟间的仇恨。

柴大把狗拦在门口的柴三还赌场的两个皮箱打开一看，大吃一惊，都是柴家传家珍宝，全是柴家的公有财物。出于当家人的职责，他得没收。他没收过柴家不少人占有的柴家的公有财物，从不留情。尽管柴三与他仇恨在加深，但为守住柴家大业，他对柴三也不能例外和手软。当然他还想借此为难柴三，让他从此断了涉赌的恶习。这次柴三赌场输的钱，即使把柴三的全部家当卖了也抵不上，这赌债不能还，更是还不起。所以在虎八带人冲入柴府时，他让他老婆去警察局请他弟弟派人到柴府"收拾"虎八，没想到赌场老板的"后台"还真硬，赌场老板不仅不怕警察局，甚至还不怕柴家有县太爷的大"后台"，柴大老爷意识到赌场老板不那么简单，这两皮箱巨大财物，不给赌场是过不去了。

张鞋娃和柴三带虎八找他要赌债，一伙人站在客厅，手里拿着"家伙"，要杀人的凶样，柴大老爷和柴大奶奶已不觉意外，更不敢对虎八恼怒，没说一句话，让人把两个皮箱递给柴三，柴三不接，虎八让人拿了过来。虎八让人打开皮箱，皮箱里价值连城的十件宝物都在，让人收了起来。柴三要那假欠条，虎八当面撕了假欠条。但虎八仍不走。柴大奶奶终于火了，冲虎八怒吼道："财宝到手了，赌债还清了，怎么还不滚，快滚！"

"柴大奶奶的火可够冲的，火大了伤身，你可得小心！你让我们滚，你让我们往哪滚，你家的看门狗伤我三兄弟，一个被咬坏了'命根子'，一个被咬坏了手腕，一个被撕破了屁股，不是残废，就是重伤，你们得赔偿，给了赔偿费马上滚！"虎八说。

"你是把柴家赖上了不成，你想赖多少？！"柴大奶奶问。

"三千块大洋，一个子也不能少！"虎八说。

"柴三赌债的事，柴家让了一码，趁我还没反悔，你赶紧走人，我柴家在京城也是有大人物的，你们别狗仗人势，不知好歹；呸，要三千大洋，亏你能放出这个响屁来。虎八你听好了，你少在这要无赖，你的人不惹狗，狗会咬你的人吗？！狗咬了你的人，你去找狗算账，要撒泼，柴家不是好欺负的！"柴大奶奶解下腰里的九节鞭，气急败坏地说。

柴大奶奶的九节鞭在热河城里有"神鞭"之称，没人不怕，但此时的虎八，似乎一点也不怕。虎八也把腰里的刀，拔在了手，他的兄弟们也把"家伙"从腰里操在了手里，准备动手了。不把柴大奶奶、柴大老爷和柴家人放在眼里的虎八，看样子会随时对柴大奶奶和柴家人动手。

虎八的蛮横，早已超过了柴大老爷忍耐的极限。在柴府，在柴大老爷的府上，从来没人敢拿着"家伙"入门，更没人敢对他和柴大奶奶如此嚣张。虎八有赌场老板做后盾，赌场老板有大官做后盾，虎八就不知道自己是谁了，虎八殊不知得罪柴大老爷等于死到临头了，一个赌场的看门狗，柴大老爷找机会让人"做"掉他，简直太不是什么事了，但此时的虎八根本没意识到他定会死在柴大老爷手里，况且死在柴大老爷手里，他老板也不会找柴大老爷算账。虎八的狂妄，过头了。

柴大老爷被虎八气紫了脸，他已压了半天怒火，此时他再也忍不住了，从枕头下抽枪，对准了虎八。虎八哪想到柴大老爷会掏枪，想这乌黑的枪一响，他的小命就完了。虎八吓得往后缩，往门口缩。他的兄弟看此情形，赶紧收起"家伙"往后缩，往门口缩，缩出了门口。虎八让人提上两个皮箱，撒腿撒了。

跨出门槛且满脸怒火的虎八，被柴大老爷的枪一时吓得不敢要赔偿费的虎八，想到没要到赔偿费回去对老板和兄弟们没法交代，转身冲柴大老爷喊："你柴大老爷我惹不起，有惹得起你的人，让惹得起你的人来找你要钱！"

"你这王八蛋，再啰唆，老子崩了你！"柴大老爷朝虎八喊。

虎八低声骂着柴大老爷"你才是王八蛋"，头也不敢回地走了。

跟着虎八出门的张鞋娃，被柴大老爷厉声叫住了，对张鞋娃说："这狗东西我早就想杀了它，你把它藏到哪里了，趁早拉回来交给赌场的人，省得给柴家破财又添麻烦……赌场的人见不到狗，就得见三千块大洋。三千块大洋要买多少条好狗，你不比我清楚？柴家惹不起赌场老板，更出不起这大钱。祸是你看门狗惹的，你去给赌场的人去交待，要狗你给狗，要钱你去给钱！"

"大老爷你得相信我的话，狗真是自己跑掉的，骗你我是狗娘养的。

我一直在找，找遍了热河城也没找着它，看来是找不回来了。"张鞋娃说。

"你们不都是转世天狼吗？它又是你前世兄弟，你怎么会找不到它呢？你一定知道它在什么地方。我是给你限定了时间的，即使它跑到了天上，你也得把它给我找回来交给赌场。找不回来，我扒了你的皮！"柴大老爷冲他吼叫道。

柴大老爷的这番吼叫，让张鞋娃又吓出身冷汗，感到阿黄的生死，关系到他在柴家的前途命运。狗在，他荣；狗亡，他亡。柴大老爷这次借赌场人的手要杀了阿黄，看来阿黄是在劫难逃了。要不要把阿黄找回来？如若找到阿黄要不要把它暂时藏起来？张鞋娃没了主意。

十五　要人要鬼两难断

　　虎八回到赌场，把讨回的两皮箱赌债给了老板，也把没讨回三兄弟受伤赔偿费的情形，给老板作了如实描述，开脱了自己责任。但老板骂他无能，责令他，要不回来那三千块伤费赔偿暂时罢了，他来找机会让柴家加倍偿还，但要虎八把那个看门狗的皮扒来当褥子。虎八只好又到柴家找狗，没找到狗，回去老板呵斥他"找不到狗，我扒你的皮"。虎八急了，交代给他一个手下，让盯住柴家的大门，只要看到看门狗，即刻回来报信，他带人来杀狗。

　　柴大老爷也催逼张鞋娃找狗，张鞋娃已决意不再找狗。他接连两天被柴大老爷逼着去找狗，他便去逛春花楼。第二天晚上玩回来筋疲力尽的张鞋娃，仍对柴大老爷说"没找到"，又编不出令柴大老爷信服的理由。柴大老爷断定他在骗他，压住怒气，对张鞋娃说："找到狗狗死，找不到狗你走；再别给我说找不到，找不到的结果是什么，你清楚！"

　　找不到狗他张鞋娃走人，找到狗狗死，张鞋娃在他与狗走人和死的选择上，当然是毫不犹豫地选择他不走人，却也在想怎么才能不让狗死；不让狗死，才能让他在柴家短期不走人，或者长期不走。他不能没有它，没有它他就是柴家十足的狗。他盼狗回来，他相信它一定会回来。

　　它离走，是恨他打了它，它是误解了他的。他那一棒子打过去是要救它，并不是真打它。要不是他这一棒子，那赌场人的飞刀就"飞"到它要害处了。他的一棒，不是打它，是救它，不知道它能明白过来吗？张鞋娃想，它绝顶聪明，它能明白过来。

知阿黄者，莫非张鞋娃。正如张鞋娃所想，看门狗阿黄回来了，是深夜回来的。它到大门口，轻声地"汪——汪汪"，连叫了三声，睡梦中的张鞋娃就被它喊醒了。

阿黄的"汪"声，张鞋娃以为是做梦，可又是一声"汪——，却让张鞋娃听了个清楚，是它，是阿黄。他赶紧开门，寒风扑门，门刚打开缝，阿黄便钻进来了。阿黄呻吟着扑到张鞋娃怀里，张鞋娃抱住它的头，人与狗像失散回归的兄弟，紧紧地拥在了一起。大门被风吹了个大开，张鞋娃把大门锁好，抱起阿黄进了门房。离开几天，张鞋娃感觉阿黄瘦了。灯下才看清楚，阿黄瘦得皮包骨头，浑身是草和脏污，伤口在化脓，塌陷的眼睛涌着泪水。瞅着阿黄的可怜相，张鞋娃也哭了。人与狗抱头痛哭。

张鞋娃早为阿黄准备好了块鲜肉，等它回来喂它。饿极了的阿黄，把一大块肉吃了个干净，扑到张鞋娃怀里哼哧着，撒娇与他亲热。张鞋娃赶紧给它伤口涂药，给它铺上厚暖的垫子，抚慰它平静下来。得到它主子亲热的阿黄，很快止住了眼泪，朝他笑并摇着尾巴。它与他过去那种相依为命的感觉，在彼此的心里升腾，张鞋娃对阿黄又增添了依恋，它真是懂他的好兄弟，真正爱着他的好兄弟，他发誓要以他命来护它。

护好阿黄，要让阿黄形影不离跟在他张鞋娃身边，那得让阿黄在柴家"站"住脚，让柴家离不开阿黄。要达到这样的相互依赖关系，看来不那么简单。虽然过去柴家哪条狗在看护财物上都比不上阿黄，得罪了柴大老爷、柴大奶奶和柴家很多人，却还在不停地给柴家惹祸，惹出的祸一件比一件大，这惹出的咬伤赌场三个人要赔偿三千块大洋的祸，这惹出的三千大洋赔偿与赌场老板结下的仇恨，对柴家该是多大的损失。他张鞋娃能想到这些利害问题，难道柴大老爷会想不到这些？柴大老爷会比他想得更多，憎恨它会憎恨得一点也不留余地。况且柴家很多人也在讨厌和憎恨它，况且赌场的人要杀狗为他们三兄弟报仇，况且柴大老爷对他和阿黄是转世天狼的说法将信将疑。柴大老爷要把阿黄交给赌场的人，是以阿黄抵消三千块大洋的赔偿费，也是借赌场的人把阿黄杀了为快。

这阿黄面临的绝境，除了柴大老爷开恩，情愿赔偿三千大洋，才能了结此事。而柴大老爷怎么可能为一条看门狗出三千大洋的赔偿费呢？除非日头从西边出来！

张鞋娃想痛了脑袋，终于想出一条救阿黄的办法：要救阿黄，还非得马大仙不可。

张鞋娃找到马大仙，求他给赌场老板捎个话，让赌场老板知道，柴家看门狗是转世天狼，是神狗。神狗惹不得，惹了神狗会倒邪霉。

赌场老板信神，迷信马大仙，是马大仙家的常客，马大仙的话他不仅信，且从不置疑。马大仙爽快地答应了张鞋娃的请求。马大仙答应了张鞋娃的请求，仍没要他半块钱。

正好赌场老板的手下来找马大仙指"财路"，马大仙把柴家看门狗是天狼转世的话让他传给了赌场老板。赌场老板当即嘱咐虎八，柴家门口那狗是天狼转世，惹急了要吃人的，不仅要吃人，而且谁惹了它，谁就会遭殃；要不它怎么转眼间会咬伤三个兄弟，且下口那么有分寸，不然那三兄弟早没命了……别让人在柴家门口盯着那条狗了，他只要那三千块咬伤赔偿费，狗肉狗皮他不要了，你们谁也不许动那狗一根毛，也不许动那看门管家张鞋娃一根毛，马大仙说张鞋娃也是天狼转世，是那看门狗的前世兄弟……

虎八对他老板说，柴家的看门狗确实不一般，那神态不像狗像狼，像狼却不像一般的狼，那眼神那毛发那表情，比狼凶狠；那动作那速度那准确度，比狼迅猛；要不是它嘴下留情，据说柴大老爷和柴家好几个人早死在它嘴下了。老板说，他也信马大仙说的话，马大仙的话不会有错。老板又交代虎八，让他先从柴大老爷那里讨回三千块赔偿费，再过段时间把那条看门狗和看门管家搞到赌场来，赌场有天狼转世的看门狗和天狼转世的看门管家，你虎八不仅不累了，我赌场也就省心多了。虎八说，老板英明啊，赌场有了转世天狼把门，谁想欠钱不给，叫狗咬死他……

赌场老板和虎八，对这好主意，兴奋得手舞足蹈起来。老板有高兴事，就手舞足蹈，虎八就效仿老板的手舞足蹈。手舞足蹈并不是在舞，是幼儿园孩子兴奋时的那种手脚胡乱起舞的动作，幼稚而滑稽。他们是群粗鲁而俗不可耐的人渣。可就是这样的人渣，却在热河城里成了一霸，赌场便成了坑人的陷阱。柴三就被拉牢掉在了这陷阱里，输了大把的钱仍然爬不出来。

虎八带人去柴家，张鞋娃赶紧把阿黄藏起来，并对虎八说狗还是没找到。虎八对张鞋娃格外客气，他说他们上柴府不是找狗算账，从此不再找狗算账，只是讨那三千块赔偿费，要张鞋娃带他去见柴大老爷。张鞋娃哪敢再带他去见柴大老爷，只是叫了个下人带虎八去见柴大老爷。这次虎八来柴家要钱，想到柴大老爷是断然舍狗而不给钱的，赌场老板让虎八带了一张纸，是写着几句话的纸条，纸条是他警察局局长的妻弟李保写的，上面写着："姐夫，看门狗咬伤赌场三兄弟的赔偿费三千块大洋，如数支给为好。你不给他们，我的局长就当不成……李保亲笔。"

柴大老爷看完纸条，又给柴大奶奶看，确认是李保的笔迹，盖的是李保的手印，他明白赌场老板为这三千块大洋，施了恶劣手段，压他妻弟来替他要钱。虎八说，他们老板说了，你柴家看门狗是天狼转世，谁惹谁倒霉，赌场惹不起，更杀不起，狗不杀了，只要钱。

柴大老爷气往上涌，柴大奶奶捏得指头骨节"叭叭"作响，但不敢对虎八发作。他和她知道李保写条子让他们给钱，赌场老板一定捏着李保警察局局长命运的把柄，不给钱李保有危险，他柴家也有危险，这钱即使去打劫，也得给。

柴大老爷虽然决定给三千块大洋，但又怀疑这条子有假，还是支使人去警察局找李保证实此事。虎八多一句话不说，便耐心等着。去的人回来说，确是李局长的手谕，错不了。柴大老爷让人给开了三千大洋的银票，虎八走了。柴大老爷气得满屋子摔东西，要不是柴大奶奶拼命拦住，会把一屋子东西全砸了。是啊，柴大老爷哪里受过这般敲诈，受过这般污辱，他恨不得把这看门狗剁成肉酱。

让柴大老爷气上加气的，是这看门狗。这看门狗真是天狼转世不成？连杀人不眨眼的赌场老板都不敢杀它，他怎么敢下手；一条看门狗，没进柴家门时啥也不是，进了柴家门，怎么就成了天狼转世的狗了？一个看门管家，没进柴家门时是啥也不是的臭鞋匠，怎么进了柴家门就成了天狼转世的神人了？太奇巧了，这里面一定有鬼！

柴大奶奶劝柴大老爷，气归气，疑归疑，对管家张鞋娃和看门狗不能小看，也不能动不动打呀杀呀的。这张鞋娃把柴家当自己家，跟看门狗住在门房，日夜看护柴家大院从不马虎；那看门狗天不怕地不怕地为柴家看门没什么错呀，它对看门管家忠诚不二，那也是对柴家忠诚不二。哪有主人老是跟看门狗过不去的……还有，看门狗咬赌场的人，你知道它为什么咬？还不是看门狗不让他们把柴家的财物拿出去，他们便打狗和打管家，狗是自卫，狗也是护卫管家，就是护卫柴家的人，纯属正当自卫。这几个人该咬，咬死也不应当怪狗；看门狗没一点错，有错的应当是赌场的人。狗不仅一点错没有，还应当有功……赌场老板以狗咬伤他的人讹三千块大洋赔偿费，是仗势欺人，不能把被人讹了三千块大洋的恶气，撒到看门狗身上。还有，看门管家张鞋娃和看门狗，是不是天狼转世不重要，要紧的是，他是不是对柴家忠诚，狗是不是对柴家尽心。只要人忠诚，狗尽心，是天狼也好，不是天狼也罢，有什么关系呢……

柴大奶奶的话虽在理，但柴大老爷并不赞同柴大奶奶的劝导之说，柴大老爷有他自己的分析：大门口发生的一连串事情，是管家张鞋娃太尽职的结果，是狗出于护卫自己咬的人，挑不出管家的毛病，也怪不到狗的过错。但他和狗没有错，为何事情的结果却是那么糟糕？

看门管家和狗，一定有什么问题。他要的看门狗和看门管家，就是个能管门口事情的看门管家，能看住大门的普通看门狗，并不想要什么天狼转世的管家和天狼转世的狗。天狼转世的管家和天狼转世的狗，他和他不是人和狗，是神人和神狗。一个神人和神狗把持着柴家大门大事，他和它要是算计柴家，柴家的谁会是他和它的对手？这太让人害怕了，断然不能要。

这个分析，柴大老爷认为他绝对没有错，柴大奶奶的想法是大错。

他不想跟她争辩，他要找机会，留着管家张鞋娃可以，要把狗除了。除掉了狗，柴家肯定会平静很多。

赌场的虎八刚离开柴家，被关在张鞋娃房里的阿黄就边抓门边大叫。它是不愿意被人关起来的狗，它喜欢的地方，不是房子，是大门口。它在大门口，会如站岗的哨兵，眼睛有神，浑身有劲，精神抖擞，天生就是条看门狗，它在大门口最有激情和最有使命感。张鞋娃知道阿黄的习性，不能再关它，藏它没用，它这嚎叫，柴家的人谁听不着！

张鞋娃赶忙去给柴大老爷报告狗回来了，是昨夜自己跑回来的。柴大老爷狞笑一声，说打死他也不相信狗是自己跑回来的，分明是你管家把狗藏到什么鬼地方，赌场的人来过了，把钱要走了，你便把狗拉回来了……你和狗真是转世天狼，把柴家搞得鸡犬不宁不说，还把他骗得云里雾里……

张鞋娃说，柴大老爷在作践他张鞋娃呢，他张鞋娃就是个修破鞋的臭鞋匠，看门狗也就是个下贱狗，别信说他和狗是什么转世天狼……他和狗真要是转世天狼就好了，那不成柴家的值钱宝贝了吗？用人和狗命在给柴家看家护院，拦下的财物是该拦的，要是做好人和好狗，那柴家丢的财物可就多了。门口接连出的事，惹事的不是他张鞋娃和看门狗，是有人跟他和狗过不去……他和狗没违背您柴大老爷铁定的规矩，没做丝毫有违于您大老爷要求的事，更没有做任何出格的事，柴大老爷怎么恨起他张鞋娃和看门狗来了……您说狗是藏了又拉回来的，狗真是自己跑了又自个回来的，张鞋娃哪敢骗您柴大老爷。若骗了您，还是那句话，他张鞋娃就是狗娘养的……

张鞋娃的一番话，口才流利且说得滴水不漏，柴大老爷听得眼睛都瞪直了。

"看不出来你张鞋娃来柴家不长时间，嘴皮子越发溜了，你把老子都说得无话可说了。看来我把你和看门狗真要看作转世天狼的神人神狗，供神那样供起来才好！"柴大老爷挖苦张鞋娃道。

张鞋娃已明白，阿黄的处境不妙。无论他如何辩解他和狗，柴大老爷对他和狗仍怀疑。他一句也不愿再辩解，他闭上嘴什么也不说，他对柴大老爷涌起了新的恨。他恨这个多疑又霸道、从不相信任何人的魔鬼。

而就在他给柴大老爷报告看门狗阿黄回来了之前的餐桌上，柴家大小姐对柴大老爷说："看门狗就在管家的屋子里，说什么是自己跑了，八成是管家藏到了什么地方；说什么是天狼转世，糊弄人呢……这管家和狗，虽很尽责，肯定有问题，管家和狗最好只留一个……"

柴大小姐的话，虽然柴二小姐和柴大奶奶不赞成，柴大老爷却十分爱听，夸大小姐分析的情形，与他观察、考虑的简直分毫不差。

十六　你不杀它我就自杀

"这日子没法过下去了，我怎么嫁了这么个流氓、赌徒……大哥、大嫂，你们快管管柴三吧，刚输了两皮箱钱财，还赔了三千块冤枉钱，他怎么就不长记性呢，又去赌嫖了……这是什么人呐，我不活了……"冯美儿带着一股寒气，闯进了大老爷的屋子，边哭边嚷。柴大老爷刚要出门谈一桩约好的急生意，被她拦在了屋子。

"嚷什么，上哪赌去了，上哪嫖去了？你是在瞎胡猜吧，嫖也是你随口乱说的话吗！他刚输了这么多钱，怎么可能再去那'火坑'?!"柴大老爷没好气地问冯美儿。

柴大老爷对冯美儿，乃至柴家所有人对她，都没好感。柴大老爷对她好吃好穿和花钱如流水倒没什么，令柴大老爷厌恶她的是，在柴三留学期间，他发现了她与戏团老板的私情，还做过人流。这事柴三不知道耳闻没有，反正柴三回国不久，与她吵闹不休，后来他又赌又嫖，从此两人没消停过。柴大老爷和柴家的大多数人，从不正眼瞧她。

"我知道大哥对我没好感。你再没好感，我也是你弟媳呀，我这么大的人总不会给你红口白牙说瞎话吧?!他昨天晚上，先去嫖，后去赌，我要不是亲眼看见他去了什么地方，我能说这话吗!"冯美儿哭喊着说。

"又输钱了?"柴大老爷急忙问道。

"输不输他自己清楚，他哪次赢过!"冯美儿说。

"他是你男人，他赌也好，他嫖也罢，是你家的事。我管得了柴家的事，我管不了你家的事，以后少来给我说这些!"柴大老爷厌烦地说。

冯美儿被柴大老爷呵斥得又咧嘴哭了。

"还有，你告诉柴三，那还赌债的两皮箱柴家的财宝折合的钱，要是让你们还，你们把家当卖了也还不起，先挂在你家的账上，以后慢慢扣；那赔赌场的三千块大洋，得从你们分红薪水里扣下……"柴大老爷冷冷地说。

"那两皮箱财物，是柴家的没错，柴家的也有柴三的份，况且有的还是老爷活着的时候送给我们的礼物，凭什么挂在我家账上……再说了，赔赌场的三千块大洋，那是看门狗惹的祸，与柴三有啥关系，凭什么扣我家分红的钱?!"冯美儿边嚷边哭着说。

"你说这些没用，我通知账房扣了!"柴大老爷说完，摆手让她出去。

冯美儿看柴大奶奶，柴大奶奶对她一脸冰冷，"哇——"地放声哭了，走了。

……

柴大老爷多年来对柴三的怨仇在加深，一般对柴三不管和不敢管。虽然不敢管，但他心里比她还着急，比她还憎恨柴三的赌博恶习。柴三赌博成瘾，赢少输多，且被赌场老板设套算计，这几个月来一次比一次输得多了。

柴三赌输的是大钱，究竟输了多少？柴三不说，而那两皮箱财宝，柴大老爷粗略估了一下，几十万大洋打不住，况且有几件柴家的传家宝，每件也能值好几万大洋。柴三拿柴家传家宝抵赌债，这传家宝是从柴家藏库里偷的，怎么偷出去的？连管库房的小莲都没有察觉，幸亏他用赝品把几件传世家宝换了下来，不然柴家的损失就大似海了。但皮箱里柴三偷的玉珍品，那也价值不菲。还有被赌场讹走的三千块大洋，短短几天柴家的钱扔进赌场多少，短短几年他自己的钱和柴家的钱扔进赌场和窑子多少！柴大老爷骂柴三是十足的败家子，柴三不以为然，仍想赌便赌，想嫖便嫖，没钱了就伸手要，不给就从柴家偷。

冯美儿走了不一会儿，气不打一处来的柴大老爷，刚端杯喝茶，下人就催他出门谈生意了。柴大老爷刚要出门，柴三怒气冲天地推门进来了。

柴三素来不进柴大的屋，没有非来不可的事，不进柴大的屋。柴大老爷看柴三的架势，是来打架的，想必与他媳妇冯美儿给他说了什么有关。

柴大奶奶赶紧给柴三让坐，柴三不坐，站着说话。

柴三大冬天仍穿西洋装，灰西服上仍穿深蓝燕尾服。衣下的棉袄把西服和燕尾服撑得鼓鼓囊囊，与那面黄肌瘦的脸，与那金丝眼镜下深凹的双眼，与那瘦尖的皮鞋等穿戴"配"在一起，相当滑稽。这不是冷天穿的衣服，却穿在冬天的热河城里，独一无二，看来柴三在冬天里不愿意脱下。柴大奶奶看见柴三，"扑哧——"笑出了声，柴大老爷也乐了。

"你们笑什么，我难道是怪物，你们看着可笑吗?!"柴三恼怒地说。

"三弟呀，这大冬天的，怎么还穿这单薄的洋服呀，让人看着怪冷的。"柴大奶奶说。

"冬天穿西装的人多了，少见多怪。我穿什么，这是我的事，与你们有什么关系!"柴三说。

"好了，你爱穿什么穿什么，别人管不着。有什么话，快说，我还有事要出门。"柴大老爷说。

"那我有话不愿转弯，说直说。那狗咬赌场人赔的三千块大洋，你凭什么要从我分红里扣? 这钱是看门狗惹出来的，与我有何关系! 你扣我的钱，简直是落井下石，把人往死里逼……我要分家过!"柴三说。

"你说什么，要分开过，为什么要分家?"柴大老爷问。

"没那么多为什么，把我们的那份家产分给我们，今后我赌我输，我死我活，与大哥大嫂没任何关系!"柴三说。

"你留洋读书读到屁股里了，你赌你输、你死你活怎么与大哥大嫂没关系?! 你是我柴老大的弟弟，我能看着你往火坑里掉不管吗? 你赌博几次都输的是大钱，照这样输下去，即使把你的那份产业分给你，你也会把它输个精光；分给你，你两口子又不经营，很快就会坐吃山空……我掌管祖宗留给的产业，也是家业，就想让柴家每个人都成富豪，过上热河人上人的日子……我六亲不认管这个家业，也是对家业的负责，你应当理解才对……再说，你大哥我虽心疼你输的那些钱，但我更心疼的是你，这样输下去，你这一辈子就输完了……大哥我扣你们的分红钱，不是大哥跟你们过不去，是想通过这方式，限制你去赌博，拉住你不掉进深火坑……"柴大老爷激动地说。

"大哥说你的话全都为我好，我怎么感觉不出来！我想好了，不一起扯了，还是分了的好……"柴三还是坚持说。

柴大老爷看柴三如此倔强，恼火到了极点，但又不敢发作出来，只好答应柴三，给他们，分，分。

柴大老爷话落，柴三转身走了。柴三出门，把门使劲"叭——"地拉上，结果把燕尾服后尾夹在了门缝，"吱——"半截燕尾撕扯到了门缝。他回头一看，也不去理会被撕扯在门缝的这半截燕尾，狠踢了一脚门，走了。

柴三出门时，他的猛脚踢门，把客厅里的柴大老爷和柴大奶奶吓了一跳，开门看，不见柴三，门里是半截燕尾服的燕尾。柴大奶奶捡起半截撕扯的燕尾，本来要把那一肚子的火倒出来，却笑了个透彻。柴大老爷也是那一肚子的邪火正没地方出呢，看到柴大奶奶拿着柴三的半截燕尾服的燕尾，比抽了柴三大耳光还要解气，也跟着笑得捂起了肚子。

柴大奶奶说："柴三的燕尾服少了半个'屁帘子'，怕是半个屁股就露出来了……"

话说完，笑得前仰后合，也把柴大老爷逗得接着捂着肚子笑。柴大奶奶差人把柴三那燕尾服的半截子燕尾，去送给柴三。

对柴三笑归笑，而柴三要分家狠话的气，还在柴大老爷和柴大奶奶的肚子里转圈。柴三要分家的口气很硬，对他老大误解和怨恨很深。家是给他分还是不分，柴大老爷和柴大奶奶意见不一。柴大奶奶说："他对你当大哥的怨恨那么深，解不开，分了算了。分了，他两口子爱干什么干什么，从此与你这个大哥没了钱财的关系，免得跟他有生不完的气。"

"分家就是分财产。分了财产他三下五除二挥霍光了，我做老大的管不管？还得管；分了等于纵容他挥霍，也是纵容了他做败家的事，这家绝对不能给他分。"柴大老爷说。

139

"不给分，他成天赌，要接二连三欠下大赌债，谁来为他还，还得柴家给还。这样赌下去，柴家不让他赌光了才怪呢……"柴大奶奶说。

两人争来论去，柴大奶奶坚持给柴三分家，柴大老爷坚决不同意给他分家。柴大老爷承认柴大奶奶说得有道理，但柴大老爷说，不管老三多恨他，他也会容忍他，因父亲离世前给他交代过，老三再调皮，你也不能放弃他。柴大奶奶骂柴大老爷愚蠢透顶。柴大老爷说，你骂我什么都行，这事上我谁的主意都不听，家不分给他。

柴大老爷做出决定，本想扣柴三分红里的三千块大洋，决意不扣柴三的了，他来替柴三补上这大窟窿。

柴大老爷做出的这个决定，纯属柴三提出分家逼他做出的，三千块大洋，多大的一笔钱呀，柴大老爷决定要自己出的时候，他的心头像被刀子割掉了一块肉，钻心的疼痛。这钻心的疼痛，让他更加痛恨起看门狗来，恨起管家张鞋娃来：这个狗娘养的狗东西，这个狗娘养的张鞋娃，惹下这三千块大洋的祸来，又牵扯出老三分家的事来，且三千大洋落到了他柴大头上补窟窿，还责怪不上他和狗的责任。张鞋娃这狗娘养的说狗是为了柴家的财物咬的人，居然说狗一点责任都没有。意思是说看门狗是忠诚于柴家才这样做的，把罪责推得一干二净，结果赔偿成了柴家的事，成了他柴大的事，这是十足的逃脱罪责的说辞。他与狗实在是罪大恶极，把他和它刀捅三千下都不解气。柴大奶奶责怪柴大老爷，埋怨赔三千块大洋，与看门狗有何关系，狗只是个畜生，即使天狼转世，那也还是条狗，问题出在管家这里；这管家选得有问题，没有问题的看门管家，哪会有这条有问题的看门狗，祸根全在看门管家张鞋娃身上。

柴大老爷讥笑柴大奶奶说的一车轱辘话没道理，狗和看门管家既是前世兄弟的天狼转世，张鞋娃仍是人，看门狗仍是狗，这狗比人可疑。门口惹出的好些事，包括这赔人三千块大洋的怨事，根源是这看门狗太精明。柴大奶奶也讥笑柴大老爷，他这是拿狗为看门管家张鞋娃开脱罪过……柴大老爷与柴大奶奶说来说去，对张鞋娃和看门狗的看法，说不到一块，越说越说不清楚。

柴大老爷的一上午，被死缠在了柴三赌博和看门狗的破事上，无论下人怎么催他出门，也没出得了门，把一笔急茬生意耽误了，窝的一肚子火，刚又发给了柴大奶奶，惹得柴大奶奶火上加火，把个柴大老爷恨得咬牙切齿了，更把张鞋娃和看门狗恨得咬牙切齿了。

午后的柴大老爷出门要追上午丢了那笔生意，刚要出门，柴大小姐来了，又哭又喊的，把他堵在了屋子，柴大奶奶也从自己屋子出来，说："今天柴家怎么了，天塌下来了?!"

柴大老爷问大小姐怎么回事，大小姐嚷着说："看门狗欺负人，您立刻把看门狗给杀了!"

柴大老爷一听又是来喊叫看门狗的事，头又胀大了，本来对狗就是满肚子的火，又冒出来一个告狗状的大小姐。大小姐三十大几了，还没嫁出去，托人找对象成了柴家这十几年来的大事情，相过的对象，连她也说不清楚有多少了，可见过了不少，一个也没成。姑娘越养越大，姑娘的意味越来越少，脾气越来越大，面相越来越丑，小伙人见人嫌，几乎见一个难成一个，让柴大老爷和柴大奶奶焦急和牵挂。眼下正在跟个大龄老师处对象，前段时间来得勤，这段时间渐少起来，近来干粹不来了。大小姐找他问缘由，说是怕见你们柴家看门狗。每当进柴家大门，看门狗一脸的凶相，一脸的杀气，把他当作贼人一样眼冒凶光，它在讨厌他，要随时咬他。他说他每次进出柴家大门口，腿软打颤，心提到了嗓子眼，浑身被吓出冷汗。狗这态度，狗的凶狠，让他感到他来柴家是做贼的，一到大门口愉快的感觉半点都没了。

大小姐继而嚎淘大哭地指责他父亲柴大老爷，她说："看门狗那张脸的凶相，同我爹妈的脸一模一样，你们见人家也总是一脸的凶相，一身的凶气，他再也不愿进柴家的门，不愿看你们的这张脸……"

柴大小姐仍边哭边说，这个对象如果搞不成，她一辈子不嫁人了。

柴大老爷最怕的是大小姐这辈子嫁不出去，柴大奶奶为大女儿至今嫁不出去都快急疯了。"一辈子不嫁人""嫁不出去"这种话，是直刺柴大老爷和柴大奶奶心尖的话，最不愿意听到柴大小姐说出和别人说出。

大小姐为了告一条狗的状，居然说出"一辈子不嫁人"这样的话，简直是往柴大老爷和柴大奶奶心窝上捅刀子，快把柴大老爷两口子气晕过去了。

柴大奶奶气得抹起了眼泪，柴大老爷气得眼睛都要喷出火了。柴大老爷眼看要对大小姐大发雷霆，却忽然强忍住了怒气，沉默片刻后，拉大小姐坐在了椅子上，给她倒杯茶，怒气转为哄的口气说："女儿不哭，我这就拿枪把那条看门狗给打死……不但要把它打死，还要把那狗皮扒下给女儿做褥子，狗肉给女儿煮了吃……不行，不能一枪把它打死，让这狗东西死得太痛快，把它吊起来抽，用钢鞭抽死它，这样才能解了女儿的气……女儿你说，怎么能解了你的气，怎么能让那小子高兴，爹就怎么处死它……"

柴大小姐听了父亲的话，由哭变为泣了，由泣渐渐不抽了。不抽了，一会儿却又抽泣了。柴大老爷问大小姐："想怎么着，告诉爹，爹就是上天摘星星，也愿意为女儿去摘。"

大小姐说："不要杀狗了，找个好看门狗太难了……这个看门狗，没毛病，有毛病的是人……他要是真心喜欢我，他不会因为狗对他不好而不来找我的……他分明是在找借口，不想跟我好了……我承认，我对这看门狗有成见，不喜欢这条狗，但柴家从来也没有过这么厉害的看门狗，要是没有它，柴家的东西谁会看得住，那不就很快丢光了……他不来更好，他来狗咬他才好呢……狗替我那个解气，太解气了……"

刚还哭闹着要把看门狗给杀了，刚还哭闹着把她失恋的罪责，归咎于看门狗的恶相，可转眼工夫，怎么又说狗是条好狗，又同情起狗来了？这般喜怒无常、神经兮兮，难道她疯了不成？柴大老爷和柴大奶奶听了大小姐这云里雾里的话，吓得不知所措，又摸女儿的头，又瞅女儿的脸，以为她发烧了，像正常，也像不正常的样子，看来精神真是出问题了。

柴大老爷和柴大奶奶害怕了，赶紧哄大小姐，答应她不杀看门狗，决不杀看门狗，没有大小姐允许，谁也不许伤害看门狗……大小姐说，他怕看门狗，他就不会来了，不来烦她，她从此省心了……说完，大小姐笑了。大小姐笑了，可柴大奶奶却被吓得哭了，柴大老爷却被吓得要疯了，柴大小姐转身好像啥事也没有发生地走了。柴大奶奶紧跟女儿去了，并预感到，女儿这次的失恋，在她过去许多次失恋创伤的大而深的疤痕上，又撕开道深口，看这精神恍惚的情形，要出事。

随着大小姐年龄的一年大似一年，嫁人一年落空一年，每当相亲和恋爱，柴大奶奶的心就提到嗓子眼上，除了她自己没看上别人，不需要人安抚她，凡是没被别人看上或被别人蹬了，全家人就受罪了，见谁给谁发脾气。刚才她的又怒又乐，过去不曾有过，柴大奶奶的心掉在了深渊里，她想不出来怎样才能安抚女儿，具体说是想不出什么话来安抚她。因为大小姐的对象，是大小姐自个儿认识并恋上人家的，虽是个老师，人却长得土里巴叽的，她和柴大老爷都没看上，又不敢对女儿说不好，但从没给过那小子好脸。前段时间，那小子天天来，大小姐也天天去找他，看来快要提出结婚了。柴大老爷和柴大奶奶看他们热火的样子，心里极其不舒服，他们断定那小子不是真心喜欢大小姐，是看上了柴家的富有。柴大老爷和柴大奶奶既盼望女儿快点嫁出去，又怕那小子动机不纯，基本上没给过他好脸色。他们没想到那小子会不来了，柴大老爷和柴大奶奶无不后悔，早知道给那小子个好脸，也不至于现在让女儿埋怨他们。

柴大小姐的对象不上柴家门的原因，是与大小姐闹了点别扭有关，但也没有太大关系，主要是感觉自己得了种情绪的怪病——柴家郁闷病。世上没有这个病症，但只要是想到和看到柴家的看门狗，进出柴家的大门，听到狗叫声，他就心跳加快，全身发抖，头冒冷汗。这个病，全是柴家看门狗给做下的。

柴大小姐的对象怎么也想不通，柴家的看门狗为何对他那么讨厌，见他一脸的凶相，一身的凶气，眼睛里冒着仇恨，血盆嘴巴冒着恶声，见他像在恨他，见他像要咬他。他每当进出大门，看门狗这种恨他的恶相恶气，还有那随时都会咬他的架势，让他紧张，让他心跳，让他害怕，让他颤抖，让他自卑，让他对柴家的大门产生憎恨，让他对柴大老爷和狗一并憎恨，让他对柴大小姐产生异样感觉，这异样的感觉是厌烦的感觉。所以，他想到黑幽幽的柴家大门，想到柴家恶狠狠的看门狗，想到柴大老爷和柴大奶奶那比狗脸好不到哪里去的嘴脸，他给柴家大小姐说，他不想来了，不敢来了，不来了，她以为他看不上她了，让她着实产生了一场误会。她追问到底，他告诉她，是看门狗的缘故。看门狗的缘故？柴大小姐怀疑她对象的借口，便约他到避暑山庄游玩，约他去看电影，约他去喝咖啡，他都郁郁寡欢，令她扫兴，让她生疑，可他说他得的郁闷病与她无关。她不信，看门狗让她得上郁闷病却是真的，不至于让个大男人得上郁闷病，不爱她就说不爱，何必绕弯子，想跑，赶紧滚蛋吧！

柴大小姐和她对象，实际上说的都是实话，她俩都得了郁闷病。他俩的郁闷病，都与看门狗有关，可以说是看门狗造成的。要说是看门狗造成的，实际不完全是看门狗造成的，是看门管家造成的。自从大小姐那次同她母亲柴大奶奶对他和狗大打出手，看门管家给看门狗阿黄特意"交代"过，凡见到大小姐，凡见到找大小姐的人，一概横眉怒目。

看门管家张鞋娃的交代，阿黄当然心领神会。即使看门管家不对它交代，大小姐已是它的仇人，找大小姐的人当然也是它眼里的仇人，它对她和对找她的人自然是怒气冲天，自然会让大小姐郁闷，自然会使大小姐对象郁闷。郁闷便是生闷气，生闷气便会更郁闷，更郁闷便会成病，这种病便是郁闷病。柴大小姐和她对象每当进出门口后，那狗的恶相，那狗眼的凶光，都让他们有种被狗骂了一顿的感觉，气就往上蹿，心里便堵了个疙瘩。这郁气蹿起来的疙瘩，像堵在胸口上东西，咽不下去，吐不出来，也好像把那条看门狗挂在了嗓子眼上，挂在了胸口上，狗的凶相变成了恶狗，在心里上蹿下跳地狂咬，让人极其难受。这难受是生气，是长久地生闷气，闷气便成了他们一样的病——郁闷病。

柴大小姐恨看门狗恨到了咬牙切齿的程度，好几次给他老爹柴大老爷说，要他把那看门狗打死，赶紧打死。可她爹说，打死它，柴家的门谁来看，柴家的东西丢了怎么办？柴大小姐说不动她父亲，只好找她妈柴大奶奶去说，自从她见到这条狗，她的心就堵得慌，睡觉做噩梦，脑子里有幻觉，月经时来时不来，要她把狗赶紧除掉。可她妈说，大到柴家的金银财宝，小到柴家的小件小物，真还离不开这畜生把门，没有它把着，还不丢惨了。

"没想到你同我爹一样糊涂透顶，为了一条狗，竟然不顾女儿的痛苦！"柴大小姐被她爹妈的话气得把柴大奶奶屋里的茶壶、茶杯，扔了个粉碎，扔完东西，跺着脚回了绿玉苑。

柴大奶奶只好眼看着女儿发火、扔东西，她已经对看门狗的去留没有办法，对女儿的要求也没有办法。她深知女儿对看门狗的厌恶，她对看门狗的厌恶，柴家其他人对看门狗的厌恶，不是女儿的问题，不是她和柴家人的问题，思来量去，是看门狗的问题。但她和大老爷一样对它又恨又找不到它的大毛病，也找不到一条像这样尽职尽责的看门狗来。她只能委屈女儿，只能委屈自己，也只能委屈柴家的人，绝不能把这看门狗除掉，没有了它，柴家的贵重东西很快就会飞得没有踪影。柴大奶奶和柴大老爷对看门狗恨之愈切，对这种恨的妥协也愈加强烈，原因来自柴家大院的人在不停地偷出东西时被看门狗阿黄拦住的铁的事实，也来自看门狗阿黄跑了几天柴家丢了不少玉品和财物的可怕事实。

玉作坊的小莲对柴大老爷和柴大奶奶说，看门狗阿黄跑了那几天，玉作坊丢了大小上百件玉品。上百件玉品，要值多少钱？算不清楚，那是笔大钱。除了丢了玉品，还丢了一些财物，连偷东西人的影子都没看到，柴大老爷和柴大奶奶对此揪心地痛，反觉得这令人厌恶透顶的看门狗，是柴家的看门神，一眨眼的工夫都不能离开它。所以，无论柴大老爷和柴大奶奶多么厌恶看门狗，无论柴家人多么痛恨看门狗，他们权衡利弊后只能向狗妥协。所以，柴大老爷和柴大奶奶，在看门狗与女儿面前，在女儿对象面前，只能选择看门狗，不能讨女儿高兴，不能为了女儿对象而弃狗。柴大小姐因为狗，恨上他爹妈了。

柴大小姐找小莲要一样东西，毒药。小莲的库房里有毒药，对付老鼠用的，柴家大院的老鼠成灾，用毒药作诱饵的杀鼠食，毒性很大，人沾人死。大小姐为何要毒药？小莲吓了一大跳，问她要毒药干什么，大小姐说她有用。神经兮兮的大小姐，把小莲吓得不知所措，干脆对她说，库房里没药，有也不给。大小姐说，不给她，会有人给她。说完，怪笑一声走了。小莲赶紧把大小姐要毒药的事，告诉她姑父柴大老爷。柴大老爷听小莲一说，慌了手脚，自从她失恋，大小姐已半疯半癫了，见他像见仇人似的，料想要轻生，赶紧派人寸步不离地跟着。

十七　即使是死人也不能让它走

看门狗阿黄拦住了玉作坊的两女一男。两个女师傅是柴大奶奶的亲戚，男师傅是柴二老爷的儿子，他们都是玉作坊的做玉佩的老师傅，也是玉器珍品作坊的领班，带着玉工做着价值昂贵的珠链、摆件、别子、耳环、项链、手链、翎管、扳指儿、龙钩、手镯、戒指、耳坠、表杠、烟壶等饰物。这些饰物比黄金还要值钱，是柴家玉作坊的大招牌和"摇钱树"，柴家的八成玉收益靠它们而来。因为饰物精小而昂贵，尽管柴家在玉作坊有极其严格的监工管理方式，尽管这些饰物制作的关键环节大都是使用柴家的亲戚，或者是久经考验的手脚"干净"的师傅，尽管监管严之又严，每件玉品都在监工的视线内，而材料和成品还是容易丢失，最容易丢在大师傅和领班的手里。柴家玉作坊每年会丢掉多少贵重饰物，谁也不知道。

珠链是极富高贵气质的女性饰物，这是柴家从清朝做朝珠传下来的绝技。柴家玉作坊制作的珠链，颜色均匀，没有绺裂杂质，选材精致，大都是翡翠首饰中最昂贵的品种，珠链上的一粒珠子值上百块大洋不止。丢了一粒，等于丢了上百块大洋。链珠从玉作坊丢失，从来没有停过，堵也堵不住，查也查不着是谁偷出去的。每年柴家丢失多少粒链珠，柴大老爷弄不清楚。反正每斤翡翠材料制成玉品到边角废料和尘沫统统加起来过秤，总是少一大半分量。一斤的翡翠，成品后虽有材料的损耗，也不至于损耗一大半分量，显然是被人把成品和边料偷出去了。柴大老爷用尽了办法，直到看门狗阿黄来前，也没有堵住源源不断的丢失。自从张鞋娃和阿黄看门后，链珠的材料与成品、废料、尘沫过秤达到了一斤基本对上一斤的分量，说明成品和材料没有丢失。称玉佩的花件，也是柴家玉作坊的拿手绝活。柴家玉作坊做的观音、佛、生肖、平安扣、路路通、葫芦佩、灵芝如意佩、荷叶佩、竹子佩等，是翡翠饰物的上品，大都卖着好价钱。也与珠链一样，是柴家的摇钱树。丢了一块，等于丢了上百块大洋。玉佩从玉作坊丢失，从来没有停过，堵也堵不住，查也查不着是谁偷出去的。每年柴家丢失多少玉佩和玉佩材料，柴大老爷弄不清楚。反正每斤的翡翠材料制成玉品到边角废料和尘沫统统加起来过秤，总是少一大半分量。一斤的翡翠，成品后虽有材料的损耗，也不至于损耗一大半分量，显然是被人把成品和边料偷出去了。柴大老爷用尽了办法，也直到看门狗阿黄来前，也没有堵住源源不断的丢失。自从张鞋娃和阿黄看门后，玉佩的翡翠材料与成品、废料、尘沫过秤达到了一斤基本对上一斤的分量，说明翡翠成品和翡翠材料没有丢失。

而这些贵重饰物最容易藏在人的最隐秘的地方带出去。这些饰物小巧玲珑，虽好藏匿，但柴家的出门检查，是男女分别要脱衣查的，没有丝毫可能藏在衣服里，那它们是怎么被人偷出去的？掌管柴家家业的柴大老爷和柴大奶奶当然清楚，女人一般用舌下和阴道、肛门藏匿偷出，男人一般会用肛门或舌下偷出。出门查时，舌下藏匿容易查出，而阴道和肛门，检查太难了。有很多时候，柴大老爷发现丢饰物严重，即使把玉工的衣服查检十遍，即使让人脱光了查检，也查不出来谁藏偷了饰物。因为阴道和肛门里，看又看不到，摸又摸不得，搜衣也好，脱衣查也罢，除了引起玉工的极大反感，实际成了个脱裤子放屁的形式，该丢的饰物照丢不误，这使柴大老爷苦恼不已，便想出了另一个办法——"蹲坑"检查法。"蹲坑"检查，除了检查衣服外，就是让男女离开玉作坊时"蹲坑"：女玉工尿尿和拉屎，男玉工光拉屎。在柴大老爷看来，这个办法就可以让藏匿玉品，无处可藏。检查员看着他们拉与尿，凡是拉尿过的女工和拉了屎的男工，可以离开下班。可你有办法，人家有对策，有的人蹲坑就是不尿和不拉，甚至一个时辰不拉不尿，两个时辰不拉不尿。无论检查员如何催他们拉和尿，他们就是不拉和不尿。检查员闻着臭屁，就是见不到人的屎尿，催也没用，骂也没用，他说没屎没尿。有一次，还发生了几个男玉工把检查员弄死在玉作坊的事，也没有查出谁是杀人凶手。这让检查员再不敢较真了。还有几次，检查员在作坊被打，也在外面被陌生人打得吐血，干脆不干了。检查员换了一茬又一茬，几乎没人愿意干这差事，只好勉强用人，不好太苛求他们，这样丢饰物就成了家常便饭了，谁也没办法。

用拉屎和尿尿这招检查法，玉工和检查员都难受。一个催拉和尿，一个又偏偏光放屁不拉和尿，或者拉出一堆来，臭得让人呕吐。拉出和尿出来，还得检查屎尿里有没有拉出来饰物，又臭又脏，检查员这碗饭不好吃。有的即使怕，也是没有办法，又实在受不了臭屁和臭屎熏天的折磨，只好让人下班。只好给柴大老爷报，或者给柴大奶奶报，或者给管库房的小莲报"检查过了，没有问题"，实际上有人采取强忍不拉和不尿的手段，把贵重的饰物从肛门和阴道藏匿而偷出去。柴大老爷对此很清楚，但再没招了。也不是没招了，他把最后的希望放在了看门狗上。

警犬的鼻子能"知道"人藏在肚子里的东西。柴大老爷原来的管家买警犬，可买了一条又一条，几年间换了无数条狗，也没闻出人藏匿在肛门和阴道的东西，反而让偷玉品的人，胆子越来越大了，丢的饰物越来越多了。在他失望至极的时候，他用了张鞋娃，张鞋娃发现了阿黄——天狼转世，他的前世兄弟，才把藏匿于肛门和阴道的饰物发现了。阿黄能闻出任何人身上，包括肛门、阴道和吞到肚子里的玉品。这既让柴大老爷惊喜，也让柴大老爷害怕，害怕它和张鞋娃号称天狼转世的精明和鬼灵、凶相和凶气，尤其害怕不停地惹出的事端，给柴家带来灾祸。

今晚大门口的吵闹声，要把柴家大院掀翻天了。看门狗阿黄拦住三个玉工师傅不让出门，师傅们就与管家张鞋娃吵闹上了。师傅们明白，张鞋娃也明白，狗更明白，他们三个师傅身上藏有玉品。他们是检查员检过后允许下班回家的，也就是说没有问题。玉品藏在哪里？肯定在身上，当然不在衣服里，必定在肚子里、阴道里和肛门里。只有阿黄有这个本事，能闻到身体内部的玉品。他们自己也明白，被这天狼转世的看门狗闻出来身上有玉，是错不了的，被这狗东西拦住的人，好像没有一个被冤枉过。那些被阿黄拦在大门口的人，与柴家没任何亲戚关系的人，都会把东西"交出来"——吞到胃里的吐出来和拉出来，藏在阴道和肛门的自己拿出来。至于柴家的人和柴家的亲戚师傅、领班等，一旦被阿黄拦住，他们便仗着是柴家的人，像是被狗污辱了似的，必然要嚣张一番，大闹一番。

以为大闹，狗就会放他们出去，管家就会让狗放他们出去，可偏偏遇上这个看门狗阿黄，又偏偏遇上故意跟柴家人作对的张鞋娃，不管是谁，只要是被狗拦住，狗六亲不认；只要是被狗拦住的，张鞋娃"一条道走到黑"。这不，一个柴家的人，两个柴家的亲戚，被狗拦住死活不让出门。他们感到了将发生十足的让他们丢人现眼的事情，更认为看门狗多管闲事而管到了柴家自己人身上——柴家的人拿柴家的东西，不是偷，那是拿自家的东西。于是个个恼羞成怒，却不敢对狗大打出手。他们知道这狗的厉害，这看门狗是会真咬人的，连柴大老爷也会咬，他们便对看门管家张鞋娃动手。他们对张鞋娃动手，在狗看来就是对它动手，狗便扑着咬他们，幸而被张鞋娃一次次拦住了，否则他们会皮开肉绽。

张鞋娃提给看门狗阿黄的食，阿黄不吃。阿黄不吃食的时候几乎没有，就算是挨了打，就算是被打得伤口流血，它多少还吃点食。不吃食，是不吃除管家张鞋娃以外别人给它的食，包括扔给它的任何香美的东西，更不吃不是管家张鞋娃亲自给它的任何香美的东西，哪怕这食物多么诱惑，它也不沾。它宁可挨饿难忍，也不沾张鞋娃以外的人给的食物。今晚的食，也是张鞋娃提给它的，是柴家的剩饭，也是张鞋娃亲自选的剩菜和剩饭。每顿都这样，它吃的肉与主食，都是张鞋娃亲自搭配。他知道它喜欢吃什么，他知道让它吃什么好。当然，张鞋娃亲自配送，除了有让看门狗阿黄吃"可口"的用心外，主要是为防别人在狗的食里下毒。今晚的食是鹿肉、羊排、牛筋拌豆腐，绝对的美味佳肴。这美食照例是柴家人的剩饭，是张鞋娃从餐桌上刚剩的菜里选配的，冒着热气，香味扑鼻，不会有问题。可阿黄闻过几遍，朝张鞋娃愤怒地吼叫起来，一口也不吃，离开了食盆。要是平时，会吃得像抢似的。

阿黄的不吃和叫，张鞋娃知道了怎么回事，定是它从食里闻到了有异味，这异味会是什么呢？难道是毒？张鞋娃不相信食里有毒，这食是他从餐桌上选配的，选配了他就直接提来了，没有经任何人的手，自从它不吃别人送的食以来，他都是亲自配送，不让任何人代替，没有人有机会在食里下毒。张鞋娃再次把食提到阿黄跟前，阿黄仍然愤怒地朝张鞋娃吼叫，一口也不沾。张鞋娃奇怪，这食里难道真有问题？看它憎恨他的那凶劲，好像他给它下了毒似的。张鞋娃看有只猫朝门口走来，是大小姐养的猫，他把食提给猫吃，猫刚吃了几口，便口吐鲜血，在地上打起了滚。食里真有毒。

阿黄食里的毒是谁下的？张鞋娃想来想去，也只有一个人有可能，那就是大小姐。他给阿黄配食的时候，其他人都离开了餐桌，唯有大小姐不吃东西，也不离开，她有机会在菜里下毒。更能证明她有下毒可能的是，前几天她找小莲要毒药，柴大老爷交代他，让他防着点大小姐，怕她喝药寻短，没想到她是要毒害阿黄。大小姐的猫是只纯白波斯猫，高雅得像公主，是她形影不离的玩物。平时是大小姐喂它，这些日子大小姐一会儿好，一会儿疯，常常没人喂它，饿得满院子找食吃，所以闻到香味十足的狗食，就寻过来了。

大小姐的猫死在大门口，又是吃狗食毒死的，与他张鞋娃脱不了干系。他怕让柴大老爷和大小姐知道与他有关系，就想把死猫埋到什么地方，把这"是非"立马了了。他正想这样做，但想到这毒是大小姐下的，便放弃了埋猫的想法。他要装着没看见死猫，他要装着不知道狗食里有毒，他要让大小姐看到她的猫死，让她知道猫是被毒死的，要让她为她给狗食下毒付出代价。他没有埋被毒死的大小姐的猫，他反而瞅着死猫，开心地发出了"呵呵"的笑声。

晚上点灯时候，大小姐的贴身小姑娘在大院到处找猫，找到了大门口，找到了大小姐的死了的猫，血泊里的死猫。大小姐的贴身姑娘不敢动猫，吓得尖叫着跑了。

不一会儿，贴身姑娘带大小姐来看猫，边走边手舞足蹈地大叫"咪咪——咪咪——"，看猫在地上躺着，扒拉猫，猫不动，抱起猫，猫眼不睁，口里流出血来，她"哇——呀——"大叫一声，把猫扔到地上，猫似一堆泥不动。

贴身姑娘指这边的狗食说："猫死了，好像是吃了狗食死了的。"

大小姐看到狗食，大笑起来，笑得前仰后合。笑完，扑到狗儿食盆，抓起狗食就要吃，被手快的贴身姑娘抓住了手，并把狗食从她手里刨掉，当即把狗食盆扔到了门口的树丛中。

大小姐坐到地上抱着猫喊："咪咪——我的咪咪，你不会死，你跟我走，我们去藏家家玩……"

大小姐哭喊了半天，忽然抱着猫跑出了大门，贴身小姑娘紧喊紧追，没有追上，返回来叫张鞋娃。张鞋娃不在门房，贴身小姑娘去找人上几个院里找，找了半夜也没看到大小姐的影子。接着到外面大小姐有可能去的地方找，结果找得人困马乏，也没看到大小姐的影子。

大小姐不见了，柴家的人急得团团转，柴大奶奶出远门没回来，但又找不到柴大老爷，这些天不知柴大老爷又迷上了哪个女人，晚上很少在大院过夜，只好等天亮再说。有人说她天亮也许就回来了，而天亮大小姐也没回来。一上午过去了，仍然没有回来，一下午过去了，仍然没有回来，而柴大老爷也没有回来，也没人张罗去接着找。一连三天，柴大老爷没有回来，柴大小姐也没有回来。

张鞋娃装着不知道此事，所以柴家大院里没人张罗再去找柴大小姐。三天后，柴大老爷回来听说柴大小姐出走几天不归，便赶紧派人到亲戚朋友家寻找，再去她有可能去的地方打听，没有丝毫下落，倒是打听到三十里远的滦河里，有人看到过一具女尸，派人去看，正是柴大小姐。

找到了柴大小姐，柴大奶奶出远门回来了。她说，她连日里右眼跳个不停，预感到家里要出大事，没有办完玉的事，急忙赶回来了；赶回来赶上的却是大女儿寻短。柴大奶奶哭得死去活来，把个柴家大院哭得人人跟着她哭天喊地，竟然当晚在柴府后院空房出现了深夜和天亮时狗嚎人叫的可怕声。是看门狗阿黄的叫声，是大小姐的嚎啕声。柴大老爷和柴大奶奶听得一清二楚，派人去察看，却没了叫声，也没了嚎声，没有狗和人的影子。去看大门口，看门狗阿黄却在大门口，两眼绿光，让人毛骨悚然。柴大奶奶说，这看门狗是鬼，柴家有鬼了，它害死了大小姐……

柴大奶奶一时胡言乱语说，看门狗是勾魂的鬼，柴家的厄运来了……

后院人狗怪异的嚎叫声和柴大奶奶的疯话，给柴大老爷心头罩上了阴影，柴大老爷没让人把大小姐的尸体拉回柴府，让管家张鞋娃给买口棺材，葬了柴家坟地。至于柴大小姐为何投河自尽，柴大老爷问贴身姑娘，问几乎日日见到大小姐的小莲，问柴家的人，都没问出个所以然来。柴大小姐自尽的诱因，毫无疑问是她心爱的猫吃了有毒的狗食而死，大小姐的贴身小姑娘为何不告诉柴大老爷真相？柴家的人为何不告诉柴大老爷真相？因为柴家大院的人没有人不怕张鞋娃。由于害怕张鞋娃，所以不用张鞋娃给他们暗示什么，他们也不敢把真相说出来。

令柴家大院里的人吃惊的是，原以为柴大小姐死了，柴大老爷也会同柴大奶奶一样，痛不欲生，可柴大老爷只是掉了几滴眼泪，没有特别痛苦的样子；原以为大小姐的死的原因会被柴大老爷挖地三尺不问出个明白不罢休，柴大奶奶要死要活要柴大老爷弄个清清楚楚，可没有问出个所以然，竟然轻易放过去了。大小姐死了，不痛苦，不追究，在柴家所有人看来，这不是柴大老爷的大意，柴大老爷是重儿女情长的人，他不追究原因，自有他与大小姐感情淡然的一面。柴家有人知道，柴大老爷不太喜欢大小姐，柴大老爷在家外有的是儿女。

柴大奶奶出远门，柴大老爷连日不回家和柴大小姐出事的这几天，柴家出现了少有的混乱，进来出去的人异常地多了起来。这些进出频繁的人，与柴二老爷有关系，是与玉生意有关的人。一般来说，柴大老爷要不在大院，柴二老爷的人会进出频繁，主要是送玉材料和拉制作好的玉品。这是因为只要柴大老爷不在，玉品生意的价格上会有很大的弹性。就是说，柴二老爷与玉作坊相关掌柜，有种默契，可以把进来的玉材料价格定高，可以把成品玉价格调低。玉作坊掌柜可随意调高或降低玉材料和玉成品的价格，难道不怕柴大老爷追究吗？柴大老爷顾不上。

自从柴大小姐出事，柴大老爷像没线拴的风筝，见不到他，他也很少过问玉的具体事。再加上玉作坊三个掌柜，全是柴家的亲戚，或许是门口有天狼转世的厉害狗和看门管家看门，让柴大老爷放心些，他没有从前那样层层盯着，样样把关了。这样价格搞鬼的事，看门狗阿黄当然不知，可管家张鞋娃却一清二楚，流失的是一车又一车白花花的大洋。他虽痛恨在心，却无权干涉，只能放行。可不知为什么，在张鞋娃的感觉里，这高价进低价出的玉材料和玉品，坑的不是柴家，坑的是他张鞋娃，流走的是他张鞋娃一车又一车白花花的大洋，让他钻心地疼。柴二老爷和柴家的掌柜，早从张鞋娃眼里看出了他对此的不满和怨恨，张鞋娃也从柴二老爷和掌柜眼里看到了对他那种"狗拿耗子多管闲事"的鄙视和讨厌。这是家人对外人的有毒光的眼神，直刺张鞋娃的心房，使他害怕而疼痛难忍。

柴家的人越是鄙视和讨厌张鞋娃，他越是感觉这玉作坊跟他张鞋娃有关，这柴家的钱财跟他有关，甚至越是感觉这玉作坊就是他张鞋娃的，这柴家大院是他张鞋娃的，柴家的所有财宝都是他张鞋娃的。张鞋娃自从有了这种想法，就对柴家进出的一针一线格外在意起来，就指挥看门狗阿黄格外认真细致地看人察物，不放过让他讨厌的任何一个人拿走柴家的哪怕是一根毛。

看门狗阿黄又拦住了柴家往外拿东西的人，他们拿的东西不是他们本人的，阿黄不让出门。他们知道看门狗的厉害，不敢跟狗较量，只有把东西放回去才能出门；也拦住了柴二老爷和他的几个人，他们身上揣着玉品。这玉品是看门狗阿黄"认"过的，谁私自携带出去，没有看门管家张鞋娃的指令，阿黄绝不会放行。阿黄还接连几天拦住了两个玉师傅和三个玉工，闻出了他们身上藏匿的玉品。他们显然是趁柴家乱以侥幸心理偷玉的，没想到阿黄仍然鼻不钝眼不花，不放他们出门，他们只好把藏匿的东西放回去。至于放到了什么地方，阿黄和管家张鞋娃不管，只要身上没有柴家的东西，就放行出门。

张鞋娃和看门狗把门仍然滴"水"不漏，尽管柴大老爷对大院的事没有从前用心，尽管柴家大院越发乱，却没有人偷出去柴家的什么财物。当然，也有柴家人给张鞋娃暗中送了金条、大洋和玉什么的，还有玉作坊师傅和玉工暗自给张鞋娃送了好处的，张鞋娃收了好处，只能高抬贵手，他就指令阿黄对某个出门的人，不闻不"问"，阿黄就装作没事，一概放行。

狗与看门管家张鞋娃对没"关系"的人，滴"水"不漏的把门，实在让张鞋娃过瘾和开心，让柴家的人难堪，让玉作坊的人难受。本来很少在大院里住的柴二老爷，很少回来了，玉作坊的师傅和玉工接连走人了。玉作坊的师傅和玉工少了大半，有些玉品制作只好停工生产。

玉品没师傅制作，柴大老爷和玉作坊经理四处高薪请玉师傅，虽然给的薪金比过去高出一倍，甚至高出两倍多，也没人来。柴大老爷说奇了怪了，过去他柴家玉作坊想要什么师傅，挤破头地要来，这一年来给玉工的工资连加几次仍辞职不干，还给大师傅把薪金提高了一倍多。玉师傅还是接连辞职不干，难道在别人家干捞的"油水"比他柴家大，或者是别人家的玉作坊给的薪金比他还要更高？他叫来玉作坊几个经理问缘由，都说，是玉师傅们讨厌看门转世天狼狗和转世天狼管家。柴大老爷一听说，火冒三丈，骂道："看来过去的看门管家和看门狗，就是个摆设，玉师傅没一个不偷玉的，不知捞了柴家的多少'油水'，他们个个看不上再高的薪水，看来是以偷玉谋财的！如今这天狼狗把门，就是不一样，'把'得我柴家的油水从此一点不漏，这解了我心头多大的气啊！这些乌龟王八蛋，捞不到'油水'，就不干了，不干了倒也好，省得我柴家既养贼又当冤大头……"

"其实也不是大老爷您说的这样，捞不到'油水'走人的有，也不是辞工不干的所有人都是因为捞不到'油水'辞的工，是看门狗太凶和看门管家张鞋娃太刁钻……把人吓走了……"有个经理这样说，也有个经理赞同这话而点头。

"放屁！你说的这鬼话，看门狗能把玉作坊那么多师傅吓走？这话骗三岁的孩子都不信，我能信?！你们都是内人，难道你们也同他们一道，是吃里扒外的东西?！"柴大老爷指着几个经理的鼻子大骂道。

那个经理还想解释什么，看柴大老爷大怒，走了。

经理走了，但那个经理的话却在柴大老爷的脑子里停留着。柴大老爷反复揣摩，是他判断得对，还是那个经理说得对？也许真是自己判断错了，玉作坊这么多人给高薪都不干，是狗和管家在故意刁难他们？这狗和管家，究竟是帮柴家看门，还是给柴家招灾呢？柴大老爷一夜睡不着，反复琢磨这个问题。

琢磨的结果是，狗和管家有大问题，玉作坊的人有大问题。怎么解决这两大问题？柴大老爷想到了把狗和管家立马赶走，让臭鞋匠张鞋娃带着他的狗回到他的破鞋店去，从此柴家大门口也就没了这么多烂事。当然，柴大老爷也想过没了这条看门狗怎么办的事。这条看门狗，确实是条任何狗都比不上的狗，赶走它，上哪里找这样的狗去？自从柴大老爷厌恶这条看门狗，这个问题时时在他心里翻腾，折磨得他最后还得与它妥协。

可柴大老爷又不想妥协。他一想到大门口发生这么多的事情，就怪这狗也太折腾事儿了，他仍觉得这狗有问题，有大问题。它虽然忠于职守地看护柴家财物，但这样的忠于职守太折腾，如果天天这样折腾下去，还不把柴家折腾完了？赶走，明早立马赶走。

柴大老爷一夜的拉锯式的前思后想，一夜的咬牙切齿的"立马赶走"的决定，究竟能不能立马把看门狗和管家张鞋娃赶走呢？

十八　转世天狼非同寻常

昨晚，就在柴大老爷与玉作坊经理聊看门狗和看门管家张鞋娃的时候，也是在柴大老爷决意下狠心赶走看门狗和张鞋娃的当儿，柴家大门口来了两个俏丽女人，一个二十多岁圆脸的姑娘，一个三十岁左右鹅蛋脸的少妇。两人毛皮大衣下，穿一红一紫的太极服，手拿太极剑，敲开门，一股恶寒扑面的同时，指名道姓要找管家张鞋娃。张鞋娃得知她们是赌场的人，吓得头发都竖起来了。阿黄感觉有问题，紧跟在了张鞋娃后面，张鞋娃却退缩到阿黄后面。

来人让主子害怕，阿黄就要扑咬两个女人，两个女人害怕地惊叫起来，并嚷道："快把你的转世天狼拦住！"

张鞋娃赶紧拦住阿黄。鹅蛋脸的少妇对张鞋娃说要他别紧张，是给他送好事来的。张鞋娃看两个女人脸上没有杀气，问她们有什么好事可送，两个女人说到屋里说行吗，风大天冷，总不能站在门口说话。张鞋娃让狗让开道，让两个女人进屋。鹅蛋脸的少妇说，她们是受赌场老板之托来与张鞋娃谈个天大的好事的。张鞋娃让她们快说，鹅蛋脸的少妇却让圆脸的姑娘给张鞋娃递上一包东西，很沉。张鞋娃问是什么东西，她们说你打开看。张鞋娃打开，像是红纸包的大洋，10 包。包纸破，白花花的大洋散落在了地上。张鞋娃紧张地问，这钱是怎么回事，鹅蛋脸的少妇说，这是她们老板送他的一点心意。张鞋娃慌了，催她们有话直说。鹅蛋脸的少妇说，那就直说，他和看门狗是天狼转世的神人和神狗，她们老板想重金请他和狗去赌场看门，这是一千大洋见面金，若答应过去，月金一千大洋；

还有，老板说了，要是答应去赌场，她的这个妹子，可是二十出头的黄花大闺女，又漂亮又有一身好武功，送你做媳妇。圆脸姑娘朝张鞋娃抛来个媚眼和毫无羞涩的笑。张鞋娃的脸被她的眼和笑"涮"得火燎难耐，羞得低下了头。鹅蛋脸的少妇以为张鞋娃答应不在话下，静等张鞋娃说话。

张鞋娃明白了两个女人的来头。又是重金又是美女，赌场老板真把他和阿黄当成转世天狼了。张鞋娃又喜又怕。月金一千大洋喜从天降，降得太大。这么多钱，对张鞋娃来说，如同天文数字，是他做梦也没想过的大钱。他脑子闪出一年如若有一万两千块大洋的收入，他会置多少地，置多少房子，娶几个老婆，会成为热河很富有的人，有多少人会敬仰他，也会有多少人围着他转。这等等闪念，使他的热血上涌到了头顶，使他顿时欣喜若狂。他犹豫不决，只要他马上答应这两个女人，他的人生就会成了富有的人生，他就不会再有在柴家门口从早到晚受气却只挣月俸几块大洋的寒酸与苦累。

这闪念和狂喜，急催张鞋娃在刹那间放弃柴家而选择赌场。就在他张口就要答应她俩美意的刹那间，他的脑海里又闪现出了另一个画面——七彩耀眼的玉，还有满库房的金银，还有这个在热河很体面的柴府……闪现出这些，他对赌场重金的狂喜顿然消失，便对两个女人说，他张鞋娃此生是柴家的人，死了是柴家的鬼，哪里都不去。鹅蛋脸的少妇大惑不解地问他，月金一千大洋都不想去，是不是他脑子进水了。张鞋娃说，他脑子好好的。张鞋娃把散落地上的大洋捡起来放到包袱里，并把包袱系紧，塞给鹅蛋脸的少妇说，他哪儿都不去。鹅蛋脸的少妇让他先不要回绝，考虑好了再回话。张鞋娃说，没什么好考虑的，他哪儿也不去。

鹅蛋脸的少妇看张鞋娃表情从热转冷，以为张鞋娃是不相信她们赌场老板的话而不去，便不再说什么，撂下一句"那让我们老板找柴大老爷说话"，走了。

果不其然，次日上午，赌场老板与虎八来了。赌场老板与虎八在柴家大门口，说是找柴大老爷，却又问张鞋娃，重金请他和看门狗去赌场看门，去还是不去，答应去就不找柴大老爷了，不答应去就找柴大老爷要他和狗。张鞋娃说，感恩你们老板的赏识，他已是柴家的人，就在柴家干到老死。虎八说，要是从柴大老爷那里把他和狗买走，他的月酬金不要说一千大洋，恐怕连一百大洋也不会有。张鞋娃仍然说，他还是在柴家看这大门。虎八说，连他老板都不给面子，敬酒不吃吃罚酒，那就去见柴大老爷。张鞋娃毫不犹豫地带他们去见柴大老爷。

柴大老爷为张鞋娃和看门狗的留和走，伤透了脑筋。昨晚的一个想法是把他和狗尽快赶走，又一个想法是不能把他和狗赶走，来回拉锯式地琢磨后，终于下了决心要把张鞋娃和看门狗赶走，也选了玉作坊的一个经理接替张鞋娃做看门管家，并让这个管家去狗市选新的看门狗，选来就让张鞋娃和他的狗立刻走人。

新看门管家正要去狗市选狗，却又被柴大老爷叫住了，说选看门狗的事缓。柴大老爷是说一不二的刚烈人，在别的事上，很少扯来扯去，犹豫难决，可为何想了一夜而铁了心肠要赶走张鞋娃和看门狗的事，又犹豫了呢？原来，就在赌场老板和虎八来之前，小莲听玉作坊经理说，柴大老爷让他替代张鞋娃，并让他张罗看门狗，随后赶走张鞋娃和看门狗。小莲料到大老爷的决定大错特错，要是赶走张鞋娃和天狼转世的看门狗，会给柴家造成难以估量的损失，便急忙找了大老爷。小莲对大老爷只说了没了张鞋娃和天狼看门狗，柴家将要发生的结果——财宝和玉品不翼而飞。这是柴大老爷的软骨，柴大老爷不是不明白，他明白得很，没有这条世上难寻的转世天狼狗，他柴家大门的看门狗和管家，如同虚设，可对这狗的不断添乱的气愤，使他失去了理智，经小莲一针见血的提醒，他又犹豫了。

赌场老板是热河的地痞，热河人没有不惧怕他的，也没几个人不让他三分，柴大老爷每当看见他那副驴头样的脸就心堵。他上谁家门，谁家准没好事儿，柴大老爷有点惊恐地赶紧迎到客厅。

赌场老板满脸横肉又堆笑，更让柴大老爷寒风入心。柴大老爷急忙问赌场老板找他什么事，赌场老板说："来是买你的看门管家和看门狗，柴大老爷开个价吧。"

他怎么看上柴家的看门管家和看门狗了，居然亲自上门来买，这事非同小可。柴大老爷吃了一惊，但又把提着的心放了下来，他为看门狗和管家而来，不是来找事的，他知道怎么对付他了。柴大老爷说："一个臭鞋匠出身的管家和一条看门狗，您老怎么会看上，还为此劳大驾专程上门来买！"

"既然是个臭鞋匠和一条看门狗，您柴大老爷说卖给我们，想必您也不会在乎卖的钱多钱少。"虎八接着话说。

"是啊，柴大老爷总不会为一个臭鞋匠的下人和一条看门狗而不给面子吧?!"赌场老板说。

"张鞋娃和这条狗用顺了，若给了您，柴家门口选不到合适的人和狗。"柴大老爷说。

"给一千大洋去选管家和狗，柴大老爷不要说选一个管家和一条看门狗，就是选买几十个管家和几十条看门狗都够用。"赌场老板冷笑一声说。

柴大老爷看赌场老板是铁了心肠要张鞋娃和看门狗，只好说选了新管家和新看门狗，立刻就把张鞋娃和看门狗让人送到赌场，至于钱就算了，就当是他柴大送老板的礼物。

赌场老板哈哈一笑说："柴大老爷忍痛割爱，我绝对不会白要白拿，一千大洋，张鞋娃和看门狗三天后送到赌场。"

"这是一千大洋，柴大老爷您过目。"虎八把一包东西放到柴大老爷身边的茶几上。

柴大老爷提起大洋往虎八怀里塞，老板和虎八转身走了。柴大老爷有点慌了，这张鞋娃和看门狗，不给不行了。

虽然柴大老爷假装不说张鞋娃和看门狗是天狼转世，可热河谁不知道柴家的看门管家和看门狗是天狼转世的奇人奇狗，不然赌场老板怎么会以天价的钱亲自上门买他和它。看来，这张鞋娃和看门狗真是天狼转世的宝贝，他和它哪能就值一千大洋，那就是两个聚财宝，给谁家看门谁家聚财。柴大老爷再次决意，给多少钱都不卖。

不卖，赌场老板会罢休？赌场老板在热河除了不敢要日本人的头和省长县长大官的头，没有买不到和要不到的东西，这一点柴大老爷清楚得很。柴大老爷再次决意不卖，是下了死决心的不卖。这个死决心，是来自对柴家的利益，来自对小莲的终身大事的考虑，还有一个让他下此铁了心的决意的原因，是张鞋娃对柴家的死心塌地。

虎八对柴大老爷说过张鞋娃："我们前几天让赌场两个仙姑拿了一千大洋和以月金一千大洋薪水，还把一个仙姑许诺给他的条件，挖他去赌场，张鞋娃居然既不要钱，又对一千大洋的月金不动心，更拒绝了仙姑嫁他为妻的美意，说'他张鞋娃生是柴家的人，死了是柴家的鬼，哪里都不去'……赌场老板的面子居然也不给，一千大洋不要不说，居然说'死也不离开柴家'……"

虎八的话，让柴大老爷沉思了半天。

柴大老爷对张鞋娃心热了起来。这个张鞋娃宁可拿柴家月薪几块大洋，也不去赌场挣千金大洋，对主子这么赤胆忠心的人，赌场老板铁了心地要买他。虎八说的情况，着实让柴大老爷对张鞋娃的心彻底热了起来。柴大老爷有点转变对张鞋娃的恶感，觉得这张鞋娃没什么毛病，那看门狗也没什么毛病，简直是天赐给柴家的看门神，也是难以挑选到的侄女婿，多少钱都不能卖。不卖给赌场老板，赌场老板亲自上门来买，已经不是卖不卖张鞋娃和狗的事了，是牵扯到柴家安定的事了，不给他张鞋娃和狗，他柴大老爷就会有亏吃，怎么办好？一个下午，他先后叫来张鞋娃和几个经理商量怎么办，都说不出怎么办来；张鞋娃的"给多少钱也不去"，几个经理说"不能得罪赌场老板"，愁得柴大老爷在客厅直转圈。

柴大老爷转圈了一个下午，茶喝掉了几壶，撒掉了几泡尿，脑袋瓜子想得晕头转向，终于想出了个办法：以钱消灾——给赌场老板送钱，就算赔上两千大洋，也要让他放弃要张鞋娃和看门狗的念头。

有了这个办法，柴大老爷又担心，赌场老板派人以重金和他亲自登门买张鞋娃和看门狗，是冲着张鞋娃和看门狗天狼转世的传闻来的。赌场老板是确信无疑张鞋娃和看门狗是天狼转世，若送给他两千大洋，能打消他放弃买张鞋娃和看门狗的想法吗？柴大老爷分析的结果是，他不会要钱，他定会要人和狗。

柴大老爷转而又想到了马大仙，何不让马大仙出面对赌场老板说，张鞋娃和那看门狗，根本不是什么天狼转世，就是个寻常人和猎犬狗。

柴大老爷让人把马大仙请到府上，要马大仙给赌场老板说此番话，在警察局也说此番话，在日本人那里也说此番话，张鞋娃和那看门狗，根本不是什么天狼转世，就是个寻常人和猎犬狗。马大仙却说："你的看门管家张鞋娃和那看门狗，是千真万确的天狼转世的前世兄弟，我马大仙是不会说谎话的；说谎话的马大仙，那还是我马大仙吗？那就狗屁也不是，我不说两种话！"

柴大老爷看嘴说"搬"不动马大仙，就把本来想送给赌场老板了事的两千大洋，塞在了马大仙的手里。柴大老爷没想到马大仙竟然火了，数落柴大老爷说，把他马大仙看成什么人了，看成谁给钱就替谁说"胡话"的人了。柴大老爷赶紧给马大仙赔不是，又诉了一番柴家倘若没有张鞋娃和那看门狗严重后果的苦衷，把赌场老板作恶多端的事给马大仙说了许多，求马大仙扬善抑恶，帮柴家了平此事。

马大仙说："既然柴大老爷苦苦相求，我马大仙就帮一把，但我马大仙是不会白黑两说的，只能做到以后不再说'柴家的管家张鞋娃和看门狗是天狼转世'的话为止，谁再问我，我不点头也不摇头。"

马大仙又说："看在您柴大老爷与我多年的交情，也看在您这两千大洋的诚心诚意的份上，我就帮您一把。"

仅闭口不说是也不是，就是帮他？还要收下他的两千大洋？柴大老爷听了马大仙的话，胸口顿时被堵了团棉花似的难受不堪，气得他把拳头捏成了大秤砣，如若不是强力按捺自己，便把拳头抡到马大仙脸上了。

柴大老爷怒气冲冲的脸，马大仙一点也不惧，把大洋放在茶几上，便要走人。柴大老爷急了，赶紧堆出笑来，把大洋塞给马大仙。马大仙推辞了一下，把大洋提上了，便带着不冷不热的表情告别了。看着马大仙轻而易举拿他的两千大洋悠然自得离去的样子，柴大老爷气得喘起了粗气，一副欲哭无泪的样子。柴大老爷活了快一辈子，他哪里受过这般又屈又冤的罪。这罪让他肚痛难忍还要对人脸上堆笑，简直是大辱，感觉比被人活埋还痛苦。

　　眼看赌场老板限定要张鞋娃和看门狗的时间到了，赌场没来人要人和狗，柴大老爷没让人送人和狗，柴大老爷就拖着。又过了几天，赌场老板派虎八来找柴大老爷，不是来要张鞋娃和看门狗，而是来告诉柴大老爷，老板说了，张鞋娃和看门狗赌场不要了，但赌场上下为张鞋娃和看门狗折腾了人力和时间，柴大老爷拿给两千块大洋补偿一下，这事就过去了，不然这张鞋娃和看门狗，赌场是买定了。柴大老爷不敢说什么，也不敢不给这讹诈之钱，只好让账房先生给虎八开了两千块大洋给他了事。

　　张鞋娃和看门狗又以付出巨大代价留了下来，柴家的大门是把牢了，小莲也喜笑颜开了，柴大老爷对大院的财宝放心了，可柴大老爷的心却又掉到坑里了。只要是张鞋娃和这看门狗在一天，柴大老爷的心既放在胸中又掉到了坑里。他这既离不得又很厌恶的妥协和排斥，不时折磨得他心烦意乱。

　　这个折磨，还不会消停。柴大老爷为赔四千块大洋保留了张鞋娃和看门狗而无比烦闷的时候，又一档子事发生了：张鞋娃和看门狗，被热河省警察厅的人抓走了。柴大老爷一听便吼"欺人太甚，这些狗日的"的同时，猛然一巴掌拍到茶几上，茶碗、花盆跳起又滚落摔地，吓得下人惊叫而颤抖。

　　柴大老爷派人去问警察厅，为什么抓人和狗？说是张鞋娃和看门狗犯了"造谣惑众罪"。什么是"造谣惑众罪"？张鞋娃一个看门管家，造什么谣，惑什么众了？看门狗是不会说话的畜生，造什么谣，惑什么众了？说是张鞋娃给自己造谣为天狼转世，造谣说看门狗也是天狼转世，还造谣说他与看门狗是前世的天狼兄弟，给热河民众带来了心理恐慌，造成了社会不稳定因素，必须铲除了。又问，怎么个铲除法？说是有可能枪毙。

　　下人以为柴大老爷听了这消息，那还不把茶几和桌子拍砸了，赶紧躲闪到一边，没料到柴大老爷既不急，也不恼，脸上没有什么表情，只是让人叫了一个人来，这人是前几天柴大老爷选中的接替张鞋娃看门管家的经理。他让这经理快快看管门房，并快快选来看门狗，不能拖过今天晚上。

经理赶紧履职并买看门狗。两个时辰后，傍晚的时候，狗买回来了，一条又高又大的黑狗，像只凶猛的狗熊。柴大老爷一看这狗，相当满意，满意得有了少有的"哈哈"大笑。这是自从张鞋娃和看门狗来到柴家大门口看门，从来没有过的笑声，是柴大老爷从来没有过的开心笑声。

柴大老爷的大笑声刚落，却有人大哭起来，是小莲。一天没到大门口的小莲，刚知道张鞋娃和看门狗被警察抓走了，一看大门口真的换了新管家和新狗，听说人和狗要被枪毙，疯了似的去找柴大老爷，于是找到了大门口，看到大门口的新管家、新狗与开心大笑的柴大老爷，疯了似的大哭起来。

身后的哭声，把正在开心的柴大老爷吓了一跳，看是小莲，他知道难缠的事来了。小莲的哭，直刺柴大老爷的心。这哭声好似他大女儿自杀前的疯哭声，令他毛骨悚然。

柴大老爷赶紧拉小莲离开大门口，小莲哭着说："把这管家和狗赶走，我要张鞋娃和那条狗……把这管家和狗赶走，我要张鞋娃和那条狗……"

小莲疯了，柴大老爷拉也拉不走。张鞋娃被抓和他刚才的开心大笑，刺激了她，小莲真的疯了。

这让刚开心片刻的柴大老爷的心，又掉在了坑里。柴大老爷对小莲无可奈何，只好哄她。小莲失去前夫，一直在恨他这个姑父，恨他害死了她丈夫。他给她找来张鞋娃，还没怎么撮合他们，没想到她真喜欢上了张鞋娃，而张鞋娃又出了这样的事情，他能不能从警察厅把张鞋娃要回来，心里没底。作为姑父，柴大老爷明白，他是她在这世上唯一的亲人，她已把张鞋娃看作未来的一切，看来她不能没有张鞋娃。柴大老爷怕小莲步大小姐的后尘，对小莲承诺，只要不哭，只要回去好好的，一两天内定把张鞋娃从警察厅要回来。小莲不哭了，回去了。

第二天，张鞋娃和看门狗阿黄回来了，柴大老爷让新看门管家把买来的新狗卖了，让新看门管家该干什么仍干什么去了。

说是要被枪毙的张鞋娃和看门狗，头一天被抓，却第二天就放了，是柴大老爷的面子大，还是警察厅玩什么把戏？柴大老爷感觉很怪。昨晚小莲哭闹后，柴大老爷就派人去打探警察局抓人和狗究竟是啥意思。原来警察厅抓人和狗的真正意思，是张鞋娃和看门狗在热河的天狼转世的传闻越来越响，有些上级交代的案子判不了，急得警察厅长团团转，要让张鞋娃和看门狗为他们判案。警察厅长吓唬张鞋娃说，他和狗谎称天狼转世，犯了"造谣惑众罪"，是死罪，立即执行枪毙。张鞋娃不急不恼地说，死了也好，省得再看门了。警察厅长看张鞋娃要"破罐子破摔"，只好直说，但有个立功赎罪的办法，为警察厅判案。张鞋娃说，他和狗也不是什么天狼转世，他是个臭鞋匠娃，狗就是个看门狗，传闻说他和狗是天狼转世，纯粹是扯淡的话。警察厅长看张鞋娃一副既臭又硬和混账样子，就让一处长故意安排了枪决他和狗的场面。警察厅处长令四个警察举起枪，子弹上膛，瞄准张鞋娃和看门狗阿黄。张鞋娃与狗被分别拴在木桩上，张鞋娃好像没事似的，没有惧怕的感觉，狗看此情形不妙，惊叫和惊跳起来，把个铁绳和木桩甩打得噼里啪啦响。警察厅处长此时问张鞋娃说："张鞋娃听着，再问一句，如果答应为警察厅效劳，可以让你和狗活着。"张鞋娃说："开枪吧。"警察厅处长当即下令说："子弹上膛。"眼看四条枪就要扣扳机了，张鞋娃只是两眼盯着警察厅处长，一点也不恐慌。警察厅处长一声令下"开枪"，张鞋娃也不眨眼，仍然双眼狠狠瞪着警察厅长。四条枪的扳机扣下，只是扳机响，枪并没有响，是空枪，是吓唬张鞋娃的。警察厅长"哈哈"一笑，朝张鞋娃拍手鼓掌，夸赞说："真是名不虚传的天狼转世，面对枪口不拉"稀"，是块好料，先留着再说。"警察厅处长令四个警察又把张鞋娃和看门狗带到了监牢。

张鞋娃难道连死都不怕？张鞋娃怎么会不怕死呢，太怕了，但他知道警察抓他并不是他犯了什么"造谣惑众罪"，而是要他和狗替他们判案。因为抓他到警察厅的几天前，警察厅的侦探来柴家大门口找过他，问他愿不愿意到警察局当警察，张鞋娃坚定地告诉他不去。所以，警察厅就来抓人，虽然给他安了个"造谣惑众罪"，但张鞋娃明白得很，警察厅是想用他，并不想治他的罪，便看透了枪决是吓唬他就范。张鞋娃是铁了心不愿留在警察厅的，柴家大院那么多的财物不比警察局将来自在？想必柴大老爷不救他，小莲也会逼柴大老爷救他，所以他不能答应警察局长的威逼。小莲把柴大老爷逼到了不得不救张鞋娃的地步，柴大老爷便去了警察厅长家里，送上两千块大洋，并说了番好话，张鞋娃和看门狗便被放了出来。

张鞋娃和看门狗回来了，又花了两千块大洋，柴大老爷的心头好似被割了块肉般疼。同时，柴大老爷的心却又掉在了坑里。心又掉在坑里的柴大老爷，对张鞋娃和看门狗的厌恶，就成了憎恨。恨得柴大老爷咬牙切齿地打定了个主意：张鞋娃不消失，柴家大院不宁，他得消失，得让他快点消失。

十九　主仆相爱，各有所爱

怀着对张鞋娃的憎恨入睡的柴大老爷，当晚做了个噩梦：小莲与张鞋娃拜完天地正要入洞房，张鞋娃把小莲一刀杀了，看门狗阿黄穿上了小莲的新娘衣，成了张鞋娃的新娘，张鞋娃抱着看门狗入了洞房。他朝张鞋娃和看门狗连打几十枪，把子弹都打光了，仍没打死张鞋娃和看门狗。用枪打不死，他用刀去砍杀张鞋娃和看门狗，结果砍到了小莲身上。小莲大喊姑妈救她，柴大奶奶就出现了，朝他就是两个大嘴巴子，并说，要是张鞋娃与别人结了婚，要是不把小莲的婚事办好，看她不把他这老东西打死。柴大奶奶把他打骂醒了。

醒了，又睡着了，又做了个噩梦，与前面的梦连着，是连环梦：张鞋娃带着他的天狼转世的狗，把他咬成了碎片，把柴大奶奶咬成了碎片，把柴家大院的人都咬成了碎片，也把他外面的几个老婆生的孩子咬成了碎片，柴家的玉和财宝全被张鞋娃搬走了，张鞋娃住到了他的屋子，睡到了他的床上，把他的二太太、三太太、四太太、五太太，还有很多看不清模样的太太，全搬到了柴家大院，全搂在了一张床上……小莲被张鞋娃推到了滦河……

这连环梦，把柴大老爷吓得大汗淋漓。梦让他还产生了幻觉：张鞋娃带着狗来到了他房间，狗要咬他吃了他；幻觉里出现了柴大奶奶在房子里走来走去，还提着刀走到了他睡觉的床头。他把枪从柜子里拿出来，压在了枕头下。这梦与现实发生的一连串事，张鞋娃和看门狗让他产生了从来没有过的惧怕，惧怕得胸口疼痛，似乎有口淤血在喉，要喷吐出来。

从一个又一个梦中惊醒，虽然是刚入夜，柴大老爷却再也睡不着，也再不敢睡了，眼睁着等到天亮。天一亮，他要去看小莲，要问她与张鞋娃婚事，试探着劝劝小莲，希望她放弃可怕的张鞋娃，再给她找个夫婿对象。这样，"处理"张鞋娃，就简单多了。

柴大老爷睡不着，也不敢再睡，却听到大门口看门狗拉长声调的"汪——汪——汪——"不同于平常的叫声，很柔情，也很缠绵。窗外月光异常清亮，柴大老爷穿上衣服，便去门口看个究竟。他不看不要紧，一看吓出一身汗：一人一狗，在大门口对天跪拜星月。人在双手合十朝天月作揖，狗与人并坐，也是两只狗蹄子并齐，双蹄相合朝天月作揖；人嘴里念念有词，狗嘴里是柔情和缠绵的叫声。柴大老爷以为是幻觉，但仔细瞅，的确是一人一狗。再细瞅，不是幻觉，的确是一人一狗，像张鞋娃和看门狗，又不像是张鞋娃和狗，见到鬼了，难道是鬼?！

跪拜的人望着天月说："……天狼娘、天狼爹，我们在这里活不下去了，把我们接走吧，柴家人迟早会杀了我们……明天就接我们回去吧……"

"见鬼了！"柴大老爷大吼一声，便从腰里拔出枪，子弹上了膛，要朝人和狗开枪。

"大老爷别开枪——我是张鞋娃！"张鞋娃急忙喊道。跪拜星月的是张鞋娃和看门狗。

"你和狗在这里干什么，装神弄鬼的跪拜什么呢?！"柴大老爷呵斥道。

"大老爷别误解，今天是初一，每当初一、十五和三十日，天狼星妈妈和天狼星爹爹要见我们，得跪拜他们老人家。"张鞋娃用有点惊恐的声调说。

"放你妈的狗屁，今天是初三，不是你天宫爹妈见面的日子，你在给谁跪拜，在跟谁装神弄鬼说话！"柴大老爷吼道。

"今天是初三不假，今天不是跪拜见面的日子，可大老爷有所不知，我有急事要与天狼星爹妈说，我让阿黄请爹妈出来了。刚正与爹妈说话呢，被您打断了。"张鞋娃仍然用惊恐的声调说。

"你说，柴家人谁要杀你和狗，胡说八道！"柴大老爷接着吼叫道，

"天宫里真有你们的二老,他们能接你和狗回到天上?你在胡扯吧!"

"大老爷不信,我也没办法,我们哪天真被天宫的二老接走了,如果您老遭到不测,您可别后悔!"张鞋娃轻声地说。

张鞋娃这话,可把柴大老爷吓住了。柴大老爷望着仍然跪拜着的张鞋娃和看门狗半天说不出话来,张鞋娃和看门狗也望着柴大老爷什么也不说和不叫。张鞋娃眼里射出亮光,狗眼里闪着蓝光,柴大老爷看头上的天狼星,瞅得眼花的柴大老爷似乎看到,天狼星上有人瞅着下面,柴大老爷顿时头皮酥麻,腿也软了,对张鞋娃说:"好,好,好,柴家没人杀你和天狗,你们好好的,你们好好的……"

柴大老爷显然相信了张鞋娃跪拜天宫爹妈,彻底相信了张鞋娃和看门狗是天狼转世,更被张鞋娃的"如遭到不测,您可别后悔"的话吓住了。被吓住了的柴大老爷,当即对张鞋娃和看门狗彻底来了个大转变:留着他,也留着看门狗,再另找他法灭他。

就在柴大老爷做连环噩梦的时候,小莲也做了个噩梦:她与张鞋娃拜完天地,就要入洞房时,张鞋娃要她把玉库房的全部玉品给他,说不给他就不入洞房。她急了,不入洞房那算什么新娘,婚不就白结了,她的人就丢尽了,她怎么做人呀……她要结婚,她喜欢张鞋娃,她不能没有张鞋娃,她把玉库房的钥匙给了张鞋娃。张鞋娃提着钥匙就去了玉库房,并说,他搬完库房的玉品,就来跟她入洞房。她等啊,等啊,等到闹洞房的人笑话她了,还不见张鞋娃回来。她去玉库房找张鞋娃,玉库房的门大开着,什么玉品也没有了,库房空着,库房变成了洞房,张鞋娃正与看门狗阿黄拜堂成亲呢。看门狗穿着她的新娘装,她的身上变成了狗皮……梦到这里,小莲被惊吓醒了。被惊吓醒的小莲,回想着刚才的奇怪噩梦,就琢磨起张鞋娃来。张鞋娃究竟哪里好呢?过去能想出他十条八条好处来,现在渐渐想不出他的多少好处来。想不出他的好处来,但又比过去更喜欢他,更离不开他,从而在姑父大老爷一次次赶走他的时候,她便不管不顾什么地去救他。她相信梦是反的,但她又相信自己的直觉,张鞋娃不是很爱她。张鞋娃心里想的是什么？她对他很模糊。怪了，她感觉对他越模糊，就越发对他爱得不舍，非他不嫁。

噩梦让小莲惊醒，也让小莲对张鞋娃加重了依恋，她穿衣，拿上盒点心，去门房看张鞋娃。正巧张鞋娃和看门狗在拜天狼星，她没有打扰他，回去了。小莲自从听说张鞋娃和看门狗阿黄是天狼转世，已看到他和狗好几次拜天狼星了。每次看他和狗念念有词、假戏真做的样子，她就暗笑，笑夸张鞋娃就是聪明，他为了保全自己和看门狗，竟然想出个他和狗是天狼转世的谎言来，骗得柴家大院人人怕他和狗。

柴家大院，就小莲知道他是假戏真做，把自己和狗包装成了天神，但她为他保守着这个秘密，即使对她的亲姑，对她有养育之恩的姑父也没说，甚至还帮张鞋娃和狗的天狼转世的谎言假戏做真。在小莲看来，只有让张鞋娃的假戏做真，他和看门狗在柴家能平安无事，与她才能尽快成亲，并体面地在柴家当差，她和他的日子，才会过得很好。所以，当她听说张鞋娃和看门狗是天狼转世，猜测张鞋娃编造了谎言，继而她从好姐妹的马大仙妹妹那里得到证实，马大仙说张鞋娃和看门狗是天狼转世，是张鞋娃求马大仙对柴大老爷说的谎言。小莲不仅不认为张鞋娃求马大仙造这个谎言无耻，反而感到他聪明过人，智慧超人，是她喜欢的那种男人。她几次看到张鞋娃假装拜天狼星，还把看门狗也训练得与他一样假戏真做，她把肚子都笑疼了，便无比佩服张鞋娃的这两下子，把越来越讨厌他的她姑父和姑母，骗得不敢对他和看门狗下手。他真是个做大事的大男人，她没看错他。小莲继而对张鞋娃的贪财之心，有了点理解：尽管他吞食柴家的钱财心切，但只要他是她的人，他在柴家贪出多少财来，也跑不出柴家大院，人和财也是她小莲的。小莲越是这么想，越觉得张鞋娃简直是完美无缺的大男人，今生今世一定非他不嫁。

刚才，她看到姑父到大门口去了，她就缩回来了。待姑父回去，她把那包甜香的点心，送给了张鞋娃，也给看门狗阿黄送了一块鲜美的鹿肉。张鞋娃拉小莲的手，没拉着，小莲转身走了。张鞋娃失意，小莲羞涩；看门狗阿黄笑着脸跟上来舔她的手，她惊慌，但她让它舔了手。阿黄兴奋，小莲喜悦。

就在柴大老爷和小莲来大门口之前，也是张鞋娃极其困乏，但又睡不着时，他做起了天没黑的白日梦：柴家大老爷把柴家掌门人的位置，让给了张鞋娃，柴大老爷的钱财，金条呀，大洋呀，全给了他……大门"柴府"，换成了"张府"……玉作坊全换成了他张鞋娃选的人，制出的玉品成了热河和京城的抢手货……小莲给她生了一堆男孩和女孩……冯美儿也给她生了一堆男孩和一堆女孩，大院里尽是他张鞋娃的儿孙……他张鞋娃在热河出门前呼后拥……

张鞋娃的白日梦做到这里，兴奋得实在热血汹涌、头脑旋转，再也无丝毫困意，料想到柴大老爷有睡前上茅坑并在大门口遛一圈的习惯，便带着阿黄，拜起了天月，表演给柴大老爷看。前几次，张鞋娃拜天狼星给柴大老爷看，可也怪了，他拜的那几次，柴大老爷入睡前既没上茅房，也没来大门口遛，只是柴家的其他人看到了，在他看来，是白拜了。

看到张鞋娃和看门狗拜天狼星的一幕，听到张鞋娃说要尽快离开柴家的话，柴大老爷回去就琢磨，这张鞋娃和看门狗，十有八九是装神弄鬼在骗他。他一直怀疑张鞋娃和看门狗的天狼转世的说法，是"做"出来的，是装出来的。虽然柴大奶奶劝他，"管他是天狼转世，还是装神弄鬼，只要他张鞋娃和狗把柴家的门把住，小莲嫁给她过好日子就成"，话是这么说，但张鞋娃和看门狗给柴家带来了灾难，照此下去，柴家还不断送在他和看门狗手上！他断定张鞋娃受到了什么高人指使才装神弄鬼，他断定张鞋娃是装出来的。他柴某人不是不相信天狼转世之说，也不是不相信天上神灵下凡之事，他见过天狼转世的人，也见过神仙下凡的人，但他们从来不拜天拜地、装神弄鬼，他们与平常人一样，却又不是平常人的智慧。张鞋娃聪明不假，看门狗灵性也少有，即使马大仙指定他和看门狗是天狼转世，即使热河城里都知道他和看门狗是天狼转世，但打死他也不能完全相信，他张鞋娃和那看门狗，就是天狼转世。而柴大老爷也清楚，即使他柴家没一个人相信张鞋娃和看门狗不是天狼转世，那也否定不了张鞋娃和看门狗就不是天狼转世，张鞋娃和看门狗是天狼转世的名声已经在外了，已是热河人公认的事实，他柴家认也得认，不认也得认；供也得供，不供也得供。柴家不认或不供，有的是人抢着认和供，他柴家只能装聋作哑，当作天狼转世供起来，好在张鞋娃还可以做小莲的女婿，好在那狗是一条难得的好看门狗。张鞋娃成了柴家的人，管他妈的是什么转世呢。柴大老爷想到这，想明天大奶奶出远门回来，立即就给张鞋娃和小莲谈婚论嫁，尽快让他们成婚为好。

柴大奶奶回来，柴大老爷说要抓紧张罗小莲与张鞋娃的婚事。柴大奶奶说，张罗张鞋娃与小莲的婚事，也是她三天两头着急的事，应当抓紧办了。可柴大奶奶又说，柴家要张鞋娃，能不能不要那看门狗，让张鞋娃另选条狗来看门；自从那看门狗来门口，她就有了偏头疼，吃药不管用。怪了。她只要出门，头就不疼了，这段时间出门，一次也没疼，回到大院不一会儿，偏头疼又犯了；看到这狗一副凶相，一身凶气，她就心慌……三姑娘得了狂躁症，也还在吃药，药吃了几个月了，不见好。这会不会是看门狗那副凶相吓出来的？郎中说不确定，她也只是怀疑……大姑娘的死，虽是失恋疯了，那她是怎么失恋的？还不是看门狗对她的对象一副恶相，才使人家不敢来柴家而渐渐淡了，接着毒死了她的猫，造成了大姑娘疯癫和自杀……还给柴家惹出了那么多祸事。这狗，即便是天狼转世，对柴家来说，也不是条吉祥狗……

柴大老爷说，这狗是张鞋娃的前世兄弟，虽他压根也不相信这个屁话，但马大仙的话，全热河人都信，而且什么日本人、警察厅、赌场老板，都出高价抢着买他和狗呢，柴家不要有的是人要，况且张鞋娃死也不会与狗分开，柴家不信他和它是天狼转世，柴家不要他和狗，有的是人要；让别人要了，如果柴家倒霉的事找上门，那可怎么办？

柴大奶奶听了柴大老爷这番话，无可奈何地长叹了口气，思谋了一会儿，只好对柴大老爷说，人算不如天算，就顺天意吧。

柴大老爷让人把小莲叫来，商量婚事。

"你想好了，嫁给张鞋娃不后悔？"柴大老爷问小莲。

"张鞋娃虽然是你姑父给你选的夫婿，但人好不好，你喜欢不喜欢，你得看准了。"柴大奶奶说。

"我是看张鞋娃不错，但究竟人家是怎么想的，看不看上我，我心里没底。"小莲说。

"他个臭鞋匠出身的东西，有什么想法！能娶上你这样如花似玉的媳妇，算是他几辈子修来的福，只要你愿意，他巴不得呢！"柴大老爷说。

小莲低头不语。柴大奶奶从小莲脸上看出了些"情况"，对柴大老爷说："话不能这么说，张鞋娃过去是个臭鞋匠，但如今是天狼转世的人，虽然是柴家的看门管家，那可不是一般人了。"

"什么天狼转世，狗屁也不是，他还是个臭鞋匠娃！"柴大老爷吼道。

柴大奶奶让柴大老爷把张鞋娃叫来，问他的想法。张鞋娃来了，小莲走了。

"给你与小莲完婚，你有什么打算？"柴大老爷直截了当地问张鞋娃。

"我一个穷光蛋下人，哪有我说话的份，全听小莲和大老爷、大奶奶的。"张鞋娃说。

"你没有其他想法吗？"柴大老爷问。

"没有。"张鞋娃说。

"婚姻大事，是你情她愿的事。你究竟喜欢不喜欢小莲，你有什么想法，或者不想娶小莲，就直说，现在说出来不迟。千万别以为我们逼你娶小莲，你有想法不敢说。"柴大奶奶说。

"没想法。"张鞋娃只说了这三个字，就再没话了。

张鞋娃的回答，让人听着没底。弄不清张鞋娃是怎么想的，究竟愿意不愿意娶小莲。柴大老爷瞅脸色难看的柴大奶奶，心里有说不出的滋味，但又不知道再问他什么好，只好让张鞋娃回去了。

张鞋娃对与小莲的婚事不冷不热，加上小莲刚才说对张鞋娃"心里没底"，使柴大老爷和柴大奶奶的脊背抽起了凉气。

"这婚事张罗不张罗？"柴大老爷问柴大奶奶。

"感觉这张鞋娃不那么简单，让人看不清，摸不透。等小莲心里有了'底'再张罗吧。"柴大奶奶说。

"我看这小子是不想在柴家干了，想走人，与小莲的婚事，还是尽快办了为好。"柴大老爷说。

"强扭的瓜不甜，这事急不得。张鞋娃如果对小莲心不重，到头来委屈的是小莲，又不是你！"柴大奶奶气不打一处来地说。

张鞋娃对婚事的态度，出乎柴大老爷的意料，也让柴大奶奶意外，更让柴大老爷感到了不安。不安里，包含着对张鞋娃的惧怕，强烈的惧怕感。

张鞋娃见完柴大老爷和柴大奶奶回到门房，阿黄在大门口眼望着他回来，他知道门房里有人在等他，小莲在等他。小莲仍然对张鞋娃是一脸的狐疑。

"这么快，没说几句话就回来了？"

"有什么好问的？对他们没什么好说的。"

"我俩的事，你给我姑妈姑父是怎么说的，你是怎么打算的？"

"他们希望我俩尽快成婚，但我想尽快离开柴家，不想待下去了。"

"谁也没赶你走，你想走，是想摆脱我俩的事吗？"

"我和阿黄为柴家看家护院把命都快丢进去了，可大老爷对我和阿黄由讨厌到憎恨，恨不得把我和狗一枪崩了才解气。几次差点死在他枪子下，几次都要把我和狗换了，我和狗再待下去，不会有什么好下场。"

"他不是对你转变成见了吗，也接受我对你的评价，不然为什么要你跟我成婚。"

"他说翻脸就翻脸，还疑神疑鬼的，我可怕他怕得要死，在他面前连狗都不如。"

"你要成了他姑女婿，我对你好，姑妈会对你好，他还会对你很差吗？"

"即使我成了他姑女婿，他还会把我看成条看门狗；你是小姐，我是条狗，平等吗？"

"你个臭鞋匠娃，你不是把自己装成天狼转世了吗，谁敢把你看成狗，都把你看成神了，你还想怎么样？你说句痛快话，你留还是走？你要是心里没我，就赶紧走人！"

"我不走可以，我也愿意跟你成婚，但你得答应我曾给你说过的那件事，成婚后，那库房钥匙，我可以随时'用'。"

"原来你要与我成婚，是为了柴家库房的玉品呀？你说喜欢我，原来喜欢的是库房的玉，我还是不嫁你为好。我看错你了！"

"还不是为了把我俩的小日子过好。柴家的东西，又不是你小莲的东西，你心疼什么！"

"我宁可不嫁人，也不能与你做坑害柴家的事！"

小莲扔下这句话，跺跺脚并狠狠瞪了一眼张鞋娃走了。

小莲失望地走了，张鞋娃没有喊住她，更没有追她。小莲出了门房，"哇"地哭着跑回绿玉园了。

张鞋娃把他婚后随时出入柴家玉库房作为娶小莲的条件，刚刚她想通了他的贪心，他居然说得这么赤裸裸的，说成了与她成婚的前提，小莲不再接受，不能容忍张鞋娃对她爱意的污辱。她的心似被张鞋娃捅了一刀，伤到了她深处，让她难以忍受。

小莲的感受，张鞋娃当然清楚，他喜欢小莲，但他不想跟小莲成婚。他为什么不想跟小莲成婚？不是他真想离开柴家，也不是小莲配不上他，是他不愿意受柴家控制。还有，有个女人，有个比小莲漂亮的女人，已经给他许诺，有朝一日，她要做他的老婆。这个漂亮而承诺嫁给他的女人，是冯美儿。冯美儿的话，让张鞋娃心花怒放。

晚上，柴大奶奶叫小莲过来，问她与张鞋娃的婚事怎么办。小莲说，等等再说。柴大奶奶问小莲为什么要"等等再说"，小莲只是说"等等再说"，便啥也不再说，柴大奶奶便不问了。

二十　换人换狗换了个好热闹

　　小莲对与张鞋娃婚事的"等等再说"，张鞋娃对与小莲婚事态度的不冷不热，让柴大老爷和柴大奶奶感觉到了症结，不是小莲改变了主意，而是张鞋娃有了想法，张鞋娃不太想娶小莲。张鞋娃不想娶小莲，是张鞋娃想离开柴家的缘故，柴大老爷给柴大奶奶说了张鞋娃和狗晚上拜天狼星时说的话，他想走。柴大奶奶说，既然他和狗想走，走也是迟早的事，那就赶紧让人买接替的看门狗，趁他和狗没走，让新看门狗跟着那看门狗学一下。柴大老爷不同意这么做，这等于是赶着张鞋娃和看门狗走，万一真走了，柴家要是遭来不测之灾怎么办？柴大奶奶说，张鞋娃和这看门狗，给柴家带来的灾祸还算少吗？这门要是再让他和狗看下去，那不知道还会带来多少灾祸。柴大老爷吵不过柴大奶奶，只好由她去安排。柴大奶奶便让柴大老爷早已选好的新管家去张罗新看门狗。

　　新管家买来了条黑白相间花毛的大狼狗，告诉了张鞋娃，这是柴大奶奶的安排，要它同张鞋娃与阿黄一道看门。这狗是条母狗，同阿黄一见就亲热有加。张鞋娃就把它与阿黄拴在了一起。新管家看这新狗与老狗像久别的朋友似的，又是欢笑，又是亲吻，得意地感到"买对了"，想到大老爷和大奶奶的夸奖，好不高兴。

　　可这阿黄和新花狗太有意思了，它们一见面就又挑逗，又欢快，又亲吻，不一会儿工夫，居然两条狗欢得发情了。这阿黄本来就是个既有克制力而又很快进入情欲的高手，它来柴家一年多，从来没在大门口挑逗过什么母狗，可与这花母狗一起，不知是它故意的，还是真放纵了，几下子把个花母狗搞得情欲大发，把个阿黄喜欢得兴奋不已。阿黄与花狗如若仅此而已，也倒让新管家高兴与放心，可还没等他离开大门口，那花狗就让阿黄"干"上了。

阿黄与花狗"干"上了，站在一旁的张鞋娃只是看着，不笑，不怒，不喊，任其在光天化日之下当着人交欢。张鞋娃无动于衷，阿黄对花狗的投入简直达到了旁若无人的地步，欢实的大动作，使花狗叫出了极其舒服的淫荡声。这转眼发生的一幕，让新管家看呆了，也气坏了，赶紧喊叫："张鞋娃，快把你的狗赶走。这个流氓透顶的狗，居然强奸我的母狗!"

"放你妈的狗屁，眼见是你的母狗发骚，把阿黄勾引到了它身上，怎么成了阿黄强奸你的花母狗了!"张鞋娃指着骂新管家。

"赶紧弄开呀，这要让它弄出'事'来怎么得了!"新管家喊道。

"狗与狗交欢，干的是狗，又不是你，你急啥，欢一下能弄出啥事!"张鞋娃一本正经地说。

"赶快拉开你的狗，要给花狗怀上狗崽怎么办?!"新管家说。

"怀上狗崽怕什么，正好生几个看门狗，省得柴家再花钱买狗了!"张鞋娃坏笑着说。

"赶快弄开，不然我要对你的狗动手了!"新管家说。

"那你动手吧，看它不把你咬死!"张鞋娃说。

新管家拿了个棍子在手，却不敢动手，以哀泣的声调说："张鞋娃我求你了，赶紧把它弄开。弄出事来，我给大老爷和大奶奶不好交待!"

张鞋娃叫了声阿黄，阿黄收住了交欢。新管家赶紧把花狗拉到了大门右边，拴了个结实，并对张鞋娃说："你要把你的狗也拴住了，再要发生这样的勾当，我就让柴大老爷收拾你的狗!"

"狗看门的事我管，狗交欢的事，是狗的事，我管不了。"张鞋娃说。

新管家不放心地，几步一回头地走了。

有意思的是，自从花狗与阿黄交欢后，花狗迷上了阿黄。花狗和阿黄被分开拴在大门两侧，阿黄很快冷静，花狗却不停地挑逗阿黄，朝着阿黄哼哧呀，叫呀，吵得柴家大院里老少白天晚上心烦意乱。

柴大老爷问新管家怎么回事，新管家把阿黄与新狗发生的事说了，把罪责推到了阿黄和张鞋娃身上。

柴大老爷又问，既然是阿黄强奸了新狗，那阿黄为什么不叫不喊，那新狗为何发情地不停叫唤，分明是新买的母狗，不是个好东西。

新管家仍然推卸责任。柴大老爷说，他去门口看了，买的新母狗是个骚货；那阿黄一直没风流的毛病，分明是新狗勾引了老狗。柴大老爷的判断，使得新管家无话可说，也不知道怎么办好。

柴大老爷发话，让新管家把花狗"处理"掉。新管家问柴大老爷，怎么处理。柴大老爷让他吊死，炖了吃。新管家知道柴大老爷对偷情、偷吃、偷懒等讨厌狗的处理方式，是杀掉炖了，吃了。因为曾因看门狗偷情，别人骂过"柴家的看门狗下流是跟柴家老爷们学的"，尤其讨厌发情、偷情的看门狗，他把这种行为看作是有辱柴家门风的丑事。尽管他偷情、嫖娼的名声在外，但他却十分憎恨下人，包括管家在内的人偷情、嫖娼行为。

这条刚买来的新狗，犯了这事，他自然不容和不留它。要杀狗，新管家急了，知道对大老爷说好话没什么屁用，便"扑通"就地跪在了柴大老爷面前。他说，这狗不管怎么说也是花了十块大洋并且百里挑一买回来的，大老爷不用它，他去把它卖了，即便是少点钱，也比杀了它损失小；求大老爷留情，放它条生路。这一跪和一求，让柴大老爷急了，呵斥他起来。新管家望着柴大老爷直跪不起，和求他对狗留情的话，让柴大老爷又气又急地说，让他看着办。新管家救下了这条新狗的命，赶紧拉着它，去狗市卖狗去了。

新管家去卖狗，找这卖狗的老板，要把狗退了，狗老板不要，新管家折了原来卖价的一半，狗老板也不要，除非白给。白给新管家不干，况且柴大老爷宁可吃了也不会白送人。新管家牵着花狗，在市场卖了一天狗，卖到了天黑，也没把狗卖掉。新管家把狗拉回来，柴大老爷让他把狗杀了算了。新管家求大老爷再宽容几天，他一定会卖掉。柴大老爷说限他三天，三天卖不掉就杀了。新管家在狗市卖了四天也没卖出去，他怕拉回来

柴大老爷把它杀吃了，就白送给了狗贩子，回去给柴大老爷说原价卖了，白白贴了自己好几块大洋。

新管家虽原价交回了卖狗钱，但还是遭到了柴大老爷和柴大奶奶的责骂。柴大奶奶问他，怎么从狗市空着手回来了，卖了狗总得再买条看门狗来，看门狗还得换。新管家又支了卖狗的钱，又去买新狗。这次他专门挑了只又高又大的黑公狗，比阿黄的毛还要黑，比阿黄还要粗壮，也是一脸的凶相，一脸的凶气，让柴大老爷过目，柴大老爷不悦地说，这狗简直就是看门狗的哥，还是一脸的凶相，一脸的凶气，比老看门狗还老。这狗也是狼狗，比阿黄要凶狠。狗不凶狠怎么看门，柴大老爷分明是看什么样的狗都烦，是得了烦狗病，还是这狗真没买好？新管家又把心吊到了嗓子眼上。

两条狗相见，像见到仇人，阿黄毛发竖立，眼睛"喷"火，且新狗更是毛发竖起，眼睛"冒"火。新管家把新狗拴在了大门右边的石狮子上，并给张鞋娃交代，让他对它好点。张鞋娃没理他，放个响屁，上茅房了。

可新管家离开大门口没走多远，新狗就与阿黄相狂扑、狂咬起来，且新狗把结实的铁绳"嘭"地挣断，扑向阿黄。新管家赶紧跑过来喊叫新狗，也喊叫张鞋娃。拴在左边门口石狮子上的阿黄，也跳飞起来，要挣脱铁绳，但铁绳太牢，无法挣脱。新狗扑了上来，阿黄凶多吉少。果不其然，新狗像只猛虎压了过来，粗壮的利爪和血盆大口，眼看就要落到阿黄身上，机灵的阿黄一个急闪，扑空的新狗重重地撞在了石狮子上，随即一声惨叫，又重重地摔在了地上。就在新狗摔在地上的一刹那，阿黄一个老鹰扑食的动作，锋利的爪子刺进新狗心脏部位的同时，大口落到了新狗的喉咙，随着新狗一声惨叫，新狗的脖子喷出血来。阿黄迅猛而准确地两爪一抓，抓到要害，一口到命门，新狗打了个滚，四腿一蹬，断气了。新狗和阿黄的一个回合的厮杀，短短几秒钟的工夫，新管家急得还没喊出话来的当儿，新狗就被咬死了。一条又大又壮的狼狗，被拴住的阿黄一口毙命，吓得新管家满脸煞白、两腿打颤。

张鞋娃从茅房回来见状，夸奖一声阿黄"不愧是我的好兄弟"，转身去了大街。

"你他妈给我回来，你的狗咬死了新狗，你得给大老爷说清楚!"新管家对张鞋娃喊道。

"老子什么都没看见，我给谁去说清楚?!"张鞋娃头也不回地走了。

新狗被咬死，是给柴大老爷禀报，还是把它扔到阴沟里，再买条一样的狗来？算他倒霉，再赔几块大洋。新管家想瞒柴大老爷，但又怕瞒不住；进出柴家的几个人，虽没看见那厮杀的惊心动魄的瞬间，但看到了死得很惨的大黑狗。新管家便给柴大老爷和柴大奶奶禀报，柴大老爷和柴大奶奶到大门口看了惨死的新狗，再看看被拴在石狮子上且毫毛无损的阿黄，像个怒气冲天的斗士，望着死狗和人仍凶气直冒。柴大老爷和柴大奶奶被这惨状吓得惊喊起来"我的天哪、我的天哪——"，再也说不出第二句话来。

柴大老爷眼望着凶狠的阿黄，问张鞋娃怎么不拦着他的狗，他到哪里去了。新管家说，两狗打架时他不在门房。柴大老爷对阿黄一句责骂的话都不敢说，生怕激怒它也把他们咬死，赶紧离开了。新管家找个下人，把死狗拖走扔了。

扔了死狗，新管家问柴大老爷："还买不买狗?"

"还买什么，哪条狗也不会比这狗好。"柴大老爷没好气地说。

"张鞋娃和看门狗想走，就赶紧让滚!"一旁的柴大奶奶说。

"让他和狗滚好办，再让他和狗回来就难了。新来的狗如果狗屁也不顶用，柴家的东西不就丢光了!"柴大老爷气呼呼地说。

"那就让张鞋娃留下，让狗滚蛋!"柴大奶奶气不打一处来地说。

柴大老爷拗不过大奶奶，也不愿意与她吵架，只好让她要管这事就管到底，他不再管了。

"多花点钱也可以，一定要买到比阿黄好的狗。"柴大奶奶催新管家买狗。

"又要买狗？我的眼力不行，还是让张鞋娃去买的好。"新管家听见不让张鞋娃离开柴家，那就意味着看门管家与他没半毛钱关系了，往后缩了。

"狗还是你去买，看门管家的职位迟早是你的。"柴大奶奶说。

新管家不再言语，叹口气走了，买新狗去了。

新狗买回来了，大门口不见了看门狗阿黄。

"大老爷、大奶奶，不好了，看门狗阿黄挣脱铁绳跑了!"刚到大门口的新管家，看到阿黄带着半截铁绳往大街上跑了。门房里没张鞋娃，显然他出门还没回来。门口没了狗，等于没了把门的，新管家立马给柴大老爷和柴大奶奶禀报。

"给我们说顶屁用，给张鞋娃说呀，让他去找!"柴大老爷吼道。

"张鞋娃出门没回来，这可怎么办?"新管家说。

"那就正好，张鞋娃回来后就不用在大门口了，你带着新狗接替他吧。"柴大奶奶对新管家说。

"知道了，大奶奶、大老爷放心，我这就去。"新管家笑容满面地去了大门口，上任他所企盼的看门管家岗位。这看门管家的职位，等于把守着柴家大院所有的财物和安全，是要职，更是肥缺，谁不想谋这个职位! 新管家当晚住在了门房另一张床上。这晚，张鞋娃没回来住门房，也没回到柴家大院，更不见阿黄的踪影。

清早大门一开，大院要比平常进出的人多了起来。先是柴三老爷和他老婆冯美儿提着大箱子外出，深重的箱子里装着什么东西，狗不闻不理，新看门管家也不敢问、不敢查看。玉作坊的人平时出门不敢提包，从新狗上岗，开始提起了包，且狗只是瞅瞅，新看门管家只敢查看一般玉工的包，师傅们的包只是潦草翻一下而已，至于这些人是否拿了柴家的东西，鬼知道。

张鞋娃三天没回来，阿黄也没踪影，大门口的新看门管家和看门狗，等于形同虚设。有人给柴大老爷说，柴三老爷拿出去了很沉的好几个箱子，不知道里面装的是啥，新看门管家不敢问，新狗还给他摇尾巴……柴家在丢东西，柴大老爷急得跟柴大奶奶发大脾气。

"柴家每天都在丢东西。这样下去，要不了多长时间，柴家不知要丢掉多少东西！"小莲给她姑妈柴大奶奶说："赶紧让人把张鞋娃找回来吧，只有他对大门口的'事'有办法……"

为此事受了柴大老爷几肚子气的柴大奶奶，听了小莲的话，更是闹心，一句话都没说。小莲当着姑妈抹了几下眼泪，甩手走了。

小莲走了，柴大奶奶回自个的屋子，也抹起了泪。这泪，是小莲的泪引起来的。小莲没爹没妈，从小投靠她来柴家，丈夫没了，也没孩子，看来有着落的婚事，现在只有个"影子"了，够可怜的孩子。想到这儿，柴大奶奶的心一软，加上几天来新看门管家和新看门狗形同虚设，她对张鞋娃和看门狗阿黄，又有了新的想法，她赶紧向柴大老爷妥协了，让他派人马上找张鞋娃回来，让张鞋娃赶紧找阿黄回来，无论如何也不能让张鞋娃离开柴家，阿黄也不能离开柴家。

柴大奶奶对张鞋娃和阿黄的看法一转弯，便又赶紧催柴大老爷快快派人找张鞋娃和阿黄回来。出去的好几个人找遍了热河，也没找到张鞋娃和阿黄。却是阿黄自己回来了。阿黄是天黑回来的，脖子上的铁链还在，满脸的愤怒相，吓得新管家赶紧拉着新狗离开了门房，接着张鞋娃回来了。张鞋娃给阿黄弄来新鲜的羊肉和血淋淋的鹿肉，阿黄美美地吃了起来。

柴大老爷和柴大奶奶设宴，叫张鞋娃喝酒，还叫了小莲作陪。张鞋娃不打招呼出走好几天，要是在过去，这是柴大老爷难以容忍的事情，可柴大老爷见到张鞋娃，不但不敢发怒和责骂，反而把他当成有功之臣，心里有气，但强装笑容，又是给夹菜，又是劝喝酒，夸了张鞋娃几箩筐好听的话，好不亲热。好像张鞋娃不是他的下人，成了他的座上宾。柴大奶奶也一样，给张鞋娃夹这菜又夹那菜，也夸张鞋娃不愧是天狼转世，把个大门"滴水不漏"，是热河城里难寻的管家，更是大老爷挑给小莲的未来好夫婿。

柴大奶奶反常的夸赞，要是放在平时，张鞋娃会受宠若惊地不知说什么好，可今天的张鞋娃，脸上无笑，口里无话，只是低头吃菜，端杯喝酒，即便小莲不停地端详他，好像小莲压根不存在似的，看都不看她一眼。小莲啥话也不说，嘴鼓得越来越高，竟然抽泣起来，抹着眼泪离席走了，柴大奶奶叫也不回一声。

小莲的极端情绪，柴大老爷和柴大奶奶当然知道其中的缘由。不是小莲讨厌张鞋娃，或者张鞋娃欺负了她，而是张鞋娃不愿意娶小莲，小莲却深爱上了张鞋娃。小莲哭泣离席，让强装笑脸而憋着一肚子火气的柴大老爷，再也忍不住了，"叭——"的一声，把个酒杯摔到了地上，"叭——"的一个大巴掌，把桌子拍了个盘子和碗筷乱跳，吓得柴大奶奶把手里的汤碗、汤匙掉落在了桌子上，汤洒了半衣襟，也把张鞋娃吓得夹起的筷子和菜，掉在了地上。他抬头看柴大老爷，柴大老爷像只发怒的狗熊，眼睛喷火似的瞪着他。他赶紧给柴大老爷和柴大奶奶鞠个躬，离开了。张鞋娃刚出门，又听到"叭——"的摔碗和碗碎声。碗摔得杀气腾腾，好像击到了他的后背上，后背顿时又疼又凉，他赶紧跑回到了门房。

离别好几天的阿黄，见到张鞋娃仍然又扑怀又吻又舔，还伤心地流出了泪水。张鞋娃抱着阿黄的头，又摸又拍又吻，感慨万端，也为它瞬间绝杀新看门狗的英雄胆略感动。感动他的狗兄弟杀了那条可恶的狗，等于打了柴大老爷和柴大奶奶个大嘴巴子，也让他和它在柴家人眼里的"分量"更重了。张鞋娃对它还有一个感动，那就是他回到柴家，它也回到了柴家，虽它比他早了抽几口烟的工夫，证明它和他的心是通的，是心有感应的亲兄弟。

入夜人已睡，张鞋娃锁好门，拉着阿黄去了他和它开心的地方。他把阿黄在狗馆里安排好它的玩伴，他去了春花楼，玩够了，他拉着阿黄悄悄回来了。他回来，门房的门开着，好像有人找过他。他怀疑是柴大老爷找过他，不知明天会发生什么事，他心里打了半夜鼓。

二十一 玩什么死在玩什么上

男人毁在三件事情上，抽、嫖、赌，一旦上瘾，似乎很难戒掉，即便下了断腕之痛戒掉，也会旧瘾复发。柴三的赌、抽、嫖，即使差点把命搭上了，即使输得家底精光和偷挖柴家"墙脚"了，即使戒了一次又一次，却又赌又抽上了。至于嫖，有冯美儿那厉害的大嘴巴子经常"光顾"他的瘦脸，加上身子骨越发消瘦，后来不敢也不能了。半年前输得家徒四壁并偷柴家先人的宝贝抵赌债，赌场人差点把他的腿卸了，冯美儿的狠巴掌没少往他脸上抽，他说一定戒了，不戒掉是她儿子。可过了几个月，赌瘾又上来了，又去了赌场，前几天输掉了很多钱，偷了祖宗的宝贝卖了还了赌债，这又输掉了一千多块大洋。

输钱得马上还，这是赌场的规矩，超了期限是要翻倍并上门找麻烦的，这个厉害，柴三不仅清楚，而且因上次催还赌债闹得柴家大院鸡犬不宁心存惧怕，这次输了大笔钱，他柴三清楚靠他自己是还不上的，必须他老婆冯美儿帮他弄钱还，否则又会"火"烧大院。

柴三像蔫黄瓜似的回到家，冯美儿就问怎么事，柴三不敢说，冯美儿逼问，柴三说了又输钱的事。冯美儿一听输了一千多块大洋，抢起巴掌要打柴三，却把巴掌落在了自个儿脸上。一个巴掌接着一个巴掌，噼里啪啦地往自个脸上打。

冯美儿气急败坏地抽打自己的脸，把个躲闪大巴掌的柴三吓得抱起了头。冯美儿狮子般地朝柴三骂道："你这个王八蛋东西，我打的是我自己，你抱着头干什么！"

柴三被冯美儿吓成这副嘴脸，是因为长久以来冯美儿动不动就抢他的巴掌，太厉害。

看到柴三怕她怕成这个样子，冯美儿破涕为笑了，继而边哭边笑。柴三一把把她拉到怀里，冯美儿却狠狠把他推开。冯美儿拉出了不依不饶的架势，柴三"扑通"跪在了冯美儿面前，说："我对不起你，实在对不起你，你就再原谅我一次吧……"

"你让我怎么原谅，又赌输这么多钱，拿什么来堵这黑洞！"冯美儿恶狠狠地说。

"你帮了我这次，我再也不赌了，再赌就是你儿子！"柴三对冯美儿说过这样的话不知有多少次了。

"你成天说要做我的儿子，我做你奶奶，我不做你娘！"冯美儿接着恶狠狠地骂道。

……

两人骂半天，吵半天，冯美儿还得妥协，还得帮他想办法。

办法怎么想？当然还是冯美儿帮柴三从柴家库房偷。

晚上夜深人静时，柴三带人，在冯美儿配合下，溜到后院的库房，顺畅地打开锁，偷了一箱子上等玉器。偷了玉器，总算还赌债有了着落，柴三这夜虽心已不慌，但想到张鞋娃和看门狗阿黄，他就犯愁，尤其是阿黄这看门狗，任何疑物难逃过它的鼻子。这偷来之物，它绝对不会让它出大门。要把它拿出大院，只有打通张鞋娃，让看门狗放行。要让张鞋娃高抬贵手，柴三想了打通张鞋娃的这样那样的法子，感到没一点可能。张鞋娃对他柴三软硬不吃，也只有冯美儿才能把他搞定。柴三求冯美儿搞定张鞋娃，除了不能上床，给他啥都行。冯美儿稍消了的怒气，又被柴三激起来了，骂道："老娘除了身子，拿什么送给人家？要去找，你去找他。你这个败家子东西，家里有什么能送给人家，拿给我呀！"

柴三找来找去，也没有找到件送给张鞋娃的值钱东西，便从偷来的玉里挑了件玉器，让冯美儿送给张鞋娃。张美儿骂柴三是猪脑子，把偷来的柴家的玉器送给张鞋娃多愚蠢。张鞋娃一看就知道是小莲库房里的新货，他又是小莲的准女婿，这事张鞋娃若要告诉小莲，小莲再告诉大老爷，大老爷这次定是轻饶不了他。柴三求冯美儿帮他，不然赌场催债的人随时都会上门，到时又难以招架。

冯美儿恨柴三恨得他尽快死了才好。她刚才气愤时，几次就要抢起巴掌，想雨点般地抽他才解气，但她还是没抽他。没抽他，除了可怜他那瘦如柴的身子骨，经不住她的抽打外，最主要的是她怕把他几巴掌抽死了。抽死了他，她冯美儿赔上自己划不来。冯美儿在愤怒和极度伤心中，感觉柴三吃喝嫖赌抽恶习难改，身体多病缠身，神情恍惚和精神堕落，活不了多久。冯美儿断定，柴三活不了多久，用不着她折磨他，他会自己把自己折磨死。所以，她抽打柴三的巴掌，抽到自己脸上了，是恨她倒霉，她嫁错了柴三，柴三毁了她的幸福梦想。想到嫁错柴三，她觉得柴三虽为留洋学生，可能满腹经纶，可在她看来，十个柴三也比不上一个张鞋娃；别看张鞋娃一字不识，张鞋娃身强力壮，浑身的男人味，满脑子的聪明水，比柴三强不知多少倍。嫁给张鞋娃这样的男人，那"感觉"就让人激动。

冯美儿对柴三记恨到这，料想到这；对张鞋娃想到这，感觉到这，更想到张鞋娃平日里对她冯美儿心有渴望，她答应柴三去找张鞋娃，但她非常害怕和讨厌看门狗阿黄。冯美儿害怕和讨厌这狗的吃醋，能听懂人话，能明白她对张鞋娃的心思。她实在害怕去门房找张鞋娃，她每次只要跟张鞋娃说话，阿黄对她和他便是异常凶狠的嘴脸，尤其它那眼里冒火的神情，令她心惊胆战。

"拿什么送给张鞋娃？不能空着两只手去，那臭鞋匠的心很贪。"柴三问冯美儿。

冯美儿拿下腕上的镯子，说，把这送给他不就行了。这镯子是她和柴三结婚时，柴三送她的翡翠极品信物。就因这事送给张鞋娃这么贵重的东西，让柴三急了，大嚷道："给个臭鞋匠娃、一个柴家的看门狗，居然主人要给下人送贵重东西巴结他，这成了什么事情，我柴三变成什么人了，成了不如看门狗的下等人了！我柴三活到这份上，真是耻辱，不如死了算了！"

"你都感到了耻辱，想到活得不如看门狗，活着不如死了，为什么放着威风的柴大三老爷不做，为何去做活着不如看门狗的事，是自己不愿做老爷，要做下三烂货?!"冯美儿说，"既然你舍不得给他镯子，我更舍不得呢。你说送啥？难道送我身子不成?!"

"你这个不要脸的东西，竟然说出这样的话来，可见你是真想给他送身子的；我早就看出来了，你对这臭鞋匠有好感，你真是丢柴家的人!"柴三怒骂道。

"你才是不要脸的东西呢，成天吃喝嫖赌抽，五毒俱全，嫁给你算倒八辈子霉了!"冯美儿接着骂着说，"你就不是个正常男人，是个疯子。刚才还跪着求我，让我想办法去找张鞋娃高抬贵手，转眼却把我看成了婊子。老娘不管了，你去找张鞋娃说去，这日子爱过不过，老娘过够了!"

冯美儿的骂与嚷，像针刺柴三的心，一针比一针深，一针比一针疼痛。疼归疼，眼看冯美儿怒火又要烧起来了，想到赌场讨债人来的可怕，柴三把一次次上涌的恶气咽了下去，一句话不敢说了，又扯出一副好脸，再次求冯美儿。

"去找张鞋娃，让他的狗'睁'只眼'闭'只眼，叫老子把这箱子东西顺顺当当拿出去。"

"到底送什么给张鞋娃？还得给看门狗买些好吃的；这是最后一次，老娘没有你下次!"

"你烦不烦人啊，怎么办？你看着办吧!"

"那我叫张鞋娃下个馆子。你的晚饭，自个凑合一顿吧。"

柴三长叹口气，躺炕上抽大烟去了。

冯美儿瞅着柴三一副痛楚不堪和可憎可悲的样子，她脑子里闪现出若与张鞋娃床上狂欢，会使她满肚子的委屈倒个淋漓尽致。这闪念让冯美儿刹那间想到，她要把张鞋娃约去个地方，让他也兴奋，也让她痛快，啥也不送，也报复了这忘恩负义的柴三，"事"也同时办了，两全其美。

冯美儿去门房，张鞋娃正给阿黄梳理毛。阿黄自在地躺地，张鞋娃一梳又一梳给它梳理，也是挠痒痒。阿黄闭着双眼，显得舒坦至极地乐得咧着大嘴哼唧，也是在发骚，两大腿间那个粗长的"棒子"，挑得像棒槌山挺拔。这狗的"棒子"怎么比人的还要粗长？冯美儿的好奇、渴望、羞涩、冲动，全涌上来了。她脸红、腿软、心颤，捂眼要走。

冯美儿穿件柔薄的红蚕丝旗袍，柔美的身材性感诱人。张鞋娃坏意地叫她别走，白看不要钱。冯美儿头扭过去了，却脚还没动，犹豫一下，便装作啥也没看见的样子，没走，看张鞋娃梳狗，看狗的骚样。但阿黄不干了，它讨厌冯美儿和柴三，嫌她打扰了它的美事。它立马收住喜悦，朝冯美儿"汪"起来，吓得她赶紧离开。

张鞋娃问她，找他有什么事。她说，她请他吃饭，有事要说；她在"热河第一锅"馆子等，快来。冯美儿的诱人，阿黄的发骚，让张鞋娃欲火中烧。他不容多想，就答应了。虽然柴大老爷有令，绝不容许在没锁大门时离开门房，但面对这火烧火燎的诱惑，他也不顾那么多了。

冯美儿前脚走，张鞋娃后脚就出门了。舒坦了半截的阿黄，被张鞋娃扔在了门口，一脸的愤怒相。

冯美儿和张鞋娃前脚走，柴三后脚就出去了。看门狗阿黄看到柴三，就像看到仇人似的，两眼凶光闪闪，闻他前后，没拿什么可疑的东西，它才放他出去。柴三对阿黄的严格"搜查"，习以为常，更是不敢对阿黄有半点不敬，生怕遭到不测。阿黄死盯着柴三，并在猜想，柴三是去跟踪，还是去干什么坏事，会不会对他主子张鞋娃不利？阿黄满脸的疑惑，一直盯着他走远。

柴三跟踪冯美儿，约张鞋娃去了哪里，过了个巷子，张鞋娃没了影子。不见了张鞋娃的踪影，更看不到冯美儿去了哪里，柴三心里不是个滋味。冯美儿是约张鞋娃下馆子去了，还是去了什么地方？柴三瞅了附近好几家馆子，没看见他们，便怀疑冯美儿带张鞋娃去了什么地方，去干坏事去了。他之所以怀疑冯美儿会与张鞋娃有勾当，是来自冯美儿对张鞋娃的赞赏和对男人的渴望，更是来自他对她长期没有"感觉"的厌恶。疑惑到这，柴三对冯美儿又添了一份厌恶。忿忿然下，柴三去了春花楼。

柴三去了春花楼，被冯美儿一眼看着了。"热河第一锅"馆子，正在春花楼的斜对面，冯美儿从窗户一眼就看见了那穿着燕尾服、猫着腰，且像只黄鼠狼的柴三。冯美儿心一阵猛跳，骂"这个王八蛋"，眼泪就下来了。正吃东西的张鞋娃，被冯美儿的骂，吓得把吃到嘴里的东西吐了出来，问她骂谁，为啥哭了，冯美儿说，不是骂他张鞋娃，吃他的饭。张鞋娃是极其聪明的人，再不用问她，就知道她看到柴三去了春花楼。他不用说什么，冯美儿的眼神里告诉他，饭后肯定有"好事"，他欢快地连喝好几杯。

冯美儿本来只是想想与张鞋娃床上的刺激，但想到张鞋娃浑身酸臭的破鞋味，对他幻想的欲火和渴望便减了八九。可冯美儿看到柴三去了妓院，她对张鞋娃又产生了感觉。张鞋娃看着坐在对面的冯美儿肤如玉兰白嫩，两个隆得很高的乳房，让他的欲火直往上蹿。他早已猜想到冯美儿请他吃饭是为什么，还是要他放柴三偷来的东西出门。待冯美儿张口要说话时，张鞋娃说，什么也不用说，他知道是什么事，她的事，就是他的事，明天他让看门狗阿黄放过柴三，不管他带出去的是金山银山，他也让他顺畅出门。冯美儿夸张鞋娃"是她肚子里的蛔虫"，张鞋娃淫荡地说"真想做你肚子里的蛔虫"。

在香美的鹿肉的催春下，张鞋娃色眼瞅了一眼又一眼冯美儿的胸，恨不得扑上前咬住冯美儿。张鞋娃越痴迷冯美儿，越发神情紧张，紧张得有点捏不住筷子，鼻涕和口水流到了餐盘里，让冯美儿吃到嘴里的东西，恶心得吐了出来。张鞋娃更是紧张，赶紧一手擦鼻涕，一手抹口水，并把擦到手上的脏东西，又擦到了前襟上。冯美儿恶心得还要吐，却忍住了，一口也不吃了。

张鞋娃被她色迷失态后的肮脏的丑陋，弄得不知所措，美味在锅，奇香袭人，但他不敢吃了。张鞋娃知道他的肮脏的丑陋，冯美儿嫌他恶心了。张鞋娃料想，她已嫌他恶心，那下面的"好事"肯定没戏了；他不想缠她成全那"好事"。这"好事"除非是冯美儿心甘情愿送上门的，他张鞋娃有的是耐心，等她不嫌弃他的鼻涕和口水再说，她总会有这么一天的，会让她不仅不嫌弃他的鼻涕和口水，连他的臭汗和臭屁也不再讨厌。张鞋娃说"吃饱了"，便起身就走。冯美儿这才感到她的举动，伤害了张鞋娃，急了，赶紧拉住张鞋娃不让走。张鞋娃还是要走，冯美儿还是拉他，张鞋娃便又坐了下来。冯美儿摸一下张鞋娃的脸，张鞋娃闻到了一股香水气，脸红了。

"还没吃完呢，别急忙走呀！"

"大门口不能离开太久，久了会出事。"

"既然出来，吃好玩好再回。"

"玩，玩什么呀？"

"玩什么，你装蒜！"

冯美儿话语挑逗和眼神的赤裸裸引诱，以为张鞋娃会受宠若惊、神魂颠倒，却让冯美儿没想到，张鞋娃却摇头。冯美儿知道，色欲烧身的张鞋娃，早就巴不得这"好事"到来，今天如果不让他得到她，说不准他会给柴三和她使坏。想到柴三正在妓院里寻花问柳，冯美儿的心便作痛起来，也更坚定了要报复柴三一把。

此时的冯美儿，越瞅张鞋娃越觉得他是个真男人。她想好了，张鞋娃是脏点，脏没关系，让他去洗个澡不就干净了？洗干净的张鞋娃，浑身是肉的张鞋娃，会是个猛兽。想到这，冯美儿打定了主意。

"你摇什么头?!"

"不玩。"

"别后悔！"

"肯定会后悔。"

"后悔还嘴硬！"

"去哪?"

"去戏团。"

"去戏团看戏去?"

"今天休息没戏也没人，上我的休息间，我俩演戏。"

"那地方行吗?"

"比旅馆方便。"

"那听你的。"

"再吃点走。"

"吃饱了，走吧，我都受不了了。"

"你个臭鞋匠，你比狗还骚！"

张鞋娃真是色欲冲天了，要不是饭馆有人，就要去摸冯美儿。冯美儿让他先去"热河澡堂"洗个澡，她在戏团等他来。张鞋娃说，还是嫌他脏，没劲。冯美儿说，洗干净了随你亲个够。张鞋娃笑着找澡堂去了。

张鞋娃进了"热河澡堂"，冯美儿去了戏团。

冯美儿估摸张鞋娃冲完澡快来了，就在戏团门口等，等好久才等到他来。冯美儿带张鞋娃绕后门到了休息间。休息间虽小床窄，那满屋子的香脂粉气，却是增添性欲的催春剂，性欲即使不强的男人，也会被这粉气催出几份欲望来。

冯美儿在小床上铺了粉红色毯子，玫瑰红的枕头边，还放了条干净的花毛巾和一沓手纸。她为做爱做了细致的准备，这做爱的准备更让冯美儿将对男人的渴望与激动交织在了一起，在等和见到张鞋娃时，嫩白的脸，红涨得像朵桃花，散发着春情的欲火。

冯美儿坐在床边，等张鞋娃扑上来。她想粗鲁的张鞋娃八成也就会扑上来这个动作，他做不出拥抱并接吻，然后摸呀舔的缠绵动作。张鞋娃进屋一定是对她饿狼扑食的动作，她也渴望这样的强暴动作，会非常让她刺激。她幻想张鞋娃进屋，会扑上来抱住她，她就会软倒在床上，任他折腾，同时她可尽情发泄。她饥渴地等到张鞋娃进屋，张鞋娃用块布捂着半张脸一动不动，也不扑上前来抱她，很是纳闷。

"捂着脸怕羞，还是被什么咬了？"

"没事，摔破了点皮。"

"摔，摔哪了，我看看。"

"破点皮。"

"在哪摔的？"

"洗澡堂子，滑摔的。"

"不就破了点皮，怎么成了蔫茄子！"

张鞋娃捂着脸，仍站着不动。冯美儿看他的脸，张鞋娃不松手，伤口用破布捂着，手上有血。冯美儿看伤得不轻，找块手绢，让他换上。张鞋娃不要，扭头就要走。

"你干什么来了?! 不就碰破了点皮吗，怎么要走?"

"摔坏了，啥也干不成了"

"难道你的'老二'也摔坏了?"

"摔破了，倒霉透顶了。"

"让我看看。"

"不能看。"

冯美儿看张鞋娃的裤裆和裤子上有血，确信那个地方是伤了。

"我带你去医院上点药?"

"我回去路过药铺，买点药水擦擦就行。"

"看你摔得不轻，我扶你回吧。"

"无大碍。我回我的，你回你的。"

"等你伤好了……那明天柴三出门提的东西，你可千万别让狗拦住了。"

"过几天伤就好了……放心吧，我让狗装傻。"

冯美儿只好他走他的，她回她的。反复想好要做没做成"事"的冯美儿有点失意，情欲燃烧将做成"事"而没做"事"的张鞋娃十分沮丧。

明天柴三的一大箱子东西，能不能顺利拿出大门，冯美儿的心里却仍没底。

冯美儿回到家，柴三还没回来，她就先睡了。睡不着，想到他还在妓院寻欢作乐，一阵痛楚涌上来，一阵憎恨也涌上来，就恨他怎么不早点死，死了该多让她解气。继而她又想，假如柴三哪天真死了，她嫁给谁?她想来想去没有什么合适的人嫁，心里便没了着落。

二十二　看门狗咬死个老爷

　　柴三回来已过三更，身上一股烟味、酒味，还有骚臭味，冯美儿就想吐，不许他上炕，让他睡罗汉床。冯美儿讨厌和憎恶柴三时，不是她去睡罗汉床，就是让柴三去睡罗汉床。柴三就躺在了罗汉床上。柴三逛妓院回来心里打鼓，给冯美儿编谎话说到朋友家喝酒聊天去了，冯美儿说了声"是吗"，就不理他了。

　　冯美儿仅此一句"是吗"，柴三有点心惊肉跳，感觉她定是怀疑他去了妓院。在妓院他碰到了让他很烦的人——赌场老板，警告他赌债明天是最后期限。想到明天还债大事，柴三不敢跟冯美儿说半句话，生怕她由怒成仇，给他帮倒忙。柴三趴在罗汉床边瞅床下的皮箱，皮箱安然在，便问冯美儿，明早要把"东西"还赌场，给张鞋娃说好了吗？冯美儿没好气地说，张鞋娃是答应了，那狗会不会跟你过不去，他说没把握。冯美儿的话气得柴三火冒三丈，心里顿时没了底，又不敢对她发作。

　　清早起来，柴三给冯美儿说，他做了个梦，梦见自己变成了看门狗，她变成了看门管家；他咬死了大老爷和大奶奶，还咬死了张鞋娃和看门狗阿黄……他成了看门狗，又成了大老爷，冯美儿成了大奶奶，整个柴家的东西他俩想赌就赌，想拿就拿，冯美儿想穿什么就穿什么，想花多少钱就有下人拿给她多少钱……还把柴家大院开办成了大戏园子，他排演了很多大戏，场场人山人海，只让中国人进出戏场，把日本人全拒之门外，他成了热河的文化名流，他的留洋归国办戏业的梦想终于实现……

　　柴三把这个奇怪的梦说给了冯美儿，也是想讨好冯美儿。冯美儿听了，给他扔过来句"黄粱梦"，便不理他了。

柴三提上偷来的珠宝箱子，让冯美儿陪他出大门。看门狗阿黄仍然一脸凶相、一身凶气地在大门口转悠，好像在盯着柴三和冯美儿过来。柴三顿时紧张起来，对冯美儿说，看样子张鞋娃没给狗"交代""关照"他出门的事，让她去找张鞋娃，让他把狗"弄"好，出门不拦他柴三的玉。

冯美儿去门房找张鞋娃，问他看门狗怎么看到柴三还那么凶，她冯美儿可是对得起你张鞋娃的，该"给你的"，也给你了，你没"要"成，是你的事，但你答应好的事，可不能不算数。正舒服地躺着享受的张鞋娃一听猴急了，赶紧让冯美儿把话打住，以后不许提这事。冯美儿说，她提不提，她的"身子"已经交给过你张鞋娃了，你张鞋娃得牢牢记住，别不承认。张鞋娃说，他记住了，求姑奶奶你不要再提这事了，要让柴三知道，还不把他张鞋娃打死。冯美儿说，不提这事可以，但让你办的事，你得办好，不得马虎。张鞋娃说，他已给阿黄"交代"过，放她和柴三出去。张鞋娃赶紧说，只要你与柴三老爷出门，他张鞋娃一定不让狗拦。

冯美儿带柴三出门，张鞋娃出来拦狗。柴三看张鞋娃拦着狗，便无所顾忌地径直往大门外走。可刚到门口，阿黄就从张鞋娃怀里挣脱出来，扑向柴三闻他的箱子。这一闻，阿黄便疯狂地撕咬起了箱子和柴三。

狗显然知道箱子里的东西来路不正，显然张鞋娃没安好心。想起前几次东西被狗拦，被张鞋娃拦住，使他在柴家丢尽了人不说，还跟柴大兄弟之间添了更深的仇恨。这次如若与前几次那样，让柴大知道和柴家其他人知道，他柴三在这大院就没法活下去了。

这转念冒出来的害怕，让柴三的怒火又蹿了起来，冲着狗抡打起来，竟忘记了上次打狗，差一点被狗咬和狗牢牢记了他的仇的教训，冲着狗头就是一箱子。冲着狗头的一箱子，他以为打到狗头，可连狗毛也没打上，却被狗在他胳膊上咬了一口，接着在他腿上咬了一口。这次阿黄不是假咬，可是真咬。咬出的两口，口口很深，破衣入肉，肉开血流，柴三疼得躺倒在地打起滚来。

这瞬间的两口咬，柴三没想到，冯美儿没想到，张鞋娃好像也没料到。可这咬柴三的事情，居然在他们三个人压根没料想到的情形下如同闪电般发生了。狗没听张鞋娃的"交代"，张鞋娃究竟给狗"交代"了要放走柴三的事没有？反正狗没听从张鞋娃的话，这次狗咬柴三不是假咬，是真咬，而且咬得凶狠。狗咬了柴三，毕竟与张鞋娃脱不了干系，张鞋娃便一脚踢向了狗，狗没躲闪，所以这脚踢得很结实，踢得狗倒滚在了地上。

这阿黄来柴家看门这么久，没一个人把它打倒在地上，它也不可能让谁打倒在地上，只有张鞋娃。张鞋娃踢他，它从来不躲闪，也不还"手"。张鞋娃打它骂它，它终究不记仇恨，别人在它这里不行，绝对不行。

狗咬了柴三，柴三做梦也想不到，从来也没想到过自家的看门狗会真咬他，且咬得这么狠，他怀疑冯美儿同张鞋娃是串通好的，想让狗把他咬死。他知道冯美儿恨他，但没想到冯美儿恨他恨得要他死。这柴三便想，他要真死了，她会嫁给谁？好像会嫁给张鞋娃。张鞋娃巴不得让他死呢；冯美儿压根也想不到，看门狗会不放他出门，更不会想到会真咬他。她早就有预感，他会死在赌博上，死在嫖和抽上。如果他不改这些恶习，她也希望他早点死了痛快，省得她跟着受罪又白白消耗青春年华。阿黄总有一天会咬柴三，张鞋娃是想到的。这是因为阿黄对柴三憎恨到了极点，憎恨到了有可能不听他话的程度。尽管柴三对他张鞋娃恨之入骨，但张鞋娃却从没恨到要狗去咬柴三，更没恨到要柴三去死。今天被狗咬，他连做梦也没想到，因为他给阿黄"交代"过，今天的柴三和冯美儿出门，要睁只眼闭只眼，它是默许的。它默许了，为何还真咬了柴三？张鞋娃起初以为是柴三打它而激怒了它的缘故，但张鞋娃即刻推翻了自己的推断，他认为是阿黄打定主意要咬柴三。张鞋娃问自己，这是为什么？他的推断是，阿黄要让柴三死。它恨透了柴三。

事情出现这样的局面，张鞋娃感到实在对不起冯美儿，赶紧打狗，赶紧扶着柴三回房里，给他包扎伤口。按说自己的丈夫被狗咬成重伤，冯美儿应当有割肉之痛的反应，即使真没有割肉之痛，也应当装出痛与愤的强烈反应，才会让受到奇耻大辱和重伤的柴三，减轻一点心里的伤痛，可她并没有表现出强烈的愤恨，这让本来疼得大叫的柴三，又添了重重的伤

心，由吼叫变成了声泪俱下；要说看门狗咬伤了自己的丈夫，冯美儿应当对张鞋娃不依不饶，对张鞋娃扇几个大嘴巴子也不过分，可她对张鞋娃一句骂与怨的话也没有。

狗重伤了柴三，冯美儿为何这般态度？这态度是她多么盼望有人好好教训一下柴三，不要打死他，把他的腿打断，能够使他老老实实在家待着。她时常盼着柴三有这样的劫难，这样他在家不出门，就不会去赌场，去不了妓院，就会改掉所有的恶习，好好过日子。所以，看门狗把柴三咬伤，最好是咬成一时好不了的伤，是她盼望的结果。柴三被咬，好似解了她的心头之气，柴三叫疼叫得越厉害，她心里的快感就越强。

柴三看到冯美儿巴不得让狗把他咬死的冷淡，骂她道，十足的淫妇，与管家合谋来害他。冯美儿回骂道，你才是十足的淫棍，狗是你惹怒才咬你的，咬得活该。冯美儿的恨话，让柴三又气又伤心，不由得哇哇大哭，一个男人的尊严，一个留学生的斯文，竟然荡然无存了。冯美儿看到他这副狗熊相，对他一脸的厌恶。

柴三嚎啕大哭，当然是因为惧怕赌场的人找上门来，想让冯美儿同情他，帮他把那箱子宝贝拿出去，了结赌场的追债，也就了结一次劫难。冯美儿知道他在惧怕什么，怕赌场的人随时来讨债，她便去找张鞋娃，要他把箱子帮她拿出去，张鞋娃痛快地答应帮忙。冯美儿把箱子给了张鞋娃，张鞋娃让冯美儿在柴家胡同口处等。冯美儿先出去了，张鞋娃给狗"交代"了一下，提上箱子就往外走。张鞋娃还没走出门，没料到阿黄一个猛扑，扑到了张鞋娃前头，拦住张鞋娃不让出门。张鞋娃呵斥阿黄走开，阿黄硬是拦住不让张鞋娃往前走一步。张鞋娃不理它的阻拦，提着箱子往外走，可阿黄仍是扑到他前头拦住他不让走。张鞋娃冲阿黄吼叫，对它说，再要拦，别怪他不客气了。阿黄当然听得懂张鞋娃的话，也看得懂他的怒目，更知道他"交代"过放走这箱子东西，且极少情况下不听他的话，更是没出现过阻拦他的情形，它对他从来是唯命是从，即使他打了它，它对他的忠诚和服从也不减丝毫。可今天它怎么了？"交代"它放过柴三却不放过，且咬伤了柴三不说，仍盯着这箱子不放，连他也不放过，这狗东西!

张鞋娃愣在大门口，一时不知道怎么办好了。他只好放下箱子，抱着狗头，给阿黄说悄悄话，让它放过这箱子东西，不许胡闹。他的话还没说完，阿黄却把它从他怀里愤愤地抽出来，朝张鞋娃"汪汪——汪汪——"叫起来。这"汪汪"叫声是什么意思？张鞋娃清楚，是"不行—不行——"的意思。

阿黄如此对抗又倔强，简直是造他张鞋娃的反了，张鞋娃对阿黄欲怒但不敢。巷口的冯美儿催张鞋娃"快点啊"，张鞋娃就呵斥阿黄走开。可是无论张鞋娃如何呵斥它，阿黄就是不让张鞋娃走出大门口一步。

阿黄对张鞋娃软硬不吃，狗与人处于对抗状态，阿黄不向张鞋娃妥协半点。张鞋娃对阿黄的异常对抗忍耐到了极点，想暴打这狗东西，但他不敢。他怕惹怒了它，它一去不再回来。张鞋娃清楚，现在他在柴家的存在，是靠阿黄的存在，要是把它打跑了，他张鞋娃就会立即滚出柴家大院。他想到这利害关系，当然阿黄好像也明白它和他的利害关系，所以它才这样与他毫不妥协地抗争。

对阿黄没有丝毫办法的张鞋娃，只好对阿黄来软的。他要把它拴住，可它不让他摸它，更不让他抓住它，张鞋娃没有办法，只好再次给它说好话：阿黄听着，不要再闹了，赶紧让我把箱子送出去，催债的人等着要，不然要出大事；只要听我的话，给你吃最鲜的鹿肉和牛鞭，晚上带你去找"花狗"，让你玩个痛快。可阿黄对他的讨好似乎没有听见，仍扑到他前面，不让他提着箱子出大门。

冯美儿在不停催叫他，他便不再理睬阿黄，提着箱子撞倒阿黄直往门外走。张鞋娃虽然撞倒了阿黄，可阿黄并没有咬他，而是一个跳跃，咬住了箱子柄，把箱子从张鞋娃手里抢了过来。阿黄把箱子抢了过来，把箱子拖到大门一边扔倒，它干脆蹲在了箱子上，对张鞋娃拉出副愤怒至极的凶相，使张鞋娃不敢向前迈一步。

阿黄一次次阻拦张鞋娃的情形，在巷口的冯美儿看得清楚。冯美儿回到了大门口。张鞋娃对冯美儿说，他实在没办法，这个忙他是帮不上了。

冯美儿苦相挂脸，问张鞋娃，那怎么办，讨债人今天要上门来要债，柴家会出大事。张鞋娃说，他尽全力了，这不能怨他。冯美儿说，那把箱子给她。冯美儿的话音刚落，阿黄便从箱子上下来了。张鞋娃让她提走，她便提起箱子回家。阿黄盯着箱子被提回了大院，一副伤痛的面孔瞅了眼张鞋娃，便眼望大门外，不再理张鞋娃，张鞋娃也不再与它计较，回门房躺着生气去了。

张鞋娃快被阿黄气疯了，但却对它忍住了。这一肚子气他没地方消，只好自己解决。他反复想这异常情绪，它为何对柴三这箱子东西的出门，对他抗争不让、拼死阻拦？张鞋娃想不出别的缘由来，只是想到昨天他正在给它梳毛挠痒痒时，冯美儿叫他出去吃饭，打扰了它正享受的舒服，更是破坏了它与主子张鞋娃的亲热劲，它对冯美儿产生了怨恨。好像这怨恨，也不是它对抗他和她最主要的缘故，最主要的是它怀疑他跟冯美儿出去干了坏事，恨冯美儿勾搭它的主人，它吃起了他的醋。还有，它闻他脸上的伤疤和有血的裤裆，猜他定是受到了冯美儿的陷害，它恨柴三和冯美儿。

张鞋娃想明白了阿黄对抗它的缘由，心里舒坦了很多，气也消了个干净。他理解了阿黄，阿黄恨的是柴三和冯美儿，恨的不是他。它是不会恨他的，这点他从来不怀疑。在柴三和冯美儿与他之间，他实在没必要为了柴三而伤害阿黄与他的情感。阿黄是他兄弟，伤害谁，也不能伤害阿黄。想到这，张鞋娃给阿黄弄来了狗食，是鲜嫩的鹿肉和牛鞭，阿黄好不喜欢，阿黄对他一副感激的表情。

被阿黄咬伤的柴三，当晚发起烧来，恶心加头疼，吃不下东西。柴大老爷和柴大奶奶来看柴三，看到伤口化脓、发烧症重，狗嘴下口很重，问是什么缘故让他被狗咬成这般。柴三说，不怪狗，只怪他。柴大老爷再问什么，柴三就烦了，冯美儿也不说话，便不再问什么，也猜想出了被咬的缘故。柴大老爷知道，这看门狗不会无缘无故咬人，不把它逼到极点不会咬人，不牵扯到财物出门不会咬人，他已耳闻柴三借高利贷赌输的事，定是他偷了东西出不了门而与狗发生争斗，才被狗咬了。柴大老爷望着柴三边冷笑边说，有道是人不跟狗斗，你柴三一定犯了这个忌。柴三说，你老大的狗嘴里从来没吐出过象牙；你拿我出气算个'××'，你把那狗杀了，也算今天没有白来看我柴三。柴大老爷说，看门狗是天狼转世，是谁想杀就能杀的？杀了不怕遭报应？柴三说，哪来的天狼转世，别人骗你柴大，你柴大就往上'爬'，你是猴子呀……柴大奶奶看兄弟俩骂起来了，便拉柴大老爷出了门。

柴三发烧不消退，冯美儿请了个郎中来看过症患，处理完伤口，给开了药并熬了药服下了，但发烧一直都不退。虽然忍受着头疼和发烧的折磨，柴三仍愁着还债的事。箱子里的东西没拿出去，债就还不上，债期已过，债主随时都会上门讨债。柴三想到催债的人随时会上门，浑身难受得发抖。柴三问冯美儿，还有什么办法，赶快想办法把箱子里的东西拿出去，给债主抵债。冯美儿说，看门狗连张鞋娃的话都不理，谁能把东西拿出去？柴三痛苦地说，那只好等讨债的人上门，那就又闹出事了。冯美儿说，谁能料到这狗这么坏。柴三说，干脆花钱雇个高手，把这狗除掉，把柴老大除掉，柴家大院的事不就得了。冯美儿说，赶紧除去？怕是你没除掉他，狗和柴大早想把你柴三除掉了。柴三痛楚地长叹一声，再无话了。

催债的两个人来柴家找柴三，柴三把一箱子宝贝给催债的人。催债的人可不是傻瓜，他们知道柴家狗的厉害，早就知道没有谁能从柴家带出去来路不正的东西。这箱子财宝，既然柴三两口子都拿不出去，况且被看门狗咬伤也拿不出去，一定是来路不正。来路不正的东西，他们拿不出去，也不惹看门狗的麻烦。他们告诉柴三，既然他柴三病重在床，今天也不逼他，再宽限十天。如若十天后还不还来，他们就找柴大老爷讨债。

柴三的伤口化起脓来，高烧持续不降，冯美儿把他送进了医院。医生对冯美儿说，他是被狗咬得了狂犬病，还是得了其他怪病，无法确定，只能试着治，能不能治好，不好说。冯美儿求大夫，无论花多少钱，也要想办法救他。大夫说，钱再多也无药，狂犬病无药可治，其他怪病也无药可治。医生却明确地告诉柴三，不像是狂犬病，也有可能是花柳病。柴三求医生，花多少钱都不在乎，一定给他治好。医生说，没什么有效药，只能尽力。柴三听了，吓瘫软了。冯美儿问大夫，得了这病能活多长时间。冯美儿听说，染上狂犬病，染上这种症状的怪病，最多活不过两三个月。大夫不直说，绕着弯子对她说，活长活短不好说，看他的命有多大。

听医生说无药可治，也知道无论染上狂犬病还是花柳病都是死路一条，绝望的柴三想到高筑的赌债，会把冯美儿"压"死，念想与她曾经有过的情分，决意与冯美儿离婚。

听到柴三无药可治，冯美儿脑子里闪现出他们巨额的高利贷欠债。债主前几天来看病重的柴三时，曾威胁过她，如果柴三还不了债，就夫欠妻还，还不上断胳膊卸腿。这么多的高利贷，她冯美儿两辈子不吃不喝也还不起。债主的话，吓得冯美儿浑身冒汗。债主一出门，她就向柴三提出与他离婚。柴三说，急不可耐，落井下石，待他伤好了就去离婚。冯美儿盼柴三赶紧出院，出院就办离婚。冯美儿问，还有什么办法，能让他活长一点？大夫说，好吃好喝侍候着，也许会活得长一点。冯美儿问，几时出院合适？大夫说，随时可以回家。冯美儿想，不能让他死在医院，拉回家赶紧催他办离婚，离了婚一了百了。冯美儿当即给柴三办了出院手续，雇了个三轮，把他拉回了家。

"离婚吧！这两天我们就把婚离了。"等柴三吃完冯美儿做的一碗荷包蛋后，冯美儿对柴三说。

"……你急着要去嫁人啊，等我伤好烧退，行不行?!"本来念旧情要提出与她离婚的柴三，没想到冯美儿在他病危之际提出离婚，柴三愤怒而且极其痛楚地说："看来我们早无情分可言。你真是个绝情的女人……"

"大夫说了，这伤口好起来慢，退烧也得慢慢来，催债的人饶不过你，也饶不过我，干脆尽快离了，离了对你我都好。"冯美儿说，"放心，即使离婚，也会把你照料到伤好我再离开。"

"你以为离了婚，我的欠债就与你没关系了？我有三长两短，你照样跑不了。"柴三说。

"跑不了算我倒霉，万一跑得了呢?!"冯美儿说。

"你是不是知道我活不了多长时间了，才这么急于离婚？！"柴三大声疾呼道。

"不就是个狗咬的伤口吗，你怎么会死呢？！"冯美儿淡淡地说。

"那你急着离什么婚？！"柴三狠狠地说。

"……还是赶紧离了的好。一天不离，一天难受，不离我会疯掉……"冯美儿边抽泣边说。

"既然会疯掉，说明我在你眼里是魔鬼，那就赶紧离吧！"柴三咬牙切齿地说道。

"你写个离婚协议书吧。"冯美儿说。

"去拿纸笔来。"柴三说。

冯美儿擦干眼窝里的眼泪，赶紧把纸笔拿来放在了桌子上。

柴三痛苦地爬起来，想了一会儿，吃力地拿起笔，写道：

离婚协议书：

柴斯文与冯美儿，我俩自同居以来，近因感情不和，自愿协议离异并此勒笔，永远脱离关系，嗣后男婚女嫁各听自由，彼此不得干涉。

立此协议离异文约两纸各执一张永存。

离异人：柴斯文、冯美儿

见证人：

民国二十九年七月十日立此协议

柴三写好了《离婚协议书》，扔给冯美儿，说道："你找两个见证人画押吧，画完押，拿去登个报，我俩就了了！"

"那见证人找谁啊？"冯美儿问道。

"你爱找谁去找谁！"柴三没好气地说。

……

找谁作离婚见证人呢？冯美儿思来想去，想不出合适的人，只好想到了张鞋娃和小莲。在冯美儿看来，这事不能找柴家的人做证，柴家的人做证等于没人做证一样，一旦不承认离婚的存在，那《离婚协议书》就是废纸一张。冯美儿选了张鞋娃和小莲。在她看来，张鞋娃是外人，是柴家的外人，也许最后会成她的人；小莲是外人，而又是柴家无关要紧的人，柴三偷库房里的东西，她讨厌柴三透顶了，她与柴三离婚，她会偏向她一边。冯美儿对这两个人估摸得很准。

冯美儿跟高烧加重了的柴三说让张鞋娃和小莲作见证人，柴三气得快喘不来气了，但挥挥手，说，随便，你随便。

冯美儿就找来张鞋娃和小莲，两个人既吃惊，又不愿意作见证人，都扭头就要走。扭头就走，是他和她做给柴三看的。张鞋娃巴不得冯美儿跟柴三离婚，小莲也不反感冯美儿跟柴三离婚。他们装作气呼呼的样子要走，冯美儿拉住他们，求他们务必帮忙。小莲和张鞋娃仍说不愿作见证人，让她另找他人，冯美儿就跪在了他们面前。张鞋娃二话不说，在两份《离婚协议书》见证人后面写上了自己的名字，按上了手印。冯美儿朝小莲跪着不起，小莲也在两份《离婚协议书》见证人后面写上了自己的名字，按上了自己的手印。冯美儿把一份给柴三，柴三不接，她放进他的皮包里，她把另一份装在了自己的手包里。她与柴三离婚的文字协议就算有了，再就是去报馆在报上登个离婚公告，这婚就彻底离完了。她当即去了报馆，交了刊登费，报纸安排第二天见报。

第二天的报纸登出来的离婚公告，柴大老爷和柴大奶奶看到了，过来问她和柴三，这么大的事，怎么不与他这个大哥说一下，说离就离了？冯美儿和柴三一句话也没有，柴大老爷和柴大奶奶瞅了冯美儿半天，说："你总不能说走就走，帮他把伤口养好了再离，不耽误你吧?!"

冯美儿说："大哥大嫂放心，一日夫妻百日恩，侍候他伤口好了我再走。"

柴大老爷对冯美儿说："好生侍候着，他要是有个三长两短，我可饶不了你！"

冯美儿说："我绝不会让他出'三长两短'的，单怕他自己出什么

'三长两短'，那就怨不着我了！"

柴大老爷和柴大奶奶听了这话，气得半天说不出话来，甩手走了。

病入膏肓的柴三，本来可以多活一段时间，病重逼离婚，债主逼还债，一个多月后的一个深夜，死在了他的床上。

冯美儿当夜不在家，待次日上午回来，人早已僵硬了，吓得她跑出屋大叫："快来人呀，快来人，柴三出事了！"

玉作坊里的两个人和张鞋娃听到冯美儿大叫，赶了过来，柴三死了，真死了。冯美儿问张鞋娃，这该怎么办？张鞋娃让玉作坊的一个人去报柴大老爷。柴三的死，显然是狗咬伤造成的，张鞋娃顿时紧张起来，狗弄出了人命，让三老爷丢了命，捅下了天大的窟窿。这下他和阿黄定是完蛋了，柴大老爷不会放过他和阿黄。张鞋娃想到这，立马到门房对阿黄说了一番话，阿黄就一步三回头地离开了门房，走出了大门，沿巷子跑了。

枕边有一叠纸，玉工拿给了躲到另一间屋子里的冯美儿。字写得歪歪扭扭，是遗言。

遗言

吾柴斯文自幼好学，先喜爱京剧，后迷恋西洋戏曲，在家拜京城高师，留洋跟世界大师，学成回国，梦想以此成就番事业，可生不逢时，热河与京城被日寇强盗霸占，山河破碎，死骨遍地，一片哀泣，生不如死。面对禽兽，梦想当即化为泡影，心里再无歌声。生在这乱世，是吾人生的不幸。吾宁可醉生梦死，也不愿给禽兽半点笑脸，吾的艺才不愿给魔鬼带来一丝欢颜。吾的吃喝嫖赌抽，不是吾想要的，是魔鬼践踏吾心的无奈选择和麻醉。吾甘心浑噩，不能自拔，命在弦上，随时断绝，真是愧对了父母的养育之恩。也对不起大哥大姐等亲人的企盼，赌博成瘾，负债累累，屡教不改，吾罪该万死，所欠兄弟和亲人们的情意，只有来世加倍相报。所欠的借债，再劳大哥大嫂还了，对不起了。更对不起美儿，与吾为妻数年，有过风花雪月的甜蜜日子，而后来吃尽担惊受怕和冷漠屈辱之苦，如今无以偿还报答，只有来世加倍偿还。来世吾是没资格娶你这样美貌女子为妻的——真心盼望你嫁个好男人。吾病是看门狗所咬染疾，还是花柳怪病，到此时也无所谓了。吾此时已不怨狗，也不怨那些窑姐，狗没有错，妓女也没有错，错在吾。尤为要说的是，没有必要因为吾死而杀了看门狗，它是条难得的好看门狗，柴家不能没有它，没有它柴家的财物不保。

吾只盼尽快转入来世，那时不再有强盗魔鬼，吾献身艺术，让热河充满欢歌笑语。吾等来世，来世见。

一个落荒而逃的人：柴斯文

民国二十九年八月十四日夜绝笔

冯美儿看罢遗书，放声大哭，继而嚎啕大叫起来。柴大老爷、柴大奶奶和小莲来了。小莲劝冯美儿不要过度悲伤，冯美儿扔下遗书，包了几件衣服，提着柴三放在罗汉床下的财宝箱子，扔下来人，哭着走了。柴大奶奶问她去哪，她啥也不回答。冯美儿到大门口，闪进了门房，把箱子给了张鞋娃，交代张鞋娃替她藏起来。她对张鞋娃说，以后她就靠他了。张鞋娃想起几个月前她引他到戏团的温情，虽然因他摔伤没做成"好事"，在他看来，她的身子等于已经给了他，有了是他女人的感觉。她的以后就靠他了的话，他懂了冯美儿的心。张鞋娃问她去哪里，出殡不能没有她。冯美儿说，她无法面对，她不想面对，不想再回柴家，也不想去娘家，去个找不到她的地方躲过讨债鬼再说。张鞋娃拿给冯美儿十块大洋，冯美儿略微惊异，但还是接着了。张鞋娃说，一个女人家，兵荒马乱的别乱跑，先住在山城饭店，忙过这几天，他给她租个住处。冯美儿也听懂了张鞋娃的话，把大洋装起来说，听他安排，先住在山城饭店，等他来看她。张鞋娃激动地说，抽空给她送吃的去。

张鞋娃把冯美儿给的箱子，藏在了墙角的地窖里。这地窖是张鞋娃偷偷挖的，掀开两块地砖是窖口，窖有半间屋子大，用来藏他的贵重东西，也可藏人，窖里藏着张鞋娃在柴家得到的宝物和他的钱财。这是他用了半年时间，趁人不注意一点点开掘出来的。

柴大老爷看完遗书抽泣起来，柴大奶奶看完遗书也抹起泪来。柴大老爷让人叫来张鞋娃，张鞋娃吓得一身冷汗，以为柴大老爷会在悲愤之下处置他，却没对他动手，只是交代由他牵头，安排柴三老爷的后事。

张鞋娃当即召集下人和玉工，买灵柩、搭灵堂。

灵堂刚搭起，人刚入灵柩，催债的人就来了。大门口没了看门狗，也没看门的人，进出没人管。催债的看没狗也没人，大摇大摆地进来了。这次来了六个人，六个腰别匕首的彪形大汉。显然，他们是要以武力要债。领头的粗壮汉子叫"地虎"，认识张鞋娃，直冲张鞋娃喊道："你们是给谁办丧呢，总不是柴三吧？柴三呢？叫他出来，欠债一拖再拖，今天他是怎么也拖不过去了！"

张鞋娃说："你们来得不是时候，柴三老爷睡觉呢，最好不要打扰他！"

地虎喊叫道："这大下午的睡什么觉，赶快给我叫出来，不然我们就不客气了！"

张鞋娃指着还没挂幛子的灵堂的棺材说："他在那里面睡觉呢，要叫你去叫他！"

地虎惊愕地问："柴三死了？柴三怎么会死呢?!"

张鞋娃对地虎说："你们看看，棺材里躺的是柴三老爷，还是别人?"

地虎不敢去看，顿时转过神来，说："料你也不敢拿柴三死了堵我们。

地虎窥视灵堂，看到有人写的"柴斯文千古"几个字，像被马蜂咬了一口似的，赶紧离开了灵堂门口。地虎和他的兄弟们顿时傻了眼，你瞅我，我瞅他，一时不知道该怎么办好。几个人一合计，地虎要张鞋娃把冯美儿找来，张鞋娃说她不在。他们在房子里找了几圈，没找到冯美儿，要张鞋娃带他们去找柴大老爷。张鞋娃说："欠债是要还钱，人死了欠账跑不了，你们先回，待让死者入土为安了，你们再来找大老爷要钱，也不差这几天。"

"我得见到柴大老爷，得有个还债的说法，没说法我们不能走！"地虎说。

张鞋娃看不见到柴大老爷，打发不掉这群人走，便派人给柴大老爷通报，而柴大老爷却说，不见，发完丧事再说。地虎说，发完丧事，上哪儿找柴三要债去？张鞋娃说，柴三死了，他老婆跑了，柴家大院还在，愁什么！地虎带着他的人气呼呼地走了，出大门时自言自语地说，奇怪，柴家的天狼看门狗难道也死了？张鞋娃冲他悄声骂道，呸，天狼是你爷，它活得好好的。

玉作坊有人往外面搬箱子，搬得是什么东西，张鞋娃问了也白问，要查看箱子里的东西，人家就要跟张鞋娃动手。看门狗是张鞋娃放走的，门口要闹出动静来，必然是引火烧身。张鞋娃想到这，谁拿什么东西，拿的是谁的东西，只好粗略查看，不敢细问。

柴大老爷让人急叫张鞋娃到他屋子问话："看门狗呢？门口看门狗哪里去了？"

"跑了。"

"为啥跑了?!"

"柴三老爷死了，它就跑了。"

"它怎么就知道柴三老爷死了呢？它怎么会想到柴三老爷是死在它的恶口下？它怎么知道它闯下死罪的祸呢？定是你放走的它！"

"大老爷不能往我身上想，它可是天狼转世，通晓天地、通人性，啥事它都知道。"

"它会知道我会杀了它?"

"它一定是知道闯了死的祸，您饶不了它。"

"我要是不杀它呢？它怎么不会想，我是不会杀它的呢？"

"柴三老爷的死，毕竟是它咬伤所致，换成谁家都不会饶了这恶狗。"

"柴三纯属个十足的败家子，他是死在狗咬上，还是死在嫖妓上，谁说得清楚……他偷柴家的财宝往外拿，看门狗拦他没错。他打狗，狗咬他，狗没半点错……我柴大再蛮横，也不能把柴三的死怪罪在看门狗身上，狗一点错也没有……要不是狗拦住不放，那一大箱子财宝，不就让他偷出去了吗?!"

张鞋娃没料到柴大老爷会这么看柴三的死，会如此大度地包容因狗的过错所造成的严重事情。张鞋娃被柴大老爷的话感动得擦起了泪，问柴大老爷:"如果大老爷的话当真，那我就去找它回来?"

"什么叫当真? 老子怎么会哄你把狗找来杀了，杀了它谁来看门? 这两天门口没狗，你知道丢了多少东西? 快去找!"

"这就去找，这就去找!"

张鞋娃出了口长气，相信柴大老爷为了不舍柴家的财，不会杀阿黄。阿黄的命，也许不会有危险了。

张鞋娃当然知道阿黄在什么地方，阿黄在狗馆寻欢作乐呢。要把它叫回来，只需一会儿的工夫，可张鞋娃想，不能马上把它接回来，他得再看柴大老爷的话是真是假。尽管相信柴大老爷说柴三死与阿黄没大关系，实际上他是容不下这条狗的，柴家的人也是容不下这条狗的，如若不是心疼他们的财宝丢失，找不到合适的看门狗把门，有一百条阿黄也被他们杀掉了。张鞋娃拿定主意，柴大老爷急于找狗回来，他不能急，让柴家把财宝多丢些、丢急了再说。

张鞋娃逛了一圈回来，告诉柴大老爷，该找的地方全找了，没看着狗的影子，但他会接着找。柴大老爷说:"是吗，没找着，真没找着? 它上天了还是入地了，它虽是天狼转世，但它是你天狼转世的弟，天狼兄哪有找不到天狼弟的? 哄谁呢!"

"大老爷可得相信鞋娃，马大仙说我和狗是天狼转世，说它是我的天狼兄弟，它比我聪明一百倍。我就是个鞋匠娃，我可不知道与它有什么关系。"

"张鞋娃，你少在我面前装疯卖傻，你说你与天狼狗没关系，你怎么带它拜天宫、说神话?!"

"大老爷误解了，是阿黄拉我陪它拜天宫、与天狼神说话的。"

"张鞋娃呀，张鞋娃，你和狗是天狼转世，没什么不好啊，我柴家大门有天狼转世的人和狗看着，那是好事呀，你装什么蒜!"

"好，好，柴大老爷说我是什么，我就是什么。我不就是与阿黄一起忠心耿耿地为柴家守着门，把柴家的财物当作自己的命一样看护着吗!"

"赶紧把狗找回来。明天早上出殡回来，狗也得给我回来，否则可饶不了你!"

"好的，大老爷，我去找，我把它找回来。"

话说到这个地方，张鞋娃心里产生了一份喜悦，一份踏实。柴大老爷默认他和阿黄是天狼转世；把阿黄接回来，不会有危险。张鞋娃想好了，明天出殡完，即刻把阿黄叫回来。

晚上，张鞋娃偷偷摸摸出去买了烧鸡和烧饼，给藏在山城饭店的冯美儿送去。香喷喷的美味，把个心涌惊恐、孤独、委屈、压抑的冯美儿，感动得泪水涟涟，毫不犹豫地扑到张鞋娃身上，哇哇大哭起来。张鞋娃紧张得不知道怎么办好，像个木桩子，任冯美儿哭和抱。

冯美儿抱他，紧紧地搂他的时候，张鞋娃的脑子里闪现出柴三的影子，那穿着西装和燕尾服的瘦脸，朝他贴了过来，吓得他赶紧把冯美儿猛然推开。正沉浸在对张鞋娃感激、爱意中的冯美儿，被张鞋娃猛然推开吓了一跳，问张鞋娃发生了什么，张鞋娃说，眼里出现了柴三老爷。冯美儿骂他扫兴、晦气，让他滚。张鞋娃想起刚刚眼里的柴三影子闪现，感到柴三的魂在跟着他，吓得赶紧离开了冯美儿。

二十三 活时烦人，死了麻烦

热河连天闷热，柴三死得不是时候，第二天柴三就散发出怪味。柴大奶奶说他是晦气人，活着时让人讨厌，死了让人厌恶，让张鞋娃张罗赶紧埋了算了，免得多放一会儿多给柴家带来晦气。可柴大老爷执意五天后发丧，要请和尚念经超度柴三亡灵。张鞋娃安排第五天清早发丧。张鞋娃跑遍热河城，从一家洋人的冷藏库高价买来了冻冰，才使柴三的遗体减少了异味。即使在棺材下放了冻冰，柴三的遗体散发的气味还是越来越浓，只好改在第三天天亮时分发丧。

可发丧有一个人应当到场，那就是冯美儿。自从前天上午冯美儿回家看到柴三死了，哭天抹泪地走了后，再没回来。虽是与柴三离了婚，但离婚没几天，在柴大老爷看来，怎么也得最后送一下他。眼看第二天一早要出殡，已到天黑还没回来，柴大老爷派人到她娘家和亲朋好友家寻找，都没找到她。柴大老爷问张鞋娃，这个没良心的女人，究竟去了哪里？这话问得张鞋娃心惊肉跳，他奇怪柴大老爷怎么问这样的话，难道柴大老爷知道他张鞋娃清楚冯美儿去了哪里？柴大老爷当然知道冯美儿去了哪里，不但知道，而且知道是他张鞋娃安排的地方。张鞋娃故作镇静地回答说，三奶奶平时交际也广，怕是去了不易找到的地方。柴大老爷瞪着张鞋娃说了声"是吗"，随即对一旁的一个下人悄悄说了番话，那个下人就骑了匹马，飞快地出门了。柴大老爷的怪异，使张鞋娃紧张得直冒冷汗。他知道他怕的不是柴大老爷派人找到冯美儿，怕的是让柴大老爷知道藏匿冯美儿跟他有关。柴大老爷的下人跑了半天回来，禀报柴大老爷说，找遍了该找的地方，没打听到三奶奶的下落。

发丧时辰到了，柴家所有人都来了，在外面开玉器店的柴二老爷、柴二奶奶和他的儿子女儿都来了，就是等不来冯美儿。出殡前，没人大声哭丧，这让柴大老爷焦急不定。柴大老爷急赤白脸地说，这冯美儿太不是人了，再去找。下人说，找遍了能想到的地方，没找到她的人影子。柴大老爷问张鞋娃，她人到底到哪里去了。好像是张鞋娃把人藏起来了似的，口气里透着杀气。张鞋娃也没好气地说，她到哪里去了，我怎么知道；从她离开柴家大院，就没见过她回来。柴大老爷让人满大院找冯美儿，都说没见人影。柴大老爷让再等一会发丧，可主持丧事的师傅说，出殡时辰已到，不能等，耽误了时辰，对柴家人不吉利。柴大奶奶一听此话，发话让即刻出殡。

没有哭丧的灵堂，呜咽的唢呐吹起，也好比有人悲哭嚎啕，柴三死后总算有了个悲痛的声音出现，总算等到了出殡时刻。在场的柴家的人，只有几个女人抽泣，大多数人的脸上却是憎恨和厌烦，这是柴家大多数人讨厌柴三的复杂表情，也是柴三人生最后的写照。随着高声调的唢呐吹起，烧纸钱的火光浪浪冲高，四个大汉把灵柩抬起，柴三被抬出了灵堂，将被抬出柴家大门。张鞋娃赶紧把大门打开，可大门口站着一群人，横堵在中间，拦住出殡的人不让出门，是讨债的地虎带的一帮人。

"是些什么人，为何堵门？！"柴大老爷吼道。

"我叫地虎，来的都是我兄弟，是要三万块大洋债来的，欠条上有柴三的白纸黑字和他的红手印。前天来过府上，没要到欠债，被你们打发走了，想必你柴大老爷是在给我们玩花招。柴三死了，我们也只能找柴三要债。他柴三借钱还钱，还了钱，他爱上天入地不拦着，不还钱，他还得在柴家待着！"地虎说。

"放肆，你看清楚了，这是柴府，这是在办什么事呢！有这个时候拦门的吗？有这么无礼地跟柴大老爷说话的吗？！"

"柴大奶奶息怒，知道是柴府，也知道柴大老爷不是一般人，我们只是来讨还欠债，给了钱，立刻走人，绝不打扰！"地虎说。

"柴三不在了柴家还在，欠你的钱，会一分不少还给你。人死为大，入土为安，你们赶紧让开道。"柴大老爷压住火气，和气地说。

"这欠债，柴三活着时追，死了追，都追要三个多月了，没追到。他不仅没还，还跟他媳妇假离婚，又让媳妇不见人影了，这不是赖账不还的架势吗?!"地虎说。

"那要是今天不还呢，难道你还要横下去，不让人入土了?!"柴大老爷说。

"还钱也就是您柴大老爷一句话的事，您给我个银票也行，给大洋更好，这也就是抽几口烟的工夫，您老还是把钱还了都各行自在为好。"地虎说得很和气。

话已到此，事已僵持，地虎心有余悸，出殡不顺利不吉利，柴大老爷只好妥协。他忍着怒火，验过借贷凭据，是柴三的手笔，只好让账房拿了三万块大洋的银票，给了地虎，要回借贷欠条。地虎细看银票无误，招呼来人，一起给柴三的灵柩三拜。拜完，闪到大门两边，地虎大喊："柴三老爷一路走好!"唢呐声即刻响起，接着出殡。

出殡走了，柴家大院几乎走空了人，张鞋娃虽严守着大门，但玉作坊的经理和师傅们，却异常活跃，你进他出，出门手里提着箱子和提着包。不用查看，提的不外乎是看门狗在时，柴家人多时，不可能提出去的东西。定是平时拿不出去的东西，趁这门口没有看门狗，加上柴大老爷不在家，赶紧拿出去。他们拿着东西眼里无人，压根不理站在门口的张鞋娃。张鞋娃问了两个师傅，手里提的是什么东西，问得人家两眼冒火。张鞋娃看要与他打架，想来反正是柴家的东西，就不敢再问和查看了，以免又生出乱子，搞得他里外不是人。

没有阿黄的大门口，被柴家的人、柴家的下人、柴家玉作坊的人，不停地拿出去大件小件，还有藏在身上带出去的东西，基本成了明偷暗拿了。他们你拿他拿，一趟又一趟，根本不把张鞋娃当看门管家看，甚至眼里根本就没有张鞋娃这个人，该拿什么，就拿什么。张鞋娃眼看着东西被拿走没办法，眼看着拿东西的人不把他当人看，既着急又生气。丢这么多东西，是跑了看门狗造成的，他张鞋娃脱不了干系，柴大老爷哪会饶了他张鞋娃。柴大老爷责他个把小时必须把看门狗阿黄找回来，柴大老爷回来时若看门狗还没找没回来，他张鞋娃面对的后果，不敢想。张鞋娃趁柴大老爷还没回来，赶紧去叫阿黄回家。

张鞋娃去狗馆交过阿黄所有的费，有人带他接阿黄，阿黄正与一条花母狗欢玩。看来花母狗是它情投意合的心爱，互相舔着毛，吻着嘴，好不享受。张鞋娃来接它，它恋恋不舍地跟张鞋娃走了。

阿黄回到了大门口，从大院出门的人，都紧张了起来，有的干脆折回头不出门了，这说明偷拿柴家东西的人，不敢过看门狗这一关，柴家的东西，从此刻起没人敢偷拿出去了。张鞋娃解气，不仅仅是解气，是报复这些不把他当看门管家看的解气。

送葬回来的柴大老爷看到看门狗出现在了大门口，他瞅它，它瞅他；他怒视它，它也怒视他，一脸的凶相，一身的凶气。它从他的怒目里看出了对它的憎恨，它的眼里冒出了凶光，浑身的毛也竖了起来，拉出了要与他殊死搏斗的架势。本来因柴三之死而满心伤感、悲愤、沮丧的柴大老爷，面对这既离不了又万分厌恶的看门狗的挑衅和敌视，怒火上蹿，血冲头顶，他摸了把马褂下的盒子枪，差点拔出枪来，可他却没拔出来，手攥成了拳头。这是一个人气急败坏的握拳，是要出手时的握拳，但他还是放松了拳头，他是实在怕它和实在离不开它，这两者交织在一起了。此时此刻，柴大老爷更多的是怕它，非常怕这条天狼转世的东西，怕惹怒了它，招来与柴三同样的下场，或者招来天狼神灵对柴家的报复。这般害怕，使柴大老爷收住了怒气，转而对站在看门狗旁边的张鞋娃说："好好照料阿黄，柴家离不开它！"

"大老爷放心，我与阿黄会把门把牢的。"张鞋娃说。

"汪——汪——"柴大老爷的话刚落，阿黄也收起了对柴大老爷的敌相，对柴大老爷和张鞋娃轻轻地叫了两声，算是对柴大老爷和张鞋娃的谢意。

柴大老爷看到看门狗表情的转换如此之快，对他"汪"的叫声带着感动的情感，心里涌出对它从来没有过的敬佩之意和好感。这敬佩之意和好感，融入他对它的害怕中，让他对它的害怕，变得更加坚定了。

张鞋娃从柴大老爷瞬间的眼神和表情里，看到了对阿黄、对他的变化，对阿黄好感的出现，感到阿黄和他在柴家，危机已经过去，暂时不会再有太大的危险。

安顿好了阿黄，放下了对阿黄回来后的担忧与惧怕，张鞋娃放不下的是冯美儿。柴三死了，与柴三死前离婚的冯美儿，不愿回来住在她的屋子，催他赶紧给她租个地方，他得立马给她安置一个住处。虽然他与冯美儿多次独处时，因奇怪原因没做成"好事"，实际她的心和身，已经给了他，这他知道。她要把他当作今后的依靠，这他也知道。张鞋娃想过多少次，倘若冯美儿到他手，她做他的媳妇，虽比不上小莲单纯，但比小莲漂亮有味道。她毕竟曾是留洋博士柴三老爷的太太，是热河有文化的女人，是他张鞋娃的女主人，他张鞋娃是她的下人，在柴家人眼里和她眼里永远也是个臭鞋匠娃的看门狗，冯美儿下嫁他张鞋娃，等于他张鞋娃一步登到了柴家老爷的同辈分。也就是说，冯美儿嫁他张鞋娃，是他张鞋娃"癞蛤蟆"吃到了"天鹅肉"。这块"天鹅肉"，闻起来香，吃起来鲜，他在热河也会成老爷辈分的人。

张鞋娃选好了个地方，也选好了个小院子，是在避暑山庄附近。给冯美儿选住在避暑山庄附近，是离柴家大院远些，她去山庄练功和散心方便，离冯美儿的戏团近些。除了这些，张鞋娃还有重要的考虑，他要给冯美儿在小院旁边，再租个地方，开家玉器行，让她做玉器行的老板，让她把他的玉器生意做起来。让她把玉器行的生意做起来，辞了戏团的差事，专心做老板，专心做他张鞋娃的太太。

张鞋娃看好了小院，去山庄饭店接上冯美儿，让她看中意不中意。冯美儿没想到张鞋娃办事如此利落，感动得抱住张鞋娃又是亲呀又是挠呀。冯美儿让柴三"训练"出的西洋狂热法，两三个动作就会把男人的欲火烧成烈火，两三个动作就让张鞋娃的魂魄找不到东西了。再加上张鞋娃有好些日子没逛过妓院，不要说美丽如玉的冯美儿，就是丑八怪女人一沾他，他也会立即受不了。

冯美儿抱亲挠张鞋娃时，他的眼前仍然晃悠出柴三的影子来，着实扫他的兴，也令他惧怕。但冯美儿的吻他嘴唇，摸他下面的动作，让他欲火烧得立马失去了理智，顾不得柴三那可怕的影子，抱起冯美儿，往床上一扔，像扔一个猎物一样，像扔一个妓女一样，把她扔在了柔软的床上，重重地扑压在了她身上。但就在事情要发生的瞬间，张鞋娃的脑子里闪现出柴三魔鬼般的影子来，用他的文明棍猛然朝他打来，重重地打在了他脑袋上，他的脑袋"轰——"的一声，被打碎了，他软倒过去了。眨眼的工夫，张鞋娃的欲火彻底没了踪影。软成泥的张鞋娃，吓得大汗淋漓的张鞋娃，倒在了冯美儿一边。

张鞋娃从野兽顿然变成了狗熊，冯美儿不知怎么回事，急问张鞋娃因何突然戛然而止。张鞋娃说，他被柴三刚打了一棍子，晕倒了。冯美儿被张鞋娃的话，吓得一时说不出话来。张鞋娃说，柴三打碎了他脑袋。冯美儿说，脑袋在他头上长得好好的，骂他是个神经病。张鞋娃说，也许柴三就不让他与她做这事。冯美儿骂张鞋娃在放屁。张鞋娃说，他今后不敢沾她的身子了，他怕真会死在她身上。冯美儿骂他是窝囊废。张鞋娃穿上衣服赶紧离开冯美儿，感觉她是他的灾星，再与她多待一会儿，准会让他丢命。

……

张鞋娃给冯美儿选的小院，位置闹中取静院里格局紧凑，六间屋子，屋子里全是古香古色的檀木家具，院里有小花池，花池中有小巧假山，一盆盆菊花、月季、丁香等开着花儿。房主人是老夫妇，是张鞋娃很早以前就认识的老夫妇，他们要去与京城儿女一起生活，可以把房子很便宜地卖给他们。冯美儿看了非常满意，但嫌花钱太多，她付不起。张鞋娃说，她只管满意就行，钱不用她愁。冯美儿已知一二，张鞋娃有钱，也舍得为她花钱。张鞋娃虽是个看门的管家，没多少工钱，可柴家内外的人为让他提供出门"方便"，玉作坊的人给他"打点费"，柴家有人给他"通融费"，他自己又偷摸点，早把他养"肥"了，租院房子、买块地、养个女人，没一点问题。张鞋娃一再说，不用她愁钱的事，冯美儿和张鞋娃两人就与房东合签了买卖房子文书，张鞋娃把一张大额银票给了房主，这个小院就归了冯美儿，也就归了张鞋娃。

买到小院，冯美儿还想张罗些东西，张鞋娃又给了冯美儿几十块大洋，冯美儿乐得心里开了花。有了如意的新家，面对张鞋娃对她千般百般的好，前夫柴三尸骨未寒的冯美儿，脸上乐开花的样，谁能看出她刚刚死了前夫呢？而面对本是下人的看门管家张鞋娃一脸的深情，可见柴三在冯美儿心里是多么的可憎，可见冯美儿多么渴望与柴三的婚姻噩梦早就烟消云散。

让冯美儿喜出望外的还有，她听说张鞋娃还要给她在小院附近置个商铺，或者租个商铺，让她开玉器行，让她做玉器行老板，她感激得不知道说什么好。她用炽热的眼神望着张鞋娃说，她去买锅碗瓢盆和菜，也买酒来，晚上过来吃她做的饭。张鞋娃想到柴大老爷明后天要出远门，告诉冯美儿不要出门太远，以免碰到熟人，紧锁院门，早点休息。冯美儿说，小院陌生，她晚上害怕。张鞋娃说，他晚些时候过来看她。冯美儿说，等着你来。张鞋娃打理完柴大老爷交代的事，也安顿好看门狗阿黄，很晚才脱身溜到了冯美儿这里。尽管几小时前的"云雨"未成，冯美儿的热潮又涌，又把张鞋娃的欲火挑得烧身难忍。幽静的小院，两人的世界，两个欲火燃烧的男女，在那古床上抱了起来……好似被血腥刺激失魂了的狼，张鞋娃像头猛兽，但到"关键"时候，他的脑子里又闪现出柴三的影子，又闪现出柴三的"文明棍"，使得张鞋娃又软倒在了床上。啥事又没做成，气得冯美儿垂头丧气，吓得张鞋娃心惊胆战。

终于，在一个晚上，冯美儿做的几个小菜，几杯烧酒，还有烧心的情话，使张鞋娃扑在了古床上的冯美儿身上。这次虽在"关键"时候，张鞋娃的脑子里闪现出柴三的影子，还有柴三的"文明棍"，但冯美儿的激荡，即刻把柴三的魔影，从他脑子里赶走了。张鞋娃把柴三的影子从脑子里驱除得无影无踪，便从此再无障碍，尽情放纵。

被狂狼似的张鞋娃弄得神魂颠倒的冯美儿，她骂张鞋娃不是人，简直是个畜生，比畜生还凶猛。她想自己活了这么大，虽与几个男人上过床，没有一个如张鞋娃这般让她淋漓尽致和烂醉如泥地痛快过，便嘲笑柴三和那几个男人，不是真正的男人，使她从没享受过女人的"痛快"，他们也没享受过如同张鞋娃这样猛男的疯狂欢愉。今天与张鞋娃的两次交欢，尤其是今晚的又长久又透顶的舒服，使她感受到了做这小院女主人的无限幸福。

她搂着完事便很快"呼噜噜"像猪般沉睡的张鞋娃，且边打呼噜边放屁的张鞋娃，嘴角还流着清鼻涕样口水的张鞋娃，浑身散着酸臭味的张鞋娃，她全身徐徐漫延更为深处的欢愉之感，顿时消失得无影无踪。那奇妙的欢愉之感不仅消失得荡然无存，那幸福无比的心花怒放不仅走得无影无踪，还使她燥热的身体冷意袭来。随着这感觉的升腾，她猛然从张鞋娃脖子里抽回了搂着他的胳膊，且把背给了他。舒服透顶而且劳累过度的张鞋娃，没有感觉到这美人胳膊的愤然抽走，还是死猪般地沉睡着，呼出来的口气那么腥臭恶心——这张鞋娃哪像什么天狼转世，就是个又脏又粗的臭鞋匠娃，她一个书香门第出身的才女，一个在热河被人尊称太太的大美人，怎么跟一个破鞋匠娃睡在了一起，怎么沦落成了一个自家看门下人的女人！就在这瞬间里，她由喜欢和爱上这个男人，变成了讨厌和厌恶这个男人；由刚才奇妙的舒服，变成了悲伤与羞辱。

"凤凰落难成了鸡"，冯美儿的脑子里蹦出这句话的时候，眼泪止不住地流出了眼眶。想到自己生长在书香门第，从小读书唱戏，又从师学艺成了热河戏剧团的台柱子，在热河城里让多少女孩羡慕。尤其是嫁给热河大户人家的留洋博士柴家三少，做了柴家的三太太，那时她是那么风光，穿着热河城女人少有的漂亮衣服，过着富足而大把地花着钱的少太太生活，压根也没想过会给个下人低头，会给个下人献媚又献身，还落到了下人的手里，成了他的女人。昨天的"金凤凰"，怎么就成了如今的"落汤鸡"，她越想越悲怆，越想越凄惨，想着想着，哭了起来。哭的声音越来越大，把个酣睡的张鞋娃吵醒了。

张鞋娃问冯美儿，深更半夜的哭个啥。冯美儿不回答，却由小哭变成了大哭。张鞋娃不知道什么原因，以为是冯美儿因柴三的死而悲伤呢，就没理她，接着睡。冯美儿看张鞋娃冷情寡语，便朝他一脚蹬了过去。张鞋娃问她，干吗踢他。冯美儿又蹬他一脚，让他去隔壁罗汉床上去睡。张鞋娃不明白冯美儿的这两脚到底为啥，怕惹怒冯美儿，二话没敢说，赶紧下床。张鞋娃下床，觉得冯美儿的哭和两脚，有可能是与思念柴三有关，实是对他的厌恶。

　　感觉到了冯美儿讨厌他的张鞋娃，穿上衣服，开了灯，并没去隔壁屋子睡觉，在地下转悠了两圈，对冯美儿说："我回柴家大院了，你把小院门插住。"冯美儿不应声，张鞋娃开门要走，冯美儿却喊道："天没亮不许走，你得陪我到天亮再走！"

　　本来有点生气的张鞋娃，看娇艳的冯美儿在红色真丝睡衣下那柔美的身段，像团燃烧的火焰，像燃在他肉身里的欲火，她的美妙的感觉，让他在这一天两次的交欢中，被她点燃而无法熄灭。虽然冯美儿赶他下床的两脚让他生气，他想走，他却走不出门，他想上床。她的娇美，使他忍耐不住冲动，关门又上了床。他搂抱住仍在号啕哭叫的冯美儿，亲她舔她。这是他从冯美儿这里学到的。这抱、亲、舔的西洋动作，他感到着实销魂。

　　正伤心至极的冯美儿，正满心厌恶张鞋娃的冯美儿，被张鞋娃的臭汗和臭嘴熏得喘不上气来，接着呕吐起来。她拼命推张鞋娃，继而推开了他，朝他就是两个嘴巴。

　　冯美儿的两个嘴巴，打得张鞋娃愣神地瞅她半天，弄不清热火朝天的两次"事"后她为何对他恼怒。当他从她的一脸怒气里看出这是对他的厌恶，终于明白了她在讨厌他的脏和臭。就同那天在她请他吃饭时，嫌他脏而恶心的屈辱一样，让他的欲火"腾"地变成了怒火。他心想，你冯美儿虽是凤凰，但今天落到他张鞋娃手里，就是"鸡"，少拿太太小姐的脾气来对待他，他张鞋娃不吃这一套。张鞋娃朝冯美儿就是几个嘴巴。

　　从小当鞋匠的手，有的是劲，巴掌刚落到冯美儿脸上，冯美儿就惨叫起来。冯美儿赶紧捂起了脸。张鞋娃的巴掌便落到了冯美儿的手背上，巴掌声很响亮，打得冯美儿在床上直滚。冯美儿尖叫着坐了起来，干脆不再捂脸，把头伸给张鞋娃，吼叫道："打吧，你往死里打吧。你这个臭鞋匠娃，居然给我动手了；我不活了，你打死我好了！"

冯美儿的吼叫和强硬，把张鞋娃吓住了，他把抡起的巴掌，收了回来。收回了巴掌，却猛然把冯美儿推倒在了床上，继而重重地扑压在了她身上。张鞋娃产生了强奸她的冲动。他像扑咬猎物似的，把冯美儿牢牢地搂压在了身下。浑身如面团软的冯美儿，无力也不敢再对张鞋娃有所反抗，只好哭叫着让他折腾。张鞋娃全然不顾冯美儿的痛苦和屈辱，粗鲁而疯狂地"折腾"。"折腾"完，问哭天抹泪的冯美儿："你还讨厌我吗？你还嫌我脏吗？"

冯美儿伤心地抽泣，不敢说一句话。不敢骂张鞋娃，是她想到父母过世，无家可归，要另找他人，这兵荒马乱的年月，谈何容易，即使下嫁张鞋娃，好赖他是个未婚的壮汉男人，跟着他不至于太受别人欺负。这样一想，冯美儿只有伤心地哭，不敢对张鞋娃怒，也不敢骂张鞋娃半句。

冯美儿对受到张鞋娃奇耻大辱后怒火的收敛，倒让张鞋娃对她产生了怜悯感。张鞋娃一把把她搂过来，抱在怀里，说："你听着，不管你过去是什么女高才生，不管你是谁的三太太，不管你是什么贵夫人，那都是过去，从今以后你是我张鞋娃的女人，是我臭鞋匠张鞋娃的女人，我这个臭鞋匠张鞋娃从今以后是你男人，你不能嫌弃我，不能看不起我。不然，我张鞋娃也不会把你当人看……"

冯美儿只哭不说，发泄完兽欲和情绪的张鞋娃，奇困袭上来，倒头便若死猪般睡着了。冯美儿几乎是听着张鞋娃拉着大风箱的呼噜到了天亮。天亮了，张鞋娃醒了，起来赶紧回柴家。冯美儿朝张鞋娃喊道："你不要来了，找个丫头陪我！"

张鞋娃不吭一声地走了。

张鞋娃一走，冯美儿就后悔刚才说"你不要来了"。如果张鞋娃真的生她气，今晚不来了，也不找个人来陪她，这黑咕隆咚的院子，她怎么过夜呀。

柴家连续出事，柴大老爷已有大半年没去新疆、南京等外地的家外家，没与他的几个太太相会了，急得坐卧不安。尽管他给她们写过信、寄过钱，但她们却见不到人来，无不怀疑柴大老爷病重在家，或者怀疑在热河娶了新欢，都说要来看他。柴大老爷生怕她们来热河找他，他的家外有家一旦暴露在柴大奶奶这里，他的日子就有好看的了。

柴三的后事刚处理完，柴大老爷便急着要出门去新疆，接着去南京，然后从南京再到云南，从云南再到太原的家外家，看望他的几个小老婆和孩子，享受一番，安抚一番再回来。

同以前一样，柴大老爷对柴大奶奶的理由，是联系玉生意，这个理由，柴大奶奶从没办法拒绝。且柴大老爷每次远出，一去两三个月，甚至更长，总是迟迟不回来。柴大奶奶虽有很重的怀疑，也知道他在外面同在家一样，少不了干风流韵事，但只能气和恨在心头，唯一的办法是装傻和忍痛，拿他没办法。每当柴大老爷出远门，柴大奶奶就恐慌。恐慌里有怕他出门出事，更怕他不在时柴家出事。

柴大老爷心牵家外家，也心牵柴家玉业。所以，对于阿黄咬伤柴三而导致绝症死亡，造成本不可放过它的罪过，柴大老爷无法容忍，但又无可奈何。因为没这个看门狗阿黄，玉作坊玉器和柴家的宝贝会频繁丢失，因为没有一条狗能替代它去尽责尽力地看门，因为他离开几个月更是离不开它看门护家的特殊能力。尽管它导致了柴三的死，也给柴家不是直接而是间接导致了大小不少灾祸，甚至让他讨厌它到了忍无可忍的地步，而面对柴家的利益，面对看门的严峻现实，他只能接受它，忍让它，让它好好活着，让它给柴家好好看门。

临出远门的柴大老爷，想这看门狗的事，又气得他要死。而气得他要死，他却没法用他想用的办法，即使恨得死去活来后却连它一根毛也不敢动，甚至还得敬着它。这让他积攒了许多屈辱，屈辱堵得他胸口直痛。他有预感，不知哪天，他会被这看门狗畜生气得倒地而死。

已入伏天，清早要多赶点路，柴大老爷四更被下人叫醒，天一亮要出门，他让人去叫张鞋娃来要给他叮嘱事。张鞋娃炕上的被子卷起人不在，显然昨晚出去没回来。下人告诉柴大老爷实情，柴大老爷知道他去了哪里，夜不归宿他睡在哪里。小莲昨日告诉他，张鞋娃给三太太置办了个小院，三太太下午已住进那小院里了。柴大老爷得知此事，先是吃惊，继而对小莲说：

"三太太虽与柴三离婚，但柴家也不能不管，他让张鞋娃在外置办住处，也在情理之中。不过，你得把张鞋娃粘紧点，等我回来给你们办婚事。"

"人家张鞋娃的腿往哪里走，我小莲哪能粘住；再说了，我哪有三太太的粘劲大呢。"小莲说道。

"你是不是看到他和三太太有什么事了？"柴大老爷从小莲的话里听了"味道"，问小莲道。

小莲不回答，柴大老爷也不追问。也许是他不想知道得太多，知道太多了烦，就不问了。

柴大老爷、两个下人和三匹马刚到门口，张鞋娃就从小门进来了，正撞了个对面。张鞋娃一时紧张，不知道说什么好，只好等柴大老爷开口。柴大老爷说："回来了？"

"嗯，嗯，回来了。"张鞋娃紧张而诧异地回答。

张鞋娃听出来柴大老爷好像知道他在什么地方过的夜。他觉察到柴大老爷已知道他跟三太太好上了。他感觉自己就是个笨蛋，为何给他回答"回来了"呢，应当回答"出去晨练去了"才对头。这回答显然是承认了自己在外过的夜，是与冯美儿过的夜。张鞋娃又说："晨，晨练去了。"

"我出远门，得段时日回来，柴家看家的事，就交给你了……"柴大老爷和气地说，"晚上就别再出去了，多陪陪小莲，她可天天盼着你陪她呢……回来给你和她完婚，也会分给你一大份柴家的家业……"

"谢谢大老爷，记住了。"张鞋娃谦卑地说，"您放心出门，我会把家门看护严实的，也会照顾好小莲和柴家的其他人。尽管放心。"

"把家看好，今后都是一家人，多余的话就不说了。"柴大老爷显得无奈地说。

"大老爷尽管放心。您一路多保重，等您尽快回来。"张鞋娃说。

柴大老爷朝张鞋娃挥了一下马鞭，跨上马走了。

柴大老爷跨马扬鞭一瞬间，张鞋娃预感到一丝不祥，柴大老爷会有不祥之事。

二十四 外面的"野花"上门了

张鞋娃对柴大老爷的不祥预感，也不是此刻才有的，在他前几次出远门时，张鞋娃就有过对他不祥的感觉。这不祥的感觉是来自他对柴大老爷家外有家玩得太大的缘故。一个男人在东南西北到处留情，四处纳妾成家，忙得过来吗？八成忙不过来。忙不过来，就会到处冒"泡"，就会出事，就会引火烧身。

这不，柴大老爷刚出门一会儿，有个女人带着个女孩，说是从新疆和田来的，要找柴大老爷。张鞋娃问她，找柴大老爷干什么。她说，她是他的老婆，孩子是他的孩子。张鞋娃明白了，这预感的柴大老爷的不祥之事，这么快就来了。这事怎么办得妥当才好？妥当，人是不能让进柴家，柴大奶奶哪能容得下这等事。

母子大老远来，张鞋娃赶紧让进门房，倒上两碗水，稳住他们，便想接下来怎么办。张鞋娃想，接下来应当赶紧安排她们住宾馆，并让人去追柴大老爷回来。张鞋娃找到柴大老爷的下人，让他对柴家任何人不要说柴大老爷的新疆女人来的事，骑匹快马赶紧去追柴大老爷回来。柴大老爷的下人，悄悄出门去追柴大老爷了。

母女喝完水，等张鞋娃安排进柴家，看张鞋娃坐着不动，女人催他带她去见柴大老爷。张鞋娃对女人说：

"柴大老爷出门了，不在府上，带你们先住客栈，待柴大老爷回来，立刻去客栈接你们回府上。"

"我们千里迢迢从新疆回来，找的是自己丈夫，回的是自己家，住什么客栈，不去住客栈！"新疆女人不干。

"府上柴三老爷过世，昨天刚入土，阴气没散，住在府上对您不大好。"张鞋娃对新疆女人说。

"你别拿死人的事支我们走人，我不是吓大的。"新疆女人说，"看来是柴大另有新欢，不要我们娘儿俩了，让你来堵住不让找他……他这狼心狗肺的东西……"

"住府上没问题，不知道你们来，屋子也没收拾好，先在客栈歇息一下，把屋子布置好了，立马接你们过来。"张鞋娃劝说道。

新疆女人也没了耐心，拉着孩子，就往大院里闯。阿黄扑过去，拦住了母女俩。新疆女人不理狗，狗一副凶相、一脸凶气，拉出咬的架势。张鞋娃呵斥狗"不许无礼"，但已迟了，狗把孩子吓倒在了地上，新疆女人被看门狗的凶狠激怒了，骂道："柴大是骗子，连柴大的狗也是凶神！"继而大声喊叫起来："柴大——柴大——，你出来，你赶紧给我出来，接我们进去……柴大——柴大——"

张鞋娃怕她把柴大奶奶喊出来，要拉女人和孩子回门房，那女人反而越喊嗓门越高，整个柴家大院的人都听到了。

柴大奶奶听到了女人的喊叫声，听到了那脆嗓子骂柴大老爷的女人的叫喊声。

柴大奶奶刚走到紫玉园的门口，就被绿玉园出来的小莲拦住了。小莲刚听到女人对柴大老爷的叫骂声，感到事情不妙，想到定是大姑父外面的女人来闹事，怕姑妈听到柴府大乱，赶紧去大门口，没想到姑妈也听到了，她料想这柴家的又一祸事进门了。小莲拉住柴大奶奶，说："门口的事，您就不要管了，您回屋歇着，我会处理好，您就放心吧。"

柴大奶奶哪里会理小莲的阻拦，甩开小莲径直去了大门口。新疆女人被看门狗拦在门房前，张鞋娃训斥狗，不要乱来，但狗不理他，该对女人和孩子凶，还是那样凶，好像它知道她是柴大老爷外面的女人，大有不把女人赶出大门不罢休的样子。

看门狗阿黄的凶恶相，好似沉重的石头砸在新疆女人烦躁的心上，本来就对柴大老爷的怀疑和憎恨，一下子更重了。她的喊骂声，变成了哭叫声。门口的事被阿黄闹大了，张鞋娃对狗急了，骂阿黄"简直不是个东西"，但阿黄就是不听他的话。这本来可以悄然处理好的事情，成了柴家大院人人皆知的丑事。门口围满了玉作坊的师傅和下人，柴大奶奶和小莲来了，张鞋娃看大事不好，把围观的人轰走了。

柴大奶奶过来了，新疆女人望着这个一身凶气的老女人，一脸的害怕。

柴大奶奶凝视眼前的女人和孩子片刻，看着与柴大老爷长得像模像样的孩子，已知道她和孩子怎么回事了。柴大奶奶故意问女人："你是谁呀？来柴家大门口大喊大叫，有什么事?!"

"你是谁呀？"女人反问道。

"我是谁？我是柴大老爷的大姐。"柴大奶奶故意隐瞒自己说道。

"看你就像他大姐。那我叫你大姐吧。"女人说。

"肯定是你大姐。那你是谁，怎么称呼你呢？"柴大奶奶问道。

"难道你看不出来我和孩子是谁吗？"女人说道。

"你一定是大老爷的太太吧，孩子一定是他的孩子了？"柴大奶奶说道。

"是的，大姐。他半年没音信，我带孩子来看他。"女人说道。

"明白了，原来是太太呀，失迎失迎。小莲快把夫人带到白玉园空闲的三太太的屋子，派人好好侍候。"柴大奶奶说。

"可……三太太的屋子……三老爷刚走……"小莲对柴大奶奶说。

"大老爷的太太和孩子从新疆大老远地来，要安排最好的地方住。住那儿最合适。"柴大奶奶说道。

小莲知道姑妈的恶意，但小莲还是把女人和孩子带到了她的屋子里，并安排了饭菜，热情招待。小莲预知，这女人带孩子的到来，柴家要闹大震了，大姑父要受罪，会受大罪。

得给女人和孩子安排住处，而柴大奶奶还是让她们住柴三的屋子。小莲说："柴三人才'走'，魂魄还没走，让人住他的屋子，怕是柴三老爷恼怒，也对母女不吉利，姑父回来会发火。"

柴大奶奶说："就用柴三的屋子给他们当新房，让那个花心老王八蛋回来跟那女人去睡。"

小莲不敢不听姑妈的话，只好让人收拾干净柴三的屋子，换上新被褥，把母女接到了那阴霾怪味的屋子。

屋子里挂着柴三和冯美儿的照片，女人在屋子里闻到不祥的气息。她已知道这是死人柴三离世刚空出的屋子，她让人换屋子，绝不住这死人的屋子。柴大奶奶让下人告诉女人，没有其他屋子给她们住，要是不想住这屋子，就赶紧离开柴府。女人无奈，只好说她等柴大回来解决。

天黑时分，柴大老爷被人追了回来。一到大门口，见到张鞋娃，问，那女人和孩子没让进柴府吧。张鞋娃说，被大奶奶接到白玉园住下了。柴大老爷一听，又蹿起冲天的火，朝张鞋娃一个大耳光，打得张鞋娃倒地昏了过去。阿黄见状，迅疾跑到张鞋娃身边，摇他醒来。张鞋娃醒来，爬了起来。这巴掌打得张鞋娃尽管无大碍，而阿黄对柴大老爷不干了，朝柴大老爷猛扑过去，张开大口真要咬他。幸亏一边的下人朝阿黄撞了过来，把阿黄拦住了，阿黄没咬到柴大老爷，也没咬下人，却被张鞋娃抱住了。柴大老爷扔下一句"回头再收拾你和狗东西"，进府了。

柴府住进了从来没听说过的大老爷的小老婆和孩子，柴家大院的人都觉得新奇，路过门口瞅的瞅，进去看的看，问长问短，那新疆女人什么也不说。只有柴二小姐和柴三小姐，让她喜欢。她们给她们送来的点心好吃，送给她和孩子的衣服合身又好，给她们送来的东西都称心如意。两个小姐与女人和孩子正说话，柴大老爷进屋了。看到女人和孩子受到两女儿又亲又热的关怀，柴大老爷的脸顿时变得比猪肝都难看。柴大老爷问女人：

"你怎么来了?!"

"半年不见你的踪影，也不见你的信，你让我们怎么等得下去!"女人说道。

"说来就来，也不提前说一声!"柴大老爷埋怨道。

"我们大老远的来了，你怎么不高兴？你当然不高兴……你的事情，捂得多严实啊！"女人说道。

"高兴、高兴——"柴大老爷赶紧堆上笑脸说，但装作没听到下半句话。

调皮的三小姐明知故问地说：

"爸呀，这大娘和小妹，是谁，我们怎么叫她们呀？！"

"啊——啊——，是这样，我没告诉过你们，是爸的错，叫二娘吧，她是你们的妹。"柴大老爷不得不如实说。

"原来是二娘，还有个妹，真好。欢迎你们来，有什么需要我们的地方，尽管说啊。"二小姐说，三小姐也重复二小姐的话。两个小姐的热情和周到，让女人和孩子，就地喜笑颜开。说完，二小姐拉着三小姐走了，把空间留给了她们的爸和二娘。

虽然女人和孩子的远道而来，让柴大老爷惊喜，但她和孩子突然"暴露"在柴家大院，他在外面的女人和孩子"暴露"在了大老婆面前，有点让他措手不及，且要面临她大闹一场的灾难，这使柴大老爷顿时恐慌了。还有，柴大奶奶把女人和孩子安置在刚刚离世的柴三的屋子里，多么恶毒，这让柴大老爷有点后背冒寒气。

女人对柴大老爷说："我和孩子不住这屋子，还是去住客栈，等有合适的屋子，再回来住；刚才本来看门管家就要安排去客栈，可那个看门狗把我气坏了，一气之下喊了几声，结果把大奶奶'喊'出来了，给你造成了麻烦，千万不要怪我和孩子呀。"

"又是这王八蛋狗，尽给我惹事、闯祸！"柴大老爷气得直跺脚，骂道。

"你这看门狗，够厉害的，一脸的凶相，一脸的凶气，把孩子都吓坏了。"新疆女人说。

"迟早要把这东西的狗皮扒了！"柴大老爷咬牙切齿地说。

柴大老爷正在愁想怎么安置好女人和孩子的难题，下人急匆匆地来给他说，柴大奶奶上吊了。

柴大老爷扔下女人和孩子，立马回屋。

柴大奶奶并没有上吊，好端端地坐在客厅的茶几旁，端着茶喝茶呢。柴大老爷吃惊地看着柴大奶奶，不知道说什么好。柴大奶奶说：

"你很吃惊我怎么没上吊呢，对吧?!"

"吓死我了！"柴大老爷神情紧张地说。

"你是巴不得我死呢。我死了，你可以把外面的女人接回来了，省得千里迢迢地屁股沟子流汗又流血地去会情人，又受苦又受罪了！"柴大奶奶狠呆呆地说。

"我错了，你原谅我吧。"柴大老爷就地跪在了柴大奶奶面前。

"你在外面纳了几个女人？如实说来！"柴大奶奶把茶碗一扔，像只母狮吼叫起来。

心里有鬼的柴大老爷，外面还有几个女人的柴大老爷，即使平时胆子再大，脾气再坏，再怎么不怕柴大奶奶，而在新疆和田女人找上家门和保不住哪天另外几个女人也会找上家门的担忧下，柴大奶奶这狂吼，让他平日的铁石心肠和胆子，被吓软了。柴大老爷想如实招来，差点如实说出来，但又不敢如实倒出，只能支支吾吾地，半天竟说不出一句话来。

柴大老爷支吾难语，柴大奶奶感到这本身就表明了事情的严重程度——这老东西，在外面还不止一个女人，一定还有，也许好几个呢。柴大老爷的紧张和难语，逃不过聪明的柴大奶奶的判断，他背着她，一定是四面撒种、到处开"花"呢。柴大奶奶想到这里，怒火更旺了，竟猛然朝柴大老爷一脚，却是虚幻的一脚，根本没敢踢他，但柴大老爷"哎哟"一声大叫，双手捂胸，应声倒地，一时爬不起来。

柴大老爷被虚幻的一脚吓得躺在地上叫唤，怒火中烧的柴大奶奶，还想来几个动作吓唬他，看此情形，又挂念他心脏有老病，赶紧收住腿脚。打住了对柴大老爷出手的柴大奶奶，也不扶柴大老爷起来，而是狠呆呆地瞪他几眼，提上椅子上一个包袱，对柴大老爷说："我腾屋子，让你新疆的野女人住，你们好好狂欢！"

说完，柴大奶奶扔下一股杀气走了。

柴大奶奶走了，柴大老爷好半天才爬起来。柴大奶奶的这虚幻一脚，那带功夫的脚，虽没踢到胸口，但他感觉踢到了胸口，好像踢得重狠，不偏不倚踢在了心窝深处，踢得他心掉到了坑里，一时没了知觉。他从地上吃力地爬起来，地上有血，嘴里仍在流什么东西，是血。地上的一摊血，原来是嘴里流出来的。

柴大老爷被柴大奶奶的虚幻一脚"踢"出了血。吐血了，柴大老爷感觉胸口痛得如撕裂了似的，吓得哆嗦起来。赶紧喊人，下人来了，吓得不知道怎么办好。

柴大老爷这几年来越发感到胸口痛，也摔倒过几次，还吐过几次血。这一脚，虽没踢着，但感觉踢得很重。柴大老爷让下人从条桌的瓷瓶里拿出一丸药给他，是安宫牛黄丸，是救命的神药。他吃力地吃下了它，并喝了一碗水后，感觉渐渐有点劲了。

缓过点劲儿来的柴大老爷，既着急柴大奶奶去了哪里，更着急新疆女人要住在哪里。新疆女人和孩子，要住哪里呢？既不能住在柴府，也不能住在客栈。住在柴府，柴大奶奶不干；住在客栈，委屈她和孩子。柴大老爷思来想去，也只能伤了柴大奶奶，让她和孩子住在府上。她是他的女人，孩子是他的孩子，既然柴府上下都知道了，既然她们母女回不了新疆生活，那就没必要东躲西藏，让她们名正言顺地住在府上，管她呢，她大太太要死要活是她的事。但已入夜，这夜也只好住在柴三的屋子里了。柴大老爷与新疆女人和孩子吃过晚饭，安顿歇息。女人要他一块睡，他拗不过她，就睡在一起了。睡在一起，虽然柴大老爷伤重没做成"事"，但躺下就发烧，就做梦，梦见柴三掐他的脖子。一夜的噩梦和疼痛，早晨竟然起不来了。

柴大老爷连病数日不起。连日吃药，也不大管用。新疆女人就日夜守候照顾，对柴大老爷体贴入微。

柴大老爷一病不起，柴家大院的人以为新疆女人这个骚货，把身强力壮的柴大老爷身体"吸"弱了，身体玩空了，再加上柴大奶奶一走不回，柴家许多大事无人做主，感到了柴家不祥的兆头在降临。

二十五　一个多情，一个上吊

柴家大院接二连三地发生着莫名其妙的事情。

张鞋娃好几天没去冯美儿那里，也没找下人陪她，深夜难熬的冯美儿，连日等不来张鞋娃的冯美儿，到柴家门房找张鞋娃。冯美儿虽是柴家的主人，但到门口，看门狗阿黄却不让她进。冯美儿往门房多走了两步，阿黄就扑上去，把她裤子撕破了。虽然没咬到皮肉，回想柴三被咬而导致死去的情景，着实把冯美儿吓得魂魄丢了，瘫软在门房口，连坐也坐不起来。这当儿，正好张鞋娃上茅厕，回来看到衣破人瘫在地的冯美儿，知道又是阿黄惹的祸。张鞋娃赶忙扶冯美儿起来，冯美儿软成了一堆肉，扶不起来，就抱起她进门房，可阿黄扑到张鞋娃前面，拦住门口，不让张鞋娃进门。它不让他把她抱进门房，张鞋娃在新玉园有他的一间下人住的屋子，就转身去新玉园。可阿黄又扑到他前头，拦住张鞋娃不让他向前走半步。伏天抱个大活人，又是个女人，既累又恼的张鞋娃对阿黄急了，呵斥它："滚开——快滚开！给我滚开！"但阿黄不让道，更不让步。张鞋娃怒喊道："我要踢你了！"阿黄不但不怕，反而逼进了一步。面对阿黄毫不惧怕的张狂和挑衅，张鞋娃进退两难，愤怒的脚向阿黄踢了过去。这带火的脚，猛而有力，结实地踢在了阿黄的头上，踢得阿黄惨叫一声，但它没咬他，也没给他让半步道。事态到这个地步，深知阿黄脾性的张鞋娃，预感到再同它横下去，要么它会与他抗争到底，要么它会同前面几次一样伤心而跑掉。出现这两种结果，都会让张鞋娃吃尽苦头。

张鞋娃清楚，阿黄对他要横，是冲着冯美儿来的。它憎恨柴三，它厌恶冯美儿。它厌恶冯美儿，不是因为柴三，而是因为她不停地勾搭它的主子张鞋娃。好像在它的眼神里透出，冯美儿对它主子张鞋娃来说是祸水，会把张鞋娃弄脏，已经把他弄脏了。它从他身上闻到了令它恶心的冯美儿身上骚腥的脏臭，它讨厌起了它的主子张鞋娃的下贱。所以，每当冯美儿来找张鞋娃，它就气不打一处来，恨不得把这女人撕咬碎了才解气。

阿黄对她的吓唬性撕咬，阿黄对张鞋娃的无礼与耍横，张鞋娃在阿黄面前的无可奈何，使冯美儿毛骨悚然，也对柴府彻底寒心绝望——在看门狗眼里，她已不是柴家的人了，柴家的门她再也不能踏进来。张鞋娃也看出来，阿黄绝对不会让冯美儿跨进柴家大院半步。面对霸道的阿黄，张鞋娃只好把已把他抱得浑身冒汗的冯美儿，放到大门外的石狮子旁。冯美儿仍然浑身发抖，软若一摊泥，动不了。张鞋娃喊了辆黄包车，把冯美儿抱到车上，给了车夫钱，交代他拉到什么地方。可冯美儿不干，要张鞋娃陪她一起回。张鞋娃不上车，冯美儿就要下车，张鞋娃只好上车，陪她回小院。

冯美儿和张鞋娃在门口的搂搂抱抱，缠绵和纠缠，被看门狗阿黄看得心里冒火，也被一个女人看了个清楚，那就是小莲。小莲一直在新玉园的一棵树下，看这一幕。冯美儿到大门口时，小莲正巧去新玉园，看见了狗对冯美儿的撕咬，张鞋娃抱起冯美儿，张鞋娃为冯美儿发怒而骂狗和打狗，张鞋娃抱着冯美儿上车，又被冯美儿黏上车一起走了，还有几天前张鞋娃给冯美儿租房，张鞋娃在冯美儿住处过夜，还有那天柴三死后冯美儿离开柴家大门口，给了张鞋娃那个大箱子，还有冯美儿约张鞋娃吃饭和让他洗澡摔伤并约到戏团干"坏事"，还有过去几年里在门房挑逗张鞋娃等等，看到的这些和想起的那些，使小莲心里如雷翻滚，也软倒在了树下。

张鞋娃与冯美儿的眉来眼去和苟且狂欢，怎么让小莲看了个清楚，且知道了个明白？是小莲发现了冯美儿对张鞋娃的用心和动心，也发现了张鞋娃被色迷心窍，被她一步步勾引上并滑入她怀抱。

张鞋娃是柴大老爷给小莲选的未来夫婿，冯美儿知道无疑，而冯美儿尽管知道，却还要抢她的人，居然是做太太的抢她的人，简直令她恶心和憎恨透顶。要不是她拒绝张鞋娃与她图谋发柴家财的非分之想，她早就成张鞋娃的老婆了，哪有冯美儿后面的戏。面对张鞋娃几次提出的这结婚"条件"，她没有妥协，她不想妥协。尽管在这一点上，她对张鞋娃的不良动机无法接受，但她心底里是那么喜欢张鞋娃，她愿意把自己的今生今世托付给这个人。为了张鞋娃有一天改变他那不良动机，她在苦心等待，结果等来的不是他的改变，而是离她越来越远，而是让别人给抢去了，这是她万万没想到的。她对张鞋娃失望透顶，也对那条看门狗越来越畏惧。

这几年她越来越讨厌张鞋娃，尤其讨厌这条看门狗。随着她跟张鞋娃日渐疏远，阿黄对她的凶相和凶气越来越厉害。好像看门狗真是张鞋娃的前世兄弟，也在逼她向张鞋娃就范呢。她想，她的婚姻的失去，也许就是因为她太固执了，如果就范，也不至于天天盯着张鞋娃，日日想着张鞋娃，而又渐渐恨着张鞋娃。小莲想到了自己是多么悲怆，想到此时的张鞋娃抱着冯美儿回她的小院香"窝"，想到不一会儿张鞋娃就会被冯美儿拉入她的香"窝"，想到那两个交织到一起的下流行为，她心比刀绞还要痛，她想到了死。

张鞋娃把冯美儿送到小院，冯美儿已精神了很多。他把她扶到床上，就要回去。冯美儿哪里肯放她走。可张鞋娃心挂两桩事，一桩是他把冯美儿抱到黄包车并上了黄包车时，他看到了新玉园里有人倒在了树下，是小莲。显然她看到了刚才发生在门口的情形，让她受刺激了。一桩是新疆女人来找他，说是柴大老爷又吐血了，病情一天比一天重了，让他再请个名医，给大老爷好好治一下，或者送他去医院治疗。张鞋娃急着要走，冯美儿不让他走，一脸的渴望与激情，但小莲和柴大老爷的影子在张鞋娃脑子里晃荡，他丢下几块大洋给冯美儿，不管她高兴不高兴，扔下她就走了。

就在刚才张鞋娃把冯美儿抱到黄包车上，冯美儿把张鞋娃"黏"到黄包车上，冯美儿头和半个身子蜷在张鞋娃怀里时，小莲的心就要蹦出来了，她对张鞋娃仅存的一丝爱意和希望，顿然破灭了，她想一死了之。树上吊着个秋千，一根绳子断了，另一根仍拴在树上。绳子粗而结实，好像是给她上吊准备的。小莲想到了上吊。树下有块大方砖，好像也就是给她上吊准备的。小莲决意上吊。

小莲搬过方砖，抓起绳子，踩上方砖，把绳子打结成圈，圈套脖子，蹬倒方砖，粗壮的麻绳勒住了喉咙。

　　院里静悄悄的，竟然没一个人路过树下。就在小莲打绳子圈和脚踩方砖，绳子吊住脖子的时刻，一直在门口处瞅着小莲举动的阿黄，在这性命攸关的时刻，一个飞箭似的跳跃，跳到了树下，跳越到了绳子的打结处，把个幸亏是活结的绳子撞开了，小莲从绳圈上脱落下来，摔在地上。阿黄把小莲救了，阿黄不放心，上前闻了一下小莲的鼻子，感觉到了无大碍，才离开了她。

　　张鞋娃赶到门口，阿黄朝他"汪汪"着，带他前往树下。张鞋娃见小莲躺在地上，一边是倒地的砖块，绳子从树上垂落，知道是怎么回事了。张鞋娃赶紧扶起小莲，小莲咳嗽起来，并无大碍。张鞋娃抱着小莲回绿玉园她的屋子。

　　张鞋娃抱起小莲的瞬间，小莲的眼泪就淌出来了。小莲嚷出声来："不许抱我，你抱别人的脏手别碰我！"

　　张鞋娃不放，她便拳打、脚蹬张鞋娃，张鞋娃还是不放下她。张鞋娃不放下，小莲就大哭，抱到绿玉园，她已哭成泪人儿了。

　　小莲不让张鞋娃进她屋子，把门关了个严实。张鞋娃只好在门外对她说话。

　　"小莲，你有什么想不开，也不能寻短见啊！"张鞋娃说。

　　"胡扯，谁寻短见了?!"小莲火气十足地喊道。

　　"你为我也不值得寻死觅活的。"张鞋娃说。

　　"滚！滚！赶紧滚远点！"小莲疯了似的嚎叫道。

　　小莲疯了，张鞋娃不敢多说什么，不得不离开。但他脚刚挪到门口，又担心起小莲来，若她再想不开，走上绝路怎么办？小莲寻短见，是他张鞋娃的原因。张鞋娃的心里像插上了把刀，疼痛难耐。张鞋娃便想，自己本是个善良之人，是柴大老爷、柴大奶奶和柴三老爷逼他心有恶意的。他并不是对柴家所有的人都有恶意，只是对心恶的人有恶意，对小莲他有爱意。小莲对他有情，即使他不娶小莲做老婆，也应当好好关心照顾好这个善良的女人，让她活得好些，不能因为他不愿娶她，或他喜欢上了冯美儿而伤害与毁了她；他张鞋娃可以报复和憎恨柴大老爷，也可以讨厌柴大奶奶，也可以讨厌柴三老爷，也可以讨厌柴大小姐等柴家大院让他讨厌的人，但对好人绝对不能伤害，尤其是对小莲不能亏待。张鞋娃叫玉作坊的女工亲信，买来小莲爱吃的东西，让侍候小莲，也是让盯着她不能出事，这才放心了许多。

被阿黄救下的小莲，被张鞋娃用滚烫的一双臂和胸膛抱到屋子的小莲，心里的羞耻、绝望、憎恨、留恋等搅在一起，像翻腾着辣椒水一样刺痛。此刻，她在痛苦地使劲地想着一个问题，要活下去，还是死了算了？即使在脖子套进绳圈感到剧痛和死神即将降临时，她仍愿选择一死了之，绝不后悔。可在阿黄把她救下后，张鞋娃把她抱在怀里并苏醒过来后，张鞋娃把她紧紧地抱在怀里并把他与她贴得很热很疼时，她的心又有了改变，她觉得阿黄和张鞋娃对她很亲，是自己最亲的人，她对它和他心存感动和感激，她又舍不得离开它和他了。她在柴家大院生活了许多年，大姑父和姑妈虽有关心，但多感冷漠，而阿黄和张鞋娃却让她感到了有依靠的亲人般的希望。这么一想，小莲想开了，即使他张鞋娃跟冯美儿有不清不白的勾当，即使张鞋娃不愿娶她，她也没有必要恨他。她不想自杀了。她没必要为冯美儿这个女人自杀。小莲接受了张鞋娃安排的所有关心，她告诉玉工，要张鞋娃好好为柴家做事，她会好好活着。

一个人的想死要活，往往在一瞬间。一瞬间坚决要死，死了也许不后悔；一瞬间想活，死了必定后悔。这一瞬间的决断，往往不取决于自己，而取决于外界的希望与绝望。小莲对自己的想死却没死成和想死之后又想活，越想越想不通。

安顿好小莲的张鞋娃，本来要立马去柴三屋子看柴大老爷的，可他去了大门口。他对阿黄及时抢救小莲着实感动。他先要去慰问和感激一下阿黄，阿黄比柴大老爷了不起，阿黄比柴大老爷重要，他要立刻表达对阿黄的感谢。张鞋娃从厨房拿了块鲜肉去门房。炎热的太阳，烧得地皮冒着热浪，阿黄疲倦地仍在大门口守着，对进出的人一点也不放松警惕。张鞋娃上前抱住阿黄，亲它的头，撸它的毛，给他喂上块鲜美的鹿肉。阿黄抖着尾巴、欢欣地接受张鞋娃的感激之意，并享受张鞋娃喂它的美味。它吃得很香，但故意吃得很慢，全然不顾张鞋娃给它喂肉而酸乏了的胳膊。它好像故意要让张鞋娃多举一会肉，举得时间越长，它会吃得更香。对阿黄的故意细嚼慢咽的举动，张鞋娃不但不生气，反而觉得它亲切，他心甘情愿。张鞋娃多么想让阿黄告诉他，它为何救小莲。阿黄的神态告诉他，它阿黄不喜欢妖媚的冯美儿，冯美儿不适合做他张鞋娃的老婆。小莲是它喜欢的好女人，小莲适合做他张鞋娃的老婆；这个柴家大院，柴三老爷可以死，柴家大小姐可以死，柴大老爷可以死，柴大奶奶也可以死，而其他人不能死，尤其是小莲不能死，她是个好女人，应当让她活得好好的——所以它要救她，拼了命也要救她。

张鞋娃去看柴大老爷。边走边想，把一个上吊的人在关键时刻救下，普通看门狗做不到，只有神狗才能做到。张鞋娃偷笑，他说它是转世天狼，它好像真变成了转世天狼；阿黄不是狗，真是个转世天狼。张鞋娃对阿黄又有了新的了解，它是条心地很善良和忠义的狗。它不仅对他赤诚，还深知小莲在他心里的分量，因而它做出了救她的惊人壮举。它是多么希望他张鞋娃和小莲好。他张鞋娃是娶冯美儿为妻，还是娶小莲为妻，他选择哪个好呢？

柴三的屋子阴气很重，张鞋娃感觉到，即使没病的人，住在这屋子，也会生出奇怪的病来。躺在炕边的柴大老爷，消瘦和憔悴得像个脱水的茄子，嘴边有血迹。看到张鞋娃，柴大老爷怒气涌脸，他在憎恨张鞋娃。在他的表情里，张鞋娃感到，他这大病是他张鞋娃造成的。对了，送冯美儿之前新疆女人到门房给他说过，那天她刚到柴府，如果不是看门狗对她那么凶，她就跟他去客栈住了，住到客栈，就不会让柴大奶奶知道，不会知道她是谁，就不会和大老爷吵架，胸口就不会挨她虚幻的一脚，胸口没那吓他的一脚，大老爷就不会病得吐血。新疆女人说，看门狗太坏了。柴大老爷定是把他挨柴大奶奶打而导致的重病，算在了阿黄头上。把账算在阿黄头上，就等于算到了他张鞋娃头上。张鞋娃明白了柴大老爷对他凶脸的实质。柴大老爷这张凶巴巴的脸，使张鞋娃本来想好的问候话，不敢张口了。新疆女人说，刚咳出了血，他请的郎中开的药不管用……要张鞋娃再请个热河最好的郎中来，越快越好。可柴大老爷一摇手说，不是郎中不管用，是药里有鬼……这药再要是吃下去，他就没命了……他要去大和医院。大和医院是日本人开的，柴大老爷迷信日本人的药。

柴大老爷怀疑张鞋娃在他吃的药里搞了鬼，这真是对他张鞋娃疑神疑鬼到家了，他的病加重，他吃药不管用，成了张鞋娃在害他。他张鞋娃谋过柴大老爷的财产，但绝不想害死他。尤其是他得了这般大病，他请的郎中是他柴大老爷点名要的大医生，药是小莲去上好的药铺抓的。小莲是他柴大老爷的亲侄女，她抓的药并亲自煎的药，哪能有假，哪里有鬼？那就是柴大老爷怀疑药方子有鬼，张鞋娃那可真是他有冤无处诉，看来他张鞋娃这辈子只能成柴大老爷的冤家了。

柴大老爷住进了大和医院，新疆女人和孩子住到了医院附近的客栈里并侍候柴大老爷，柴家的人都放心了，张鞋娃省心了。

新疆女人离开了大院，柴大奶奶回来了，可有几个柴家的人要搬出柴家大院，柴大奶奶拦也拦不住。

柴二小姐要搬走，柴三小姐要随姐一起走。

柴二小姐要搬出去住，不是柴二小姐不想住在柴府。柴府的人，包括看门狗阿黄，见到柴二小姐都有一份喜欢和信任。柴二小姐搬出去住，还是与看门狗阿黄有关系。柴二小姐的对象是报馆当记者的文人，人什么都好，就是脸皮薄和自尊心极强，容不得别人对他有半点不好的脸色。他与柴二小姐谈对象，遇到了与大小姐同样的苦恼，只要进出柴家的大门就心惊胆战。看门狗阿黄那一脸的凶相、一身的凶气，使他总觉得它讨厌他、随时会咬他，甚至让他感到他不是柴家未来的女婿，而是来偷柴家宝贝的小偷。这种坏感觉，使得他做了好几次噩梦，梦里有恶狗咬他，把它的心掏吃了，把他追得无处可藏……这让他每进出一次大门，便难受几天。还有，他见柴大老爷和柴大奶奶，感觉与见到看门狗差不多的害怕，也多是一脸的凶相、一身的凶气。他感觉她的父母讨厌他，随时会揍他，他甚至感到他不是来谈恋爱的，而是来偷柴家财宝的小偷。这种坏感觉，让他对柴家大院的感觉越来越不好，对柴大老爷和柴大奶奶越来越惧怕。柴大老爷和柴大奶奶嫌他个小体弱，不大看好。但他与二小姐情投意合，他非她不娶，她非他不嫁。二小姐就让他对象在热河租下了两三间小房，找司机搬出去住。这不是二小姐搬出去的最大缘由，让她搬出去的最大缘由，是她妹妹三小姐。

自从看门狗阿黄到了柴家，柴三小姐就感觉在柴府很不快乐。看门狗那一脸的凶相、一脸的凶气，总使她感觉自己做错了什么事，感觉看门狗凶狠的眼在盯着她的一举一动，总是感觉看门狗把她看作贼在憎恨她。更让三小姐害怕的是，看门管家张鞋娃和看门狗几次跪拜天狼星的样子，嘴里说着胡话，神形却像疯子，似人鬼和狗神，吓得她浑身哆嗦，不敢到大门口，不敢见到看门管家张鞋娃和看门狗。每当见到看门管家张鞋娃和看门狗，就如见到了鬼神一样，令她毛骨悚然。这让她确信，看门狗和看门管家张鞋娃，不是人和狗，是地道的鬼，看门鬼。尤其是他和它夜拜天狼星的鬼话鬼影，让她产生了幻觉，她走路时感觉身后那条一脸凶相和一身凶气的看门狗与张鞋娃在跟着她，她进出大门总觉得看门狗要朝她扑过来和张鞋娃要吃人，而且只要她听说狗与张鞋娃、看到狗与张鞋娃、想起狗与张鞋娃就会紧张得浑身发抖。对看门狗和张鞋娃的害怕，对看门狗和张鞋娃的幻觉，她给爸妈说过，她爸妈总对她说"管家是人不是狗，但他与狗一样是好看门管家；狗是天狼转世，这狗跟别的狗不一样，没有它柴家的东西会丢光"之类的话。她和大姐一样，觉得在爸妈眼里，柴家的东西比她们值钱，看门狗和管家张鞋娃比她们姐妹重要。

大姐自杀的事，让二小姐对妹妹的看门狗幻觉担忧，趁她爸重病住院，二小姐决定搬出柴府，让她的对象心情愉快，让她的妹妹摆脱狗幻。

柴二小姐搬完了东西才来告诉她妈，她搬出柴府了，妹妹要跟着她，也把她的东西搬过去了。这先斩后奏的事情，让柴大奶奶不能容忍。正是午休后，柴大奶奶喝茶，一听肺都气炸了。她生气时总是扔东西，她把茶碗狠狠地往茶几上一扔，喊道："太不像话了，你的婚事我们还没答应，你还没嫁人，怎么能搬出家呢?!"

"也就是暂时搬出些日子，过段时间会搬回来。"二小姐轻描淡写地说。

"既然是暂时搬出去住，三小姐在妈身边待得好好的，把她扯拉上干什么?!"柴大奶奶火气减了一点说。

"妈息怒，我与三妹住在外面散散心，对调治三妹的怕狗症有好处，您就多包容吧。"二小姐笑着说。

柴大奶奶不言语，对二小姐的怕狗症忧虑上了，但又没有什么好办法，狗不能不用，柴家不能没这条看门狗，只能委屈她了。想到这，柴大奶奶觉得二小姐带着三小姐搬出去住一段时间，不是什么坏事，便给了几十块大洋，让二小姐把住的地方弄舒服一点，别苦了自己。

柴二小姐搬出柴府，看门狗阿黄不阻不拦，又得到了母亲柴大奶奶的理解。离开柴府，柴二小姐别提有多高兴了。

第二天一早，又有人要搬出柴府。

柴二老爷要搬走。柴二老爷本来在京城琉璃厂开着柴家的玉器行，老婆和四个孩子住在大院里，可这次一起搬走了。屋子里搬了个空，看来是不回来住了。柴大奶奶问柴二老爷缘由，柴二老爷不说。柴大奶奶问柴二奶奶缘由，柴二奶奶说："是孩子们不喜欢看门狗罢了；看门狗一脸凶相、一身凶气，孩子们不愿意出门，出门不愿意回来……就这么简单……"

"生意做大了，柴家大院放不下你们一家，人往高处走，京城地方大，想走，别拿看门狗说事!"柴大奶奶非常生气地说，"看来走了，就不回来了?"

柴二老爷和柴二奶奶没理柴大奶奶的话，催赶车的人赶紧出门赶路。两马车东西路过大门口，看门狗阿黄拦住不让出门。柴二老爷朝张鞋娃喊："把狗给我踢开!"

"阿黄，放二老爷的马车出门!"张鞋娃冲阿黄喊道。

阿黄不理张鞋娃的喊叫，拦住车不放。送柴二一家出门的柴大奶奶，面对看门狗的异常举动，无动于衷。张鞋娃明白了，柴二老爷搬出去的家当里，有不属于他家的东西。但张鞋娃不想让阿黄再与柴二老爷过不去，柴二老爷对他张鞋娃不错，他每次去京城琉璃厂玉器行，柴二老爷都好吃好喝地把他招待得舒服和开心，绝不能让阿黄把他和二老爷的情分搅了。张鞋娃就去拉阿黄让道，阿黄又扑又跳地死活不让道。不仅不让道，反而朝拉车的马扑咬，前后马都惊了。马一惊，车往后缩，两车碰撞，把车上的家当撞掉了一地。锅碗瓢盆和花瓶器皿，摔落了一地。

两马车家当摔了一地，阿黄把事情闹大了，柴二老爷和柴二奶奶被气疯了。柴二老爷操起一把菜刀，朝狗扑了过去，抡起菜刀砍狗；柴二太太捏着拳头，朝张鞋娃扑了过去，抡起巴掌给张鞋娃就是两个嘴巴，打得张鞋娃头晕目眩，但不敢还手。柴二奶奶还要朝张鞋娃抡起巴掌时，柴二老爷的菜刀正向阿黄抡过去。就在这刀要砍到它的时候，阿黄一个跳跃，躲过刀，却向正要打张鞋娃的柴二奶奶飞跳过去，它不去咬她，却一头撞向她的屁股，把个柴二奶奶撞到了张鞋娃怀里，两人倒地，柴二奶奶爬压在了张鞋娃的身上。阿黄撞完柴二奶奶，一个急转身，朝柴二老爷的后背一头撞去，还把两个爪子踢在了柴二老爷腰上。犹如猛虎扑猎，这一头两爪，如三块石头，碰在了柴二老爷的后面，就地把柴二老爷撞了个嘴啃地。不料，更使柴二老爷惨的是，他的右耳朵冒出血来，原来右耳朵不见了。菜刀飞出很远，菜刀边是柴二老爷的那只耳朵。柴二老爷的右耳朵本来就失去了听力，偏偏让它离开了他的脑袋，但他是自己拿刀砍了自己耳朵的，不是狗咬下的，怪不得狗。当时看到菜刀边耳朵的柴大奶奶，就是这么想的。柴二掉了耳朵，怪自己。

柴二老爷左手捂着血流不止的耳朵，嘴里喊着"我的天哪——我的天哪——"，瘫在地上起不来。下人赶忙扶柴二老爷起来。他腿早已软得站不起来，只好坐在地上。被狗头撞痛的柴二奶奶，趴在张鞋娃怀里，嘴都贴到张鞋娃脸上了，惹得柴大奶奶哈哈大笑，也惹得下人们笑出了声。柴二老爷家的老大老二赶紧跑上前把他们的妈妈从张鞋娃身上拉起来。柴二奶奶边"哎呦"大叫边紧揉屁股。她回头一看，柴二趴在地上，血流了一地，捂着耳朵。原来耳朵没了，耳朵在老远的菜刀旁呢。柴二耳朵上的血直往身上流，柴二奶奶慌了，大喊：“不得了了，耳朵没了，耳朵没了……”

柴大奶奶也慌了，赶紧让人叫辆黄包车过来，把柴二老爷送医院包扎耳朵。

阿黄的自卫和对主人张鞋娃的保护，导致了柴二老爷没了耳朵和柴二奶奶倒在张鞋娃身上遭着羞。阿黄闯下了大祸，应当害怕了，应当赶紧逃跑才是出路，可阿黄一点也不惧，仍然站到大门口，盯着要出门的东西，大有“不把不该拿出的东西交出来，绝不让出门”的架势。张鞋娃骂阿黄：“你这狗东西真是疯了！”阿黄理也不理张鞋娃的叫骂，仍一脸凶相、一身凶气地横在门口，根本没对刚才撞倒柴家两个主人的事有丝毫害怕。

阿黄又横上了，柴二奶奶对柴大奶奶说：“就让条看门狗把我们欺负成这个样子不说，还横在门口，要从我们家当里搜什么？大奶奶现在是柴家之主，是狗重要，还是柴二老爷重要？”

柴大奶奶怕柴二包扎完耳朵回来，这残局不好收场，就让张鞋娃赶紧把看门狗拉走，或者把看门狗杀掉和赶走，让柴二家的东西即刻装好出门拉走，省得柴二老爷回来对狗再动手，也省得再生出什么大事情来。

张鞋娃对阿黄说了半天话，好像是求它，可阿黄对张鞋娃的话没感觉，拦在门口却一动不动。张鞋娃死拉阿黄离开门口，可阿黄却朝张鞋娃发出怒吼声，拉出与张鞋娃决斗的架势。张鞋娃不敢强来，只好对柴大奶奶说：“它就是这个倔强脾气，在把门的事上，它认事不认人。他不听我的，谁的也不会听，它要是看出什么事情，我拿它也没办法。”

柴大奶奶听出了张鞋娃的话中有话，阿黄为柴家拼命护家没错，有错的是柴家的老爷太太。柴大奶奶无奈，只好让张鞋娃指令阿黄搜查柴二老爷的家当，看究竟有什么不能出门的东西。

“谁敢动我家的东西，我跟谁拼命！”柴二奶奶急了，朝张鞋娃大喊。

“妈，谁不烦这看门狗，别跟它一般见识。咱家没拿不该拿的东西，怕它看干什么……”柴二的大女儿对她妈说。

“对呀，看门狗对谁都一视同仁，你没藏‘鬼’，还怕看门狗吗？！”柴大奶奶接着柴二大女儿的话说。

"让狗'搜'东西，是对我柴二家的耻辱。要'搜'，也得等柴二从医院回来再说。"话到此，柴二奶奶语塞，便推脱说道。

"妈，爸受了伤，再别让他管这事了，赶紧让看完，赶紧走……我们再不想看到这条狗……"柴二的大女儿不耐烦地催她妈。

柴二奶奶不言语了，张鞋娃给阿黄打个手势，阿黄就扑向柴二的家当，它在前后车的最底层，撕咬出了两个箱子。柴大奶奶说："管家，你把狗撕咬的箱子拿下来。"

张鞋娃把两个箱子提下来。柴大奶奶说："打开。"

张鞋娃不动手。柴大奶奶对张鞋娃呵斥："让你打开，打开呀！"

张鞋娃仍然不动手。张鞋娃很清楚，不用打开也知道箱子里面是什么东西，不是柴二老爷的东西，是柴家的东西，除了财宝玉器，还会是什么呢？打开箱子的结果，让柴二老爷和柴二奶奶人丢尽不说，还会让柴二老爷和柴二奶奶接着情绪失控，会和他与柴大奶奶来个鱼死网破的下场，会死人的。无论柴大奶奶如何厉声催他，他也没动箱子，而是瞅着柴二奶奶的反应，等她发话再说。

柴二奶奶迟疑了片刻，对张鞋娃说："我柴二老爷家的箱子，哪能在光天化日下随便让人看。既然大奶奶和看门狗一样疑心，那这两箱子东西，是二老爷的，先存在柴家库房里，等他伤好了，他自己来打开、自己来拿。"

"也好，那就先让小莲存到库房里，等二老爷来。他的东西，还是由他来拿。"柴大奶奶也只好给自己和二奶奶找了个台阶下。

柴大奶奶让人把小莲叫来，交代一番，把两个箱子，存到了库房。

阿黄放行，柴二老爷的家当，重新装好，人、物出门，阿黄放行不拦。

耳朵受伤的柴二老爷没有回来，没有回来找阿黄算账，也没回来拿扣在库房里的两个箱子。小莲打开看过，两个箱子里，都是玉器和珠宝，是柴大老爷和柴家库房里的东西，是何时到了他们家箱子里的，小莲很是纳闷儿。

二十六　死良心顿然被"激"活

柴大老爷在条件不错的大和医院吃了日本医生开的药，虽有新疆女人的侍候，但疼痛的胸口仍没减轻，还在吐血。病在加重，可他的心上另添了新的重病——住院好几天了，知道大奶奶已回到柴府，但没见到大奶奶的影子，心里很难受，七上八下。难道新疆女人在他身边一天，她就从此不理他了吗？她能做出来！在这与大奶奶的僵局和他受伤病重的痛苦中，柴大老爷心里恨怨身边的这新疆女人：这祸，全是这新疆女人招来的。另外，听到小莲为张鞋娃上吊，柴二全家搬走了，两箱子财宝被看门狗"扣"下，柴二因狗丢掉了一只耳朵；二小姐带着三小姐也搬出了柴府；玉作坊的师傅因与看门狗发生冲突辞工了，大师傅基本走光了；日本宪兵队长小野给天皇孙子订制的生日礼品顶级玉品，做了一半，没师傅做了。小野派人来催并说，交迟了他们要对他动枪……发生的这么多大事，使柴大老爷样样烦心，他再想到出院回家仍要与大奶奶面对这无法调和的僵局，就对新疆女人发了脾气："……都是你直闯柴府惹出来的烂事，要是先住到客栈，也不至于闹得柴家鸡飞狗跳……"

"……唉，要听张管家的直接去客栈，那就啥事也没了，可怪就怪你那看门狗，见我和孩子像见了贼似的，再想到你对我和孩子见面也总是凶巴巴的样子，想这看门狗好像是你变的，是你交代让它对我们娘俩凶巴巴的，加上又累又烦，就大喊大叫了你几声……鬼知道你还有大太太！你不是说我是唯一的太太吗？你不是说要接我和孩子回柴府吗？等了你几年，孩子都这么大了，不仅不见你来接我们，还半年不见你的人影子。原来，你不仅有太太，还有三个女儿，你压根想把我骗到底的，压根也不想接我们回来……十足的大骗子……"新疆女人一边抹泪，一边气愤地说，"你怨恨我来找你，可我不找你，我日子怎么过，玉器店被土匪抢得一件玉器不剩，钱被抢得一分没有，我们孤儿寡母，没吃没喝，你不管我们，我们不找你找谁?!"

"就算我错怪你了，别说了!"柴大老爷的口气烦极了，"你的意思是说，你们就不回新疆了?"

"你是我男人，也是孩子的爹，你在哪，我们就在哪……况且你身体又不好，我放心不下你……"新疆女人说。

"咳!咳!咳!"柴大老爷连咳不停，又咳出血来。

新疆女人赶紧住嘴，给柴大老爷擦血，呜呜地哭了起来。

柴大老爷缓过咳嗽来，瞅着哭成泪人儿的新疆女人说:

"你要实在不愿回新疆了，就和孩子住在柴府吧。"

"柴府好住，门难进，看门狗那么凶，大奶奶那么刁……"

"那你与孩子也不能总住在客栈吧，在热河给你另买房子，倒也合适。"

"住了几天客栈，已经住烦了。住到府上，大奶奶能容下我吗?"

"这年头娶三五个老婆的有的是，我柴大老爷娶个小，有啥容不下的。她容不下人，那她就走人，对她早就烦透了!"

柴大老爷这么一说，新疆女人笑了。

……

张鞋娃按照柴大老爷的吩咐，要给新疆女人买家具和布置屋子。张鞋娃给柴大奶奶禀报了柴大老爷的安排。柴大奶奶哪里肯让这个女人进入柴府，让这个女人住进柴府，不就承认她是二太太了吗?这是她绝对不能接受的事情。柴大奶奶对张鞋娃说:"让大老爷给这个女人外面找房子，不能搬到府上住!"

"大老爷病得很重，都住了一月多了，不仅没见好转，看来还加重了。大和医院医药费很贵，花费很大，如果外面找屋子，还得花钱。再说了，大老爷在病重中，要好得快，就不能再生气……"张鞋娃说，"大老爷让我把她安排好，我是个下人，我听您的，也得听他的，我肯定不能不听他的……"

"你倒心疼起大老爷来了，你怎么不想想我心里有多疼！"

"……大奶奶的痛楚，鞋娃清楚。那就按大老爷的吩咐给她在外面找房子住，无非就是多花点钱。"

"大奶奶您是柴家掌门太太，谁住在柴府，都得看您的脸色、听您的话，您说呢？"

"他能玩得起女人，他就能花得起钱。看他后面的钱从哪里来……"

"当然，柴府的大权，在您大奶奶手里。"

"即便是这样，也不愿意那个老不死的在我眼皮下搂个小的睡在一起。他今天带回来一个女人，明天再带回来一个女人，后天再带回来一个女人，柴府不就成他老不死的皇宫了吗？！"

"……大奶奶是不是听到什么传闻了？大老爷不可能在外面再有家室，大奶奶想多了。"

"老娘一点没想多。他是个什么东西，我比谁都清楚。你给他说，让他把新疆女人安排到外面去住，他爱花多少钱，就给花多少钱，反正别让我看见她！"

……

柴大奶奶的这些话，张鞋娃当然不能告诉病重中的柴大老爷，这样会气死人的。那柴大奶奶绝不让新疆女人住进柴府，新疆女人不愿意回新疆，又实在不愿意住客栈，柴大老爷又不愿意给她买房和租房，那让她住哪呢？张鞋娃就苦思冥想，既要让柴大老爷放心又不花费太大，既要让柴大奶奶心里舒坦，还要让新疆女人生活舒服的办法，想来想去，想到了冯美儿与那小巧如意的小院。看来柴大老爷一时半会儿出不了院，即使能使新疆女人住进柴府，也得柴大老爷出院了由他自己安排，至于到时能不能让她住进柴府，那就是他的事了。而现在不让她住进柴府，对谁都好。于是，张鞋娃决意把新疆女人临时安排到冯美儿那里住，正好冯美儿一个人住个院子孤单和害怕，夜夜等他来相陪，却因他与冯美儿相好导致小莲上吊轻生，他害怕了，他不敢去那小院了，他怕小莲再轻生。他也不是纯属怕她轻生，他从她轻生和平时对他的眼神里看出，她心里装着他，他在她生命中非常重要。他想到这一层，就感觉到自己配不上冯美儿，起码冯美儿嫌他脏这一点使他明白，冯美儿要不是生活没有办法，怎么会讨好一个臭鞋匠娃呢，怎么会拉着个臭鞋匠娃不放呢？绝对不可能。说又说回来，即使冯美儿现在迫不及待地要嫁给他，那难道是心甘情愿地要嫁给他吗？绝对不会。一个是有才有艺的太太出身的美妇，一个是破鞋匠家出身的臭鞋匠娃，即使她成了自己的老婆，在别人看来也是"癞蛤蟆"吃到了"天鹅肉"，令人瞧不起。而娶上小莲，就会让他心里踏实一些。小莲尽管是柴家的人，但她没读过几天书，肚子里的"墨水"比他张鞋娃多不了多少，她早故的父母也是乡下种田人，她死去的丈夫也是看门管家，她嫁给他张鞋娃，出身和自身境况没啥优越感，娶她多么心安理得。

让张鞋娃放弃对小莲提出结婚"条件"，让张鞋娃在小莲自杀被救后短短几天放弃了美艳俏丽的冯美儿，让张鞋娃这几天忽然从过去的"柴大老爷不把他当人，他就做鬼"的境地里转而成了一副菩萨心肠的人，让张鞋娃从恨柴大老爷和恨柴家一些人而成了替柴家人忧虑的人，连他自己也吃惊。为什么自己近来变化如此之大，究竟是什么力量使自己变了一个人？是小莲，柴大奶奶，还有柴二小姐。

柴家在白玉园有佛堂，柴大老爷的爷爷奶奶信佛，那时柴家人人拜佛。到了柴大老爷父亲这辈，只有柴大老爷的母亲念佛拜佛，到了柴大老爷这辈，只有柴大奶奶逢初一、十五才进佛堂，只有小莲来到柴家，才有人天天早晚上香拜佛，这就是小莲。小莲是受柴大奶奶影响，而后来比柴大奶奶拜佛还要虔诚。小莲与柴大奶奶拜佛的愿望不同，柴大奶奶是向菩萨求财和求保佑，而小莲从不求财，只求平安和健康。而且柴家谁有病、谁出门、谁有痛苦，她就为谁求健康、求平安、求快乐。有好几次，他路过佛堂门口，听到小莲"求菩萨保佑张鞋娃平安健康""求菩萨保佑张鞋娃在柴家事事顺利"之类的话。他认为小莲不是故意讨好他，就是她的神经出了什么毛病，对她的这神神道道不以为然。而一年两年过去了，她依然拜佛不求财，总是替别人求福安，这让他对她有了新的看法：小莲心善得心里只有别人。

从小练武而性格急躁、做事霸道的柴大奶奶，虽然心里有佛而拜佛只求功利，但有件事情，张鞋娃听了很是吃惊——柴大奶奶前不久在热河的一家孤儿院里，认养了几个孤儿。这事柴大奶奶瞒着柴大老爷，也从没告诉柴家任何人。只是柴大奶奶前些天要出远门，她认养的一个孤儿病重，她放心不下，托小莲替她关照一下，小莲才知道了此事。小莲告诉了张鞋娃，张鞋娃不相信："一个对人动不动就抡拳举棒的女人，一个说话那么霸道刁蛮的女人，怎么会做起善事了呢？不可能做太恶的事，也不可能做善事。"

"姑妈对人虽厉害些，与大姑父长期不和，但她人心眼不坏……"小莲说。

"在我印象中，她就会发脾气会打人，与善良的边儿搭不上。"张鞋娃说，"她做善事，打死我也不相信。"

……

那天小莲从孤儿院回来，告诉张鞋娃，她姑妈认养的那个有病的孤儿，姑妈花钱请了最好的大夫给他治病，治好了！六个孤儿活蹦乱跳的，都喊"想柴奶奶"，瞅着让人心疼极了……

张鞋娃听了小莲说的柴大奶奶的这一奇事，有种说不出的滋味，柴大奶奶和小莲，是她们在"装"，还是他把她们看错了？

当张鞋娃发现小莲的拜佛和柴大奶奶的善举，确是真实不虚时，张鞋娃好几个晚上没睡着觉。他感到来到柴家自己学坏了，还在往坏里学；自己的野心太大了，恨不得几口就把柴家吃掉；自己恨人的心太重了，恨不得让柴家有些人倒霉透顶……他把自己和看门狗阿黄说成了"转世天狼"，他从柴家玉作坊谋取珍稀玉品，他利用看门的特权想方设法刮取柴家人的"油水"，他以取得柴家库房财宝作为与小莲结婚的条件，他利用看门狗阿黄报复他看不顺眼的人，他时不时地学柴大老爷的恶习去嫖娼和让狗去嫖狗，他想把柴家大院变成他张鞋娃的大院……

小莲的善心和柴大奶奶的善举，着实让张鞋娃想到了这些，也着实让张鞋娃心里折磨了好些日子。张鞋娃想这些事，这些事折磨他的心，他想到了柴大老爷对他的好来。没有柴大老爷的知遇之恩，他怎么会到柴家当管家呢？他还在那小破鞋店做鞋匠呢。想到柴大老爷的恩，又想到他越来越恨柴大老爷，他自己的变化太大了，变得不像以前的张鞋娃了。想到这里，张鞋娃出了身冷汗。

想到这里，张鞋娃赶紧去冯美儿那里，他要把新疆女人安排住在冯美儿那里。正是日落月出时分，寂寞难耐的冯美儿正盼着张鞋娃来时，就有人敲院门了，真是张鞋娃。盼神似的盼来了张鞋娃的冯美儿，把院门锁严实，就地把张鞋娃抱住了，身体紧紧地贴在了张鞋娃身上的同时，两片红唇落在了张鞋娃的脖子上，随之一股浓郁醉心的香气钻进了张鞋娃的肉体深处，让他的骨头都软了。冯美儿娇气地说："快把我孤单难受死了，抱我到床上……"

"我有急事找你。"张鞋娃轻轻地推开了冯美儿，对冯美儿说，"屋里太热，我们在院里说会儿话吧。"

感觉热脸贴到了冷屁股上的冯美儿，对张鞋娃的冷若冰霜惊呆了，以为出了什么事，站在那里，只好等张鞋娃开口。暂时出现了冰冰的场面，想让新疆女人也住在小院的想法，张鞋娃张不开口。这小院是他张鞋娃给冯美儿买的，也是张鞋娃的家，家里女主人是冯美儿，男主人是张鞋娃，在冯美儿想来，只是等待时机公布于众而已。虽然冯美儿对张鞋娃有更多的嫌弃，也让张鞋娃有"鲜花插到了狗屎上"的自卑感，但张鞋娃是满心底里想把她冯美儿娶占为妻的，张鞋娃也是三番五次表露过。在冯美儿看来，她要想嫁张鞋娃，要想嫁张鞋娃这样的人，不是张鞋娃愿意不愿意，而是她愿意不愿意的事，也是张鞋娃巴不得的美事。冯美儿从不质疑张鞋娃会从她怀里跑掉。因而，张鞋娃暂时不来过夜，冯美儿知道那是因柴家大院的事使他身不由己，不需很长时间，他会光明正大地住进这小院的。冯美儿压根也没想过，张鞋娃会对她变心。尤其是这短短几天，张鞋娃做出了想彻底在感情上离开她的决断。张鞋娃刚进门时的"冰冷"，冯美儿做梦也没想到。

张鞋娃看冯美儿惊愕的表情，不知道怎么办好。张鞋娃一时怕起了冯美儿，怕她感觉到他要远离她了。如果她知道他的真实想法，会是什么样的情形？她会首先想到她没了依靠，今后的生活靠谁？她这样美艳的女人，求她的人排着队，她却选择了他张鞋娃，是她人生的悲哀，但她选择他，也许她是错的。如若连鞋匠出身的张鞋娃都会抛弃她，她一定不能接受。想到这里，张鞋娃只好去挑水，把她水缸挑满再说。张鞋娃挑满水缸，又帮冯美儿洗被单。

冯美儿坐在小院的石椅子上生气地看张鞋娃干活，也在猜想张鞋娃说的急事究竟是啥，有急事为何不急着说，又给她挑水，又给她洗东西，料想要说的定是对她不利的事。冯美儿终于忍不住了，把张鞋娃一把拉过来坐到她旁边的石椅上，说："你啥意思？什么急事，快说！"

"我本来进门就想说，见了你又不敢说了。"张鞋娃说，"我说了你不要生气啊！"

"只要是你不说不再来了和不再喜欢我了的话，啥话我也能接受。"冯美儿说。

"我不说这个，我要给你说的是大老爷新疆女人的事。"张鞋娃看冯美儿对他俩的事格外敏感，就以商量的口气说，"大老爷新疆的女人找到柴府，你也知道了。大老爷要让我安置到柴府，可大奶奶不让进柴府，大老爷病得很重，又不能让他为此事堵心。那母女俩总在住客栈很难受，不能自己做饭，生活很不方便，又不能到外面找房子住，你看怎么办好呢？"

"住到柴府去呀，那么多房子空着。不管怎么说那也是大老爷的女人，大奶奶也不能一手遮天啊！"冯美儿与大奶奶矛盾很深，替新疆女人说起话来。

张鞋娃看冯美儿有点同情新疆女人，便把让新疆女人和孩子暂时住在她这里一段时间的想法，对冯美儿说了。冯美儿说："绝对不行，这小院是我俩的家，她们来了，我俩就不方便了！"

"只是暂时住些日子，待大老爷病好出院，让大老爷安排到柴府去住，不会有多长时间，我俩就忍耐一下，可怜可怜这母女俩，也好让大老爷安心养病，尽快康复出院。这事做好了，大老爷亏待不了你；再说了，我俩的事毕竟是偷鸡摸狗的那样，晚上怎能睡在一起。尤其是大老爷住院这段时间，柴府门口内外，总有这样那样的事，晚上睡在这里，他能睡安稳才怪呢……"张鞋娃看冯美儿的情绪不是太异常，便对她说道。

"什么偷鸡摸狗？谁是'鸡'，我可是凤凰，你可是真正的狗。你那狗嘴里说的话，就是难听！"冯美儿骂张鞋娃道。

"你是凤凰，我是狗，是条臭狗！"张鞋娃赶紧跟冯美儿说，冯美儿乐了。

冯美儿听张鞋娃说得是那么回事儿，大奶奶不让新疆女人住柴府，一点都没错。要她是大奶奶，也不会让新疆女人搬到柴府来的。大老爷究竟在外面有多少个女人，只是有传闻，谁也不知道。这外面的女人如果一个又一个找到柴府，不仅柴府难以住下，恐怕得包下热河城的一条胡同才能折腾得开。在冯美儿看来，大奶奶对大老爷那一脚，是真踢还是假踢，该踢，没踢死算是他的造化；柴家的兄弟几个，不是什么好东西，倚仗祖宗留下的财产，进赌场、逛妓院，玩东玩西，恨不得把天下的女人都玩遍。柴家的男人该死。冯美儿想到柴家兄弟嫖赌，就憎恨涌心。但她想，大老爷的女人，大奶奶对她不好，她得对她好点，不仅要好点，还要对她们好上加好。

冯美儿冷静下来想，她和张鞋娃的婚事，还不能太急，也不能太明目张胆地住在一起，毕竟张鞋娃是柴家的看门管家，端着柴家的饭碗，她自己也在柴家有份分红。他的命运和她的那点利益，握在大老爷手里，不要惹恼了大老爷，对大老爷还得敬着才是。

冯美儿压根也没想到，这是张鞋娃疏远并渐渐离开她的一个绝好策略。

冯美儿答应张鞋娃让新疆女人和孩子住在小院。

第二天上午，张鞋娃就把新疆女人和孩子，接到了冯美儿这里。冯美儿热情周到地布置好了一间屋子，新疆女人和孩子高兴地住在了这里。

张鞋娃给新疆女人交代，就对大老爷说，她住到了柴府。新疆女人说，她就对大老爷这么说。新疆女人问张鞋娃，那大老爷出院就会知道，住在外面，没住在柴府，是在骗他，到时不好办。张鞋娃说，大奶奶不让住进去，他又病重，不能让他为这事闹心，只好先骗他，到时他知道了，也不会生气；又不是你不愿住柴府，也不是他张鞋娃不安排柴府，是大奶奶不让进门。新疆女人明白了，感激张鞋娃为她和孩子费心费力了。张鞋娃和新疆女人如是说了，柴大老爷夸张鞋娃办得好，待他出院要犒劳张鞋娃。

把新疆女人安置到外面住的事，张鞋娃禀报了柴大奶奶。柴大奶奶问是买的房，还是租的房，张鞋娃说，是租的。柴大奶奶听是租的，就不再问了，夸张鞋娃办事让她舒服。

从这天起，小院让张鞋娃放下了，小院里的冯美儿，让张鞋娃放下了，他的心轻松了许多。他的心里放不下小莲。见到小莲，想起小莲，有了从来没有过的感觉——越看她越迷他，越想越喜欢。张鞋娃给小莲买了盒胭脂、一瓶香水。胭脂是玫瑰红的，香水是茉莉香的，张鞋娃不知道小莲喜欢什么颜色的胭脂，也不知道她喜欢什么味的香水，反正他到店里看了好几种胭脂，闻了好几种香水，他喜欢这色香，他就买了。那天傍晚，趁没人注意，他敲开了小莲的门，小莲正在抄《金刚经》。张鞋娃只认识"金刚经"几个字，虽看不懂经书，但小莲秀美雅致的楷书小字里透出的安祥和清亮，更让他意会到小莲内心如莲花一般的纯净。

张鞋娃第一次送女人东西，抖着手把礼品给小莲。小莲吃惊而兴奋地接受了张鞋娃的礼品。张鞋娃生怕小莲不喜欢，没想到小莲很喜欢并说，她很早就偏爱这个颜色的胭脂，也喜爱这味的香水，况且给她买的是法国正宗品牌的香水，没想到他真知她的偏好。小莲逗张鞋娃："你这么懂女人，又这么会挑胭脂和香水，是不是经常进胭脂店和香水店，也经常给女人送胭脂和香水？"

"这是有生以来第一次给女人买这东西，你不信我也没有办法。"张鞋娃道。

"过去你给哪个女人买过不重要，重要的是以后可不能再给谁买。"小莲说。

"我没给哪个女人买过，以后也不可能给哪个女人买……"张鞋娃道。

张鞋娃的话真诚，脸上也真诚，小莲感动得掉起了眼泪。张鞋娃望着深情而激动的小莲，心里涌起一股冲动，拉小莲的手，却被小莲推开了……

二十七 "龙凤呈祥"招来不祥

柴大老爷进医院三个多月过去了，咳血还没止住，原本人高马大的他，消瘦得皮包骨头了，且眼看病情没有明显好转，他心上压着的一件又一件事，让他的心火烧般难受，使他的脾气一天比一天坏。除了他不让柴大奶奶来看他，二小姐和三小姐天天来看他，柴大奶奶多次趁他睡着来看他，柴家的人便是隔三岔五来看他，新疆女人天天陪他，柴家的人对他都牵肠挂肚地盼好，医生说病快好了，但他感觉他的病一时好不了。

柴大老爷感觉有几件事让他的病越来越重，哪一件都很让他着急，哪一件都让他担惊受怕。一件是为日本宪兵司令部佐佐木大佐要的百斤翡翠龙凤呈祥贡品，三个月前就告诉了柴大老爷，限他在四个月内做好，要用最好的翡翠材质，要用最好的大师，要做出世上一流的极品，不得耽误时间，不得有半点瑕疵，耽误和有毛病，格杀勿论。

佐佐木大佐下了死命令已两个月过去了，他病前安排玉作坊最高水平的玉器大师傅老马，玉器做了一半，看门狗当着好几个玉工的面，从老马身上"搜"出了玉器，其实是从他口袋里叼出了块极品翡翠。老马知道这看门狗鼻子的厉害，为何还要带着玉出门？老马说，这玉是柴大老爷给他的。张鞋娃说，柴大老爷没交代过这事。老马让张鞋娃去问柴大老爷，张鞋娃真去医院问柴大老爷，是不是真给了老马一块玉，柴大老爷说，他没给过老马什么玉。张鞋娃就把"搜"出的玉充公了，老马就不来上班了。老马不来上班，龙凤呈祥没了大师傅，这事非同小可。张鞋娃立刻给柴大老爷禀报，柴大老爷头都大了，没了他，佐佐木大佐的贡品倘若不能按时交出，如若质量不能如意，那柴家就完蛋了。

柴大老爷想到这里，感到自己为一块玉而失去了一个大师傅且这大师傅牵扯着柴家人的命运。这还了得，赶紧得给老马让一步，不然后果不堪设想。

柴大老爷让张鞋娃拿上那块"搜"出的玉，写条让张鞋娃和小莲从库房再选块极品玉，一起送到马师傅家，请求马师傅上班，可马师傅不在家。马师傅的家人说，他被京城的一家玉行接走了，具体去了哪家玉行，她也不知道。柴大老爷听了，急得又吐出了血，让张鞋娃派人去京城一家家玉行找，可找遍了京城的玉行，连老马的影子也没找到。找不到马师傅可咋办，急得柴大老爷一时喘上了。

没了老马这样高等级的师傅，龙凤呈祥不能停工太久，那还得找一流的师傅，得找与老马技术水平和风格同等的师傅。可是热河城里实在难有与老马活儿一样漂亮的师傅，就只好让其他师傅接手龙凤呈祥的活儿。除了老马师傅的手艺，柴大老爷哪里会放心他们的手艺。他生怕出现一丝纰漏让佐佐木大佐看出来，那他就全完了，柴家也就会搭进去了。但他又断定他们出不了马师傅那样的活儿，也断定他们不会为他和为日本人下大工夫去做这活儿，他们恨他，更恨日本人。况且这贡品是日本人白要的，一分钱不给不说，做得不满意还要问罪。玉作坊的师傅，没有人愿意接手这活，暗骂他是汉奸，骂日本天皇的话就更难听了。老马接了这活，是因为老马把钱看得重，他给了老马比平日多好几倍的工钱。这活儿尽管有大奶奶盯着，但他们同样恨大奶奶的脾气和这给日本人干的汉奸活儿。有这样的怀恨，他们怎么会给他好好做这活儿呢?!柴大老爷为这日本人的贡品，日夜担心和犯愁，恨不得拔掉氧气管去玉作坊盯着，可病缠得他下不了地，这便使龙凤呈祥贡品成了压在他胸口上的石头，压得他一天比一天难受，一天比一天喘不过气来，便使病情一天天加重。

还有三个女人让柴大老爷日夜惦记、思念和担忧着，那就是他南京的女人、太原的女人和云南的女人。这三个女人与新疆女人一样，是他时时刻刻放心不下的牵挂。他从病前到病后，已有半年多没去会这几个女人了，这几个女人疯了似的给他又写信，又发电报，催他赶紧来，说有急事商量，有坏人骚扰她，生意赔了，再不来就嫁别人了，再不来就到热河找他来了，等等。每个人的信和电报里都是埋怨、诉苦。看门狗惹出一连串事，缠得他一而再、再而三地走不开，拖得几个女人急疯了。

柴大老爷被这几个外面的女人催得、骂得、逼得像热锅上的蚂蚁，难受不堪，他只能给她们写信谎称热河的生意急而又大，都是日本人的订单，日本人不让出热河，待生意做完和批准出入时马上去看她们，云云。撒谎撒得他都不知道撒什么能安抚住她们。当然这些信和电报，哪封也不会寄到柴府，柴大奶奶一个字也没看到过。柴大老爷为避免大奶奶收到她们的信，给她们留的寄信地址是热河一洋行朋友的信箱，这个人收到信和电报会马上偷偷地给他送去。由于柴大老爷把几个外面的女人发来的信和电报封得滴水不漏，好几年来，尽管有关他外面有好几个太太的传闻不断，尽管柴大奶奶一直不停地打探他外面太太的线索，但柴大奶奶没有找到确切的人，也只能是不停地在怀疑。而传闻久了，怀疑久了，她也心累了，也对他失望了，便对他有了很深的憎恨。

这三个女人和新疆女人一样，她们为柴大老爷守着空房，守了一天又一天，守了一月又一月，一连半年或大半年过去，既不见人，又不见钱，都怀疑他有了新欢，不要她了，便急迫地到热河找他。她们不约而同地上路了。要说，柴大老爷不会没钱，要是不停地给这几个女人汇上钱，也不至于她们愁肠百结和产生疑心。柴家有钱，可柴大老爷没有更多私房钱，柴家的钱被柴大奶奶的侄子——账房先生管着，支点小钱可以，不常支钱可以，要是支大钱，时常支钱，柴大奶奶就要查个明白。加上柴大老爷本身小气，对外面的女人给的甜话多，给的钱数少，时间一长，便把几个女人逼疯了，都写信说要来找他。

柴大老爷最怕的事，是她们来找他。尽管她们不知道柴府在哪，但只要找到热河，只要问热河的人，没几个不知道柴大老爷的，没几个不知道柴府在哪里的。她们要是一个又一个找到柴府，大奶奶面对他外面的这一个又一个女人，那比见到新疆女人还要恼羞成怒。大奶奶要把她们打出门不说，定会对他又是雪上加霜的仇恨。这样一来，他和大奶奶的关系彻底完蛋不说，他今后在柴府的处境真不如一条狗让人看着舒服。想到这儿，柴大老爷浑身打战，恨不能即刻分别飞到三个女人身边，用他的甜言蜜语和冲动的激情，哄住她们，逗笑她们，让她们安稳地待在小窝里，不要叫，不要怨，不要恼，忍住苦，不要烦，深情地等待他下次再来。想到这里，柴大老爷便怪怨起新疆女人来，憎恨起看门狗来。要不是她找上门来，要不是看门狗惹恼了新疆女人，要不是新疆女人和狗大吵大叫，她就会跟张鞋娃去了客栈，住在客栈里等他来，不就什么事也没有了吗？他怎么会被大奶奶踢上猛脚，虽是空踢一脚，但好像踢得很重。不是这一脚，他怎么会病得好几个月躺在医院下不了床？想到这里，他的浑身虚汗湿透了被褥，连续咳出血来不说，胸口又被压上了块沉石。

柴大老爷对来看他的张鞋娃说："……能不能念在我把你从一个鞋匠娃拉到柴府做看门管家的这么一点情分上，近期会有几个外地女人来柴府找我，无论如何不能让大奶奶知道了，也想方设法不能让柴府的人知道了，更不能让她们互相知道了，你把她们安置到好的客栈，给她们足够花的钱，让她们住好吃好玩好……就说我去了日本，还得两三个月回来。柴府就一个新疆的太太够了，再不能进一个，要千方百计哄她们尽快离开热河……"

"明白了，记住了，大老爷。您好好养病，盼望您尽快好了出院。我会格外留心，如果她们真来了，我会以您交代的安置好，让她们吃好玩好，哄她们尽快离开热河。"张鞋娃接着说，"只是一点不明白，给她们每人的开支多少，走时给她们带多少钱，钱到哪里去取，请大老爷明示。"

"我在病床上，钱给你拿不出一分，柴府的账房如今只听大奶奶的，我支不出钱来，那只能你想法了……借也好，偷也罢，反正你得把这几个女人给我得打理好了，所有开销，你记个明细账，我出院了尽快给你……"柴大老爷显得轻松地说。

"我的大老爷，加上新疆太太和孩子的开支，如果她们真来了，三个女人都要带着孩子，那这开销就大了，鞋娃我上哪里找这笔钱去……"张鞋娃用沉重的口气说。

"别给我说你没办法，办不好这几个人的事，我到时候饶不了你……"柴大老爷发起了脾气。

张鞋娃生怕让柴大老爷生气，加重他的病，再不敢多说什么。再说了，外面女人的事定是把柴大老爷吓怕了，说得像真要来了似的，是他在自己找害怕，总不会说来就来。再说了，真要来了，柴大老爷也许出院了，花钱的事，那是柴大老爷的事了。只好说："如果来了，我想办法，大老爷您放心吧。"

生气的柴大老爷，听了张鞋娃的话，不仅没给他笑脸，却闭眼装睡了。张鞋娃赶紧离开病房。

越是怕鬼，鬼就来了。门口来了个女人，破旧的衣服，手里拉着两个脏兮兮的孩子，是车夫拉到柴家门口的。车夫等女人掏车钱，女人掏不出，说她身上没一毛钱了，要车夫等一下，她进到府上拿钱给他。女人要进门，看门狗从门房跑出来，"汪汪"两声，就把女人和孩子吓得哇哇大叫起来。

这正是早晨，张鞋娃刚起床，赶紧出来一看，明白了这女人和两个孩子是怎么回事。而张鞋娃正要搭理女人时，院里传来柴大奶奶的大嗓门声，像是朝大门口来了。张鞋娃赶紧悄声问她找谁。女人说，她是南京来的，要找柴大老爷。张鞋娃要把女人和孩子拉到门房，车夫喊叫"给车钱"，看门狗阿黄拦着不让进。真是怪了，只要是关系到柴大老爷的人，阿黄总是很认真，而且还对他张鞋娃较劲。张鞋娃不敢跟阿黄较劲，较劲的结果，便会让出门的柴大奶奶撞个正着。他急中生智，给了车夫钱，又让女人和俩孩子上车。

女人说："这不是柴府吗？我找柴大老爷，你让我们上哪里去?!"

"柴大老爷去了日本，我带你们先住在客栈吧。"

"府上没空房，先住客栈，待我收拾好屋子，再接你们回来住。"

女人点头答应了，张鞋娃让车夫把人拉到热河人客栈，告诉女人，他随后就到。

女人的洋车刚离开门口，柴大奶奶就出来了。看到几步外的洋车，问张鞋娃："快把那洋车叫住，我要出去！"

"车……车……车里的人，是找错门了。"

"叫住，我看看是什么人，怎么会找错门呢?!"

"大……大奶奶，您怎么不信呢，真是找错门的人。"

"看你紧张的，分明是在撒谎。赶紧给我叫住！"

胡同口正巧有个洋车路过，张鞋娃给车夫招手，那个车夫就过来了。满脸恼怒和疑云的柴大奶奶只好作罢，上了车走了。

柴大奶奶坐的洋车离南京女人的洋车也就二十多米远，后面的车夫如果跑得快点，很快就追上前面的车了。张鞋娃好像听到柴大奶奶对车夫说"快点儿"，这让张鞋娃的脑子顿时充血并慌了：难道柴大奶奶要追南京女人的车吗？追上那就坏大事了，柴大老爷的"事"会让柴大奶奶闹大，那会要了柴大老爷的命。想到这，张鞋娃赶紧回门房拿上几十块大洋，这是他的工钱，他要替柴大老爷为南京女人住店先垫上。他把装大洋的口袋绑在腰里，急速一个箭步，紧跟柴大奶奶的洋车，做出了如果柴大奶奶要追上南京女人的洋车，他就把柴大奶奶的洋车从后面撞倒的打算。张鞋娃没有多想，要把柴大奶奶的洋车撞倒，会有什么样的严重后果，也顾不得多想。他想，反正必须把柴大奶奶的洋车撞停，不让她拦住南京女人，不能让她知道南京女人是柴大老爷又一个外面的女人。

柴大奶奶坐的洋车眼看就要追上南京女人的洋车了，张鞋娃尽快地跟上，准备好一旦柴大奶奶的车要超过前面的车时，他就用肩膀撞车，撞得让车夫停了车，他便转身逃跑，争取撞到既不使柴大奶奶受伤，又让车夫能把车停下，惹怒车夫来追他，使柴大奶奶的追截落空。

可就在张鞋娃紧追其后到一个巷口时，就在柴大奶奶的洋车快要追上前面的南京女人的洋车时，就在张鞋娃准备撞柴大奶奶的洋车时，柴大奶奶的洋车却猛然拐向了巷子，张鞋娃不追了。累得喘不过气来的张鞋娃，就地坐在了巷口的石头上，望着远去的柴大奶奶的洋车和南京女人的洋车，心里好不舒坦。稍歇一会儿，张鞋娃知道南京女人身无分文，要了辆洋车，赶忙去了热河人客栈。

南京女人和孩子，已在客栈前台等他。张鞋娃给她选了张楼上大床的屋子，先交了一周的房钱，客栈服务生便带他们去开房。房间光线不错，南京女人很满意，张鞋娃便让店家上份吃食，并给了女人二十块大洋，就算安排停当了。女人问张鞋娃："我和孩子什么时候能见到柴大？"

"柴大老爷去东洋有重要业务，得两三个月才能回来。"张鞋娃说。

"肯定是他不要我和孩子了，编出来什么去了日本，什么两三个月回来的谎话骗我们！"南京女人火气十足地说。

"既然来了，你和孩子就在热河玩上几天，玩够了，你们先回南京，大老爷一回来，他会马上去看你们。"张鞋娃尽量讨好地说，"走时，我给你带点钱，足够花销半年的。"

"我已经被他骗得晕头转向了，没法相信他。再说了，日本人把南京城的人都快杀光了，我带孩子能死里逃生跑出来，实在不易。"南京女人说，"我拖着两个孩子能回去吗，回南京去吃日本人的枪子儿去？！"

张鞋娃听这情形，是同新疆女人一样，要长住下去。说到要住下去，张鞋娃惊异地瞅了瞅南京女人，从柴府门口到客栈，他还没顾上细瞅这个女人。南京女人虽穿着又旧又破的花棉袄和蓝棉裤，小巧玲珑的身材，一张瘦的鹅蛋脸，眼睛很大，嘴巴很小。这俊俏的模样，本来就让人心疼，而脸上那青紫的伤痕，更会让人心疼。张鞋娃稍瞅了一眼心就"怦怦"乱跳——柴大老爷真有艳福，这南京女人和新疆女人一样，漂亮和鲜嫩得让人不敢多看。一男一女两个孩子，长得机灵精巧。同样，张鞋娃对南京女人同新疆女人一样，有了心疼感。感到这么美的女人，不应该嫁给柴大老爷，更不应当受到柴大老爷的冷落。心热的张鞋娃，又给南京女人掏了十块大洋，安慰南京女人说，想住下来没问题，他定会安排好她和孩子的生活。十块大洋和一番安慰话，赶走了南京女人脸上的愁容，她喜笑颜开地对张鞋娃谢了又谢。

张鞋娃去医院给柴大老爷禀报了南京女人带着一个男孩和女孩摸到柴

府门，差点让大奶奶撞上，但他又急中生智把她们安排到客栈，安顿好了吃住，给了她三十块大洋而安然无恙的经过，柴大老爷脸上似乎喜了，又转而为怒了，似乎相信是真事，又似乎怀疑是扯淡，便有气无力地用凶狠的语调说："她和孩子来了我相信，南京战乱，她收不到我信，我也没有她音讯，来了也正常。你说给了她三十块大洋，我想你不敢蒙我。你的钱，也是我柴家给的，甚至是你捞的'油水'，替我花点，也不冤枉你……但你说又差点被大奶奶撞上，骗谁呢？上次新疆女人让大奶奶撞上，闹得鸡飞狗跳不说，把我害成半死不活，这还不是你这鸟人和那狗东西弄出的事情？这次又说差点让大奶奶撞上，大奶奶难道就在门口等着她来吗？即使有可能撞上她，我也不相信，有那么巧的事，你莫非又在给我编排故事吧?!"

"大老爷息怒，反正也没事了，反正也没人证明我说的是真是假，权当我胡说八道呢。您怀疑我没关系，可您不要当真，您得好好养病，尽快好了回家，她们在盼着见到您呢。南京夫人和孩子需要我对他们怎么关照，还有新疆女人和孩子需要我做什么，您吩咐，鞋娃我尽量做得让她们舒心。"张鞋娃带着哭声说。

"你为我做什么，我心里有本账，做好了大老爷我亏待不了你，如给我玩阴损的，我绝不会饶过你!"柴大老爷虽然虚弱得在病床上坐不起来，却把胳膊吃力地举了起来，指头狠呆呆地指着张鞋娃，恨不得一指头把张鞋娃捅死。柴大老爷凶狠的指头虽没捅到他身上，张鞋娃却感到直捅到了他心口上，疼得血流不止了。

柴大老爷疑神疑鬼的话和怒目凶狠的表情，又一次刺痛了张鞋娃被柴大老爷多少次捅伤的心。张鞋娃没打招呼，立马离开了这个凶神恶煞的人。张鞋娃怒火升腾，冤屈翻滚，他对这个人的憎恨，又从遥远的地方拉了回来。他有了盼望这个人即刻死在病床上的诅咒，更有了即刻想杀死这个人的冲动。

柴大老爷捅心口的话和凶脸，让张鞋娃一次又一次想做一个纯正善良人的想法，被一次又一次击碎，想来他和看门狗阿黄，接着做他和它的转世天狼多好，接着人变鬼，做人鬼多好。做人鬼不用发慈悲，可以不管柴大老爷和柴大奶奶是死是活，可以谋划柴家的财宝，可以把柴府变成他张鞋娃的大院，可以让他张鞋娃成为财主。只要他变成人鬼，什么柴大老爷和柴大奶奶，狗屁，统统会成他张鞋娃的孙子，哪有他今天病得快死了，他张鞋娃对他掏心窝的好，还是不把他当人看，把他看作下三烂货看待。他张鞋娃不做什么善人了，还同从前一样，做人鬼……

张鞋娃越往深想越生气，越往深想越后悔，对柴大老爷不再发善心。在张鞋娃看来，对柴大老爷和柴大奶奶这样的人无论怎么发善心，都会遭到怀疑和恶脸对待，对他们好不仅得不到好处还会吃亏，且会吃大亏的，他会因此后悔死的；对柴大老爷这样的人发善心，一点也不值得……柴大老爷这样的人，到处撒情种，四处霸女人，还要逛窑子，就该死。

后悔生善心的张鞋娃，一肚子苦水没处倒，真想即刻找个人倒出来。从医院出来，想找个诉苦的人，找谁呢？觉得热河城没一个知心人。他沿着热河的大街想走回柴府，却不知不觉走到了冯美儿的小院门口。张鞋娃觉得只有给冯美儿诉说，才能把满肚子柴大老爷给他的馊气倒个干净，因为她也讨厌柴大老爷和柴大奶奶。他敲小院的门，是新疆女人开的门。小院里飘着饭菜的香味，她们的午饭真香，让肚子已饿的张鞋娃咽了口唾沫。新疆女人看到张鞋娃，喜出望外地说："快进来。"

"冯太太呢？"张鞋娃问。

"哟，鞋娃是找冯太太的呀，我以为是来找我的。冯太太在她屋里呢。冯太太——鞋娃找你呢！"新疆女人有点冒着醋意而嘴快地喊道。

冯美儿听到新疆女人的喊叫，从北屋出来，有点喜悦，但却不高兴地说："这些日子，也见不到你人影子，你在忙活啥呢？！"

张鞋娃面对两个女人的埋怨，不知道说什么好，便什么也不说。走到冯美儿屋子门口，桌子上的饺子正冒热气。张鞋娃最喜欢吃水饺了，口水又流了一嘴。

冯美儿说："来得真是时候，你真有口福！"

张鞋娃望了眼诱人的饭菜，却不进屋。不进屋，是他转念之间对冯美儿没了诉说苦衷的欲望，要转身走。冯美儿说："怎么，不想进我的屋子?!"

"不进屋了，你快吃饭吧。"张鞋娃说，"顺道看一眼，看你们都好，就放心了。我还有急事，不敢耽误，走了!"

"进屋，坐下! 再有急事，给我吃完饭走!"冯美儿说道。

"鞋娃管家，我的饭也好了，羊肉烤包子。吃几个包子，耽误不了你的事。"南屋门口的新疆女人说道。张鞋娃闻到了羊肉大葱的奇香，这是他闻到就流口水的吃食，咬一口就流油的肉包子。

"叔叔吃了包子再走，吃了包子再走!"新疆女人的女儿从屋里出来，对张鞋娃甜甜地说道。

张鞋娃赶紧过去亲切地把新疆女人的女孩抱了起来，又放下，对她说："好闺女，真懂事，叔叔有急事，下次来吃你家的烤包子。"

女孩热切的眼睛望着张鞋娃，有点失望；新疆女人知道张鞋娃不吃冯太太的饭，也不可能吃她的饭，只好失落地望着他，再不敢劝他进屋坐了。

张鞋娃面对两个女人的喜悦、盼望、失意、怨言，如入棘丛，赶忙离开。新疆女人把张鞋娃送到了门外，站在院里的冯美儿很生气地看着张鞋娃走出院门，眼神里透着怨恨。

走出冯美儿小院的张鞋娃，实在后悔进到这个院子，后悔见到冯美儿。冯美儿那失意变成怨恨的眼光，像两道冷光，让他心惊胆战。本来受了柴大老爷一肚子委屈的张鞋娃，心里又添了堵，这让他想到了小莲。想到小莲，他心里轻松了许多。回到柴府，又饿又累的张鞋娃，去了小莲的屋子。饭后的小莲，在诵《心经》。诵经、抄经和拜佛的小莲，让张鞋娃感到她是柴家大院与众不同的人，是让人亲近的人，他想给小莲诉苦，没等小莲问他什么，张鞋娃张口说，他没有吃饭。小莲说，马上给他煮碗鸡蛋面。张鞋娃吃完小莲煮的热腾腾的鸡蛋面，憋在肚子里的馊气，消了好多。本想给小莲倒的苦水，又咽了回去。苦水咽了回去，也不仅仅是因为这碗面，还因小莲的这张脸，近来少了悲愁情绪，多了安详表情。小莲的苦水比他张鞋娃还要多，一旦倒出来还了得。小莲的安详表情，使张鞋娃心里的苦水也消失了许多，甚至觉得在小莲身边，再怎么苦的事，都不是苦事了。

张鞋娃拉小莲的手，小莲虽羞红了脸，但没有拒绝。张鞋娃要抱小莲，小莲羞得低下了头，但还是把他推开了。

张鞋娃说："我要娶你。"

"娶了再抱。"

"你怕我抱了不娶你？"

"娶不娶没逼你。我皈依了，也许不嫁人了。"

"皈依也要嫁！"

"你不是有'条件'吗？我可不能满足你的'条件'。"

"没'条件'，没任何'条件'，只求你嫁给我。"

"我嫁不嫁再说；你真正想好了娶不娶我再说。"

"我想好了。"

"你想好了，我还没想好。"

"我鞋娃这回是铁了心地要娶你。"

"不相信，你跟三太太好成那样，还是娶了三太太称心。"

"我想娶你。要怎么样才能让你相信？"

"还是让三太太相信你，才是正事。我觉得我适合出家做尼姑。"

"别瞎胡说，我要娶你！"

……

张鞋娃越瞅小莲越喜爱。

对小莲的喜爱，在张鞋娃的心里弥漫开来。弥漫开来的暖意，渐渐打开了堵在他心口的东西，他心里比刚才舒坦了很多，杀柴大老爷的想法，让柴家所有人倒霉，要彻底做人鬼的想法，不那么强烈了。

柴大老爷让下人叫张鞋娃过来一趟。张鞋娃听柴大老爷叫他，便头皮发麻。柴大老爷叫他，一般都没好事，不是挨骂，就是受累。张鞋娃虽没了杀他的心，但决意不去，他害怕和憎恨这个疑神疑鬼的恶魔。张鞋娃回到门房睡觉去了。一觉醒来，想到没理柴大老爷叫他的事，心里很是痛快，但又想到了小莲，想起小莲给他说过"不要计较她姑父的脾气"的嘱咐，他心里"咯噔"一下，感到不能不去，不去小莲知道了会不高兴。为了小莲的这句话，他得去见柴大老爷。

柴大老爷对迟迟才来的张鞋娃并没有发火，他是没有力气发火，显然病又加重了，躺在床上手都挪不动了，吃力而焦急地说："……云南腾冲和山西太原的战乱，越来越厉害了，也有半年多没有云南和太原女人的音信了，给她们发了很多封信和打了很多封电报，都没有回音……她们的生活一定也很艰难……会不会像新疆和南京的女人一样，抬腿就找到热河来呀？我没去新疆，新疆的女人找上门了；我没去南京，南京的女人找上门了；我要不去腾冲和太原，这两个女人如果活着，也会不会到热河找上门啊？我估摸，她们这些日子会找上门……这事愁死我了，鞋娃你得帮我拦在外面，还得做得同南京女人一样，不能让大奶奶知道半点消息……"

张鞋娃听了头又大了，大得让他脑袋木了起来，且一股怒火从心里烧了起来。他望着病床上这个可恶可憎的病入膏肓的"王八蛋"，除了新疆有女人，南京有女人，竟然在腾冲和太原还有女人，竟然有四个女人……外面究竟还有几个女人？这个"王八蛋"！

张鞋娃瞅着柴大老爷，好半天说不出话来，是怒火涌腾得让他不知道怎么说好。

柴大老爷看着张鞋娃怒气汹汹的脸，脸上抽动了几下，但仍然以十足的大老爷的口气说："给你交代的这事，非同小可，你不能给我出差错，不能有半点闪失，不然可有你的好看！"

"大老爷交代的这事，比我的天还大；她们什么时候来热河，什么时候到柴府的门，谁又知道呢?！万一走漏了风声，万一让柴大奶奶知道了，我可担当不起！"

"给我卖什么关子。你不是转世天狼吗？门口没有你办不好的事。出了岔子，别怨我对你手狠！"

柴大老爷越说越狠的话，又捅到了张鞋娃的胸口上。他把拳头又攥了个"咯咯"响，多想一拳头抡到这个"王八蛋"的脸上，让他嘴歪眼斜，让他脑袋开花，让他一命呜呼。

张鞋娃愤怒的样子，并没有让柴大老爷惧怕，柴大老爷反而对张鞋娃瞪起凶狠的眼睛。这凶狠的眼睛，像一把刀子，向他飞来，捅到了他的要害处，让他的心猛抽了一下，他害怕了。正好护士进来，他转身离开了病房。

安置了前面两个女人和孩子的生活，还要给他打理后面将要来的几个女人的破事，既不给一分钱，又没句好话；既受苦，又要搭钱，张鞋娃的心窝，感到被柴大老爷捅了几刀，疼痛难忍。哪里有这般"王八蛋"主子，哪有这般又凶又狠又下三烂的主子，这看门管家的差怎么当下去？心想，干脆拍屁股走人算了，现有的钱和财物，也够他张鞋娃过一辈子，何必拴在柴大老爷这条叫驴身上赔钱受气赔命。

张鞋娃决意不拴在柴大老爷这条叫驴身上，收拾好自己的东西一走了之，最好小莲跟他一走了之，可他给小莲一说，小莲白了他一眼说："要走你走，我不走！"

小莲那白眼，着实让张鞋娃想了半天。没有小莲，离开柴府，谁会跟着他张鞋娃？想到今后的处境，张鞋娃只好把走的打算先放下。

小莲的一个白眼和一句气话，让张鞋娃留在了柴家，又将为柴大老爷承担别人无法接受的事情，也成了张鞋娃命运的一个转折点。

正如柴大老爷说的，云南腾冲的女人和山西太原的女人，不知哪天会找到热河。她们真的好像约好了似的，前后两天来到了热河，也是先后两天的一清早，敲打柴府的门，也正巧是柴大奶奶没有起床的时候，也正巧是张鞋娃在门房的时候，这两个女人一人带一个孩子。一来就四口人，加上新疆女人、南京女人和孩子，那就是四个女人、五个孩子，一共九口人的吃住花费，搁在了他张鞋娃的肩上。这么多花费，这么多女人和孩子他不管，他却躺在床上睡大觉，让一个没啥关系的他张鞋娃担着，柴大老爷真他妈的不是东西！

云南腾冲女人敲门的声音很小，要不是阿黄朝睡着的他"汪汪"叫喊，他不会听到。张鞋娃一听是找柴大老爷的，又是从云南来的，就知道怎么回事了。女人三十多岁，匀称的矮个，短发，略方脸，黑皮肤，深眼窝，女孩像她，男孩像柴大老爷。男孩的胳膊吊在布带上，说是被日本人的枪子打断了接上的；她说她的腿上有日本人的枪伤，还没好。她和孩子穿着很粗糙而单薄的毛线衣，浑身冷得发抖。女人和孩子一副凄怆样，说也是死里逃生才到热河。看女人和孩子很是可怜，张鞋娃就把对柴大老爷的憎恨放在了一边，送上笑脸和热情的话，女人很高兴。张鞋娃还是为柴大老爷考虑，怕柴府的人碰见她和孩子，就把她和孩子带到了客栈住了下来，给留了二十块大洋，并告诉她，在柴大老爷出门回来之前，他会三天两头来看她们。腾冲女人很高兴，张鞋娃沉重的心，感觉轻松了很多。

云南腾冲女人大老远带孩子找上门，张鞋娃想，得让柴大老爷知道。张鞋娃打算第二天去医院把这事告诉柴大老爷，可大清早山西女人和孩子又来了。

山西太原女人好像是在等大门打开，清早门一开，女人便拉着两个孩子要进来，阿黄拦住不让进。女人也像三十多岁，高个、粗辫、长方脸、薄嘴唇、丹凤眼、丰胸、粗腰，一个大美人。男孩和女孩是双胞胎，活脱脱像是这女人的"复制品"。阿黄不让进门，张鞋娃继续对她编说了"柴大老爷出远门先住客栈"的理由，山西女人不信，就站在大门口不动。张鞋娃再说，接着再说，她还是不信。说，她和孩子今天要是见不到大老爷，就在这大门口待一天，一天见不着再待一天，见不着接着待，直到见到他才罢休。

张鞋娃没办法，但又不敢让柴大奶奶知道了，也不敢让柴家别人知道了。让柴大奶奶知道了的后果，柴大老爷吃不消，柴大老爷会让他吃不消。张鞋娃只好求助小莲，小莲出面解释，山西女人总算信了，小莲带她和孩子去住坝上客栈，张鞋娃给小莲包了二十块大洋，小莲以为是她姑父的钱，便拿了。山西女人说，她和孩子不想住客栈，一周后如果大老爷不来接她，她和孩子就来柴府，要住柴府。

两个女人带孩子找上门，事关重大，即使柴大老爷病有多重，也应当告诉他，他张鞋娃不能一个人扛着。张鞋娃到医院，柴大老爷在吐血。新疆女人对张鞋娃说："大老爷吐血一直不停，可怎么办呀？"

　　他又吐血了，新疆女人让张鞋娃不要再给柴大老爷说什么，回去吧。张鞋娃回去了。

二十八　讲"理"的狗遇上不讲理的鬼

　　热河日本宪兵司令部佐佐木大佐要赶到中秋之前把翡翠龙凤呈祥送到日本，呈献给皇太子殿下。离交贡品的时间还有一个多月，佐佐木就让县警察局局长李保三天两头来柴府催促交贡品，可他姐夫柴大老爷重病住院，玉器大师傅又不辞而别，做了半截子工程的贡品，由其他师傅接手完成，总感技艺差一截，瑕疵随处可见。李保看这般品质的贡品，佐佐木怎么会看不出毛病，非出事不可，从此对贡品的事躲得远远的。贡品有瑕疵，柴大奶奶坐卧不安，但没有办法，再找不到比他们更好的师傅，不用他们这活就没人干了；玉作坊经理隔三岔五被柴大老爷叫去问贡品制作之事，缓慢的进度和工艺的拙劣，着实让病床上的柴大老爷提心吊胆。下不了病床的他，对这贡品担忧到了心惊肉跳的地步。因为佐佐木大佐说"有纰漏要杀人"，这件白送的贡品要有纰漏，他和柴家人要遭殃。

　　佐佐木大佐让李保带他去看贡品制作。因进度缓慢和瑕疵连连，李保给佐佐木说，贡品是灵物，不成型不能看。佐佐木信神，只好作罢。临近交贡品的时间，佐佐木越发焦急。他实在放心不下这贡品做得究竟是个啥样子，他得看一眼这贡品做得他满意不满意，能不能送给皇太子，皇太子喜欢不喜欢。贡品牵扯到他佐佐木的命运，即使他满意和喜欢，那皇太子也未必如意和喜欢。佐佐木清楚，这贡品送得让皇太子高兴了会有好事，如不高兴了会是祸事。于是，他带着两个兵，上柴府来了。

　　正是中午，刚给大门口的阿黄喂完食的张鞋娃，回门房睡午觉，听到阿黄的叫声，是警告陌生人靠近大门口的那种叫声。张鞋娃从门房窗户看，巷子里走来三个日本兵，走在前面的原来是佐佐木大佐，后面跟着的是两个背枪的大兵。张鞋娃看出来，佐佐木来柴府，是冲着翡翠贡品来的。是带他们进来，还是先禀报柴大奶奶同意了再让进来？应当是禀报柴大奶奶后，由柴大奶奶迎接进去才对。可张鞋娃又害怕，这日本人到热河的谁家，都是横冲直撞，哪会容人报再进门，冲门直接进，谁也不敢拦他们，否则轻者会挨打，弄不好会挨枪子和挨刀。张鞋娃看佐佐木一脸怒气地来看贡品，更知道贡品做得既慢又瑕疵难改，佐佐木看了会生气，会发怒，会打人，甚至会抓人。张鞋娃决意不拦日本兵，让阿黄也不要拦，让他们直入柴府，去找柴大奶奶得了，免得他和阿黄遭到不测。

日本兵朝大门走来，阿黄把他们拦在了门前。张鞋娃急忙叫阿黄"回来阿黄——阿黄快回屋子，快，快呀——"，张鞋娃连叫阿黄，阿黄回头望了几眼门房，但站在门口丝毫不动。张鞋娃急了，接着大喊阿黄"回来，放人进门，不要阻拦"，阿黄仍望了两眼门房，仍然丝毫不动地站在大门前，要拦日本人进门。眼看佐佐木几个到了大门口，张鞋娃既不敢再出声喊叫，更不敢出去把阿黄拉进门房，只能从窗户缝隙里看门口的情形，替阿黄捏起了汗，也把心提到了嗓子眼上。

佐佐木到大门口，大喊："门房的人，出来，带我们进去！"

张鞋娃哪敢出来，气也不敢大出了。

"人呢，柴家门房的人呢？快快地出来！"佐佐木接着一边又大喊，一边往门里走。

阿黄发出"汪汪"的警告叫声。佐佐木接着进门，身后两个兵不敢再往前走。

"它是转世天狼，大佐小心！"后面的一个兵喊道。佐佐木已到门口，阿黄向佐佐木凶狠地咬叫，佐佐木根本没把阿黄当回事，抽出军刀朝阿黄刺砍而来。阿黄一个机警的躲闪，佐佐木空砍一刀。就在佐佐木接着砍时，阿黄一个跳和咬，把佐佐木手里的刀，从刀背咬到嘴里，扔到了远处，并没伤他。佐佐木即刻掏出枪，看来阿黄死定了。佐佐木的枪口刚朝向阿黄的刹那间，阿黄一个纵跳，跳离了枪口，跳落在了佐佐木的右肩上，并咬住了佐佐木的肩膀。佐佐木"啊呀"一声大叫，倒在了地上，肩膀血流不止。

佐佐木被咬伤，吓得随后的两个日本大兵倒退了几步，便立马朝阿黄举枪。就在日本兵举枪的当儿，阿黄闪电般地扑向一个兵，也是用咬佐佐木同样的方式，在他们还没射出一颗子弹的刹那间，肩膀被咬，大叫一声顿时倒地了。另一个兵机智并手快，朝阿黄连开两枪，但没有打中。阿黄看对方出枪利落，对它不妙，撒腿往大街方向飞跑。日本大兵又连朝阿黄打了好几枪，一枪也没打中。待日本兵追到胡同口，阿黄跑得早不见影子了。

这惊心动魄的一幕，吓得张鞋娃瘫在地上，尿撒了一裤子：阿黄闯大祸了，日本人很快会来柴府，他张鞋娃大祸临头了，该怎么办好？张鞋娃想不出来如何面对将临的大祸。

被咬伤的佐佐木大佐和另一个日本兵，惊吓和疼得躺了好一会儿才爬起来。咬伤的肩膀仍流着血，他们感觉自己还活着，从地上摸起枪，眼睛喷血般的凶恶。佐佐木吼叫道："门房的人，快快地出来——快快地给我出来！"

佐佐木知道门房有人，会到门房找人。只要他出去，或佐佐木进来，他就死定了。张鞋娃即刻想到地窖，他得藏起来。

地窖在墙角的方桌下，揭开毯子和木板就是洞口。张鞋娃为了应急，练习过不知多少次急速钻入地窖的动作，他十几秒钟就会从门房消失得无影无踪。他刚进地窖，就听到日本人进了门房，并朝里屋开了几枪。枪声震得地窖几乎要塌了。上面在踢桌子。张鞋娃吓得喘不上气来，想来洞口仅是个很薄的木板，要是被发现了，他人和这地窖里的财物，全完了。

佐佐木和日本兵在门房没找到人，便进了大院。不一会儿，大门口来了辆汽车，车上下来很多人，说着日本话，应当是那个日本兵带着队伍来了。队伍直冲柴府，还听到了枪声。张鞋娃判断，是大队人马进了大院。张鞋娃吓得骨头都软了，藏在地窖不敢出来。

柴大奶奶和柴家大院的人听到枪声，听说日本人闯进来了，躲藏了

起来。

佐佐木和日本人在柴家大院搜了个底朝天。柴家的财宝库房被打开了，大老爷的暗室被打开了，所有屋子都被打开了，绑走了柴大奶奶、小莲和玉作坊的经理，绑走了玉作坊的师傅。接着，又开进四辆卡车，把柴大老爷家的财宝，把柴家库房的财宝，把玉作坊的玉器材料，把柴家值钱的东西，统统装车拉走了。

待到天黑，感到大院好几个时辰没了一点动静时，张鞋娃才从地窖出来。

早尿湿了好几次裤子的张鞋娃，浑身颤抖的张鞋娃，在这月光下看到的情形，足以把人吓死：柴府漆黑一片，没有一丝光亮，没有一个人影，没有一点声息，满院是破烂东西，所有的屋子门大开着，屋子里搬没了贵重的东西……大院人财全空了。

柴家全完了。张鞋娃吓得哆嗦，这都是他张鞋娃的看门狗造成的天大的恶果。张鞋娃意识到，他虽躲过了一场大难，但大难仍在临头，明天让日本人抓住，让柴大奶奶当警察局局长的弟弟抓住，让柴二老爷抓住，定会被剁成肉酱。

他张鞋娃闯下了大祸，是躲是跑，得就地决断。怎么办？张鞋娃想到了他的钱和财宝。这个几个时辰前财宝如山、还富得流油的柴府，现在已成了空壳，柴家人不仅一贫如洗，而且生命难保，也就只有他张鞋娃的地窖里的财宝，给他张鞋娃带来一线光亮。

地窖里的钱和宝物中，有他三年来的工钱，有老爷、奶奶和小姐赏赐的金条、大洋和玉器，有太太、下人和外面有求于他的人贿赂他的钱财和宝贝，有玉作坊的嫡系玉工"孝敬"他的玉品，有通过流氓手段从柴家欺骗来的大洋和财宝，足以让他张鞋娃置上上百亩地，养活几个女人、生上一堆孩子，够他花一辈子。

张鞋娃找来两个大箱子，还有一个皮箱，把地窖里的翡翠等宝物装进箱子，装了满满两大箱子；把金条和大洋装了一皮箱，装了满满一皮箱。装好，用破麻袋裹住，用绳子捆住，让人看上去像是破烂东西或不起眼的物件，再找条扁担，打了个挑子，挑到大门外，把大门关好，锁定，装好大门钥匙，戴了个破毡帽，挑上箱子，去了他的关门好几年的鞋店房。

鞋店房，在热河偏远的一个小巷里，关门很久的店铺，也是他非常厌恶的地方，是他厌恶鞋匠娃低等生活的地方，自从挂上这把大锁，没开过几次。大锁早已锈得不认钥匙，张鞋娃费了吃奶的劲才打开。落满了灰的屋子，又乱又臭。自从离开这屋子，自从住进柴府，张鞋娃就没打算回来，更不愿看和闻这鞋屋的乱和臭。在这乱和臭的屋子，没有哪个女人愿意住在这里，更没有一个女人情愿在这里与他生儿育女。张鞋娃恨透了他过去的鞋匠饭碗，恨透了那又脏又臭的破鞋。这几年在柴府过的是舒适而常有"油水"的管家生活，渐渐把这间屋子给忘掉了。他压根也没想到，自己会没了地方住，又回到这个又乱又臭的屋子。这是张鞋娃在热河唯一的栖身的地方，两间屋尽管乱和臭，此时的张鞋娃觉得比地窖好千万倍，日本人不知道这屋子，他庆幸自己有这个鞋铺屋，感到它简直是他的天堂。

张鞋娃在门口买了几块烧饼，销牢门，把财宝箱子埋藏在破皮烂鞋堆里，从墙角翻出被褥，铺好炕，倒头就睡。这天大的灾祸临头，加上那失魂落魄的惊吓，张鞋娃哪里睡得着，这才有空对小莲、对柴家的人焦急起来：日本人会不会打小莲，会不会枪毙柴大奶奶，柴大老爷在医院听到此情会怎么样？兴许不会有大事。令张鞋娃宽慰点的是，幸好阿黄咬人嘴下留有余地，只是轻伤了他们，如果咬成重伤和咬死，即使日本人抢走了柴家的所有财产，也保不住要杀人。但张鞋娃又想，日本人既然抢走了柴家的财产，说不准他们抢了财产又杀人呢？想到这里，张鞋娃又急出一身冷汗。他想去找冯美儿和新疆女人，打听小莲和柴大奶奶的下落，合计赶快营救她们的办法；告诉她们大院发生的惨事，让她们小心一点，以免受到连累。还不到午夜，他穿上衣服去冯美儿那里。一出门，看到巷口巡逻的日本兵，只好回店。

又累又急又惊又冷汗流不停的张鞋娃，一夜睡着被惊醒，惊醒又睡着，噩梦连现。天刚亮，张鞋娃就去敲冯美儿的门，连敲好半天。

"谁?!"院里传来新疆女人的哭泣声,还是新疆女人开的门。

"我,张鞋娃。"门开了,新疆女人一脸的悲伤,一脸的泪。她已经知道柴家出事了?柴家出事,她绝望了?新疆女人惊恐地把门关上并锸好,张鞋娃问她:"你知道柴府的事了,大老爷怎么样?!"

"他昨晚上死了。"

"啊,大老爷死了,怎么回事?!"

"日本医生给他打了一针,不一会儿就死了。"

张鞋娃知道怎么回事了,柴大老爷被日本人杀害,与阿黄咬伤日本人有关。

望着正吃早餐既不悲又不哭的冯美儿,新疆女人哭得更伤心了。

"鞋娃来了?吃早饭没有?要没有吃,进来一起吃。"冯美儿说。

"我不吃,给你们两位太太说,柴府被日本人抄家了,贵重东西全抢了。大奶奶和小莲被日本人抓走,死活不知道。"张鞋娃站在冯美儿门口说。

"你说什么,柴府被日本人抄了?!"冯美儿端的碗掉在了地上,碗里的稀粥倒在了腿上,烫得直叫唤。

"你说什么,柴府被日本人抄了?日本人怎么会抄柴府呢?!"新疆女人本来悲伤的脸,又添了惊恐。

张鞋娃当然没说是看门狗阿黄咬了日本人惹的祸,说他那时不在柴府,不知道实情,但柴府确实被日本人抄空了,抄得乱七八糟。张鞋娃问新疆女人:"怎么安葬大老爷?"

"大老爷刚死,尸首就被日本人抬走了。护士说,大老爷被抬到了人体解剖室。"新疆女人说。

张鞋娃听这情形,断定大老爷的尸首要不回来了。

张鞋娃对冯美儿说:"三太太您有路子,救救小莲吧,也救救大奶奶吧!"

"我哪有路子。日本人都是畜生,我个女人家找谁去?要救你去救!"冯美儿朝张鞋娃瞪着眼说,"小莲是你心上人,你去救!大奶奶的亲弟是警察局局长，日本人的走狗，用得着我去救她!"

张鞋娃碰了硬钉子，只好冲两个女人说："你们得小心点，最好不要出门，到处是日本人，免得遭殃……"

"柴府被抄家，大老爷死了，我娘俩靠谁活呀?!"新疆女人哭声连天地说。

"柴府没了，那我以后的分红没了，生活费去哪里拿呀?"冯美儿冲张鞋娃喊着说。

"先躲难，只要躲过难，人活着，再说后面怎么活!"张鞋娃撂给两个女人这句话，走了。冯美儿不帮忙营救小莲和柴大奶奶，说她要躲藏起来以防不测。张鞋娃找不到任何人营救她们了，只能先保全自己，再想办法救她们出来。

张鞋娃躲藏在他的鞋店，白天尽量不露头，晚上出去买吃食。就在柴府出事的第二天晚上，他在烧饼店里买烧饼，有人说"柴府变成日本人的兵营了"。张鞋娃去了柴府巷子，看到柴府有了灯火，大门口是荷枪实弹的日本兵站岗和巡逻，大门内停着日本人的摩托车和卡车。柴府真是被日本人占了。

二十九　谁罪该万死

柴家出事好几天了，张鞋娃得不到小莲和柴大奶奶的丝毫消息。张鞋娃想，要把小莲和柴大奶奶找回来，得找与日本人好的人。张鞋娃想来想去，热河城里的熟人中，没有能跟日本人接触上的人。张鞋娃想起了小菊花，要能找到小菊花该多好。

张鞋娃盼见到小菊花，小菊花就出现了。张鞋娃在烧饼店附近看到了春花楼的小菊花，手里提着烧饼。张鞋娃怀疑他看错人了，便悄悄跟上去瞧，真是小菊花。虽然有将近两年没见了，小菊花依然俏丽动人。柴府被抄家，与小菊花有没有关系？张鞋娃顿时紧张起来，但即刻排除了自己的怀疑。小菊花虽是曾经日本宪兵司令部小野的情人，但张鞋娃知道，小野早不在热河了。小野从日本回来后调到了南京的日本部队任职，想必小菊花与他的情人关系，从此中断了。还有那个小菊花给神父的钱的秘密，张鞋娃弄清楚了，小菊花给神父大把的钱，都转给了延安共产党。小菊花是抗日的，这让张鞋娃对她肃然起敬。这次柴府被抄家，与小野没关系，更与小菊花没关系。因县警察局局长李保那几年一直在追杀她，她怎么敢回到热河呢？在热河城里能够跟日本人说上话的熟人，也只有小菊花了。带着很大好奇心，更是救小莲和柴大奶奶心切，张鞋娃到春花楼去找小菊花。

小菊花对张鞋娃蛮热情的，以为他是来妓院做"那事"的，张鞋娃说，是来看她的。他给小菊花买了精致的点心。柴府的事，柴大老爷的死，柴大奶奶和柴家人被抓的事，她都听说了。她说，这几天热河的人都在说这事儿。

张鞋娃问小菊花："什么时候回到热河的？"

"我是昨天晚上回来的。"小菊花说。

"李保不是派警察一直在追找你吗，你怎么敢回来？"张鞋娃惊异地问她。

"李保和柴大奶奶三天前就被日本人处死了。他们死了，我才敢回来。李保的警察局局长要是当得好好的，我哪有胆回来！"小菊花说。

"什么，柴大奶奶和李保被日本人处死了？你在胡说八道吧！小莲怎么样，你知道小莲在哪里？"张鞋娃说，"李保的脸紧贴着日本人的屁股，把日本人当他亲爹，怎么会杀他呢？！"

"小莲是谁，我没听说这个人是死是活。柴大奶奶弟弟李保的死，热河人都知道了，就你不知道？！"小菊花说，"李保帮日本人做了多少事，管屁用。日本人翻脸不认人，说杀就杀了，杀得好！"

"你倒说说，李保怎么死的，总得有个死的理由吧？！"张鞋娃说，"李保死，与柴大奶奶有啥关系没有？"

"当然有关，更与你有关！"小菊花说，"你那条看门狗，你那什么转世天狼的狗，可把柴家害惨了。日本人让李保找狗，如果没找到狗，李保得死。"

"你知道柴家发生的事了？"张鞋娃听小菊花这么一说，望着小菊花不敢张嘴了。

此时的张鞋娃，顿然后悔不该来找小菊花。小菊花知道了柴家大院发生的事，是看门狗惹的祸，也等于是他张鞋娃惹的祸，她会不会告诉日本人？他来找小菊花，是不是在找死？

张鞋娃吓得不知道如何面对小菊花了，神情紧张，手居然有点抖了。

"你张鞋娃不用害怕，我小菊花卖身却不害人。虽然曾在柴家大门口，我们有过仇怨，但后来柴大奶奶让李保追杀我时你却救我，你是我的救命恩人。除了我不愿意帮柴大奶奶这等人外，你求我啥事，我都愿意帮忙。"小菊花看张鞋娃吓得不像样子，便给张鞋娃续上茶，安慰他说，"依我看，柴家出事，不能怪看门狗，全怪日本人不是东西。看门狗是条好狗，是条忠心为主人，不怕任何人，还敢咬日本人……解气，咬得好！"

张鞋娃没想到小菊花会恨日本人，更没想到她对看门狗阿黄不记前仇不说，还夸它是条好狗。她的话让他意外，他相信小菊花不是在骗他，是她的真心话。张鞋娃感动得不知对小菊花说什么好，终于结巴地说出了几个字。

"……我、真、真、真是没有看错你小菊花，你、你、是个好、好、女人……"

"怎么把你吓成这样，舌头都硬成棒槌了……你张鞋娃把心放在肚子里，我小菊花不会害你的……"

"……我求你打听三个人，日本人抓走的柴府的小莲，到底是什么情况？柴二小姐和柴三小姐，她们在什么地方？"

"我找皇协军一个队长给你打探一下。你最好白天藏得好好的，不要让人看到你，明晚你来找我……听说日本人下令让警察局局长李保三天内找到看门狗，结果没找到，就把李保和柴大奶奶给处决了。你可得小心，要是被他们抓住，那你的小命就没了。"

张鞋娃给小菊花茶几上放了十块大洋。

小菊花问张鞋娃："这钱是啥意思？"

"我着急知道看门狗阿黄和柴家小莲的下落。这是给你的辛苦费。"

"这个钱我不要，拿走。你是我的朋友，为这事给我钱多余！"

张鞋娃不拿，小菊花让张鞋娃把大洋拿走，说，不拿走，她就不办他的事。张鞋娃只好收起来。

张鞋娃好不容易等到天亮，又好不容易熬到天黑。天全黑了，他去找小菊花。小菊花说："替你打听到了小莲的下落，小莲活着，被日本人放出来没家可去，出家做尼姑了。柴家的两个小姐，在柴府出事的第二天，就被当警察局局长的舅舅李保，送到了天津……"

"小莲活着，真是太好了。两个小姐没事，太好了。"张鞋娃听了松了口气，但又着急知道小莲的去处，"你问了没问，她去了哪个尼姑庵？"

"这我没问。"小菊花热心肠地说，"她活着，你急什么，等风头过去了，你去找她也不迟。"

"听到看门狗阿黄的消息没有？阿黄总没有被日本人抓走吧？"

"你的看门狗，可不得了，既闯了大祸，又成了英雄……居然咬死了三个日本人。"

"阿黄只是咬伤了两个日本人，吓跑了一个日本人，没咬死日本人呀！"

"看门狗咬死三个日本人的事，全热河的人都知道，就你不知道？"

"柴府被日本人抄家那天晚上，我就躲藏起来了，阿黄就跑了，它是在哪咬死三个日本人的？"

小菊花告诉张鞋娃，听说日本人搬进柴府的那天傍晚，柴家看门狗阿黄跑到大门口，不出声响地把两个守门的日本哨兵咬断喉咙送上了西天，又同样断喉咬死了从大门出来的日本军官佐佐木大佐……它真不愧是天狼转世的狗，说是眨眼工夫一个大佐、两个哨兵就被它不出声响地咬死了……狗转眼不见了，日本人连狗影子都没找着。看门狗咬死三个日本兵，那在热河是天大的事，日本人就把柴大奶奶杀了，把在医院住院的柴大老爷毒针打死了，也把她的弟弟警察局局长李保杀了。

……

"我的老天爷，阿黄真是疯了，害惨了柴家不说，害死了这么多人，这可怎么办呀?！"张鞋娃听罢小菊花听来的消息，吓得全身发抖起来，"那我的命也就保不住了，它的命也保不住了，它会不会让日本人打死……"

"听着，张鞋娃，柴家出事，是日本人太他妈的不是东西，狗给咱热河人出了口气，我倒不恨狗，它是英雄，它是好天狼，希望它好好的。"小菊花说，"你担心狗有什么用，现在最危险的是你，你得藏好了，你可不能出事，柴家还有小姐和太太没人管……"

"什么转世天狼?！阿黄就是条聪明的平常狼狗；我张鞋娃也不是什么天狼转世，我就是个鞋匠娃……说我和狗是转世天狼，纯属为吓唬柴大老爷和柴家有些人，也为了保全我和狗，我找马大仙编造出来的谎话。如今阿黄把柴家害得家破人亡，我张鞋娃真是罪该万死……"

"编造'转世天狼'谎话，与柴家出事有什么关系？这灾祸别往你身上揽，揽过来你扛得起吗?！"小菊花说，"事情已经出了，柴家的小姐和太太们也可怜，你能尽大多的力，能帮她们，就帮她们一下，也算是你做了件积德行善的事……"

小菊花的话让张鞋娃极其难受的心获得一丝安慰。

此时，让张鞋娃最着急的事，是柴大奶奶的安葬。不管怎么说，柴大奶奶后来对他张鞋娃也不错，况且认养了几个孤儿，是个好人，他得把她安葬好。他通过小菊花打听到，柴大奶奶的尸首由她的家人安葬了。

张鞋娃大哭。小菊花让张鞋娃小声点，张鞋娃仍是痛苦地忍不住哭。小菊花理解张鞋娃的悲哭，再不劝他，待他哭得差不多了，便安慰他："你现在最大的事，是把你自己藏好，可别把你的命再丢了。还有，事情已成这样，没了柴府，但你有手艺，想必也饿不死你。"

"小菊花，我不知道怎么感谢你好！"张鞋娃被小菊花感动得掏心掏肺了，犹豫了好半天说，"小菊花，你有哥吗？反正我没妹，更没亲人，我想认你做妹子，把你从春花楼赎出去……"

"就这点事，你就这般重谢我呀。我还没感谢你呢，没你前年李保追杀我时及时给我报信，我早死在九泉之下了。"小菊花说，"说认我做妹子的男人多了，你要认我，我也不在意；你说你要把我赎出去，你拿什么赎我？连你自己还能不能活在热河，鬼才知道，你分明在说梦话！"

"我鞋娃今天给你说的话，你就权当梦话，但我这梦话，是当真的。"张鞋娃深情地说。

"给我许愿的那么多男人，不知道他们在哪里。你也不必认真，我也不会上心。"小菊花说。

"我张鞋娃说到做到，你等着！"张鞋娃双手合拳，向小菊花很郑重地说。

"男人都爱吹牛，权当哄我高兴。你张鞋娃的好心，我小菊花领情了。

快快回去，先把你自己藏好了再说。"小菊花催张鞋娃走。张鞋娃给小菊花轻微鞠个躬，走了。小菊花也许对张鞋娃的行礼觉得有点滑稽，"扑哧"一声笑了。

张鞋娃回到他的鞋店，想起小菊花脚上的皮鞋开了小口，忽然有了给她做双皮鞋的想法。他想抽空给她做双最结实和最漂亮的皮鞋，她在热河城不会买到他张鞋娃做的这么好的皮鞋，她穿上一定会又好看又舒服。

张鞋娃早就感觉到小菊花是个善良女人，尽管她是窑姐，因为她的善心，他没有嫌弃她。所以在李保追杀她的时候，他才想法帮她。这次小菊花帮他，让他感激。小菊花的善意，让张鞋娃感到心里涌动起了热的东西，就像小莲的善良和从小莲那里听说柴大奶奶认养着几个孤儿的感觉一样，人对人善，会让自己从魔鬼变成人的，会让人变成另外一种人的，会让人变成快乐的人的。张鞋娃感到他之所以从一心想做人鬼，变到对柴大老爷由憎恨为感恩，并且从柴大老爷一次次伤害自己，到自己一次次释解与他妥协，到后来渐渐地为他做了这么难和这么多的事，是因为他的心在变化，变得有些喜欢自己了，也喜欢别人了。

柴家发生了这么大事，张鞋娃越发觉得是他造成的，越发觉得他把看门狗选错了，这看门狗确实是条无可挑剔的看门好狗，好到它忠诚于他张鞋娃，好到没有一般狗的俗气与低贱，好到它让柴家不应当出门的东西和不应当进门的人，一件东西和任何人也进不来。可为什么这门是越看得好越是非多，越是个好看门狗越讨人厌，门越看得好柴家的人越倒霉，门越看得好死的人越多，最后把门看得连柴府也没有了……

张鞋娃想，这门看得是好，可看得好结果是，柴家的人大都恨看门狗，大都被它造成了由讨厌到生气再到郁闷等伤害。因它大小姐失恋而自杀死了，柴三老爷因它给柴家造成了赔偿和被它咬伤死了，也让柴三奶奶失去了丈夫而离开了柴府，因它柴二老爷一家搬出了柴府，也因它柴二老爷掉了一只耳朵，因为它柴家二小姐和三小姐也搬出了柴府，因它百年柴家传世的玉作坊师傅走得不剩几个而几乎倒闭，因它柴家大门口不得消停地发生了可以不发生的祸事，因它造成了柴大老爷重病住院和丢了性命，因它柴大奶奶和她的弟弟李保死在了日本人手里，因它柴府被日本人抄家而一个大家族消失，因它他和柴家五个太太及十多口子人没了靠山……

如果不是选用阿黄这条狗，如果柴大老爷不是爱财如命并把守住柴家的财物重任完全寄托在于看门狗身上，如果柴大老爷和柴大奶奶、柴三老爷和柴二小姐不把他张鞋娃当作看门狗对待，如果柴大老爷和柴大奶奶、柴三老爷和柴二小姐等柴家的人与来柴家的人给看门狗阿黄更多的尊重，如果他张鞋娃一直对柴大老爷心怀知遇之恩而不去装神弄鬼，如果他张鞋娃早离开柴家和阿黄早离开柴府，柴府一定还是柴府，柴家的人一定还是柴家这些人，柴大老爷一定还好好地坐着他掌门人的位置并会料理好外面几个太太和许多孩子，柴家玉作坊一定还是柴家玉作坊的那么多人，柴家玉作坊一定仍是热河及京城有名的玉作坊，柴家的玉品生意一定会做得不至于纷纷走人而面临关门，柴府一定会把玉做下去并成为热河最显赫的人家，柴府一定……柴大老爷一定……柴大奶奶一定……柴二老爷和全家一定……柴三老爷一定……冯美儿一定……柴大小姐一定……柴二小姐一定……柴三小姐一定……小莲一定……柴家其他人一定……柴家玉作坊的师傅一定……柴家好事一定……

……

想到这些，想到这里，张鞋娃如五雷轰顶，心在翻江倒海，他感到他是柴家的罪人，是柴家不可饶恕的罪人。他张鞋娃应当被千刀万剐，应当被柴家人扔进油锅和地狱……他感到看门狗阿黄是柴家的罪人，是柴家不可饶恕的罪人。看门狗阿黄应当被千刀万剐，应当被柴家人扔进油锅和地狱……这个让他张鞋娃又爱又恨的阿黄，他张鞋娃还是深爱着它的，它是条少有的好看门狗……柴家的倒霉，与它有什么关系，它有什么错？错都是他张鞋娃的，罪都是他张鞋娃的，怨它干什么，归罪于它有何道理，它是一个畜生，把错和罪都归在他张鞋娃身上吧……阿黄你在哪里？张鞋娃想你……张鞋娃不能去找你，但想你，你想张鞋娃吗？你躲藏好，等风头过去，张鞋娃一定会去找你，你也可以来找张鞋娃。张鞋娃一定会找到你，你也一定会找到张鞋娃……张鞋娃不能没有阿黄你……

……给柴家带来的恶果，不能怨阿黄，罪责在他张鞋娃……他张鞋娃是柴家的罪人……

夜越深，张鞋娃想的越多，感觉越发掉进了痛苦的深渊，越发难受。这难受不是对柴大老爷的憎恨，是憎恨自己不是个好人，憎恨自己罪大恶极，他张鞋娃要赎罪，能赎多少罪就赎多少，尽最大能力赎吧。

张鞋娃理出了几件大事，他得去做，不然他的心一丝一毫也不会安宁。一个是柴大老爷南京的女人和孩子，一个是柴大老爷云南腾冲的女人和孩子，一个是柴大老爷山西太原的女人和孩子，还住在客栈，虽然他给的生活费足够维持一阵子，但她们说过，她们和孩子一天也不愿住在客栈，要搬到柴府住。如今柴府被日本人抢占了，柴大老爷又死了，得把实情告诉她们。还有，她们今后生活怎么打算，究竟是死心塌地在热河不走了，还是从哪里来的回哪里？这都得赶紧去问她们，这都得给她们办好。一个是二小姐和三小姐的生活，不能让她们今后无依无靠。一个是新疆女人和孩子，虽然住在冯美儿那里，可长住冯美儿一定不乐意，也得安排妥当了。一个是冯美儿，柴府被抄，她的剧社关门歇业，彻底断了她的生活来源。他答应给她开玉器店，她也在盼这件事，他得成全这件事。一个是小莲。小莲出家做尼姑，也许是柴府被抄后无家可归的无奈选择，他得把她接到鞋店里来先住下，待选好个院子买下来，娶她为妻。一个柴大奶奶死了，她收养的几个孤儿断了供养费，他得给他们送去点钱，安抚好这些可怜的孩子，也以此告慰柴大奶奶的在天之灵。

张鞋娃算来，急办的有八件大事，要安置和关照到的柴家的人和孤儿二十多个人。张鞋娃随之焦虑，这么多事和这么多人，件件事，每个人，靠他两片嘴不行，都得让钱来"说话"。柴府被日本人抄光，连大院也被抢占，柴家没有了分文，这么多的事要打理，这么多的人要吃饭，这得多少钱？！说不清楚需要多少钱，又哪里来这么多的钱？张鞋娃犯愁了。

在张鞋娃愁得无法忍受的时候，他想到了一走了之，管他柴大老爷的几个女人和孩子怎么活，管他柴家的小姐和太太怎么活，带着他丰厚的积蓄和宝物，带上小莲，去一个没有日本鬼子的地方，去一个山清水秀的地方，买一个小院，开个玉器小店，过个富足而悠闲的日子。他张鞋娃的钱和宝物，足够让他过上人上人的日子了。

张鞋娃愁到头的结果，想出了一个逃跑的出路，这让他顿然身心轻松了许多。张鞋娃想出了轻松的选择，轻松了一夜。而轻松到了天亮，张鞋娃感到那二十多口子人的眼睛在看着他，在眼巴巴地等待他出现在客栈，在眼巴巴地等待他出现在她们面前。感觉到这么多人眼巴巴地在等待他，张鞋娃的心又愁上了。

张鞋娃究竟会做出何种选择，连此时的张鞋娃自己也不知道。张鞋娃想，要做出这个选择，得看小莲。小莲要跟他远走高飞，他就选择带她一走了之。

想了几天几夜的张鞋娃，把最后的选择，放在了小莲这里。

张鞋娃大白天不敢出门，怕碰到"鬼"，只能在天麻麻黑时，戴上个破毡帽出门。在一个尼姑庵，他找到了小莲。小莲一身布衣，长发已剃，一脸平静，站在庵门口与张鞋娃说话，表情不冷不热，变化让张鞋娃大吃一惊。

张鞋娃对小莲说："你不能出家，我要娶你做老婆。"

"冯美儿等着你娶呢，我配不上你。"

"我不爱冯美儿，我爱的是你。"

"我已皈依佛门，断了红尘俗事。"

"你跟我回去吧，我存了些钱，我带你远走高飞，去过好日子。"

"我心已死，看破红尘，今生决意在佛门度过，请不要再劝我。你回吧。"

小莲话落，就把庵门关上了。张鞋娃连连叫她，庵里没有回应。

张鞋娃在尼姑庵门外，坐了好半天，盼望小莲开门，但庵门没一点动静。再等，也没有动静，月黑风高，只好离开。

离开庵门，张鞋娃的腿像灌了铅似的，抬不起，走不动。他觉得掉进了深渊，抓不住救他的一根绳子。

　　张鞋娃回到他的鞋店，又苦愁了一晚上。愁到头的结果是，他不想离开小莲，他得把小莲从尼姑庵拉出来；没有小莲的陪伴，到哪里也没多大意思。

三十　救赎无尽头

张鞋娃日夜想念尼姑庵的小莲，后悔几年来柴大老爷和柴大奶奶几次给他提婚，由于他的贪财之心，给小莲提出结婚后柴家库房钥匙给他一把的要求，小莲不答应，他就找理由推拖婚事，直到拖到冯美儿跟他打得火热，小莲愤怒和后来对他绝望，直至后来出家做了尼姑。小莲怎么会做尼姑呢？是真想做尼姑，还是无家可归，还是她恨他张鞋娃的缘故？这都是他张鞋娃心里闹鬼造成的，他张鞋娃就是十足的蠢蛋。张鞋娃在他黑咕隆咚的鞋铺里，不停地想小莲，想得恨不得立马去庵里把她抢出来。

天麻麻黑的时候，张鞋娃去敲了尼姑庵的门，小莲虽见了他，但她表情木然，一副视同路人、心如止水的样子。张鞋娃说了很多，但他说什么她都无动于衷。这让张鞋娃的话成了一个人的独白。

小莲无语，张鞋娃没招，只好走人。见完小莲，张鞋娃每时每刻都想小莲。张鞋娃越想小莲，心里就越后悔，越后悔越发痛恨自己，几年前就把小莲娶了多好。

小莲的影子，在张鞋娃的脑子里与冯美儿的影子在打架。张鞋娃想把冯美儿从脑子里彻底抹掉，不能让小莲因冯美儿受到一点伤害，更不能因冯美儿而影响他与小莲的婚事。想到冯美儿对他的痴情和纠缠，张鞋娃觉得他张鞋娃从头到脚配不上她。她有文化，她长得漂亮，她曾是柴三奶奶，配她的是有文化和有钱的人；他大字不认几个，是个臭鞋匠娃，是柴家的下人，配他的只能是个普通女人，即使小莲，他也不配。小莲上过几年学，是柴家的小姐。他张鞋娃娶她，也算高攀了——他张鞋娃，就是个有眼无珠的东西。

"必须娶小莲，她是我张鞋娃最合适的媳妇。"张鞋娃决意铁定在心，他要等小莲回心转意还俗的那天。

隔了一日，还是天麻麻黑的时候，张鞋娃又去了尼姑庵。好不容易敲开了门，还是那个开门的小尼姑，但小尼姑说："小莲师父说了，来客一概不见。请施主不要再来了，更不要再在晚上时候敲门。"

"求小师父叫小莲出来说句话，就几句话，我说完就走。"

"求我没用，小莲师父有交代，不见任何人，你就请回吧。"

"就给她说一句话，说完就走。"

"什么话，我可以代转她。"

"男女私话，得给小莲她当面说。"

"那她更不会见你了。请施主不要再来了。"

"求小师父……求……"

张鞋娃还想求一番小尼姑，但刚说了半句话，庵门就关上了。

张鞋娃回到他的鞋店屋，急了一晚上与小莲的婚事，想了一晚上小莲曾经的温情，也失魂落魄了一晚上。

"怎么能感动小莲，我做什么才能让小莲回心转意呢？"张鞋娃知道，他让小莲太失望，他让小莲失望得透心凉，曾伤小莲伤得绝望自杀，要唤醒小莲对他的好感，要让小莲重新喜欢他，要让小莲还俗嫁给他，他得做点什么。

天麻麻黑时，张鞋娃好不容易找到了二小姐住的地方。

二小姐在家，三小姐也在。这是柴家被日本人抄家后第一次去找她们姐妹俩。二小姐的对象因怕看门狗阿黄一身的凶气和一脸的凶相而不愿意进柴家的门，也因柴大老爷对他的脸色不好，不愿上柴家来；也因三小姐怕看门狗阿黄怕得身缠怪病，二小姐带着妹妹搬出柴府，租住了个小院。要说柴二小姐以柴家的富足，租这小院的花费毫不费力，而柴府出事后，断了经济来源，租院的开支今后无法保障，加上怕日本人追杀到租的小院，就急忙搬到了热河城这偏远的院子。

这是个几家人合租的四合院，二小姐租住的三间西南角屋子阴冷，有点寒酸。柴家被日本人抄劫一空，她们的爹妈被杀害，大院被霸占，没了亲人，没了家舍，没了钱财，三小姐得上学读书，只能靠二小姐和她男朋友不多的薪水过活，富贵的小姐生活从此落到了无地无产的贫苦日子。两个小姐面对突降的家破人亡的灾难，亲朋远离而去，生活陷入困境，她们叫天天不灵，叫地地不应，她们盼望见到亲人，只是见到了尼姑庵的小莲，小莲提到了张鞋娃，说张鞋娃会来看她们。她们天天盼他来，张鞋娃终于来了。柴二小姐和柴三小姐见到张鞋娃，惊喜交集。尽管天黑灯暗，张鞋娃瞅姐妹俩与她们在柴府时变成了两个样，两个水灵灵的姑娘，两个美若花朵的金凤凰，落难成了土凤凰，消瘦、憔悴得让张鞋娃落泪。

柴家两个小姐面对这般惨境，她们像见到最亲的人，又是给沏茶，又是给拿干果，顿时让张鞋娃把见她们时提在嗓子眼的心，放下了半截。在打算去看柴家两个小姐时，在费尽周折找她俩的路上，张鞋娃的心里七上八下：是去看她们还是不去？她们见到他，会不会哭天抹泪地对他不依不饶地怨怼他？怨恨他的看门狗把她们亲人害了，家毁了，财空了，骂他张鞋娃是十恶不赦的魔鬼？张鞋娃从想去看她们，到找她们的一路上，虽然有这样的惧怕，但他想到小莲，还是鼓起勇气找了她们。

张鞋娃拿上他从柴家积蓄的钱，一个粗布袋子，递给柴二小姐并说："给两个小姐送上五十块大洋，先解决生活急需。"

"家都被抄了，你哪来的这么多钱？"柴二小姐惊奇地问张鞋娃并把钱袋子又还给了他。

"你们急需用钱，拿着吧。"

"你不把这钱说清楚，这钱我们不能要。"

"放心收下吧。这钱不是偷的，也不是抢的，是我在你们柴家积攒下的工钱。"

"真是你的工钱，我们也不能收。你在柴家干了好几年，这是你的血汗钱，快留着，你得和小莲成家用呢，"柴二小姐说，"你得把小莲从尼姑庵接出来，娶她做老婆，不能让她做尼姑！"

"事到如今，还说什么成家呢？让小莲还俗，没那么简单。现在应急要紧，你们正缺钱，拿着吧。"

张鞋娃把钱袋又放到了柴二小姐手上。柴二小姐犹豫了一下，问一边的三小姐："怎么办？"三小姐不说话，柴二小姐收下了。柴二小姐感动地说："危难之时见人心，鞋娃哥你真是个好大哥……我们姐妹真不知道说什么感谢话好……"

"什么也别说了，千万小心，你们照顾好自己，过了这风头，我再来看你们。"

柴家两姐妹虽落得一无所有，不仅没有怨恨他张鞋娃，反而见他像见到亲人一样，这让张鞋娃松了一口气，也让张鞋娃心里暖烘烘的，更加觉得他张鞋娃是罪大恶极的人，对不起柴家，对不起她们姐妹俩。

张鞋娃见过柴家两个小姐后，虽然给她们送了可观的大洋，但他的心更沉重了。这沉重，是他感觉罪恶感加重了。不是看门狗惹祸，不是他心有邪念，哪有她们今天的落难！

从柴家两个小姐住的破旧院子出来，张鞋娃的心里难过极了，伤心极了。他急火攻心，吃不下东西，连续几天发起高烧。无依无靠的张鞋娃，感到了死亡就在他屋里，在等着他，随时会把他叫走。他想柴家大院，他想小莲，他想阿黄，他想柴家的玉作坊的玉工，想柴家的一切。这所有的想，都要让他浑身冷得发抖——这曾经的大院精美房屋和那些他喜欢的、不喜欢的，他爱的、憎恶的，还有那些喜欢他的、不喜欢他的、讨厌他的、憎恨他的，他都想念它们和他们。想到痛苦深处的张鞋娃，恨不能哪怕不要柴大老爷的分文工钱，哪怕柴大老爷打他又骂他，哪怕柴家让他当一辈子看门狗，哪怕给小莲当一辈子牛马，他也不愿意让柴家的人没了，不想让柴府没了，也不愿意小莲出家做尼姑。

在这孤寂的鞋店屋里，张鞋娃想小莲想得痛哭流涕，恨不得连夜去尼姑庵，把小莲抢出来，把这鞋店屋布置一新，让她做女主人，情愿把她永远像公主一样供起来，不让她生气，不让她受委屈，让她天天开心地笑……生几个宝宝……

这晚，高烧中的张鞋娃，做了好多个梦，他梦到了柴大老爷骂他是狼心狗肺的东西，害死了他，害得他家破人亡，害得他几个太太哭天抹泪……梦到了柴大奶奶骂他是无情无义的东西，她那么好的小莲侄女不娶，害得她做了尼姑；害得她孤儿院里的几个孩子，没了饭吃和没有妈妈……

梦让张鞋娃着急，他得立马去看望仍住在客栈的柴大老爷的南京女人、云南腾冲女人和山西太原女人，得去看新疆女人及她们的孩子和冯美儿，她们在心急如火地等他来，等他来送钱或打理她们今后的生活，还得看柴大奶奶供养的孤儿……

连续高烧的张鞋娃，昏躺了几天，苦想了几天，伤心了几天，好在他有粮有吃的，终于爬了起来，感觉能出门去看人了。

天麻麻黑，张鞋娃拿上银元，在离宫附近找到了小莲说过的那个教会孤儿院，这是爱尔兰来华传教士办的一所孤儿院。张鞋娃快敲破了门，才唤来一个中年的爱尔兰女人开门。张鞋娃说明他是柴大奶奶的家人，是来看柴大奶奶供养的孤儿来的，她才开了门。女人带他到教堂后面，后面有个小院，小院传来孩子的哭叫和欢笑声。

女人把他带到西北角一间屋子。很小的屋子的炕上，是六个女童，有的在哭泣，有的在玩布娃娃，有的在一起嬉闹。看到女人，她们叫"妈妈""妈妈好"。女人说："这就是柴大奶奶供养的六个孤儿。她们的父母亲，都是抗日死的，柴大奶奶供养她们六年了……"

可怜的孤儿，可被养得脸蛋圆胖，显得不那么可怜。看来柴大奶奶没少关心她们，她们的肚子没饿着。

女人对孩子们说："这是柴大奶奶，也就是你们的柴大妈妈，让她家人看你们来了。"

孩子们顿时喊叫起来：

"想柴妈妈，想妈妈!"

"好久没见妈妈了，妈妈不要我们了吗?"

"柴妈妈来看我们吗，想死柴妈妈了。"

"妈妈不来了，她不要我们了……"

"呜——呜——呜——"

两个孩子一哭，其他孩子全哭叫了起来。张鞋娃没想到柴大奶奶在这几个孩子心里，早已成她们的亲妈。孩子们一声声"想妈妈"的叫喊，一个个"要妈妈"的大哭，直钻张鞋娃的心，勾起了张鞋娃从小失去妈妈的可怜来，他抱着一个女孩，伤心地落起泪来。

张鞋娃对孩子们说:"你们的柴妈妈出远门了，一年半载回不来。她让叔叔以后照顾你们，以后和柴妈妈一样来看你们。看，这是柴妈妈让我给你们送来的钱，让我交给这个妈妈，让她给你们买好吃的……"

张鞋娃把钱袋子给了教堂女人并说:"这是给孩子们吃用的二十块大洋，过段时间，我再来看她们和送上供养的钱。孩子们让您费心了……"

出了门，女人说:"主啊，柴大奶奶死得真可惜，她是个好人……您贵姓?"

"柴大奶奶死在日本人手里，她死不合眼，放心不下这几个孩子，"张鞋娃说，"我是柴家原来的看门管家，叫张鞋娃。我会经常来看她们，您多多费心。"

"主保佑你，张先生您是个好人。好人有好报……您放心，过去柴大奶奶给孩子们的供养费和您送来的供养费一样，我们会一分不少地花在孩子们身上……"教堂女人边说边送张鞋娃出了门。

张鞋娃转身给教堂女人作了个揖，直奔热河人客栈。

热河人客栈住着柴大老爷的南京女人和两个孩子。张鞋娃敲门，房里没有动静。又敲了好半天，也没人应声。"人到哪里去了，不会出什么事了吧?"张鞋娃把心提到了嗓子眼上。张鞋娃赶忙到店台问老板，老板说:"她刚拉着俩孩子、提个箱子走了。"张鞋娃问，她去了哪里，老板便摇头。张鞋娃判断她带着孩子，会去火车站，便立马沿着朝热河车站走的大街寻找。张鞋娃找了一段路，没看到南京女人和她孩子的影子。起了风，又飘起雪，预感有不祥。他不敢耽误时间，但又判断不准确到哪里找她们，唯一想到的是先去车站。张鞋娃叫了辆黄包车，给车夫加钱，以最快速度去了车站。南京女人和孩子真在火车站候车室，她们在破旧的椅子上，依偎在一起。

南京女人看到了张鞋娃，好似看到了久别的亲人，两眼露出了惊喜的目光。她拉起两个孩子，赶忙迎上前来，确认无疑是看门管家张鞋娃，哭丧落魄的脸，绽成了朵泪花。还没等南京女人开口，张鞋娃冲她怪怨地喊了起来："你不在客栈好好待着，怎么跑这里来了，难道是要回南京吗?!"

"回什么南京，南京同热河一样，被日本人糟蹋成了地狱，哪还有我们的家呀!"

"那你们去哪里?"

"我也不知道去哪儿。"

"不知道去哪，来火车站干什么?!"

"来火车站坐车，哪里没日本人去哪里，坐到哪里算哪里。"

"坐到哪里都在打仗，跑到哪里都一样，回去吧。"

"回哪里去? 是去客栈，还是什么地方?"南京女人边哭边嚷着说，"柴府被日本人抄家占了，大老爷死了，你又不管我们，要吃没吃，要钱没钱，要住没住，举目无亲，你让我们回哪儿?!"

"你们要是没有地方投亲靠友，这冰天雪地、到处战乱的，就先回客栈住吧。"

"客栈那么贵，做饭做不了，吃饭到处得找馆子，既没钱又受罪，度日如年，实在熬不下去了!"

"先住些天客栈，房子我想办法。"张鞋娃说，"日本人禽兽不如，抄了家、抢光了东西还要杀人，我没来找你，不是不管你，是白天没办法出来，晚上又不敢出来，只好躲避了些天，你多理解。"

"我们三张嘴，还得三张床，柴府的钱财都被日本人抄走了，你一个看门管家哪来的钱管我们? 怕是管得了半时一时，管不了一年半载，更是管不了我们一辈子，我们还是风刮到哪里到哪里，死在哪里算哪里吧……"

南京女人说到这里，哭成了泪人儿，两个孩子也放声哭了起来。声音很大，招来了乘客的好奇，招来了候车室门口警察和两个日本宪兵的目光。张鞋娃呵斥南京女人："别哭，都不想活了？日本人和警察听到了！"

张鞋娃立马把两个孩子拉过来并捂住他们的嘴，南京女人即刻止住了哭。

张鞋娃对南京女人说："赶紧跟我去客栈住下来，啥话也别说了！"

南京女人拉着两个孩子跟着张鞋娃出了候车室。到门口，把门的日本宪兵把他们拦住，警察首先问张鞋娃："你是干什么的，她是你的什么人，她们为什么哭？拿出良民证来！"

"老总好，她们是我的家人。"张鞋娃递上良民证说，"哭是因为家里死了大爷，死了大爷。"

警察又问南京女人："他是你什么人，你们为什么大哭大叫？出示你的良民证！"

南京女人到热河的那天，柴大老爷就让人给南京女人和孩子，还有云南、山西、新疆女人办了良民证，南京女人麻利地掏出了良民证，总算不是大麻烦，但追问她与张鞋娃的关系，她竟然不卡壳地看着张鞋娃说："他是我男人。"

"你的男人叫什么？"警察问她。

"叫张鞋娃。"南京女人回答说。

警察看张鞋娃的名字不错，对日本宪兵说："他们的，一家子。"

日本宪兵把他们打量了几眼，吓得张鞋娃浑身颤抖起来。南京女人见此不妙，便挽起张鞋娃的胳膊，亲热而害怕地靠在他身上。南京女人突如其来的亲近，让张鞋娃更颤抖了。日本宪兵满眼的怀疑，又看了张鞋娃和南京女人的良民证，便放行了。

"好险啊，差点出大事！"出了车站的张鞋娃对南京女人说，"往后不许乱跑，万一被日本人抓走了，我上哪找你们去！"

"知道了，往后我们听你的……但我们不想住热河人客栈，那个客栈的老板不好，老打我的主意。"南京女人说。

张鞋娃要了两辆黄包车，去了滦河客栈，给开了房，住下，又给了南京女人二十块大洋。南京女人对张鞋娃感激得一遍遍说着"张管家是大好人，张管家是大好人……"说话的同时，眼神里露出了一丝怀疑的目光。张鞋娃顾不了那么多，日本人的宵禁很快到了，他虽然惦记着住在客栈的柴大老爷的山西女人和云南女人，也只好即刻回他的鞋铺。

回到鞋铺，张鞋娃回想南京女人走投无路的痛苦相，想到南京女人的在日本人和警察面前说他是她男人，想到南京女人挽他胳膊紧靠他时的体香味，想到南京女人又一次手接那二十块大洋时的激动，想到南京女人接过大洋片刻后眼里露出的疑神、同情、困惑、惊恐、幸福、幻想、惧怕，张鞋娃失眠了。"南京女人一家三口怎么办？"张鞋娃的脑子里不停地翻腾着这个问题，这个问题又让他心里阵阵发凉。

让张鞋娃心里"发凉"的是南京女人一家几口长住热河会给他带来很大麻烦，还有柴大老爷其他三个女人长住热河会给他带来很大麻烦，而这很大的麻烦并不是最大的麻烦，最大的麻烦是钱有"麻烦"。安置好柴大老爷的四个女人和柴三老爷的女人冯美儿今后的生活，需要给她们买房子，置家当，找工作，孩子读书，他的每个老婆都需要很多钱。这很多钱具体是多少钱？反正是很多钱，反正是无底洞，填多少才能够！要把这四个女人和孩子的生活"打理"好了，好像"填"多少也不够。一往深处想，一想钱从哪里来，张鞋娃发凉的不仅仅是心，头都发木了，"木"得天眩地晕。这几个女人的事，到底管还不管？管到什么地步为好？张鞋娃又重复地陷入这折磨身心的自问。这折磨身心的自问，问了他自己千万遍，最终的结果，只有一个，也只有一个——为了让小莲从尼姑庵出来，回到自己身边，只有把柴大老爷的女人及儿女管好了，把柴家的事接着管好了，才能与小莲生活在一起；他要为造成柴家被日本人抄家和柴家柴大老爷、柴大奶奶等因看门狗阿黄造成的人死财无而赎罪……

张鞋娃在极度的折磨下，又回到了思念小莲和愧疚不安的状态里了。

张鞋娃接连几晚，去了云南腾冲女人、山西太原女人和新疆和田女人

与冯美儿那里。冯美儿知道张鞋娃要给她开玉器店，也知道张鞋娃不会不管他，不哭不嚷，只是看着新疆女人哭。新疆女人和其他三个女人一样在悲情与恐慌中。柴大老爷死了，她们没了靠山，没了生活来源，在这里没着落，回老家回不了，见到张鞋娃只有痛哭，都说"不想活了"。她们哭喊，孩子们也跟着哭叫，惊动了客栈客人，吓得张鞋娃赶紧塞给大洋。有意思的是，几个女人在大哭大嚷的当儿，当张鞋娃塞上那大包大洋，用它止哭比什么都管用，大洋塞到怀里，人便当即不哭了。这让张鞋娃心里轻松了半截，钱让这些女人破涕为笑。

　　要把柴大老爷的女人、儿女和柴三的女人冯美儿管妥当了，需要多少钱？张鞋娃算不出来需要多少钱，但他想到自己从柴家拿回来的玉器和宝贝和那些金条大洋，要把玉和宝贝变成钱，加上那些金条和大洋，是个不小的数目，用它买几院房，养活十多个人，养活他们一辈子不敢想，养活他们几年总是够了。再说了，他们都有手，他们的手也能养活自己，只要他张鞋娃舍得这些钱，他们就能活下去，甚至会活得好好的。

三十一　似乎回到当初

　　张鞋娃几乎每月按时给柴大老爷的几个女人，还有柴大老爷的两个女儿，还有冯美儿，送去生活费。几个女人和她们的孩子，还有柴家两个小姐，不至于为生活而愁。他要等待日本人追杀柴家人的风头过去，再给她们购置房子，安顿她们安家乐业。

　　柴大老爷的几个女人在客栈度日如年，除了与冯美儿住在同院的新疆女人又哭又笑外，其他几个女人天天盼着张鞋娃来，张鞋娃来了她们就有大洋。但她们即使拿到大洋也哭得呼天叫地——她们盼的是送来足够生活的大洋。张鞋娃给她们送去了保证生活的大洋。她们得到这源源不断的大洋，以为是柴大老爷留给她们的钱，只是让张鞋娃管理而已。张鞋娃送的次数多了，她们也渐渐觉得是张鞋娃应当做的事情。她们向张鞋娃提出各种理由，也许是怕张鞋娃哪天不来了，或者不给她们了，或者是处于不要白不要的心理，便生着法儿要更多的钱，不给就闹。她们闹急了，张鞋娃怕闹出乱子，就破财求安，赶紧送上大洋，这样付出去的钱就越来越多，现存的大洋几乎送没了。让张鞋娃揪心的不是她们闹着要钱，她们要和闹的不单是大洋，她们闹着要房子，每个女人都要张鞋娃给买个院子，张鞋娃都答应了。答应了她们，她们便催张鞋娃赶紧买。一见他就催，催得张鞋娃气都喘不过来。

　　南京女人要张鞋娃给她买热河人客栈附近的一幢小洋楼。这小洋楼是法国人留下的，楼门口挂着出售启示，南京女人一把鼻涕一把泪地对张鞋娃说："柴大老爷活着时，答应在热河给她买幢洋楼，要给她买的想必就是这幢。大老爷肯定把买洋楼的钱留给你了……你可不要把钱吞了……大老爷在天之灵看着呢……"

"你一个单身女人，尽管带着两个孩子，住这么大洋楼，不怕闹鬼睡不着觉?!"面对南京女人的凭空讹诈和无耻哭闹，张鞋娃的肺都要气炸了，几乎吼叫般地对南京女人喊着说话了。

"我没见到柴大老爷给你买洋楼的一个子，也没见到柴大老爷给你们一个子的生活费，给你们的生活费开销，都是我张鞋娃的血汗钱。"张鞋娃忍着怒火，对南京女人说，"柴大老爷给你们留没留钱财，是留给了日本人和我张鞋娃，自有人知道，你去尼姑庵问一下他的侄女小莲，就什么都知道了。"

"我会去问的。我一定要把这事问清楚!"南京女人愤然地说。

这是个什么女人，不知好歹的东西! 张鞋娃暗自扔给南京女人一句骂，转身走了。

南京女人急忙对张鞋娃说："不管怎么说，你是我们的大恩人，你可不能不管我们，你可得把我们管到底啊!"

张鞋娃看着那两个又瘦又病的孩子，对南京女人啥话也没说，即刻离开了客栈。

南京女人的怀疑和讹诈，再一次打破了张鞋娃为柴家忏悔和赎罪而建立的本来就深重的心理底线。

"要不要管这个刁蛮的女人?"张鞋娃出了客栈，问了自己一路。回到他的鞋铺，又问了自己一夜，也想了一夜，又想了几日几夜：他张鞋娃把自己的积蓄拿出来供养她和她的孩子，不仅不感恩，还居然说大老爷给张鞋娃留了为她买洋楼的钱，居然说不给她买，就是他张鞋娃吞吃了，真是天大的冤枉……他张鞋娃真是个十足的笨蛋，给这样的女人一月又一月按时送去足够的生活费，生怕她们饿着冷着。他的一副菩萨心肠，居然使她起了疑心和贪心，竟然要讹他……这样的女人还管她干啥，去她娘的，爱上哪住洋楼就到哪里住洋楼去，他张鞋娃不侍候了……

这几句怨骂和怨言，在张鞋娃脑子里重复来重复去，重复了好些日子，放不下，挥不掉。让张鞋娃对这些怨骂和怨言放不下和挥不去的人，不是柴大老爷，也不是南京女人，却是小莲的影子，还有游荡在他灵魂深处的那对柴家有种罪恶感的魔鬼。

张鞋娃又掉入对柴大老爷的女人和儿女们管与不管的两难沼泽境地，越陷越深，走不出来。尽管难到走不动的地步，尽管难到实在走不动的地步，张鞋娃仍不愿放弃她们。他不想得到她们的笑脸，他只想得到小莲的一丝笑意，哪怕她的一丝笑意，也不至于使他为这些难事，痛苦得死去活来。

张鞋娃天天都想去尼姑庵找小莲，可小莲数月前就连连拒见，即使敲破尼姑庵的门，也没人理他。张鞋娃多少次想冒白天被日本人抓住的危险，去尼姑庵找小莲。白天尼姑庵的门是大开的，一定能见到小莲，可张鞋娃想到被日本人抓住的后果，他只好隐藏到天麻麻黑出门。

"好死不如赖活着"，这是张鞋娃的信条。他想，他只有活着，才能让小莲走出尼姑庵，才能与她在一起；他张鞋娃如果死了，小莲会在尼姑庵待到老死，柴大老爷的儿女和女人们就更可怜了。

好在张鞋娃打定好主意，很难改变，他只能等到天黑，也只能强忍着渴望见到小莲的冲动，等到另一个天黑。他已克制了好多个天黑，好不容易等到又一个天黑，月亮很大，路不难走，他去了尼姑庵。门没有白敲，一个小尼姑把小莲"请"了出来。月光如灯，照在小莲那清秀的脸上。几个月没见，小莲的脸蛋圆润，楚楚动人，对张鞋娃有了一丝笑意。

张鞋娃激动地对小莲说："今儿个晚上没白来，总算见到你了……见不到你，我都快死了……你在这里好吗？"

"一个出家人，好与不好都一样……吾佛慈悲，让我走出了苦海……"

"你总不能只顾自己在庵里图清静，也得管管我呀，也得管管大老爷的几个女人和可怜的孩子呀。"

"我身无分文，帮不了她们。有你管她们，给我减去了烦心……多亏了你，我得另眼看你了！"

小莲的话使张鞋娃冰冷的心"腾"地热了起来。张鞋娃的眼泪都流出来了，他有好多话要对小莲说，尤其是求她还俗嫁给他，一起过好日子等等想好的几天几夜说不完的热切话，都在嗓子眼等着冒出来。

小莲好像知道张鞋娃要说什么，对张鞋娃说："鞋娃你回吧，什么也别说了。"

张鞋娃听到小莲自从进了尼姑庵，出家后第一次叫他"鞋娃"。亲切的味道，让他回想起那些年在柴家大院她喜欢他时的称呼，他的心不禁更热了，热得怦怦乱跳。张鞋娃感觉到小莲不仅知道他为柴家的人做了些什么，更感到她对他恢复了一点好感。

小莲的影子，张鞋娃感到进了他的骨髓，一时一刻也不停地在支撑着他的捉摸不定的善念。这善念，使他加重了对小莲的爱恋和对柴家的负罪感。

从尼姑庵见到小莲回来，张鞋娃对南京女人的疑心和无耻，给予了令他难以接受的宽容，也对柴大老爷的女儿和几个女人，挽回了最后的难以坚持的一丝同情。

接连几个晚上，天麻麻黑的时候，张鞋娃去了离宫客栈、坝上客栈，也去了冯美儿和新疆女人的小院，也看了柴家两个小姐，给这几个女人送去了生活费。她们虽对张鞋娃不停地来看望和送来大洋依然那样感激不尽，但住在客栈的女人，一次又一次提出，要给她们买房子，开店铺，要存款，一天也不想住在客栈，且一个也不愿意回去。她们一个又一个不愿回去，张鞋娃终于理解。云南腾冲在打仗，山西太原在打仗，南京成了人间地狱，新疆路远险多，她们不愿回去，也回不去了。她们尽管猜疑柴大老爷是不是留给了张鞋娃大笔钱财，也提出了给她们多少钱，她们就不再麻烦他的要求，但她们不知从什么渠道听说了柴大老爷留给张鞋娃大笔钱，是根本不存在的实情，便个个闭住了嘴，平时省吃俭用起来不说，反倒对张鞋娃格外客气起来。她们放弃了各种各样的要求，听张鞋娃的安置。张鞋娃快冰冷的心，感觉有了点温度。

张鞋娃等待日本宪兵司令部对柴家人不再追杀的转机。转机是什么，转机什么时候到？张鞋娃盼日本鬼子赶紧滚出热河，他和柴家的人就都有了出头之日。他希望这个转机快快到来。张鞋娃又苦盼了几个月，柴家的人也苦盼了一天又一天，苦痛难熬的日日夜夜，虽没盼走日本人滚出热河，却盼来了热河日本宪兵司令部换将。几个紧盯柴家和柴家财与人不放过的宪兵长官，陆续被调走。当冯美儿把这消息告诉张鞋娃时，同时也告诉他，要他马上给她开个玉器店，玉器店开张后，就与她完婚。

张鞋娃答应冯美儿，玉器店很快开张，"完婚"之说，没接她话茬。这几个月来，张鞋娃每当到冯美儿的家，冯美儿就提出要他尽快结婚的事，而每次都被张鞋娃拒绝了，张鞋娃明确地告诉她，他与她不合适，小莲是大奶奶和大老爷生前所赐之婚，如今他们人不在了，他得如他们所愿……并且柴大老爷托梦给他了，如果他张鞋娃不娶小莲，他柴大老爷让他张鞋娃不得好死……

冯美儿对张鞋娃的柴大老爷"托梦"之说，当然不会相信，骂张鞋娃是"忘恩负义的东西""占了我三太太的便宜，转眼就不认人了""故意把新疆女人安排在我小院，就是要甩掉我"等等，骂得话极难听。有几次，冯美儿趁新疆女人不在，要抱张鞋娃，被张鞋娃推开了。每当张鞋娃把冯美儿推开，冯美儿就又哭又闹，便把上面几句话反复骂出来。后来，冯美儿把张鞋娃骂急了，张鞋娃便又撒谎说，柴三老爷也"托梦"了，骂他张鞋娃是狗养的，睡了他的女人，饶不过他，若要娶她为妻，他要把这两个狗男女拉进阴曹地府……

张鞋娃拿柴三"托梦"的谎话，没想到把冯美儿吓住了。因为柴三临死前，骂冯美儿勾搭臭鞋匠张鞋娃让狗害他，要是他死了，她要真嫁给臭鞋匠，他柴三饶不过他们两个狗男女。张鞋娃说的柴三跟他"托梦"的话，跟柴三死前说的一模一样，冯美儿害怕了，渐渐不再骂张鞋娃了。张鞋娃以为她打消了让他娶她的念头，没想到又提出来了，张鞋娃就装聋作哑，不接话茬。张鞋娃不接话茬，冯美儿也不再恼了。

张鞋娃把从柴家拿出来的珍品玉器，卖了一大笔钱，在冯美儿住的房附近，给冯美儿买房开了玉器店。这是张鞋娃答应冯美儿的事，他兑现了，冯美儿乐得脸上从此绽开了花。接着，张鞋娃又买了一套前后相连的四合院，他要把柴大老爷的南京女人、云南腾冲女人、山西太原女人和新疆女人安置这里住，并谋划前面住人，后院开玉作坊。让她们做玉器加工，继承柴家的玉器制作传承手艺，以此谋生。

新疆女人很喜欢与冯美儿住在一个院子，可冯美儿不愿意和新疆女人住在一个院。冯美儿不让新疆女人住在一起的理由是，她要结婚，这院子本来就属于她冯美儿一个人的，张鞋娃可以住进来，别人谁都不行；新疆女人住在她的院子可以，除非张鞋娃娶她冯美儿。问题是，张鞋娃不想娶冯美儿，他一心想的是小莲。张鞋娃只好给新疆女人另搬住处，便又多了份开支。

房子买好了，摆在张鞋娃面前一件事情，不知道怎么办好：柴大老爷外面四个地方的四个老婆和他的孩子，她们没来热河之前互相不知道彼此的存在，自打来到热河也从不知道彼此的存在，她们以为自己是柴大老爷在这世上唯一的女人，可事实上她又不是他唯一的女人。如今要把她们集中住到一个大院，搬进前要告诉她们，其他女人和孩子同她们一样，都是柴大老爷的女人和孩子，那会怎么样？她们会接受这个现实吗？会不会有哪个女人接受不了这个现实而疯掉、跑掉？会不会有哪个女人寻短自杀？张鞋娃想，这些事情都有可能发生。想到将面临的困局，张鞋娃后背又冒起了凉气。

张鞋娃找冯美儿出面协调，冯美儿提出条件：要是协调得平安无事，他张鞋娃就住到她院里来。张鞋娃没答应冯美儿的条件，便去找小莲想办法，更主要的是想问小莲，她什么时候出庵，他俩的院子买到哪里好。刚对小莲说了一件事，没想到小莲对张鞋娃说，她已是出家人，尘世的事情她管不了，能管她也不想管。张鞋娃听了小莲这话，心里被浇了冰水，便没敢说他俩的事。张鞋娃看小莲还没还俗的意思，更没有嫁给他的意思，本来想买的一个院子，便放下了。张鞋娃打定主意等小莲回心转意，等她一起看院子，买个她称心如意的院子。

四个女人谁来协调？张鞋娃想来想去，再找不到其他人，只能找到自己头上。他打定主意，这是为柴大老爷的女人最后一次协调让他心惊胆战的事了。协调成，她们就一起好好生活；协调不成，哪个想走，哪个想死，随她们的便。

张鞋娃给她们直截了当地说了搬到什么院子，跟什么人住在一起，为什么住在一起，愿意不愿意搬，能不能接受这样的现实，住在一起干不干，他张鞋娃已经费了九牛二虎之力，再无钱可花，再也无法可想了，要想在热河生活下去，也只能这样，不想这样生活，可以远走高飞……

柴大老爷的几个女人听了并没吃惊，都说，她们从小莲那里早就听说了，大老爷除她之外，还有别的女人，好几个呢，事已至此，老爷已死，只好悉听尊便……

几个女人看张鞋娃为她们操劳累得又黑又瘦，好不心疼，反而安慰起张鞋娃来：都是大老爷的女人和孩子，都是亲姐妹，孩子都是亲兄妹，住在一起热闹，住在一起好相互扶持照应……

柴大老爷的几个女人，即使是疑心重和表面厉害的南京女人，也驯服地听张鞋娃的话，仅一天就都搬进了给她们买的四合院，且全听张鞋娃的指挥，想着用好听的话讨好张鞋娃。这几个女人在张鞋娃面前的驯服，多亏了小莲。让张鞋娃最头疼的打理这几个女人的事，却成了最顺当的事；搬在一起的这一天，成了他张鞋娃最威风的一天。几个女人都讨好他，都给他说好听的话，都把他张鞋娃当作王爷"抬"了起来，生怕惹他不高兴，她们的美语媚眼，搞得张鞋娃有了喝了酒的飘然和快活，有了当大老爷的快活感。他不相信这是现实，他不敢相信他张鞋娃会有这么多美女给他献殷勤，但又确信这是真真确确的现实。"干脆做她们的老爷算了？"张鞋娃在飘然和快活中，脑袋里冒出了这样的问题。这念头，转眼就被小莲的影子，赶到了九霄云外。

搬好家的这个晚上，新疆女人在做手抓羊肉和烤包子，要请张鞋娃和冯美儿吃饭；南京女人、云南腾冲女人和山西太原女人，也在做各自拿手的饭菜，也打了好酒，都邀请张鞋娃到家中做客，不许推辞。四个女人的情绪都那么兴奋，心肠都那么炽热，容不得他推辞，只好答应。张鞋娃帮一个女人又一个女人布置屋子，累得一身又一身臭汗，感动得四个女人不知说什么好，容不得张鞋娃拒绝，必须到她们家吃饭。四个女人的四桌酒菜，张鞋娃没有分身术去吃，只好提议把每家的菜集中到南京女人的屋子，四个女人赞同，拼成个长餐桌，让几家人集中到一起吃。这样一来，搬到一个大院的柴大老爷的四个女人和孩子，第一天见面就坐到了一张桌子旁吃饭，女人们欢喜得泪流不止，也一遍遍向张鞋娃说着感激不已的话，也一杯杯地给张鞋娃敬酒。夸赞的话，让张鞋娃心醉了；感恩的酒，让张鞋娃更醉了。

四个女人都要留大醉的张鞋娃在自己家里过夜，冯美儿要张鞋娃去她小院过夜。张鞋娃虽醉酒，但心里明白，没接受哪个女人的留宿，出门拦了辆黄包车，回他的鞋店去了。

张鞋娃断然拒绝四个女人的留住，尤其是断然拒绝冯美儿在她那里的留住，让五个女人很不高兴，尤其是让冯美儿很伤心。冯美儿压根也没想到，张鞋娃的心怎么成了吊在小莲身上的秤砣，任她如何拉他，他吊在小莲一头死也不松，让她痛恨和绝望。五个女人望着张鞋娃摇摇晃晃要了黄包车，拉着他的黄包车转眼不见了，她们的眼里都酸楚地掉了泪。冯美儿最为伤感，泪如泉涌地哭了。

五个女人都瞅上了张鞋娃，都想把张鞋娃当作今后的依靠。在这五个女人看来，在这兵荒马乱的年月，把自己的后半生托付给浑身是力气且有手艺的张鞋娃，心里踏实。早已瞅上张鞋娃的冯美儿，早已有不把张鞋娃"拿"到手不罢休的恒心；四个女人，也对张鞋娃从好感到喜欢再到很喜欢，好像都爱上他了。她们的眼神里，无不闪耀着对张鞋娃由喜生爱的柔光。她们的眼神，她们的表情，张鞋娃当然看出来了，而张鞋娃的心里却只有小莲，对她们的炽热眼神，他装作没看见。在张鞋娃看来，这几个女人，只能配柴大老爷和柴三老爷，配他的只有小莲，他娶小莲心里踏实。不管这几个女人对他抛来多少媚眼，而他眼前晃悠的是小莲，别的女人进不了他的眼睛。这一点，连张鞋娃对他自己也奇怪。他过去把小莲看作柴家的人，接受娶她心有障碍，不想让柴家把他套住，不想娶她。可后来又喜欢上了她，喜欢得非她不娶，是小莲征服了他的心。那是张鞋娃自从听到她在佛前为他祈祷，还有因他与冯美儿的私情而自杀，他的心彻底被她打动了，也让他没了丝毫杂念而爱上了她。"佛度有缘人"，张鞋娃想，小莲是"度"我的人？柴大老爷和柴家的人也是"度"我的人吧？从此，张鞋娃的眼里没了别的女人，总想做更多讨小莲欢心的事，好让她对他回心转意，早点还俗与他成家过日子。

尽管小莲没有从尼姑庵回来的半点迹象，但张鞋娃想，小莲会被他的心焐热。小莲是爱他的，她会从尼姑庵回来。

张鞋娃天天努力着为柴家人做事，天天盼着小莲回来。

有几次，冯美儿嘲笑和挖苦张鞋娃道："没想到你张鞋娃还是个情种，也没见过你这样傻的人，小莲要是回来，我冯姓改马姓，要不然可以改成狗姓……哪个男人要等小莲，那个人肯定是个白痴……"

冯美儿每次说这样的话时，张鞋娃都不接话茬，扭头就走，气得冯美儿直跺脚。冯美儿对张鞋娃的心还热得很，可张鞋娃对冯美儿的心早跑了，早跑到小莲身上了。冯美儿对张鞋娃不撒手，张鞋娃就对冯美儿装傻充愣。冯美儿等着张鞋娃对小莲失去耐心，张鞋娃对小莲偏偏又很痴心。

柴大老爷的四个女人在盼玉作坊的开张。张鞋娃卖掉了从柴家正当得到的、暗地里得到的和偷来的珍宝和玉器，也把自己从柴家得到的工钱全部拿出来，置办起了玉作坊，取名"热河紫玉坊"。张鞋娃把剩余的钱分成了八份，黄灿灿、白花花的八份，自己一分没留，分别分给了冯美儿、柴家两个小姐和柴大老爷的新疆女人、南京女人、云南女人、山西妇女人。他给小莲送去了一份，小莲不要。张鞋娃只好替她保管。

这么多钱都用在了开玉作坊上，又把那么多钱分给了柴家的女人们，张鞋娃只给自己置办了缝补和做鞋的家当，其他的竟然一分没留，全分出去了。

张鞋娃把钱分给冯美儿和柴大老爷的四个女人后，让她们出钱参股办玉器作坊，按照出钱多少算股份分红，柴家的五个女人都响应。张鞋娃让她们推举个总经理，牵头负责玉作坊的内外事，她们让张鞋娃当经理，张鞋娃死活不干，更不参与玉作坊的任何事情。

柴家女人问他，不干玉作坊的事，干什么去？张鞋娃说，从此不再当柴家的管家，从此以后不再跟玉打交道，更不愿意看到玉作坊，他要去干他做鞋和修补鞋的老本行。

柴家的女人们急了，以如果他张鞋娃不当玉作坊总经理，她们也不干为要挟，逼张鞋娃留下来。留下来，不当管家也可以，不当总经理也罢，把他们四个女人娶了，当老爷总可以吧？冯美儿接上四个女人的话说，也把她娶了，她也不嫌弃做大做小。张鞋娃好好听着，做她们五个太太的老爷，总该美死了吧？张鞋娃说，五个大美人他谁也不娶，只娶小莲。五个女人听了这话，鼻子都气歪了。张鞋娃的此举此话，让冯美儿彻底放弃了对张鞋娃隐隐约约的幻想和企盼。

张鞋娃虽说不当她们的总经理，也不当她们的老爷，但玉作坊开张的事并没有撒手不管。她让五个女人从她们自个儿人里推举总管家，她们推举了冯美儿为总管家。冯美儿把她的玉器店参股到了一起，还推举南京女人和山西女人为销售经理，新疆女人和云南女人为玉作坊经理，聘了玉作坊师傅，很快"热河紫玉坊"生产并开张了。这几个做玉、识玉、玩玉的高手，这几个因玉而成了柴家女人的与玉、与柴家有缘的人，终于使销声匿迹了几年的柴家玉，又在街上出现了。刚一开张，卖玉的、订做玉品的就挤满了店铺。

五个玉行行家的柴家女人，各卖各的力，精美的玉品在京津亮相，在玉市上成了一道亮光。钱来了，女人们忙得并高兴得像绽开的花朵、鲜活的金鱼，美丽迷人，当然也迷住了很多男人。张鞋娃看她们生意越来越好，她们忙得风风火火，就渐渐去得少了。

张鞋娃开鞋店等小莲回来，可半年过去了，没等到小莲回来，却等来了一条很瘦的狗，是阿黄。阿黄找到他鞋店来了，扑到张鞋娃的怀里，伤心地嗥叫起来。

有了阿黄，张鞋娃的日子过得不寂寞。

一年过去了，小莲仍然不愿回来。张鞋娃打定主意，接着等，一定要等小莲从尼姑庵出来。

张鞋娃的鞋店顾客也不断，却盼不来女主人小莲。

张鞋娃去了不知多少次尼姑庵，小莲即使见了他，也从不吐口离开尼姑庵的事。张鞋娃对小莲说："我等你，三年五载，十年八年，我要等你走出尼姑庵。"

而三年五载过去了，张鞋娃仍开着鞋店等小莲回来，小莲仍不离开尼姑庵。后来，张鞋娃再去找小莲，小莲仍说，死了等她的心吧，她是不会离开尼姑庵的。

柴家开玉作坊的五个女人，除冯美儿和南京、山西女人嫁了人外，两个女人还单着。她们仍一次又一次要张鞋娃娶了她们，让他做她们的老爷，可张鞋娃仍是那句话，他要等小莲回来。

张鞋娃由他的老狗阿黄陪伴着等小莲回来，日子过得平静而快。可等心上人回来的日子却是焦心的，等得人和狗越发老去，越发凄怆，而他仍在等她回来，虽等待回来的期限无限，但他感觉等得很幸福。

二〇一八年四月二十八日　作于北京阳光花园
二〇一八年十月二十二日　定稿

图书在版编目（CIP）数据

转世天狼 / 宁新路 著. —北京：东方出版社，2019.7
ISBN 978-7-5207-1040-4

Ⅰ.①转… Ⅱ.①宁… Ⅲ.①长篇小说—中国—当代 Ⅳ.①I247.5

中国版本图书馆 CIP 数据核字（2019）第 107876 号

转世天狼

（ZHUANSHI TIANLANG）

作　　者：宁新路
责任编辑：辛春来
出　　版：东方出版社
发　　行：人民东方出版传媒有限公司
地　　址：北京市朝阳区西坝河北里 51 号
邮　　编：100028
印　　刷：北京市大兴县新魏印刷厂
版　　次：2019 年 7 月第 1 版
印　　次：2019 年 7 月第 1 次印刷
开　　本：710 毫米×1000 毫米　1/16
印　　张：20
字　　数：280 千字
书　　号：ISBN 978-7-5207-1040-4
定　　价：49.80 元
发行电话：(010) 85924663　85924644　85924641